KB058987

속성의 마법사

제1부
중앙 연방편

I

쿠보 타다시 —글

노키토 —일러스트

제도
Imperial Capital

중앙 연방

CENTRAL COUNTRIES

아크레
Acret

룬
Lung

트와일라이트 랜드
Twilightland

위트나쉬
Whitnash

데브히 제국
Debuhi Empire

한다르 연합
Federated States of Hundaru

레드포스트
Redpost

잉베리 공국
Principality of Inverey

왕도
Royal Capital

나이트레이 왕국
Knightley Kingdom

카이라디
Khayradi

HELL's MOUNTAINS
마의 산

제1부 중앙 연방편 I

본문, 컬러 일러스트_노키토

제1부 중앙 연방편 Ⅰ

프롤로그

"료 씨, 진정하고 들어주세요."

그것은 부모님의 부고를 알리는 전화였다.

이제 막 2학년이 된 대학을 휴학하고 료는 고향으로 돌아와 가업을 이었다.

그렇다고는 해도 일에 관해서는 까막눈이었기에 전무였던 시게 씨가 사장이 되고 료는 부사장이 되었다.

직원은 모두 료가 어린 시절 항상 놀아주었던 사람들뿐이다.

부사장이었지만 급여는 제일 아래……. 특별히 주위의 반감을 사는 일도 없이 조금씩 일을 배워나갔다.

11개월이 지나고 3월.

"료 씨, 도와드릴까요?"

늦은 시간까지 컴퓨터로 작업하고 있는 료를 보다 못해 사장인 시게 씨가 말을 걸었다.

"아뇨…… 청년부 일이라서요……."

상공회의소 청년부……. 젊은 경영자인 료에게 있어서는 여러 모로 어려운 부분이 많았다.

지방이라면 어디에나 있는 조직으로 많은 중소기업이 이곳에 소속되어 있었다. 물론 들어가지 않아도 문제는 없고 특히 료의 회사의 경우엔 소속되는 메리트는 거의 없었다.

그저 선대, 즉 료의 아버지가 있을 때 간곡한 부탁을 받아 소속되어 있던 탓에 시게 씨 대가 되어서도 그대로 소속을 유지하고 있었다.

료는 솔직히 자사 일에 관해서는 크게 어려운 점이 없었지만, 외부와의 관계에 많은 시간이 소요되었다.

"시게 씨, 이렇게 보니까 정말 우리 회사는 서류가 적네요."

청년부와 관련된 서류, 프레젠테이션 자료, 행사용 원고 등을 작성하고 있던 료는 그에 비해서 자사 서류가 적다는 사실에 감탄했다.

"맞아요. 선대께서 는 늘 서류 보고 같은 건 필요 없다고 말씀하셨으니까요. 보고서를 작성하는 시간이 아깝다. 서류를 써도 돈은 들어오지 않는다. 매상은 늘지 않아. 서류를 쓰는 시간이 늘어난 만큼 생산성은 낮아진다. 그 시간이 하루 8시간의 노동 시간 중 몇 시간을 차지하는 건 정상적인 회사의 형태가 아니다. 그러니 그 시간에 차라리 영업처 하나라도 더 개척해서 자신의 기술을 연마하거나, 아이디어를 하나라도 더 내는 데에 사용해 달라고. 그러니 우리는 보고하고 싶을 땐 말로. 상사가 어떤 것에 대해 알고 싶다면 직접 현장 사람에게 물어보러 간다. 이게 기본이죠."

물론 거대한 조직이 되면 그렇게 하긴 힘들 것이다. 혹은 재택근무로 일하는 회사라면 애초에 구두로 이야기할 일 자체가 없을지도 모른다. 하지만 이곳은 제조업이기 때문에 재택근무는 현실적이지 않다. 게다가 종업원 수는 경영진까지 포함해도 97명밖에 되지 않았다.

"현장의 일은 현장 사람이 가장 잘 알고 있다. 그래서 많은 권한을 현장 사람이 갖고 있기도 하죠."

"쉬운 일은 아니에요. 무슨 일이 일어났을 때 책임지는 건 현장 사람뿐 아니라 상사도 포함이니까요……. 물론 우리 경영진도."

시게 씨가 쓴웃음을 지으며 그렇게 말했다.

"경영진에게 필요한 건 각오입니다. 인사부 같은 건 따로 두지 않고 경영진의 전권으로 한다. 그러니 사람을 배치한다는 건 다시 말해 그 사람이 실패했을 때 함께 책임을 진다는 뜻이기도 해요."

시게 씨는 웃으며 말했다.

"자, 그럼 전 지금 지나치게 열심히 일하는 료 씨에게 선대의 이 말을 전해야겠군요."

"피곤할 정도로 일하지 마라."

료와 시게 씨의 목소리가 겹친다.

그리고 두 사람 다 웃는다.

물론 태만이나 의지박약, 혹은 직원의 말을 다 받아주라는 뜻이 아니다.

순전히 경영 측면에서 말한 것이다.

실패, 실수, 재실행…… 아무리 세심하게 일을 해도 일어날 수 있는 문제. 하지만 이런 일들에는 공통점이 존재한다.

바로 피로가 쌓이고 여유가 없을 때 일어난다는 것.

모든 것을 다시 하게 된다면 지금까지 소비해 온 시간과 노력,

자재가 모두 헛수고가 되고 만다. 게다가 원래의 상태로 되돌리기 위해 더 큰 시간과 노력이 들어간다. 그런 불필요한 일체의 것들을 줄일 수 있다면 회사로서는 감사한 일일 것이다.

물론 직원의 성장 측면에서 보자면 실패를 통해 배우는 일도 있으니 상황에 따라 다르겠지만.

경영자로서 "피곤할 정도로 일하지 마라"라고 직원들에게 당당히 말했던 료의 아버지…… . 같은 경영자로서 대단하다고는 생각했지만, 직원에게 피로감을 주지 않고 회사를 운영하고 있었다는 사실에 료는 두려움에 가까운 감정을 느꼈다.

"후우…… ."

한숨을 내쉰 료가 시계 씨에게 말했다.

"그러게요. 피곤할 정도로 일하면 아버지한테 혼나겠죠."

"맞습니다, 료 씨."

시계 씨가 빙그레 웃는다.

노력은 중요하지만 피곤한 것은 노력과는 조금 결이 다르다.

"집에 가서 자야겠어요."

료는 회사를 뒤로했다.

피로 때문에 발밑이 조금 휘청거렸던 것 같다.

하지만 신호등은 확실하게 파란색이었다. 그것은 확인했다.

제대로 횡단보도를 건너고 있었다. 그것도 확실했다.

좌우는…… 그러고 보니 확인한 기억이 없다.

좌우 확인까지 했었더라면, 어쩌면 졸음운전 트럭을 알아차렸을지도 모른다.

튕겨져 나가며 땅 위에 거칠게 나동그라진 료.

고통은 이미 느껴지지 않았다.

조금씩 멀어지는 의식.

'아, 이건 위험한데……'

처음으로 료가 느낀 것은 죽음에 대한 두려움이 아니었다. 안도도 아니었다.

무엇을 향한 것인지 알 수 없는 아주 작은 후회와 내일이면 스무 살이 되는데, 하는 아주 작은 아쉬움이었다.

◆

"여긴 사후 세계인가?"

료가 눈을 뜨자 그곳은 온통 새하얀 세계였다.

"미하라 료 씨 맞죠?"

흰색뿐인 세계에서 한 남성이 떠오르듯 나타났다.

겉모습은 20대 중반 정도.

차분한 분위기를 가진 금발의 유럽계 미남이라는 느낌이었다.

왼손에는 태블릿 같은 것을 들고 있다.

"네, 맞습니다."

료가 그렇게 대답하자 남자는 미소를 지었다.

"아, 다행이군요. 실로 오랜만의 방문자입니다. 당신은."

그리고 조금 슬픈 얼굴로 말을 잇는다.

"미하라 료 씨, 당신은 사고를 당해 죽었습니다."

'역시……'

료는 어렴풋이 떠올렸다.

사고를 당해 죽었다는 것을.

"네, 기억해요."

료가 고개를 끄덕이며 대답했다.

남자는 슬픈 표정에서 다시금 살짝 미소를 짓더니 말을 시작했다. 하지만 내용은 료가 이해하기엔 다소 난해한 부분이 많이 포함되어 있었다.

"이곳은 당신들의 세계에서 말하는 윤회 전생 시스템의 일부입니다. 지구가 있는 777〇777 세계선에서 당신은 사망했지만, 가끔 세계선을 넘어 전생 또는 전이되는 경우가 있습니다. 이번에는 미하라 료 씨가 거기에 선정되었습니다."

"……네?"

"이해하기 어렵겠죠. 압니다. 뭐, 쉽게 말하자면 지구와는 다른 세계에 지금까지의 기억을 갖고 전생해 주시겠어요? 라는 제안입니다."

이 정도면 알아들었겠지요? 미소를 띤 채 말을 전하는 남자.

"아아, 이세계 전생……. 무슨 소설 같네……."

"아, 네, 맞습니다. 요즘엔 지구에서도 유행하고 있는 건지…… 덕분에 설명하기는 더 수월해졌어요."

료로서는 다시 살 기회가 주어진다면 감사한 일이었다.

하지만 한 가지 의문이 머릿속에 떠올랐다.

애초에 전생을 시켜서 뭘 시키고 싶은 거지, 이 사람(?)은.

"몇 가지 질문이 있는데요."

"네, 얼마든지 하세요."

남자는 방긋 웃으며 료의 질문을 기다렸다.

"당신은 신인가요?"

"아뇨, 저는 신이 아닙니다. 당신들의 지식과 최대한 비슷하게 답하자면 천사에 더 가까워요."

'그렇구나. 천사. 천사라면…… 미카엘(가명)이라고 해 두자.'

료가 마음속으로 그런 생각을 하는데 미카엘(가명)의 눈썹 끝이 살짝 움찔한 것 같았다. 잘못 본 게 아닐까 싶을 정도로 아주 미세한 움직임…….

'응? 마음속을 읽을 수 있나? 뭐, 상관없지만.'

미카엘(가명)은 방긋 웃는 낯빛으로 료의 다음 질문을 기다리는 듯했다.

"저를 전생시키는 목적이 뭐죠?"

"죄송합니다. 그 질문에는 답할 수 없습니다."

웃는 얼굴에서 다시금 미안한 표정으로 바뀐 미카엘(가명)이 대답했다.

"당신의 전생을 결정한 것은 저희가 아닙니다. 아까 료 씨가 말한 『신』에 해당하는 자들이 결정한 것입니다. 그래서 목적은 알려지지 않았습니다."

"하지만 그렇다면 전 전생한 곳에서 뭘 하면 되는 거죠?"

미카엘(가명)이 다시 미소를 지으며 말했다.

"원하는 대로 살아가면 됩니다. 특별히 뭔가를 해야 한다거나 사명이 부여되었다는 이야기는 듣지 못했거든요."

원하는 대로 살아라. 이 얼마나 멋진 말인가!

응, 그렇다면 슬로 라이프를 보내야겠다.

"알겠습니다. 전생 제안을 받아들일게요."

료의 대답에 미카엘(가명)은 화사한 미소를 지어 보였다. 미소만으로도 세상 많은 여성들의 마음을 사로잡을 것 같은…… 그런 미소였다.

"아, 그거 다행이군요. 그럼 전생할 곳에 대해 설명해 드리겠습니다."

그렇게 말한 미카엘(가명)은 설명을 시작했다.

미카엘(가명)의 설명에 의하면 전생하는 곳은 검과 마법의 세계라고 한다.

화약류는 아직 일반적이지 않았다.

전생하는 곳의 행성 크기는 지구와 같고 분자 조성도 같다. 물리 현상에 관해서도 거의 같다고 했다.

"하지만 마법이 있는 세상인 거죠?"

마법이 있다는 건 지구의 물리 현상과는 차이가 있다는 뜻이 아닐까.

"네, 마법은 있습니다. 하지만 지구도 예전에는 마법이 있었습니다. 뭐, 여러 사정이 있어서 현재에는 쓰이지 않는 것 같지만 말입니다."

그것은 료에게 있어 꽤나 충격적인 정보였다.

'지구에도 마법이 있었다고? 뭐지? 오파츠 같은 걸 말하는 건가? 하지만 그건 외계인이나 고대인 없이도 이미 해명이 된 이야기인데…… . 물론 지구의 전설이라든가 옛날 이야기에 마법사나 마법이 많이 나오긴 하지만…… .'

"아, 죄송합니다. 혼란을 드린 것 같군요. 그래도 이렇게 말하긴 좀 그렇지만, 이제 미하라 료 씨는 전생하는 것이 결정되었으니 지구의 과거에 너무 얽매이는 것도 정신 건강상 좋지 않을 거라 생각합니다."

"아, 네. 그것도 그렇네요."

생각해도 어쩔 수 없는 건 생각하지 않는다.

빠른 사고전환은 인간의 정신적 균형을 유지하는 데 있어 효과적인 방법이었다.

"다시 돌아와서 료 씨가 전생하는 마법이 있는 세계, 편의에 따라 저희는 그 세계를 『파이』라고 부릅니다. 『파이』에서는 대략 5분의 1의 인간이 마법을 사용할 수 있습니다. 료 씨가 가진 적성은 **수속성**입니다."

"물…… ."

전생물이나 전이물에서는 마법을 사용할 수 있는 건 정석이라고도 볼 수 있었다.

'하지만 정석이라고 한다면…… 역시 공격력이 높아 보이는 불 마법이라든가, 아니면 사용성이 좋을 것 같은 흙 마법…… 그래, 바닥을 늪으로 만들어서 적의 움직임을 멈추거나, 한순간에 요새를 만들어서 전황을 바꾸거나, 그런 걸 해 보고 싶은데…… . 아

니, 애초에 전생물이라면 모든 속성에 적성이 맞다! 라는 일이 있어도 좋았을 텐데.'

"저, 가능하면 불이나, 흙으로의 변경은……."

오늘 몇 번째인지 모를 미안한 표정을 지은 미카엘(가명)이 말했다.

"죄송합니다. 변경은 불가능합니다. 마법 적성은 **창조**의 범위에 해당하기 때문에 흔히 말하는『신』들의 영역입니다. 저희가 담당하는 **관리** 범위 밖이지요. 그리고『파이』에서 마법 적성이란 태어날 때 부여되는 것으로 후천적으로는 얻어질 수 없습니다."

"즉, 저는 평생 수속성으로 살아가야 한다는 건가요?"

료의 얼굴이 너무나도 절망적이었기 때문일까, 미카엘(가명)이 황급히 덧붙였다.

"그렇긴 하지만 수속성 적성이 있다는 건 인간의 경우 아주 편리하지 않습니까? 이를테면 어디에서 살든 물은 필요합니다. 그 물을 어려움 없이 조달할 수 있는 겁니다. 게다가『파이』의 인간 80%는 마법 그 자체를 사용할 수 없습니다. 그런 점에 있어서도 미하라 료 씨는 꽤 운이 좋은 편입니다."

'듣고 보니. 사람이 살아가는 데 물과 소금은 반드시 필요하다고 했나. 검과 마법의 세계라고 하면 도시조차 상하수도 등이 설비되지 않은 경우가 일반적이니까. 그런 상황에서 물 걱정을 하지 않아도 되는 건 큰 이점일지도 몰라.'

미하라 료는 기본적으로 긍정적이었다.

"혹시 물 마법은 회복 마법도 겸한다든지, 회복 계열 특징도 갖고 있다든지 하지는……."

"『파이』에서 회복은 빛 속성 마법의 영역입니다."

"아, 네……."

이후에도 미카엘(가명)의 설명은 이어졌다. 『파이』에서 마법은 총 6속성. 물, 불, 바람, 흙, 빛, 어둠. 그리고 그것에 포함되지 않는 무속성.

"여섯 가지에 속하지 않는 무 속성 마법을 쓰면 새로운 것을 배울 수 있는 가능성이 있을 순 있겠지만…… 확률이 제로가 아니라는 정도입니다. 솔직히 기대하기는 어렵지요. 그보다는 적성이 있는 수속성 실력을 늘려가는 편이 나을 겁니다."

손에 든 태블릿을 보며 미카엘(가명)은 이야기를 이어갔다.

"료 씨의 체력은 대략 중상 정도군요. 『파이』는 흔히 말하는 레벨제나 스킬제가 아니기 때문에 꾸준한 노력이 가장 중요합니다."

'아마 평균이 제일 중간쯤이겠지. 그렇다면 평균보다 좀 나은 정도라는 건가? 의외로 엄청나게 노력하지 않으면 금방 죽어버릴지도 모르겠다…….'

"체력이나 마법 같은 건 어떻게 늘려야 하죠?"

"인간 자체는 『파이』의 인간이나 지구의 인간이나 다를 바가 없습니다. 그러니 능력을 키우는 방법도 마찬가지이죠. 지구에서도 인간의 몸이라는 것은 쓰면 쓸수록 단련이 되지요? 근력 운동을 하면 근육이 붙고, 오랜 시간 달리면 심폐 능력이 향상되는 것처럼요. 혹은 아프리카에서 어렸을 때부터 먼 곳을 계속 봐오던 종족 사람들은 모두 시력이 5.0 이상이 되고, 반대로 눈이 보이지 않아 청력에만 정보 수집을 의존해야 하는 사람들은 모두 귀가 좋아집니다. 똑같습니다. 끊임없이 쓰면 됩니다. 그럼 성장할 수 있습니다."

그 밖에도 몇 가지 설명을 들었다.

그리고 마지막으로 료의 소원을 듣는 단계가 되었다.

"저는 사람이 안 오는 곳에서 슬로 라이프를 보내고 싶습니다!"

미카엘(가명)은 그 말을 듣고 한 번 고개를 크게 끄덕이고는 태블릿을 조작했다.

"그렇다면 론도 숲을 전생지로 하도록 할까요. 집과 두 달 치 식량은 준비해 두겠습니다. 그 사이에 수속성 마법을 사용하여 사냥을 익혀 나가도록 하세요. 집 주변에는 마물 같은 것들이 오지 못하도록 되어 있습니다. 결계 같은 거죠. 지구 단위로 따지면 반경 100미터 정도입니다. 그리고 집의 남서쪽 500미터 정도 위치에 바다가 있으니 수속성 마법에 익숙해지면 바다에서 소금 채취가 가능할 겁니다. 힘내세요."

"알겠습니다. 아, 마지막으로. 마법은 어떻게 쓸 수 있는 건가요?"

마지막으로 가장 중요한 것을 묻는 료.

모처럼 마법이 있는 세계에서, 수속성이라고는 해도 마법의 적성을 갖고 전생할 수 있는 것이다.

들을 수 있는 것은 들어두는 편이 좋았다.

"마법의 핵심은 이미지입니다. 명확한 이미지를 그린다. 그리고 경험을 쌓아 나간다. 뭐든 그렇습니다만, 갑자기 잘되진 않더라도 여러 번 시도하다 보면 잘 할 수 있게 되는 법입니다. 마법도 똑같습니다."

"해 보겠습니다. 여러모로 감사했습니다."

말을 마치자 료의 몸이 빛에 둘러싸이더니 곧 사라졌다.

그 자리에는 미카엘(가명)만이 남겨졌다.

"슬로 라이프라…… 좋네요. 저도 언젠가 몸을 입고 어딘가에서 슬로 라이프를 보내볼까요?"

마지막으로 태블릿에 시선을 떨구고…… 빠뜨린 것이 있다는 것을 깨닫는다.

"아아…… 마력량은 이미 『파이』 안에서도 꽤 높은 편입니다, 라고 전하는 걸 잊었네요. 뭐, 살다 보면 깨닫겠지요."

하지만 아직 뭔가가 더 있었다.

"숨은 특성? 왜 이런 것이? 숨은 특성이라는 것은 제가 처음 전생에 관여했던 그녀 이후로…… 만 년만이네요. 대체 어떤 특성일까요."

특성: 불로.

이세계 『파이』로

"처음 보는 천장……."

전생해서 한 첫마디…… 그중에서도 정석에 가까운 말이겠지…… 조금 다르지만.

호화로운 커튼이 달린 침대…… 같은 것은 아니었다. 그런 게 달려 있었으면 애초에 천장이 보이지도 않았을 테고.

현대 일본 기준으로 보면 당연히 볼품없는 침대였다.

판자에 짚을 깔고 그 위로 천이 한 장 덮여 있을 뿐이다.

하지만 르네상스 이전 유럽 정도의 문화 수준이라고 생각하면 썩 괜찮은 부류라고 할 수 있었다. 귀족의 저택이 아니니까.

입고 있는 옷은 지구에서 죽었을 때 그대로였다. 신발도 마찬가지. 다른 소지품은 없다.

료는 침대에서 내려와 우선 집안을 둘러보았다.

침실, 거실, 주방, 그리고 욕실.

"욕조!?"

르네상스 전 유럽에 욕조라니, 들어본 적도 없는데.

"뭐, 로마 시대에는 대욕탕도 있었고, 있다고 하면 있을 수도 있나. 일본인으로서는 있어주면 정말 감사하지……. 아, 내가 일본 사람이라서 미카엘(가명)이 만들어준 걸까? 미카엘(가명)…… 유능한 남자였군요!"

미카엘(가명)이 남자인지 여자인지는 불분명했다.

무엇보다 료의 지식도 상당히 잘못되어 있었다. 중세 유럽에도 공중목욕탕은 존재했다. 다만 위생관념이 희박했던 것은 사실이고, 그 공중목욕탕이 전염병의 온상이 되었다는 것은 그야말로 아이러니였다.

료는 흡족한 얼굴로 욕실을 바라본 뒤 거실로 이동했다.

거실 책상 위에는 책 두 권과 나이프 한 자루가 놓여 있었다. 그 옆에는 종이 한 장이.

『식량은 바깥 저장고 안에 있습니다. 냉동실과 비슷한 곳이니 장기 보관도 가능합니다. by.미카엘(가명)』

"역시 속마음을 읽혔어⋯⋯."

유능한 남자는 적으로는 돌리고 싶지 않았다.

책은 대학 도서관의 귀중 서고에 보관되어 있을 법한 중후한 책⋯⋯ 이 아니라 아주 평범한⋯⋯ 지구로 치자면 활판 인쇄가 발달한 후에 만들어진 것 같은 책이었다.

"책? 양피지가 아니라 종이? 종이가 있는 세계인가?"

《마물 대전 초급편》

《식물 대전 초급편》

책상 위에 놓인 두 권의 책 표지에는 각각 그렇게 적혀 있었다.

"이건⋯⋯."

즉, 전생물의 정석이라고도 할 수 있는 기본 장착 스킬 같은 건 없다는 뜻이었다.

"레벨제나 스킬제는 아니라고 말하긴 했지만⋯⋯."

두 책 모두 알기 쉬운 삽화가 포함되어 있다. 그 부분은 대단히 감사했다.

책상 위에 놓인 또 다른 것. 칼은 날의 길이가 20센티미터 정도로 꽤 튼튼하게 잘 만들어진 것이었다.

무인도에 하나만 가져갈 수 있다면 뭘 가져갈래?

그 질문에 대한 정석적인 대답, 그것은 바로 나이프. 료는 일단 칼을 허리에 꽂았다.

책상 주변, 방안을 둘러봐도 다른 것은 딱히 없어 보였다.

마침내 료는 밖으로 이어지는 문을 열었다.

눈에 들어온 것은 찬란하게 쏟아지는 태양.

집 주변으로 펼쳐진 풀의 융단.

그리고 그 앞으로 보이는 숲.

그야말로 울창하다는 표현이 딱 어울리는, 안쪽을 조금도 내다볼 수 없는 숲.

반대 방향에도 똑같은 숲.

다만 그 앞에…… 아마 거리는 꽤 되겠지만 하늘까지 닿을 것 같은 산이 보였다. 이 전생지는 온난한 기후 같지만, 산의 정상 부근은 눈으로 뒤덮여 있는 것이 보였다.

"저런 곳에 드래곤 같은 게 있는 거겠지……. 응, 가까이 가지 말자."

굳이 소리를 내어 굳게 다짐하는 료.

아직 배는 고프지 않았다.

그렇다면 해야 할 일이 있었다.

아니, 이 검과 마법의 세계에 왔으니 꼭 해보고 싶은 것이 있었다.

그랬다. 마법을 실제로 사용해보는 것이다.

"수속성만 쓸 수 있어. 그리고 마법은 이미지가 중요해."

오른손이 자연스럽게 앞으로 내밀어졌다.

오른손 끝에서 물이 나오는 이미지를 머릿속에 그리며 외쳐보았다.

"〈물이여 나와라〉!"

쪼륵.

오른손에서 한 컵 정도의 물덩어리가 나오더니 그대로 땅에 떨어졌다.

마법 첫 체험!

객관적으로 보자면 상당히 초라하기 그지없지만 상관없다.

첫 마법에 성공한 감동으로 몸을 떠는 료.

"정말 마법이 존재하는 세계야……."

기쁜 나머지 몇 번이고 발사해 본다.

"〈물이여 나와라〉."

"〈물이여 나와라〉."

"〈물이여 나와라〉."

…….

"미카엘(가명)은 이미지가 중요하다고 했지. 그렇다면……."

오른손 끝에서 물이 나오는 이미지는 아까와 똑같이.

"〈물〉."

지금까지와 마찬가지로 오른손에서 한 컵 정도의 물덩어리가 나와 땅에 떨어졌다.

"〈워터〉."

이것도 마찬가지로 오른손에서 한 컵 정도의 물덩어리가 나와 땅에 떨어졌다.

다음은 입 밖으로 내지 않고 머릿속으로 외쳤다.

'〈물〉.'

그러자 마찬가지로 오른손에서 한 컵 정도의 물덩어리가 나와 땅에 떨어졌다.

"굳이 말로 할 필요가 없구나. 멋진 주문 같은 거 해보고 싶었는데……."

남자는 아무리 나이를 먹어도 중2병.

"아, 이거 욕조에 모아둘 걸 그랬네……. 물 아깝게……."

서둘러 욕실로 이동해 물 마법 연습을 이어갔다.

"물! 로 나오는 건 한 컵 분량 정도야. 좀 더 지속적으로 나왔으면 좋겠는데. 욕조에 가득 찰 정도로."

욕조는 석조로 만들어진 꽤 멋들어진 것이었다.

고급 온천 료칸 객실에 딸린 노천탕, 이라는 이미지가 가장 비슷할 듯했다.

여기에 〈물〉만으로 물을 채우기란 확실히 힘들어 보였다.

"물이 지속적으로 나오는 거라면 역시 수도꼭지겠지. 아니, 잠깐. 이건 욕조잖아. 욕조라면 물이 아니라 뜨거운 물이지. 그래, 뜨거운 물을 내보내 보자."

머릿속으로 뜨거운 물을 이미지화했다.

보다 확실히 이미지화하기 위해 소리를 내서 외쳤다.

"〈뜨거운 물〉."

그러자 오른손에서 한 컵 정도의 물덩어리가 나와 욕조에 떨어졌다.

그랬다. **뜨거운 물**이 아니라 **물**이 나왔다.

"어라? 좀 더 확실하게 이미지화해야 하는 건가."

욕조의 뜨거운 물을 이미지화하며 외쳤다.

"〈뜨거운 물〉."

그러자 오른손에서 한 컵 정도의 물덩어리가 나와 욕조에 떨어졌다.

역시나 뜨거운 물이 아니라 그냥 물이 나왔다.

"……응, 오늘은 뜨거운 물은 포기하자. 이 론도 숲은 꽤 더운 편이니까 찬물 목욕도 괜찮을 것 같아."

료는 노력하는 것을 싫어하지 않는다. 하지만 포기하는 것의 장점도 아는 남자였다.

그래, 처음부터 뭐든 다 잘되지는 않는 법이다.

다시 한번 정신을 가다듬고.

"〈수도〉."

오른손이 수도꼭지가 된 것처럼 손끝에서 끊김 없이 물이 계속 나왔다.

"좋아, 좋아. 느낌이 좋네."

뜨거운 물을 얻는 데엔 실패했지만, 첫날부터 지속적으로 물을 쏟아내는 건 상당히 성공적인 축에 속하는 게 아닐까.

적어도 이걸로 식수와 찬물 목욕은 확보된 셈이니 말이다.

생활하는 데 있어서 매일 직면하는 문제 중, 남아 있는 가장 큰 과제는…….

"역시 불이겠지……."

그랬다. 요리를 하기 위해서도, 보온을 위해서도, 어쩌면 찬물에서 뜨거운 물 목욕으로 랭크업하기 위해서도 어떻게든 불을 구해야만 했다.

화속성 마법을 사용할 수 있다면 좋겠지만…… 그것은 이 세계에서 불가능한 일이라고 했다.

료는 평생 수속성 마법으로만 살아가야 하는 것이다.

"불을 어떻게 구할 수 있을까……."

인류 최초의 불은 낙뢰로 불탄 나무나…… 혹은 프로메테우스가 줬다는데……. 어느 쪽도 현재로서는 기대하기 어려웠다.

"부싯돌이 있으면 제일 편할 것 같은데."

대충 둘러본 결과 이 집에 부싯돌은 준비되지 않은 것 같았다. 칼의 강철 부분과 부싯돌을 마찰시키면 불꽃이 튀게 마련이다.

언젠가는 가까운 벼랑이나 강가에서 찾아올 생각이긴 하지만…… 그것은 어느 정도 생활이 익숙해진 뒤의 일이었다.

집 주위 반경 100미터 이내로는 마물이 들어오지 않는다고 미카엘(가명)은 말했다.

그렇다는 것은 그 너머에는 마물이 있다는 뜻일 테니까 나름의 준비를 갖춘 뒤에 결계(가칭) 밖으로 나가야 했다. 물 마법으로 조금이라도 싸울 수 있는 여력이 생기지 않는다면 밖으로 나갈 수 없다.

　일단 현재로서는 다른 방법으로 불을 구해야 할 것 같았다.

　부싯돌 이외에 불을 얻는 방법으로는 역시 단단한 나무와 부드러운 나무를 문질러 마찰열로 불을 피우는 방법일 것이다.

　"성공하는 이미지가 전혀 안 떠올라……."

　드디어 욕조에 물을 다 채운 료는 일단 밖으로 나왔다.

　결계 밖으로 나가지 않도록 주의하면서 장작을 모았다.

　그와 함께 화구가 될 만한 것도 주웠다.

　화구란 불을 피울 때 사용하는 타기 쉬운 재료를 말했다. 마른 풀 같은 것도 잘게 쪼개면 화구로 문제없이 쓸 수 있을 것이다…… 아마도.

　그러던 중 종려나무와는 좀 다른 것 같지만 야자수 계통으로 보이는 나무가 있었다. 거기서 운 좋게도 검은 종려 껍질 비슷한 것을 얻을 수 있었다.

　"응, 영상에서 본 기억이 나."

　료의 서바이벌 지식이란 딱 그 정도였다.

　미카엘(가명)이 마련해 준 집에는 화덕이 있었다. 거기서 쓰는 양을 감안하더라도 꽤 적지 않은 양의 장작을 구할 수 있었다.

　마찰열을 일으킬 나무는 소나무 비슷한 나뭇가지와 참나무 비슷한 나뭇가지.

　"해 볼까!"

　연기조차 나지 않는다.

　료는 최선을 다했다.

한 시간이 지나고…… 두 시간이 지나고…… 그리고 포기했다.

"일단 식량 재고 확인부터 해보자."

냉정한 태세 전환이 필요할 때도 있다.

그래, 처음부터 뭐든 다 잘되지는…… 이하 생략.

불 피우기를 포기한 료는 집 밖에 있는 저장고로 향했다.

저장고는 보기에도 평범한 작은 오두막이었다. 문을 열자 안은 서늘했다.

"이건 수속성 마법? 얼음으로 만든 벽? 이게 소위 말하는 '빙실'이라는 건가?"

미카엘(가명)이 준비해둔 것이겠지. 장래엔 료도 이런 마법을 사용할 수 있…… 을지도 모른다.

『파이』에 온 지 2일째, 태양이 떠오름과 동시에 료는 몸을 일으켰다.

불을 손에 넣을 아이디어는 이미 떠올랐다.

하지만 그것을 실현하기 위해서는 수속성 마법을 더 잘 쓸 수 있어야 했다.

지구와 『파이』에서는 기본적인 물리 법칙은 거의 같고, 분자 조성도 같다고 미카엘(가명)은 말했다.

분명 『파이』에는 마법이 있고, 지구에는 마법이 없다. 하지만 예전에는 지구에도 마법이 있었다고 한다.

지구에서 물을 구성하는 분자는 H_2O였다. 이는 아마도 『파이』에서도 마찬가지일 것이다.

료는 욕실에 있던 물통을 가져왔다.

"〈수도〉."

물통에 깊이 10센티미터 정도의 물을 채웠다.

이 물을 얼려서 얼음을 만들 생각이었다.

머릿속에 그려지는 이미지는 물이 꽈악 응축하는 이미지.

"얼어라!"

하지만 잘되지 않았다.

"으음, 어렵네. 하지만 얼음은 만들 수 있는 편이 좋겠지…….
아마 이게 무기가 될 테니까. 얼음 창 같은 마법도 써 보고 싶고."

물만 응축시키는 걸로는 안 되는 건가? 동시에 열을 빼앗아 가
는 이미지도 필요할지도 모른다. 그러면서 여러 번의 시행착오를
반복했다.

몇 번의 도전 끝에 간신히 물 표면에 얼음 막이 형성되기 시작
했다.

하지만 좀처럼 단단해지질 않았다.

이번에는 좀 더 세밀하게, 물의 중심인 H_2O 분자 자체를 머릿
속에 떠올렸다.

얼음이 열을 저장하는 구조는 두 가지가 있다.

하나는 분자 진동.

다른 하나는 배치 엔탈피. 물 분자 사이의 결합 강도를 바꿔서
열을 저장하는 것이다.

마법의 핵심은 이미지다.

사람의 상상력은 무한하다.

광활한 우주의 심연부터 아주 작은 마이크로 세계까지 모든 것을 그려낼 수 있다.

진정한 의미에서 만능이었다.

사람의 시각으로는 원자나 분자를 볼 수 없다……. 하지만 이미지화하는 것은 가능하다. 그 지식만 있다면!

H_2O 분자를 서로 결합시킨다.

이쪽 H_2O의 산소 원자 O와 옆의 수소 원자 H를 연결시킨다.

수소 결합이라 불리는 현상을 이미지화해 나간다.

얼음의 형태는 하나가 아니다.

일반적인 육각 형태의 얼음 외에 자연계에는 입방 형태의 얼음도 존재한다.

그 밖에도 압력을 가하는 것에 따라 15종이나 되는 얼음의 형태가 존재한다고 알려져 있다.

깨끗한 격자 모양으로 수소 결합하여 틈새가 많은 얼음부터 와락 구겨진 것처럼 보이는 얼음까지 다양한 형태의 얼음이 있다.

지구의 과학에서도 아직 얼음과 물은 많은 부분이 밝혀지지 않았다. 이렇게나 사람의 생활에 깊이 관여하고, 없으면 살아갈 수조차 없는 것인데도 놀라울 정도로 많은 수수께끼에 싸인 물질.

수속성 마법사가 된 료는 불현듯 그런 생각이 들었다.

우선 깨끗한 격자 모양으로, 수소 결합을 이용해 물 분자끼리 결합시켜 나갔다.

동시에 분자의 진동을 정지시켰다.

본래 물질의 온도란 그 물질을 구성하는 분자의 진동 진폭 크기에 비례한다.

애초에 '온도'라는 것 자체는 분자 진동의 심도를 알려주는 지표라고 할 수 있었다.

진동이 커지면 커질수록 물질의 온도는 올라가고, 진동이 작아질수록 물질의 온도는 내려간다.

모든 원자, 분자의 진동이 거의 제로가 된 상태가 이른바 절대영도, 마이너스 273.15도이다.

그렇기 때문에 원칙상 절대 영도보다 낮은 온도라는 것은 존재하지 않는다.

머릿속의 이미지 안에서 H_2O의 진동이 점점 줄어들었다.

그에 따라 물통 속의 물이 굳어지고…… 완전한 얼음이 되었다.

"좋아, 성공! ……성공이긴 한데, 통에서 얼음을 꺼낼 수가 없네."

얼음 모양을 조금 변형시켜야 했다.

양손을 물에 향한 채 머릿속으로 이미지화했다. 얼음 주변을 조금씩 깎아내듯이.

물통을 뒤집자 얼음이 손쉽게 빠져나왔다.

지름 25센티미터, 두께 10센티미터 정도의 얼음덩어리. 그것을 양손에 쥐고 머릿속에서 변형된 모양을 이미지화했다. 중앙부는 두껍고 가장자리는 얇은 볼록렌즈 형태로.

30분쯤이 지나서야 비로소 만족스러운 형태가 되었다.

"후후후, 내 승리로군. 비결은 바로 수소 결합이야!"

료는 대체 무엇과 싸웠던 것일까…… 그것은 그 누구도 모른다.

수소 결합은 물 분자 간의 결합인데, 이를테면 DNA의 이중나

선, 이를 연결하는 것도 수소 결합이다.

이과 수업에서 배우는 아데닌과 티민, 구아닌과 시토신이 수소 결합에 의해 연결되면서 두 가닥이 되는 것이다.

수소 결합, 굉장해!

다음으로는 만들어진 〈얼음 렌즈〉로 태양빛을 모아 검은 종려 껍질을 태운다.

얼음을 써서 불을 피운다. 실로 배덕적인 느낌이었다.

얼음이 녹는 것이 걱정되긴 했지만 마력을 계속 쏟아부으면 녹지 않는 것 같았다.

그 부분은 자연의 얼음과 마법으로 만들어진 얼음의 차이일지도 모른다.

눈부시게 쏟아지는 태양빛. 꽤나 큰 얼음 렌즈.

이 둘을 사용하자 2분도 지나지 않아 종려 껍질에 불이 붙었다.

간신히 료는 불을 피우는 법을 손에 넣은 것이었다.

"그건 그렇고 마법은 편리하네."

서바이벌의 3요소. 불, 물, 식량. 그중 불과 물을 마법으로 손에 넣었다. 뭐, 불은 꽤 원시적인 방식도 병용했지만…….

"이 물은 어디서 온 거지? 역시 공기 중에 함유된 수분…… 인가?"

론도 숲은 온난한 기후라기보단 아열대 기후가 아닐까 싶을 정도로 기온이 높았다. 그리고 습도도 높다. 그 말은 당연히 공기 중에 포함된 수분량이 많다는 뜻이기도 했다.

그렇기 때문에 수속성 마법의 초심자인 료도 처음부터 물을 만들어낼 수 있었던 게 아닐까.

료는 그렇게 생각했다.

지구에서는 사막에서도 몇 %의 습도가 표시된다.

즉 사막의 건조한 공기조차 그 안에 수분이 함유되어 있다는 뜻이 된다.

그것을 내보낼 수 있다고 한다면…… 역시 마법은 상당히 편리하다고 말할 수 있겠지.

하지만…… 만약 그것뿐만이 아니라고 한다면?

공기 중에서 물을 꺼내는 것뿐만 아니라, 무에서 유를 발생시키고 있다면?

물론 무에서 유는 생겨나지 않는다.

정확히는 무라고 해도 그것은 물질이 없을 뿐 에너지는 존재하는 상태다.

미카엘(가명)은 물리 현상은 지구나 『파이』나 기본적으로 거의 같다고 했다.

그러니 지구에서 유효한 물리의 공식이라면 『파이』에서도 유효하지 않을까 료는 생각했다.

최근에는 지구의 일반인도 대부분 알고 있는 아인슈타인의 유명한 공식이 있다.

$E=mc^2$

E: 에너지 m: 질량 c: 빛의 속도

"에너지는 질량과 광속 제곱의 곱과 같다."

더 쉽게 말하면 물질에서 에너지를 발생시킬 수 있다는 뜻이다.

그 단적인 예로 원자력 발전이나 원자 폭탄을 들 수 있다.

하지만 여기서 주목할 것은 '='이다.

중학교 수학에서 배운 대로 '='로 묶인 오른쪽과 왼쪽은 같다. 이는 등가다.

즉 물질에서 에너지를 추출할 수 있다면 에너지에서 물질을 생성할 수도 있다, 라는 것이다.

물론 21세기에 들어선 지구에서조차 에너지를 통한 물질 생성은 기술로 확립되지 않았다. 기껏해야 쌍생성으로 전자 같은 것을 발생시키는 정도다.

따지고 보면 겨우 1그램의 물질에서도 엄청난 양의 에너지가 발생한다.

그렇다는 것은 방대한 에너지를 컨트롤한다 해도 겨우 1그램 정도의 물질밖에 생성할 수 없다는 뜻이기도 하다.

얼마나 방대할까?

히로시마에 떨어진 원자 폭탄. 실제 에너지로 바뀐 질량은 0.7그램 정도였다고 한다.

다시 말해 그만큼의 에너지를 모두 질량으로 전환할 수 있게 된다고 해도…… 고작 0.7그램의 물질밖에 생성되지 않는 것이다.

그렇지만 이 『파이』에는 마법이라는 편리한 도구가 있다.

어쩌면 마법의 심연에는 에너지에서 물질을 생성하는 기술도 있는 것은 아닐까.

그렇게 되면 말할 것도 없이 '무에서 유가 창조되는', 에너지로부터 물질이 생성된 우주 창조의 수수께끼로도 이어질 수 있었다.

이거 가슴 설레는데!

수소 결합에 의해, 무엇과 겨룬 것인지는 모르겠으나 아무튼 승리를 거둔 료가 다음 목표로 삼은 것은 뜨거운 물이다.

하지만 이는 간단했다. 료에겐 승산이 있었다.

물 분자 H_2O의 진동을 멈춰 얼음을 만들어냈으니, 그 반대의 과정을 거치면 된다.

즉, 물 분자의 진동을 늘린다.

료는 과거 여름방학 자유 연구에서 해본 적이 있었다. 물론 마법을 쓴 것은 아니었지만.

보온병에 물을 넣고 뚜껑을 닫고 계속 흔든다!

2천 번 정도 흔들자 1도 가까이 물의 온도가 올라갔다.

강제로 물 분자의 진동을 늘려 물의 온도를 높였다.

즉 이것은 이미 성공이 보장된 것이나 다름없었다.

우선 사용 빈도가 높은 물통. 이걸로 해보자.

'〈수도〉.'

무영창으로 외쳤다. 영창과 무영창 양쪽 다 할 수 있도록······ 언제나 연습!

얼음 렌즈를 만들었을 때처럼 10센티미터 높이의 물을 준비했다.

그리고 거기에 양손을 대고 머릿속으로 H_2O 물 분자를 이미지화했다.

그리고 진동시킨다!

…….

"얼레?"

딱히 물통의 물에는 변화가 없었다. 김이 나는 뜨거운 물이 되었다는 느낌도 없다.

물에 손을 넣어봤지만 온도 변화는 느껴지지 않았다.

"어째서지?"

H_2O의 이미지가 부족했나?

좀 더 명확하게 이미지화한 다음…… 진동!

결과는…….

"역시 안 따뜻해졌어."

물을 얼음으로 만들었을 때와 완전히 반대되는 과정을 거치면 돼야 하는데.

"그때 또 뭘 했더라……."

자신의 행동을 돌아보았다.

"……아, 물 분자의 진동을 멈추기 전에 분자끼리 결합했지. 그 부분도 반대로 해야 하는 건가?"

다시 물통의 물에 양손을 향하고 머릿속으로 이미지화했다.

물 분자 간의 수소 결합을 풀어 자유롭게 움직이는 이미지.

그리고 분자 하나하나 진동하는 이미지.

푸슈웃.

돌연 물통에서 간헐천이 솟아나듯 뜨거운 물이 솟아올랐다.

"앗, 뜨거!"

떨어지는 간헐천을 간신히 피한 료.

화상을 입으면 큰일이다. 물 마법에 회복계 효능은 없으니 말이다.

그래도 뜨거운 물을 만드는 데엔 성공한 것 같았다.

하지만 현실적으로 봤을 때 이 불안정한 '열탕 기법'(료 정의)을 갑자기 욕조에서 시험해보는 것은 무서웠다.

석조 욕조가 깨지기라도 하면 대참사였다.

그럼 이제 어떻게 해야 할까.

이럴 때 해야 할 일은 정해져 있다.

"연습만이 살 길!"

숙련도를 높이는 것.

성공과 실패를 여러 번 경험한다. 조금이라도 성공 횟수를 늘려간다. 성공을 자주 경험하는 것이 곧 자신감으로 이어지는 법이다.

점심 역시 어젯밤과 똑같이 저장고에 있던, 신기하게도 얼지 않은 육포——저장고 안에 있는 것 중에서 어째선지 육포만 얼지 않았다——를 질겅질겅 씹으면서 끊임없이 물을 생성하고 끓이기를 반복했다.

해가 기울고, 지구 시간으로 3시 정도 됐을 때쯤. 료는 갑자기 머리가 어지러워져 서 있기가 힘이 들었다.

"쓰러질 것 같아……."

최초의 마력 소진이다.

갓 생성해낸 물을 물통에서 조금 마시고는 간신히 침실까지 당도해 그대로 의식의 끈을 내려놓았다.

『파이』에 온 지 3일째.

"어제는 반성해야지. 마력은 목욕을 마친 후에 다 쓰는 걸로 하자."

굳이 소리를 내어 반성을 곱씹는 료.

목욕을 하지 않은 채로 잠든 것이 아무래도 찝찝했던 모양이다. 역시 전 일본인.

거기서 깨달은 것이 있었다.

"옷은 지금 입고 있는 것밖에 없는데……."

그랬다. 미카엘(가명)이 마련해 준 이 집에는 예비 옷이 존재하지 않았다. 미카엘(가명)은 의복에는 크게 개의치 않는 인물(?)일지도 모른다.

"그러고 보니 미카엘(가명)은 뭘 입고 있었더라?"

고대 로마 귀족의 토가 같은 거였나……?"

만약 그거라면 큰 천만 한 장 있어도 그것을 접어 몸에 걸치기만 하면 된다.

하지만…… 이 집에는 큰 천이 없었다. 아니, 딱 한 장 있다. 침대 짚 위에 까는 시트로 쓰이는 저것이었다.

하지만 저건, 자기 위해선 필요하다!

"뭐, 보는 사람이 있는 것도 아니니 최악의 경우엔 아무것도 입지 않는다는 선택지도 있겠지."

하지만 아담과 이브의 그림에서조차 사타구니는 잎사귀로 가리고 있다…….

"언젠가 동물을 사냥한다면 그 가죽을 허리에 두르면 되지 않을까?"

료는 옛날부터 의복에 크게 개의치 않는 남자였다.

그럼 옷도 그렇게 하는 걸로 정해졌고(정해졌나?).

물, 불, 식량도 있다.

그렇게 되면 이제 그것만 남았다.

그래, 물 마법을 이용한 공격!

저장고의 식량이 떨어지기까지 두 달.

그전까지 결계 밖으로 나가 식량을 조달할 수 있어야 한다.

무기는 아직까지 미카엘(가명)이 놔둔 나이프뿐이었다.

지구에서 칼잡이로 이름을 날린…… 적이 없던 료는 공격해 오는 동물이나 마물을 칼로 사냥할 자신이 조금도 없었다.

애초에 지구에서도 평범한 멧돼지조차 나이프 한 자루로 쓰러뜨리는 것은 현실적으로 불가능하다. 마물까지 있다고 하는 이『파이』의 숲을 나이프 한 자루만 들고 가로지른다는 것은 어느 모로 봐도 미친 짓이나 다름없었다.

그렇게 되면 료가 사용할 수 있는 무기는 수속성 마법만 남게 된다.

"활과 화살을 만들어 쏠 수 있는 기술 같은 게 있으면 좋을 텐데, 그런 건 불가능하겠지."

어제 〈얼음 렌즈〉를 만들 때 '언젠가는 얼음 창 같은 걸 만들어 보고 싶다'는 생각은 했었다.

하지만 아직 시기상조였다.

눈앞에 있는 물을 얼음으로 만드는 데만 몇 분이나 걸렸다. 사냥감 앞에서 창을 만들어 날린다든가…… 아무리 생각해도 현실적이지 않았다.

……그보다 날릴 수는 있는 건가?

〈물〉도 〈수도〉도 손에서 나오면 그대로 자유 낙하하는데…….

지금이라면 워터 볼 같은 건 쓸 수 있지 않을까.

애니메이션이나 영상에서 보았던…… 그 기억에 의지해 오른손을 앞으로 내밀어 머릿속으로 이미지화했다.

머리 크기 정도의 물공, 그것이 오른손에서 발사되어 날아가는 이미지.

"〈워터 볼〉."

푸슈웃.

이미지 그대로 머리만 한 크기의 물공이 오른손에서 발사되어 날아갔다.

농구공 정도의 속도일까.

10미터쯤 날아가 땅에 떨어진다.

"오오~!"

첫 공격 마법(?) 성공에 기뻐하는 료.

이어서 이번에는 7미터 정도 앞의 나무줄기를 향해 발사!

푸슈웃…… 찰박.

줄기는 물에 젖었다. 이상.

"응, 공격력은 없는 것 같네. 뭐, 처음부터 알고는 있었어……."

그렇게 말한 료는 양손과 양 무릎을 땅에 짚고 고개를 푹 떨궜다. 그렇다. 그것은 절망의 포즈.

"하지만 내겐 비장의 패가 있지!"

금세 털고 일어나 힘차게 선언하는 료.

"〈워터 볼〉이 안 된다면 〈워터 제트〉를 쏘면 되잖아."

지구에서 자르지 못하는 것이 없다는 말까지 있는 워터 제트.

하지만 원리는 **자르는** 것이 아니라 물로 **파내는** 것에 가까웠다.

이전에 회사 업무와 관련해 워터 제트에 대해 알아본 적이 있던 료는 이것이 바로 수속성 공격의 진면목일 것이라고 확신했다.

오른손을 앞으로 내밀고 머릿속으로 이미지화했다.

오른손 끝에서 가느다란 고속의 물이 발사되는 이미지. 주변에서 압력을 가해 최대한 가늘게 만든 물.

"〈워터 제트〉."

쪼륵, 쪼륵.

〈수도〉보다 조금 더 기세가 강한, 가는 물줄기 버전.

이걸로는 누가 봐도…… 무엇 하나 자를 수 없다.

다시 한번 양손과 양 무릎을 대지에 붙이고 다시 한번 절망에 빠지는 료.

"졌다……."

무언가에 진 것 같다…….

"좀 쉬자."

어제 점심에도 먹었던, 저장고 안에 있던 육포를 뜯어 먹었다.

'조급해할 필요는 없어. 열탕 기법도 반나절 동안 연습해서 꽤 잘 쓸 수 있게 됐잖아. 그렇다는 건 이 〈워터 제트〉도 지금은 아직 이런 물줄기지만, 연습을 거듭하면 강력한 무기가 될 수 있지 않을까? 게다가 얼음도 생성할 수 있게 됐어. 이것도 앞으로 있을 마물과의 싸움에 사용할 수 있겠지……. 아직 어떻게 쓰면 좋을지는 모르겠지만.'

결연한 표정으로 고개를 든 료는 결론을 내렸다.

"역시 훈련밖에 없어. 노력은 배신하지 않아!"

끊임없이 〈워터 제트〉 연습에 몰두했다.

지구 시간으로 오후 2시를 넘겼을 무렵, '수도보다 약간 기세가 강한' 버전은 넘어설 수 있었다. 하지만 그 이후는 잘 봐준다 해도 세차 호스의 물. 그 정도의 위력밖에 모을 수 없었다.

여기서 료는 퍼뜩 깨달았다.

"오늘이야말로 목욕을 해야지."

그리고 욕실로 향했다. 어제 반나절 동안 수행한 성과를 보일 때였다.

"〈물 가득〉."

불과 10초 정도 만에 욕조 가득 물이 차올랐다. 물의 생성량을 조절할 수 있게 된 것이다. 반나절을 수행하다 마력 소진으로 쓰러진 끝에 얻은 마법 제어의 결과물이었다.

이번에는 드디어 이 물을 뜨거운 물로 바꿀 것이다.

하지만 료는 걱정하지 않았다. 어제의 수행으로 자신감이 붙었기 때문이다.

오른손을 욕조로 향한 채 머릿속으로 이미지화했다.

물의 분자가 저마다 자유로이 움직이고, 그 하나하나가 진동하는 이미지. 그것을 욕조의 물 절반 정도에 실시했다. 너무 뜨거워져도 안 되니까.

그때마다 손을 물에 넣어 보고 미세 조정을 반복하며 온도를 높여 나갔다.

열 번 정도의 미세 조정을 거친 결과…… 마침내 딱 적당한 온도의 물이 되었다.

"성공~!"

나도 모르게 만세.

료의 노력은 이렇게 보답을 받은 것이었다.

"피로는 실패의 근원. 피곤해질 때까지 일하지 마라."

료의 아버지가 입버릇처럼 하던 말이다. 그 말은 사실이지만…… 실천하는 것은 실로 어려운 말이다.

천천히 뜨거운 물속에 몸을 담그고 현 상황을 정리했다.

〈워터 제트〉는 아직 공격엔 사용할 수 없다.

얼음 생성에는 몇 분이 걸린다. 애초에 공기 중에서 직접 얼음을 만들 수 있는지 어떤지 확인도 해둬야 했다.

'하지만 역시 〈아이시클 랜스〉! 같은 주문을 외치면서 얼음 창을 날려보고 싶은데.'

남자라면 누구나 폼 나는 것을 좋아하는 법이다.

'우선은 얼음을 이용한 수속성 마법에 대해 좀 더 자세히 알아야겠다. 얼음을 더 빨리 생성할 수 있게 되면 마물과 대결할 때

써먹을 수 있을지도 모르니까.'

료는 욕조에서 나와 바로 마당에서 실천했다.

"공기 중에서 직접 얼음 생성! 〈얼음 렌즈〉."

양손 사이에서 불을 피웠을 때 사용했던 것과 같은 〈얼음 렌즈〉가 서서히 만들어졌다. 완성하는 데엔 약 5분.

"공기 중에서 얼음을 바로 만들어내는 건 가능하네. 하지만 시간이 꽤 걸려."

어제와는 달리 물통 없이 만들어진 것이었다. 사실은 상당한 진보였지만 료는 그 점을 깨닫지 못했다.

〈얼음 렌즈〉는 마력을 보내고 있는 동안엔 녹지 않는다. 마력을 보내는 걸 중단하면 여느 얼음과 마찬가지로 녹는다.

"이 렌즈를 날릴 수는 없을까."

료는 손에 들린 〈얼음 렌즈〉를 보며 중얼거린 후 가볍게 던졌다.

휘잉, 투욱.

완력만으로 던져진 렌즈는 포물선을 그리며 떨어졌다.

"응, 안 날아갈 줄은 알았어. 얼음 렌즈로 만든 거니까 날지 못하는 게 당연하지!"

마음속으로 낙담했다는 것은 물론 비밀이다.

그럼 다음은 드디어…… 얼음 창 〈아이시클 랜스〉.

"이거야말로 얼음을 사용한 진정한 공격 마법이지!"

우선은 이미지가 중요하다.

머릿속으로 길이 30센티미터 정도의 고드름을 이미지화했다.

"〈아이시클 랜스〉."

수중에 조금씩 고드름이 생성되어갔다. 하지만 두 번째였던 얼음 렌즈 생성에 비해 훨씬 더 오랜 시간이 걸렸다.

10분이 지나고, 15분이 지나서 비로소 형태가 갖춰졌다.

"좋아, 이미지대로야. 그럼 날아가!"

휘잉, 투욱.

"아······."

완력만으로 던져진 얼음 창은 포물선을 그리며 낙하했다.

"날아가는 이미지는 떠올랐는데······ 부족한 건가?"

〈워터 볼〉은 손에서 발사되어 10미터 정도는 날아갔다. 그런데 〈아이시클 랜스〉는 왜 날지 못하는 거지?

"〈아이시클 랜스〉 쪽이 더 무거운가? 아니, 〈워터 볼〉도 머리 정도 크기였으니까 아마 무게는 양쪽 다 비슷했을 텐데. 으음, 모르겠다. 몇 번 더 시도해보면 그 안에 뭔가 알 수 있지 않을까?"

그리고 끊임없이 반복되는 마법.

"〈워터 볼〉."

외친 뒤 발사까지 걸리는 시간도 반복 연습 덕분인지 상당히 빨라졌다.

처음 외쳤을 땐 발사까지 5초 정도 걸리던 것이 수십 번의 연습을 거치자 1초 정도면 발사할 수 있게 되었다. 비거리도 처음 10미터보다는 늘어난 것 같았다.

위력은······ 처음과 전혀 달라지지 않았지만.

"후우. 꽤 익숙해진 것 같아. 뭐, 〈워터 볼〉은 처음부터 잘 됐지만. 그럼 이걸 바탕으로 다음은 〈아이시클 랜스〉다. 〈워터 볼〉처럼 오른손에서 발사하는 이미지로 해보자.”

한번 호흡을 가다듬은 뒤 외쳤다.

“〈아이시클 랜스〉.”

휙, 투욱.

오른손에서 발사된 순간 땅에 떨어졌다.

“〈아이시클 랜스〉.”

휙, 투욱.

몇 번을 해도 마찬가지.

“창 생성 시간은 꽤 짧아졌는데…… 왜 날아가지 않는 걸까?”

수십 발 정도의 〈아이시클 랜스〉를 날렸다.

생성에서 발사까지의 시간은 1분 정도로 줄어들었다.

그리고 그때가 왔다.

“아, 쓰러질 것 같아.”

어제에 이은 마력 소진.

휘청거리면서 간신히 침대에 도착한 료는 다시 의식의 끈을 놓
았다.

『파이』에 온 지 4일째.

아침에 일어난 뒤에도 〈아이시클 랜스〉의 수수께끼는 풀리지
않았다.

그렇지만 오늘 아침엔 그 이상으로 아주 중요한 문제가 있었다.

그것은 바로 공복…….

생각해 보면 전생한 뒤 이곳에서는 육포밖에 먹지 못했다. 그

것도 기본적으로 점심에만 먹었던 것 같다. 료가 결코 대식가는 아니었지만 한창 클 19세. 먹는 양이 적으면 허기를 느낀다.

미카엘(가명)이 두 달 치 식량을 준비해 주었는데 못 먹어서 죽기라도 하는 날엔…… 만약 다시 전생했을 때 미카엘(가명)을 만나면 그땐 어떤 얼굴로 봐야 하는 걸까.

우선은 저장고로 향했다.

문 안쪽은 냉동고처럼 차가웠다. 내벽이 얼음으로 되어 있기 때문이었다.

아마 수속성 마법을 쓴 것이겠지만…… 료가 만든 얼음은 마력을 보내는 것을 멈추자마자 녹기 시작했다. 하지만 이 저장고 내벽의 얼음은 녹을 기미가 전혀 안 보였다.

미카엘(가명)의 마력이 여기까지 전해지는 건가?

아니면 료는 아직 보지 못한 수속성 마법의 고지를 몸소 체험하고 있는 걸까?

어느 쪽이든 흥미로웠다.

언젠가는 이 수수께끼도 풀어보고 싶다…… 고 해도 우선은 허기 먼저 달래야지!

육포라면 바로 먹을 수 있었지만 전생 4일째가 되니 슬슬 다른 것이 먹고 싶어졌다.

그래, 바로 제대로 구운 고기!

저장고 안에는 얼린 짐승과 마물의 고기가 늘어서 있었다.

토끼, 멧돼지, 닭 같은 것들…… 게다가 그것들을 해체해놓은 것처럼 보이는 고기도 늘어서 있다.

"이건 따로따로 해체해놓은 고기네……. 미카엘(가명)이 준비해준 것 같은데. 즉 이렇게 해체하면 식용 고기를 얻을 수 있다, 라는 의미인 걸까? 역시 미카엘(가명), 유능한 남자예요."

그 준비성에 감사하면서 일단 토끼의 뒷다리로 보이는 것을 두 개 손에 들었다.

"둘 다 완전히 꽁꽁 얼었는데, 녹기는 하는 건가? 저장고에서 꺼내면 자동으로 녹는다…… 라는 시스템이었으면 좋았을 텐데."

양손에 고기를 든 채 료는 저장고를 나왔다. 그리고 물통에 고기를 넣었다. 물통도 여러모로 쓰임새가 많았다.

떠오르기 시작한 태양빛을 받은 두 개의 고기. 하지만 녹는 기색이 전혀 없다.

"이건 수속성 마법사로서 직접 해동해야 하는 건가……."

한쪽 냉동육에 오른손을 올린 채 머릿속으로 이미지화했다.

고기를 덮고 있는 얼음의 물 분자 결합을 떨어뜨리는 이미지다.

"어라? 뭔가 튕겨내는데."

물 분자 간의 결합이 벌어지지 않았다. 게다가 벌어지지 않는다는 것이 명확하게 료의 머릿속으로 피드백되어 전해졌다.

"이건 내가 만든 얼음이 아니라 그런 건가? 미카엘(가명)이 만든 얼음이라서 튕겨내는 건가?"

하지만 그렇다고 포기할 수는 없었다. 먹지 않으면 살아갈 수 없는 것이다.

애초에 미카엘(가명)이 준비해준 것이니 녹이지 못해서 못 먹는다, 라는 일은 있을 수 없었다. 왜냐하면 미카엘(가명)은 유능한 남자니까. 그렇다면 녹일 수 있을 거야! 료 안에서 미카엘(가명)을 향한 믿음은 절대적이었다.

"조급해하지 말고 해보자."

한 번에 다 녹이는 게 아니라 일단 한 곳만. 그곳에 마력을 집중한다는 느낌으로, 이미지 속 분자의 결합을 떨어뜨렸다. 다음으로 그 옆의 결합을 제거한다. 이어서 그 옆. 이어서 그 옆……. 결합이 떨어진 곳에서 얼음이 물로 변해갔다.

간신히, 15분 정도 걸려서야 토끼의 뒷다리 하나의 해동이 끝났다.

그만큼이나 시간을 들였는데도 다른 하나의 냉동육은 녹을 기미조차 보이지 않은 채 덩그러니 놓여 있었다.

"미카엘의 마법 굉장하다! 얼어 있는 건 그대로 두고 실험을 해보자. 미카엘의 얼음째로 구우면 어떻게 될까?"

마당에 장작과 검은 종려 껍질을 준비했다.

그리고 주방에서 미카엘(가명)이 준비해 둔 것으로 보이는 소금을 가져왔다. 참고로 미카엘(가명)이 준비해 둔 조미료는 대량의 소금뿐이었다. 나뭇가지에 해동한 다릿살을 끼우고 소금을 뿌렸다.

그리고 늘 해오던 얼음 렌즈를 만들었다. 몇 번 만들어봐서 그런지 처음에는 물을 얼리는 데만 해도 15분은 걸렸는데, 지금은 직접 얼음 렌즈를 만들어도 2분 정도면 만들 수 있었다.

"꽤 익숙해진 것 같아."

발전이 눈에 보이는 형태로 나타난다는 것은 역시 기쁜 일이었다.

그 얼음 렌즈를 사용해 햇빛을 검은 종려 껍질에 모아 불을 붙였다. 생겨난 불씨에 입김을 불어 크게 만들고 장작으로 불을 옮겼다.

나뭇가지에 꽂아둔 다릿살을 불 쪽 땅에 찔러 넣었다. 그리고 냉동된 채 남아 있는 다릿살은 손에 든 채 불에 가져갔다. 냉동육은 불을 들이대도 녹을 기미가 보이지 않았다.

"꽤 비현실적인 그림……."

결론: 미카엘(가명)이 얼린 고기는 불에 구워도 녹지 않는다.

그런 결론을 내리는 동안 제대로 녹인 다릿살 쪽은 먹음직스럽게 구워져 있었다.

"잘 먹겠습니다."

사실상 나흘 만에 하는 제대로 된 식사.

눈물이 날 정도로 맛있었다.

아니, 료는 아예 울면서 먹었다. 태어나서 처음으로 울면서 먹었다.

또 하나의 냉동 다릿살도 같은 순서로 해동하여 구워 먹은 뒤 다시 정신을 가다듬는 료.

오늘 할 일을 생각했다.

우선 〈아이시클 랜스〉…… 왜 날아가지 않는 것인지는 전혀 모르겠다.

답이 번쩍 떠오르지 않는 것은 정보가 갖춰져 있지 않기 때문이었다. 애초에 오랜 시간 생각해도 답은 나오지 않는다. 그렇다면 다른 것을 시도하면서 해답에 필요한 정보가 갖춰지기를 기다리는 것이 맞았다. 시간은 유한하니까.

얼음 생성. 이건 꽤 익숙해졌다.

하지만 이를테면 마물과의 전투에서 사용할 수 있느냐고 묻는다면 아마 아직은 어렵다.

〈아이시클 랜스〉의 생성부터 발사까지 1분. 날아가진 않지만. 얼음 렌즈의 생성은 2분. 둘 다 처음 생성했을 때와 비교하면 현저한 시간 단축이었다.

하지만 좀 더. 좀 더 단축해야 했다.

마물과의 전투는 자신의 목숨이 달린 일이다. 거기엔 타협의 여지가 없었다.

생성 완료까지 1초. 정도의 레벨까지는 숙달을 시켜야만 했다.

그렇게 결론을 내린 료는 행동을 개시했다.

다양한 얼음을 생성해 보았다.

〈아이시클 랜스〉 같은 고드름 모양. 완전한 창처럼 생긴 2미터 길이의 얼음 창. 얼음 판, 얼음 기둥, 얼음벽 등등······.

그때마다 주의를 기울인 부분이 있었다. 바로 **단단한** 얼음을 만든다는 것이었다.

지구에서도 단단한 얼음, 잘 녹지 않는 얼음이라는 것이 있다. 얼음은 물속에 포함된 공기를 제거하면 잘 녹지 않게 된다. 이를 위해서 이를테면 얼리기 전에 한 번 끓여서 물에 포함된 공기를 밖으로 내보내기도 한다.

그럼 료의 경우엔 어떻게 해야 비교적 단단한 얼음을 생성할 수 있을까.

얼릴 때 공기를 포함시키지 않으면 단단해진다. 그렇다면 중심에서 바깥을 향해 얼어나가도록 해보면 될 것이다.

보통 물이 어는 경우 바깥쪽에서 중심을 향해 얼어간다. 그래서 물속에 포함된 공기가 얼음을 중심으로 굳어가면서 기포가 된다.

하지만 여기선 마법을 통해 얼음을 생성한다. 그럼 중심부터 얼려 가면 되는 것 아닌가! 그저 그것뿐이지만 아마 별생각 없이 생성된 물보다는 단단할 것이다.

그럴 것이라고 료는 믿었다.

점심으로는 늘 먹던 육포를 씹으면서 하염없이 얼음 생성을 반복했다. 오른손에서 생성, 왼손에서 생성, 심지어는 발아래에서 생성…… 생각할 수 있는 모든 상황을 상정하면서.

끊임없이 몰입하다가, 문득 깨닫고 보니 햇빛도 그늘도 사라진 저녁이었다.

"목욕을 해야겠다."

식사를 하고, 목욕을 하고, 다시 마법 수행을 반복한다.

이 얼마나 문화적인 생활인가.

료는 행복했다.

『파이』에 온 지 5일째.

오늘은 지금껏 해왔던 일의 복습을 해보기로 했다.

아침에는 어제와 마찬가지로 저장고에서 토끼의 다릿살을 가져와 구워 먹었다. 고기의 해동, 불의 점화, 굽고 먹는 것…… 모두 원활하게 진행되었다.

그리고 어제에 이어서 얼음 생성. 어제 하루 동안의 수행 결과 〈아이시클 랜스〉의 생성은 20초, 얼음 렌즈의 생성도 20초 정도로 단축되었다.

하지만 아직 실용 단계는 아니었다.

물론 〈아이시클 랜스〉는 날릴 수 없는 이상 전투에 사용할 순 없었지만, 어디에서 어떤 기술이 자신을 지켜줄지 알 수 없었다.

게다가 얼음 생성 그 자체는 아마 앞으로 평생 써먹을 기술일 것이다. 최종적으로는 호흡하듯이 생성할 수 있을 정도의 수준까지는 만들어두고 싶은 기술이었다.

료는 그렇게 생각했다.

얼음 창, 얼음 판, 얼음 기둥, 얼음벽 등등……. 만들고 녹이고, 녹인 뒤 만들고, 끊임없이 반복해 나갔다. 완전히 몰입한 채로.

점심도 평소와 같은 육포를 먹고 식사를 마친 료.

오후에도 계속해서 얼음 생성에만 매진했다.

그런 그가 갑자기 하늘을 올려다본 것은 뺨에 무언가 떨어졌기 때문이었다.

"비……?"

이 땅에 전생한 뒤로 처음 맞이한 비.

"후우, 타이밍도 적당한데 목욕이나 할까."

전생한 뒤로 확실하게 혼잣말하는 비중이 늘어난 료…….

이 미카엘(가명)이 마련해 준 집에는 유리창 같은 것이 없다. 창문은 있지만 벽을 도려낸 형태로, 비가 올 땐 나무판을 씌워 비가 들어오는 것을 막아 두었다. 그리고 방에는 램프도 없다. 불도 없다.

그랬다. 어두웠다.

어제까지는 큰 문제가 없었다. 목욕 후엔 밖에서 마력이 다할 때까지 마법을 썼으니까. 침대로 돌아오면 그저 의식을 놓는 것뿐이었다. 창문은 활짝 열려 있었고, 달빛이 집에 비쳐들긴 했지만 그것을 인식할 여유조차 없었다.

오늘은 비가 와서 창문을 닫은 탓에 달빛도 없다.

"마법 연습에는 상관없지."

목욕을 마치고 침대에 누워 조금 전까지 밖에서 하던 얼음 생성을 반복했다. 생성 후엔 녹이는 것이 아니라 그대로 공기 중의 수증기로 포함시켜 버렸다.

이렇게 하면 얼음이 녹아 침대가 물로 축축해지는 사태는 피할 수 있었다. 어제와 오늘 반복해 온 얼음 생성이지만, 형태에 따라서는 5초 만에도 만들 수 있게 되었다.

그것을 인식한 시점에서 오늘 밤도 찾아온 마력 소진. 〈아이시클 랜스〉를 없앤 시점에서 료는 의식의 끊을 놓았다.

그 후 일주일 동안 료는 얼음 생성에만 열중했다.

결계 밖으로

『파이』에 온 지 12일째.

마침내 〈아이시클 랜스〉의 생성을 거의 한순간에, 즉 1초 만의 스피드로 생성할 수 있게 되었다. 하지만 아직 〈아이시클 랜스〉가 날아가지는 않았다.

그렇지만 이걸로 겨우 계획이 세워졌다. 무슨 계획인가?

당연히 결계 밖으로 나간다는 계획이었다.

계획은 세웠지만 준비는 완료되지 않았다. 지금 가장 시급한 것은 회복 수단을 확보하는 것이었다.

이세계의 정석이라고 하면 역시 포션이겠지. 포션의 재료가 되는 식물에 관해서는 《식물 대전 초급편》에 적혀 있었다. 적혀 있긴 했지만 식물 이외의 재료를 준비할 자신이 료에게는 없었다.

하지만 회복 수단 없이 결계 밖으로 나가는 것은 무모함을 넘어 어리석다고 할 수밖에 없다.

포션 만큼의 회복 효과는 없더라도 으깨서 상처에 붙이면 부상 회복을 도와주는 식물은 있었다. 우선 결계 안에서 이런 식물들을 확보해야 했다.

확보가 된다면 내일 결계 밖으로 나갈 수 있다.

《식물 대전 초급편》에 의하면 부상 회복에 가장 쓸 만한 것은 '상처 풀'이라고 하는, 실로 효능대로의 이름을 지닌 식물이었다.

포션을 구하기 어려운 거리의 주민들이 자주 사용한다고 한다.

상처 풀은 집 바로 뒤에 자라나고 있었다. 군생하고 있다고 말해도 좋을 수준으로.

"훌륭해. 가끔은 이런 이지 모드도 좋지! 〈아이시클 랜스〉도 이 정도로 간단히 해결된다면 좋을 텐데……."

마법을 쓸 수 없는 『파이』의 80%에 해당하는 주민들이 들으면 격분할 것 같은 대사를 내뱉는 료.

하나 더 얻고 싶었던 것은 해독초로, 달여서 먹으면 해독 효과가 있다고 했다. 이 풀은 아쉽게도 결계 안쪽에는 없었다. 결계 밖으로 나갔을 때 얻어야 했다.

부싯돌과 해독초, 이 두 가지를 결계 밖에서 확보하는 것이 첫 번째 목표가 될 것 같았다. 나머지는 실제로 사냥을 해서 식량을 구할 수 있을지 어떨지 확인하는 것.

물리적인 공격 수단은 미카엘(가명)이 준비해 준 나이프밖에 없다.

날의 길이는 20센티로 칼치고는 큰 편이긴 하지만, 공격에 사용할 무기라고 생각하면 상대방의 근처까지 꽤 다가가야만 했다.

확실히 말해 현재의 료가 그런 일을 할 수 있을 것 같지는 않았다.

적과의 간격은 넓은 편이 좋다.

"창의 길이는 병사에게 안정감을 준다."

제육천마왕이라 불렸던 오다 아무개(오다 노부나가. 제육천마왕이라는 별명으로도 불렸다.) 씨도 그런 말을 했었지…… 아마.

칼을 창으로 만든다. 그렇지만 수속성 마법을 써서 하는 것은 아니었다. 물리적으로 창을 만드는 것이었다.

겉보기엔 대나무 같은…… 아니, 어딜 어떻게 봐도 대나무로 보이는 나무를 알맞은 길이로 잘라냈다. 이것만으로도 죽창으로 써도 되겠지만, 모처럼 칼도 있으니 대나무 끝을 쪼개 거기에 칼을 집어넣었다. 따온 덩굴을 휘감아 칼이 떨어지지 않도록 단단히 묶는다.

마지막으로 결계 밖으로 나갈 때 그 부분을 얼음으로 보강하면 괜찮을 것 같았다.

오와리병(오다 노부나가 시절 그가 소유했던 병사를 일컫는 말. 6미터짜리 창을 들게 했다는 말이 있다.) 같은 6미터짜리 창이 아니라, 2미터 반 정도의 다루기 편한 느낌으로 만들어 보았다.

천하삼명창(일본 전국 시대에 최고로 알려진 세 자루의 창을 부르는 말.)이라 일컬어지는 세 개의 창. 니혼고는 3.2미터, 오테기네는 3.8미터, 톤보기리에 이르러서는 2장여, 그러니까 6미터나 되었다는 것인데…… 그런 길이를 초심자인 료가 다룰 수 있을 리가 없었다.

얼음 창을 물리 공격 무기로 사용할 수도 있겠지만 전투에서는 무슨 일이 벌어질지 모른다. 목숨이 걸린 상황에서 냉정하게 얼음을 생성해내지 못할 가능성도 완전히 없지는 않은 것이다.

"일단 오늘은 여유를 갖고 내일 결계 바깥 출발에 대비하자."

료는 거의 매일 마력 소진을 일으킬 때까지 마법을 쓴 뒤에 잠에 들었다.

그 이유 중 하나는 미카엘(가명)에게 '쓰면 쓸수록 단련된다'라는 말을 들어서였다. 물론 다른 이유는 경험을 쌓아 올려 숨 쉬듯이 마법을 쓸 수 있는 수준이 되기 위함이었다. 하지만 실제로는 아침에 일어난 시점에서 마력이 얼마나 회복되었는지는 알 수 없었다. 잔존 마력량 등으로 수치화되어 보이는 것이 아니었기 때문이었다.

그런 점도 감안하여 내일 결계 밖으로 나갈 땐 체내의 마력량도 가능한 한 가득찬 상태로 해두고 싶었다. 그래서 오늘은 조금 여유를 갖고 쉴 생각이었다.

해가 질 때까지 《마물 대전 초급편》을 읽고 구운 고기를 먹고 목욕을 한 뒤 잠에 들었다.

그리하여 결전의 아침을 맞이하게 된 것이었다.

『파이』에 온 지 13일째.

드디어 결전의 날.

익숙한 솜씨로 불을 피우고 고기를 먹었다. 천천히, 지금까지 준비했던 것을 머릿속에 되새기면서…….

다 먹은 뒤엔 다음으로 갖고 갈 물건 확인.

상처 풀은 이미 으깬 다음 물 마법을 써서 냉동팩으로 만들어 두었다. 해동하면 바로 상처에 바를 수 있도록. 끝에 칼이 달린 죽창. 나이프와 죽창의 접합 부분을 얼음을 생성하여 보강했다.

이상.

사실 결계 밖으로 가져갈 것은 별로 없었다.

목적은 부싯돌과 해독초를 구하는 것. 그리고 약한 마물과의 전투…… 가능하다면 슬라임 희망!

너무 먼 곳까지 갈 생각은 없었다. 무슨 일이 있을 때 바로 결계 안으로 도망칠 수 있는 거리가 아니면 곤란했기 때문이다.

눈을 잠시 감고 호흡을 가다듬었다.

"좋아, 출발."

향하고자 하는 방향은 남서 방향. 500미터 정도 앞에 해안가가 있다고 미카엘(가명)이 알려준 방향이었다.

부싯돌로 쓸 수 있는 돌은 여러 가지가 있는데 료는 그렇게 자세히 알지 못했다. 자세히 알지 못하는 료도 쉽게 구분할 수 있는, 부싯돌로 널리 쓰여온 돌은 바로 '석영'.

석영 중에서도 무색투명한 것을 수정이라고 부르는데 거기에는 미치지 못하는, 더 정확히 말해 불투명한 흰색 석영이라면 꽤 자주 떨어져 있다.

그런 돌을 찾기 딱 좋은 장소는 강가.

강이 있다면 곧 바다로 연결되어 있다는 뜻일 것이다. 그렇다면 집에서 바다에 이르는 어딘가에서 강이 나오지 않을까…….

"뭐, 없으면 다음엔 반대편을 가보면 그만이지. 어떤 의미로는 모험이네. 무슨 일이 일어날지 알 수 없는 게 모험이니까."

결계를 나올 때 료는 아주 작은 저항감을 느꼈다.

"지금의 감촉이 결계의 외연…….'

숲속이라는 점도 있어서 시야는 그다지 좋지 않았다. 귀를 기울여 청각 정보에 의지하며 천천히 걸어 나갔다. 멀리서 새가 날갯짓하는 소리가 간간이 들려왔다.

결계를 나온 지 100미터도 되지 않았을 때 갑자기 숲이 끊겼다.

눈앞에는 저편까지 족히 수백 미터는 되어 보이는 강이 있었다.

"빙고!"

하지만 료가 나온 곳은 벼랑 위. 강가로 내려가 부싯돌을 찾기엔 어려운 장소였다.

'이대로 상류로 걸어가자.'

강은 동쪽에서 서쪽으로 흐르고 있었다. 료는 벼랑 위에서 신중히 상류로 걸어갔다.

"집에서 100미터도 되지 않는 곳에 이런 큰 강이 있었다니…….
이 경치는 좀 감동인데…….”

하지만 지금의 료에게 경치를 느긋하게 바라보고 있을 시간적 여유는 없었다.

조금 걸어가자 강가 쪽으로 내려갈 수 있었다. 석영은 금세 발견됐다.

시험 삼아 잠깐 불을 피워 보았다. 죽창 끝에 달아둔 칼, 그 등 부분에 주운 석영을 마찰시켰다.

따악, 따악.

"오, 불꽃이 튀었어. 이걸로 태양이 없을 때도 불을 피울 수 있겠다.”

확인을 마친 이상 오래 있을 필요는 없었다. 강은 짐승이 물을 마시는 곳. 뭐가 찾아올지 알 수 없다.

서둘러 원래 있던 벼랑 위로 돌아와 북동쪽으로 향했다.

'이대로 북쪽으로 가면 집 결계의 남단이 나오니까…… 북동쪽으로 가면 왼쪽으로 집을 두고 움직일 수 있겠다.'

무슨 일이 일어났을 때 바로 집의 결계로 도망칠 수 있다. 몇 번이나 말하지만 이는 지금의 료에게 있어 무엇보다 중요한 것이었다.

애초에 이곳 『파이』의 마물이 어느 정도의 강도인지 모르는 것이다. 움직임이 느린 슬라임이라면 반드시 쓰러뜨릴 수 있을 것이다…… 라고 생각하고는 있지만 슬라임이 나올 것이라고 장담할 순 없다. 그리고 슬라임이라면 반드시 쓰러뜨릴 수 있다고 생각하는 것도 현재는 료가 임의로 품고 있는 생각일 뿐이다.

부싯돌은 곧바로 발견했지만 해독초는 좀처럼 찾을 수 없었다.

집의 위치를 계속 의식하면서 이동한 덕분에 결계에서 그렇게 멀어지진 않았다.

"이건…… 꽤 어렵네……. 이제 어쩌나."

식물 대전에 뭔가 힌트가 있지 않을까 하는 마음에 해독초 페이지를 떠올리고 있던 탓이었을까…… 적어도 의식이 주위를 향한 경계심에서 벗어나 있던 것은 확실했다.

문득 정신을 차리고 보니 멧돼지를 닮은 생물이 이쪽을 보고 있었다.

"큰일났다. 저건 레서 보어야."

레서 보어는 료를 향해 일직선으로 다가왔다.

저건 레서 보어다.

이쪽으로 오고 있다.

요격해야 한다.

료의 의식은 그것들을 인식하고 있었다. 의식하고 있었지만 몸이 움직이지 않았다.

처음으로 정면에서 마물의 살의에 노출된 것이다. 지금까지 살아오면서 처음 겪는 뚜렷한 살의. 뱀의 주시를 받은 개구리가 꼼짝도 하지 못하는 것과 같은 원리일지도 모른다.

"위험해, 움직여, 움직여, 움직여!!"

드디어 몸이 왼쪽으로 뛰었다. 뛰었다기보단 넘어졌다는 표현이 더 가까울지도 모른다.

부욱.

"윽⋯⋯."

레서 보어의 돌진을 피하면서 레서 보어의 송곳니가 료의 오른다리를 살짝 스치며 상처를 입혔다. 하지만 쓰러진 채로는 아무것도 할 수 없다.

료를 지나친 레서 보어는 속도를 줄이면서 멈추더니 돌아서서 료를 보았다. 그 눈에 서린 것은 선명한 살의인가. 아니면 돌진을 피한 것에 대한 분노인가.

"진정해."

말 한마디에 진정할 수 있다면 그 누구도 고생할 일이 없을 것이다.

료도 예외는 아니었다.

심장은 경종처럼 빠르게 뛰고 있다. 머릿속은 새하얗다⋯⋯ 까지는 아니다. 그런 것은 아닌데 몸이 생각대로 움직이지 않았다.

다시 돌진해 오는 레서 보어.

여전히 생각대로 몸을 움직이지 못하는 료.

하지만 몸이 움직이지 않아도 료에겐 마법이 있었다. 반복하며 수없이 많이, 수련에 수련을 거듭한 수속성의 마법.

노력은 배신하지 않는다.

"〈아이스반〉."

료의 앞에서 레서 보어 앞까지 폭 2미터 정도의 얼음길이 만들어졌다.

가속도가 붙은 레서 보어는 그 기세 그대로 료를 향해 〈아이스반〉 위를 빠른 속도로 미끄러져 왔다. 얼음 위라 멈추고 싶어도 멈출 수 없다.

"〈아이시클 랜스 16〉."

아직 날리지 못하는 〈아이시클 랜스〉였지만, 〈아이스반〉으로 살릴 수는 있었다. 료의 앞에서 생겨난 그 수는 16개, 얼음 바닥에서 솟아오른 각도는 30도.

멈추지 못하는 레서 보어는 정면으로 〈아이시클 랜스〉의 산을 들이받았다.

"꾸오오오오."

박혀드는 〈아이시클 랜스〉. 격통으로 고함을 내지르는 레서 보어.

아직 레서 보어는 죽지 않았다.

하지만 료를 사로잡고 있던 죽음에 대한 공포는 사라졌다. 료의 몸이 그제야 움직였다.

칼붙이 죽창을 휘둘렀다. 료는 검도를 하고 있었지만 창을 다루는 법은 당연히 몰랐다. 하지만 어려운 것은 생각하지 않는다. 그저 찌를 뿐이다.

얼굴, 목, 다리 및 부분을 여러 번 찔렀다. 몸은 움직일 수 있게 됐지만 결코 냉정한 것은 아니었다.

그저 하염없이 죽창을 찔렀다. 몇 번이고, 몇 번이고, 몇 번이고…….

몇십 번을 찔렀을까. 어쩌면 몇백 번일까.

어느샌가 레서 보어가 움직이지 않는다는 사실을 료는 그제서야 깨달았다.

"이겼다……."

이날 료는 처음으로 마물을 쓰러뜨렸다.

"빨리 자리를 벗어나야 해."

피 냄새에 이끌려 무엇이 몰려올지 알 수 없었다.

료는 남은 기력을 최대한 쥐어짜 몸을 일으켰다. 문제는 레서 보어의 시체. 척 보기에도 무거워 보였다.

"이걸 어떻게 운반하지……."

물론 여기에 두고 간다는 선택지는 없다. 첫 사냥감이다. 오늘 밤은 이 레서 보어 고기를 먹겠다고 이미 마음먹은 상태였다.

결계까지의 거리는 얼마 되지 않을 터였다. 기껏해야 100미터.

거기서 문득 레서 보어를 미끄러뜨릴 때 썼던 〈아이스반〉이 눈에 들어왔다.

"레서 보어 밑에 얼음을 깔면…… 당길 수 있지 않을까?"

결계까지 한번에 〈아이스반〉을 깔아버리면 끌어당겨야 하는 자신까지 미끄러지게 될 것이다. 조금씩 조절하여 레서 보어 아래에만 얼음길을 생성해 나가면서 끌고 갔다.

"오, 이러니까 엄~청 편하네."

이 레서 보어는 아마 200킬로는 족히 나갈 텐데 한 손으로도 쉽게 끌고 갈 수 있었다.

그리고…… 결계를 지나 집 앞에 다다랐다.

"간신히…… 도착했다……."

완전히 기진맥진 상태인 한 명의 청년이 그곳에 있었다.

해독초는 구하지 못했지만 부싯돌과 첫 전투 승리와 레서 보어 한 마리.

충분할 정도의 성과였다.

『파이』에 온 지 14일째.

어젯밤엔 레서 보어의 다릿살을 맛보았다. 그 외의 부분은 얼음으로 냉동시켜 저장고에 넣어두었다.

하룻밤이 지나고 어제의 전투를 냉정하게 돌이켜 보니 식은땀이 절로 났다.

레서 보어는 **레서**라는 이름 그대로 보어계, 다시 말해 멧돼지 마물 중에서는 최약체 종이었다. 물론 슬라임이나 레서 래빗에 비하면 성가시고, 그 흉악한 돌진력으로 인해 일반적인 농민이나 수렵민 정도로는 홀로 쓰러뜨리는 것이 불가능했다.

하지만 그럼에도 《마물 대전 초급편》에 의하면 최약 등급이다.

"그래도 첫 번째 적이 레서 보어여서 다행이다. 더 강적을 만났을 수도 있는데 운이 좋았어."

료는 긍정적으로 받아들였다.

날리지 못하는 〈아이시클 랜스〉라도 상대를 향해 겨누듯 사용할 수는 있었다. 사용할 수는 있지만, 아무래도 그러려면 자신의 몸을 미끼로 적을 유인한 다음 쏘아야 한다. 실패한다면 헤아릴 수 없을 정도의 대미지를 입을 것이다.

료의 예상을 뛰어넘는 속도였다면?

얼음 위에서 미끄러지지 않는 상대였다면?

애초에 하늘에서 습격당했다면 쓰지도 못했을 것이다.

이왕 마법을 쓸 수 있게 됐으니 가능하면 원거리에서 안전하게 사냥하는 법을 확실하게 익혀두고 싶었다. 늘 아슬아슬하게 상대한다면 정신이 남아나질 않을 것이다.

〈워터 볼〉은 날아가지만 〈아이시클 랜스〉는 날지 못한다. 여러 가지를 시도해 보니 물은 날 수 있지만 얼음은 날지 못한다, 라는 결론에 도달했다. 둘 다 수속성 마법으로 생성한 것이었다.

〈워터 볼〉은 (아마) 공기 중에서 물 분자를 모아서 날린다.

〈아이시클 랜스〉는 (아마) 공기 중에서 물 분자를 모은 다음, 얼린 뒤에 날린다.

"응? 〈아이시클 랜스〉 쪽이 공정이 하나 더 많네. 설마 지금의 난 두 번의 공정까지밖에 못 쓴다든가, 뭐 그런 건가……?"

두 번의 공정만으로 날리기 위해 먼저 물을 준비해 두고, 얼려서 날리는 부분만 시도해보기로 했다.

물통에 문제가 생기면 불편할 것 같았기에 얼음 그릇을 만든 뒤 거기에 물을 채웠다.

오른손을 얼음 그릇 위에 두고 머릿속으로 이미지화했다. 물이 얼고 그릇째 날아가는 이미지.

"〈아이시클 랜스〉."

푸슈웃.

창은 아니지만 언 물이 그릇에 달라붙은 채로 10미터 가량 날아갔다.

"좋아, 성공!"

지금까지 몇십 일이 넘도록 잘되지 않았는데, 단번에 해결됐다.

"뭐, 그런 거지. 필요한 정보만 갖춰지면 답은 떠오르는 법."

이번에 료의 경우는 필요한 정보가 갖춰졌다기보단 부싯돌의 획득, 결계 밖에서의 전투 등을 끝내며 정신적인 스트레스가 줄어들어 그런 것일지도 모른다. 하지만 문제를 해결한 것은 사실이니 어느 쪽이든 상관없으리라.

"이유는 알았어. 일단 현재로서는 아직 세 번의 공정을 한꺼번에 할 수는 없다는 거지. 좀 더 물 마법에 익숙해지면 할 수 있는 걸까? 할 수 있게 된다면 좋겠는데."

아직 한동안은 물을 날리지 못할 것 같다⋯⋯. 그렇게 되면 원거리 공격 수단으로 사용할 수 있는 것은 물밖에 남지 않는다.

"〈워터 제트〉, 그리고 보니 요즘엔 시도하지 않았었지."

『파이』에 온 지 3일째 되는 날 하루 종일 연습했지만 물줄기가 세차 호스 수준 이상으로는 강해지지 않아 공격에 사용할 수 없을 것이라 결론 내렸던 〈워터 제트〉.

그 이후로 한 번도 써보지 않았다.

얼음 생성으로 나름대로 수속성 마법을 다루는 법을 알게 되었으니 어쩌면 그때보다는…….

오른손을 앞으로 내밀어 머릿속에 〈워터 제트〉를 이미지화했다. 그리고 외쳤다.

"〈워터 제트〉."

슈욱.

예전에 비해 확실히 가늘고 거센 물줄기가 발사되었다.

"발전했어!"

다음으로 경계에 아슬아슬하게 닿아 있는 나무를 향해 발사해 보았다.

슈욱…… 퍽.

아직 나무는 베지 못한다……. 그래도 닿은 부분이 조금 긁혀 있었다.

"이건 연습하기에 따라서는 가망이 있는 거 아닐까……."

이리하여 료는 다시금 〈워터 제트〉 연습에 나섰다.

그로부터 나흘간 료는 〈워터 제트〉 연습에 매진했다.

물론 아침은 든든히 먹었고 목욕도 제대로 했다. 아침으로는 고기를 구워서 먹었다. 그랬다. 아침부터 구운 고기. 아침이 가장 중요한 법이니 문제없다! 점심은 대체로 육포. 그리고 저녁에 목욕을 한다.

저녁은…… 준비하기 전에 잠시 〈워터 제트〉연습을 하려고 생각하다 늘 마력이 소진되어 그대로 침대에 들어가는 탓에 거르기

일쑤. 그래서 그런지 다음 날 아침을 더 제대로 챙기게 되었다.

4일 동안 〈워터 제트〉 연습을 이어간 결과…… 위력은 확실히 올라갔다. 올라갔지만 지구에서의 〈워터 제트〉 이미지와 비교하면…… 아직까지 그 경지에 도달하진 못했다.

나무줄기가 긁히는 깊이는 더 깊어졌고 물줄기도 더 가늘어졌다. 하지만 아직 **자른다**라는 이미지와는 거리가 멀었다.

그래도 노린 부분을 정확히 맞추는 기술은 몸에 배었다. 멈춰 있는 목표물이라면 10미터 앞까지 1밀리의 오차도 없이 가능했다.

"어떤 게 날 도울지 알 수 없으니까. 맞다, 하나뿐만이 아니라 여러 개를 동시에 쏠 수 있어야겠지."

료는 그렇게 말하며 연습에 더 박차를 가했다.

긍정적인 사고는 스스로를 돕는다.

목표로는 안전하게 사냥할 수 있게 되는 것. 매일 먹을 식량을 목숨 걸고 손에 넣어야 한다면…… 그런 생활은 슬로 라이프라 할 수 없다!

안전하게 사냥할 수 있는 실력을 갖추고 결계 밖으로 나가는 것 역시 생활의 일부…… 그 정도가 되면 식생활의 폭을 넓히고 싶다고 료는 생각했다.

현재는 마물의 고기를 소금에 양념하여 구운 것이나 육포밖에 먹지 못한다. 뭔가 다른 양념이나…… 그렇지, 언젠가는 과일도 먹고 싶다.

《식물 대전 초급편》을 보면 이 『파이』라는 세계에서도 후추가 그대로 후추라는 이름으로 존재하고 있었다.

료는 현재 있는 곳이 지구에서 보자면 북회귀선에서 적도 사이 정도가 아닐까 생각했다. 물을 흘려보낼 때 소용돌이가 발생하는 방향으로 보아 북반구. 태양의 높이와 기운, 온도로 보아 적도와 나름대로 가까운 장소.

그렇다면 향신료도 있을 것이다!

몇백 가지가 넘는 향신료 중에서 료가 아는 것은 후추와 고추, 산초, 생강 등 극히 일부에 불과했다. 애초에 그렇게 요리를 잘하는 것도 아니니 그것은 어쩔 수 없는 일이었다. 하지만 그중에서 후추는 실제로 자라고 있는 모습을 본 적이 있다. 포도처럼 송이 모양으로 자라고 있었다.

'그런 모양이라면 이 숲속에서도 알아볼 수 있을 거야!'

뭐, 그걸 손에 넣는 건 좀 더 여유롭게 결계 밖을 돌아다닐 수 있게 된 다음이겠지만.

『파이』에 온 지 21일째.

료는 결계 밖에서 사냥을 하고 있었다.

사냥물은 레서 래빗. 토끼 같은 마물이다. 불규칙하게 뛰어다니면서 대상에게 다가가 목 근처를 물어뜯는다. 그것이 레서 래빗이 움직이는 방법이었다.

료가 노리는 것은 레서 래빗이 날아오르는 순간.

그 순간 뒤쪽 다리를 좌우 동시에 〈워터 제트〉로 저격한다. 다리를 관통할 정도의 위력은 아직 없지만 착지 후에 균형을 잃게 되어 재차 뛰어오르는 것을 막을 수 있다. 거기서 조금 더 다가가 이번에는 두 눈을 〈워터 제트〉로 저격한다.

여기까지 성공하면 칼붙이 죽창으로 찔러 숨통을 끊는다.

"후우."

그랬다. 료는 마침내 안전한 사냥 방법을 확립한 것이다. 레서 래빗에 한해서.

또 하나의 적, 결계 밖으로 처음 나간 날 만난 레서 보어. 이후에도 여러 차례 레서 보어와 대치했지만 레서 보어에게는 이 방법이 통용되지 않았다.

이유는 간단하다.

펄쩍펄쩍 뛰는 레서 래빗은 그 순간에 뒷다리가 드러나 저격할 수 있지만 앞쪽으로 기운 자세로 돌진하는 레서 보어는 뒷다리를 저격할 수 없기 때문이다.

그래서 비슷한 방식으로 앞다리를 워터 제트로 저격해봤더니 남은 3미터의 거리를 뒷발로만 달려서 돌진해 왔다. 순간적으로 옆으로 뛰어 피했지만 처음 레서 보어를 만났을 때의 그 악몽이 되살아났다.

그 후 몇 번이나 죽창을 찌르고 나서야 간신히 냉정을 되찾았다는 것은 씁쓸한 추억이었다.

이후에도 레서 보어는 처음 때와 마찬가지로 〈아이스반〉+〈아이시클 랜스〉, 마무리는 칼붙이 죽창이라는 조합으로 사냥하기로 했다. '저돌맹진'이라는 말 그대로 레서 보어는 반드시 이쪽을 향해 일직선으로 파고들기 때문에 이 방법이 가장 적합했다.

어찌 되었든 집 주변에서 자주 출몰하는 레서 래빗과 레서 보어는 비교적 안전하게 사냥할 수 있게 되었다.

요즘 료의 스케줄은 오전에는 결계 밖에서 사냥을 하고, 오후에는 결계 안에서 마법 연습을 한다는 루틴의 반복이었다. 아직도 〈아이시클 랜스〉는 날지 못하고, 〈워터 제트〉도 대상을 관통시킬 정도의 위력은 없다.

그래도 매일 하는 사냥의 성공은 료의 마음에 모종의 평온함을 가져다주고 있었다.

『평온은 다음 단계로 나아가는 발판이 되어준다. by.미하라 료.』

일반적으로는 의식주가 생활의 기반이라고 한다.

그중 '주'는 미카엘(가명)이 마련해 준 집과 결계가 있으니 문제없음.

다음은 '의'인데…… 이미 『파이』로 전이됐을 때 입었던 옷은 입고 있지 않았다.

료가 지금 몸에 착용하고 있는 것은…… 레서 보어의 껍질을 무두질하여 **가죽**으로 만든 것. 진피를 벗겨내고 잎이나 풀을 태워 발생한 연기로 훈연 무두질을 한 다음 마지막으로 〈얼음 롤러〉로 얇고 균일하게 핀다.

그렇게 완성된 레서 보어의 가죽을 칼로 잘라내어…….

레서 보어의 가죽으로 된 허리천 장비.

레서 보어의 가죽으로 된 샌들 장비.

새로운 료의 옷이었다.

그 외에는 아무것도 입지 않았다. 일본이라면 즉시 신고당할 것 같은 모습이었다.

"원래라면 가슴 보호대 같은 것도 만드는 편이 좋을 것 같은데…… 역시 전문가가 만든 게 아니라서 그런지 이 가죽엔 내구력이 없단 말이지."

레서 보어의 가죽을 손으로 찰싹찰싹 두드리며 료가 중얼거렸다.

"음? 내구력이라면 수속성 마법으로 가죽 표면에 얼음을 두르면 되지 않나? 아니, 그럴 바엔 처음부터 가죽으로 된 가슴 보호대가 아니라 직접 얼음 갑옷 같은 걸 걸치면 되잖아? 아니, 그건 너무 차가워서 심장이 멎을지도 모르니까 위험한가? 언젠가 공격당할 때 자동으로 얼음 방패가 발생해서 방어할 수 있게 된다면…… 후후후, 그 정도의 공격이 내게 먹힐 거라 생각했나, 어리석은 놈! 같은 대사도 해보고 싶다아……."

누구나, 망상은 자유니까…….

의식주인 '의'와 '주'가 갖춰지면 당연히 마지막으로는 음식의 다양성을 추구하게 되는 법이다.

목적은 과일과 새로운 맛의 획득. 문제는 어느 방향으로 나아가느냐.

집에서 봤을 때 남서쪽에는 500미터 정도 앞에 바다가 있다. 미카엘(가명)은 그렇게 말했다.

남쪽에는 강이 흐르고 있다. 강 건너편까지 수백 미터는 될 법한 강, 부싯돌을 발견한 바로 그 강이다.

동쪽 방향에선 처음으로 레서 보어와 싸웠고, 이후에도 레서 래빗의 주요 사냥터로 사용하고 있다. 하지만 결계에서 아주 멀리 떨어진 적은 없다.

그렇게 생각하면 아직 전혀 발을 들여놓지 않은 곳은 북쪽이 되는 셈이다.

"이 근방에서 발견할 가능성이 있을 만한 곳은 북쪽…… 가보자."

소지품은 허리천과 샌들을 제외하면 늘 쓰는 칼붙이 죽창과 마대 자루. 이 마대는 정말 마인지는 알 수 없으나 미카엘(가명)이 육포를 담아 저장고에 두었던 두 개의 자루 중 하나였다.

과일을 발견해도 가져갈 가방이나 봉투가 없기 때문이었다. 있는 것을 쓸 수밖에.

들어 있던 육포는 일단 전부 저장고에 두고 왔다.

이 마대는 원두를 운반할 때 사용하는 것과 같은 마대였다.

"북회귀선과 적도 사이라면, 혹시 커피나무도 있을까?"

《식물 대전 초급편》에는 커피나무는 실려 있지 않았던 것 같다. 원두를 채집한다고 해도 어떻게 내릴 것인가 하는 문제는 있지만…… 일단 마실 것에 있어서도 다양화를 도모하는 것은 나쁜 일은 아니었다.

준비는 전부 끝났다.

"그럼 출발!"

북쪽이라고 해서 특별히 동쪽이나 남쪽과 식생이 달라지는 일은 없었다.

뭐, 북쪽으로 나가자마자 돌연 찬바람이 휘몰아치는 혹한의 땅, 이런 전개가 되면 확실히 곤란하긴 하겠지. 굉장히 판타지스럽긴 하겠지만.

나오자마자 무화과 같은 것을 발견했다.

"분명 식물 대전에 무아과라고 써 있던 거야. 식용이라고 적혀 있었어."

일단 한 개 뜯어서 먹어 보았다.

"적당히 균형 잡힌 신맛과 단맛!"

이세계에 온 이래 처음으로 입안으로 퍼지는 과일의 맛. 잘 익은 무아과를 열 개 정도 마대에 담았다.

"이런 식으로 이것저것 찾게 된다면 좋을 텐데."

이후 한 시간가량 주변을 돌아다녔지만 다른 과일은 발견하지 못했다.

"어쩔 수 없지, 조금 더 북쪽으로 가보자."

현재 체감상으로는 결계에서 200미터 정도의 지점이었다. 모든 방향에서 이 이상으로 결계를 벗어난 적은 없었다. 하지만 언젠가는 더 먼 곳까지 나가게 될 것이었다. 그것이 좀 더 빨라졌을 뿐이다.

하지만 료는 그 앞으로 나아갈 수 없었다.

그건 생각으로 나온 행동이 아니었다.

생각하지 마, 느끼는 거다.

그 말을 그대로 활용했다.

순간, 주저앉은 료의 머리 위를 눈에 보이지 않는 무언가가 지나갔다. 그 보이지 않는 무언가가 왔을 것으로 추정되는 방향에서는 무언가가 날갯짓하고 있었다.

"새?"

그 새가 크게 날갯짓을 했다. 그러자 희미한 공기의 왜곡이 다가오는 것이 보였다.

곧바로 옆으로 비켜섰다.

"이건 바람 마법인가? 바람 마법을 조종하는 마물…… 게다가 새 형상."

이른바 에어 슬래시라든가, 소닉 어쩌구 하는, 투명화 바람 속성 원거리 공격 마법.

"응, 이건 못 이겨."

판단은 신속하게.

"〈아이스 월 ㄷ자〉."

료가 방어 목적으로 짜 올린 얼음벽이었다. 전방과 좌우 삼면에 폭 1미터 높이 2미터의 벽을 발생시킨다. 후방으로 대피하기 위한 방벽.

집 쪽으로 달리기 시작하자 〈아이스 월〉도 료를 따라왔다. 실제로는 료가 마법을 주입하며 자신의 이동 속도에 맞춰 움직이게 한 것이지만 옆에서 보면 마치 벽이 따라가는 것처럼 보였다.

'결계까지 200미터, 어떻게든 달려가야 해.'

파직.

하지만 100미터 정도 달렸을 때 〈아이스 월〉이 부서졌다.

"뭐!?"

투명화 바람 속성 공격 마법을 세 발 맞은 시점에서 견디지 못하고 부서진 것이다.

등을 보인 채 남은 100미터를 달려가는 것은 무리수였다. 료의 상황상 돌아서서 대치할 수밖에 없다.

새는 아까보다 더 선명하게 보였다.

"어쌔신 호크…… 투명화 바람 속성의 원거리 공격 마법 에어 슬래시와 음속으로 다가와 돌격하는 부리나 발톱 공격이 주 무기……."

《마물 대전 초급편》을 읽고 외워둔 내용이 무심코 입 밖으로 나왔지만 대처할 방법이 전혀 떠오르지 않았다.

레어 보어에게 썼던 〈아이스반〉+〈아이시클 랜스〉는 사용할 수 없다.

레서 래빗에게 썼던 〈워터 제트〉는 사용할 수 있을 것이다…… 아마.

날개 뿌리 부분을 저격하면 뚫지는 못하더라도 다소 움직임을 저해할 수 있지 않을까?

실행을 빠를수록 좋다.

상대는 마법을 부릴 줄 아는 지혜를 가진 마물이다. 무영창이 나을 것이다.

'〈워터 제트〉.'

발사된 〈워터 제트〉는 정확하게 노린 곳을 관통했다. 그랬다. **관통했다**…… 공간을. 어쌔신 호크의 몸에는 맞지 않았다.

음속을 넘는 속도는 직진뿐만 아니라 적의 공격을 피하는 데도 활용되는 것 같았다.

"그렇다면 숫자로 밀어붙인다!"

'〈워터 제트 32〉.'

료의 왼손에서 32의 〈워터 제트〉가 동시에 발사되어 어쌔신 호크에게 향했다.

하지만 〈워터 제트〉가 어쌔신 호크가 있던 공간을 관통했을 때, 어쌔신 호크는 이미 그곳에 없었다.

어느새 훌쩍 옆으로 움직여 료의 오른쪽 대각선 전방으로 이동한 것이다.

"망했다!"

료는 상황도 미처 파악하지 못한 채 왼쪽으로 넘어지듯 뛰었다.

그 순간 료가 있던 지면이 터졌다.

어쌔신 호크의 공격이었다.

간신히 피하긴 했지만 료 바로 옆에 어쌔신 호크가 있는 상황이 되고 말았다. 거의 무의식중에 오른손에 들고 있던 칼붙이 죽창을 어쌔신 호크를 향해 찔렀다.

푸욱.

"키에에에."

무언가를 베었다는 감촉이 느껴졌다. 동시에 어쌔신 호크의 날카로운 비명이 울려 퍼졌다.

그 순간, 확실하게 어쌔신 호크와 눈이 마주쳤다.

오른쪽 눈은 피가 흘러 뜨지 못했다. 칼붙이 죽창이 오른 눈을 상처입힌 모양이었다.

남은 왼쪽 눈…… 그곳에는 증오가 가득했다.

본래 새의 눈은 유리세공 같아서 감정을 거의 읽기 어려운 눈인데도, 그때 어쌔신 호크의 눈빛에는 영락없는 증오가 가득했다.

"〈아이스 월 패키지〉."

눈앞의 어쌔신 호크를 향해 위에서부터 상자를 덮는 형태로 〈아이스 월〉이 형성되었다.

하지만 역시나 어쌔신 호크. 상처를 입었음에도 그 민첩성은 아직 죽지 않았다.

〈아이스 월〉이 형성되는 것보다도 빨리 움직여 료에게서 거리를 벌렸다.

그리고 료 쪽을 한 번 쳐다보고는 떠나갔다.

다음에는 죽인다, 료에게 그런 소리가 들린 것 같았다.

어쌔신 호크가 사라진 뒤에도 료는 한동안 움직이지 못했다.

"이번에는 위험했어."

자신의 부상 상태를 꼼꼼하게 확인하면서 결계로 향했다.

"그건…… 대체 어떻게 대처해야 하는 거지……."

끝났다 싶으면 또 다음 난관이 연이어 쏟아진다……. 슬로 라이프 in 론도 숲, 정말이지 만만치 않다.

마법에는 효과 범위라는 것이 있는 것 같았다. 현재의 료는 본인을 중심으로 최대 반경 15미터 정도. 그것을 넘어서면 자신의 마력을 전달할 수 없다.

예를 들어 〈워터 볼〉을 쏘아도 15미터를 지나면 부력을 잃고 땅에 떨어진다. 15미터에 도달할 때까지는 마력의 실이 달린 것처럼 어느 정도는 자유롭게 컨트롤 할 수 있다. 아니, 할 수 있게 되었다.

초반에는 10미터 정도에서 낙하했던 것을 생각하면 효과 범위가 늘어나고 있는 것만은 확실했다.

〈워터 볼〉의 스피드는 빠르지도 않고 위력도 약해서 료가 공격 마법으로 사용하는 일은 없었지만……

레서 보어를 사냥할 때 사용하는 〈아이스반〉도 료의 앞에서 15미터 정도밖에 발생시키지 못한다. 즉 료를 기점으로 해서 발생시키는 것만 가능하다는 뜻이었다.

15미터 앞에 있는 레서 보어의 발밑에만 〈아이스반〉을 만들어 낼 수는 없다.

15미터 앞의 공간에서 〈워터 볼〉을 갑자기 발생시킬 수도 없다.

그렇다면…… 만약 할 수 있게 된다면……?

10미터 앞에 있는 레서 보어의 발밑에 반경 3미터 정도의 〈아이스반〉을 발생시킬 수 있다면…… 미끄러져서 이동하지 못하는 레서 보어는 그것만으로도 행동 불능이 될 수 있었다.

현재로서 료가 가진 최대의 공격 수단인 〈워터 제트〉. 이 역시 료가 있는 곳부터 상대편을 향해 일직선으로 나가는 공격 방법이었다. 그것은 어떻게 보면 피하기 쉽다는 뜻이기도 했다. 공격의 궤도가 자신을 향해 오는 일직선 하나뿐이니까.

물론 〈워터 제트〉의 스피드를 회피하기란 상당히 어렵다. 하지만 그 어쌔신 호크는 피했다.

심지어 료의 비장의 무기라고도 할 수 있는 〈워터 제트 32〉를.

〈워터 제트〉 32개 동시 발사…… 제압을 목적으로 조금씩 각도를 달리해 발사했음에도 그 효과 범위 밖으로 이동해 버린 것이다.

아직 개량의 여지는 있다.

다양한 음식, 이는 확실히 매력적이긴 하지만…… 결계 밖에는 이번 경우과 같은, 아직 지금 상태로는 이길 수 없는 마물이 있다. 심지어 바로 지척에.

더 강해져야 했다.

죽으면 거기서 끝장이니까.

◆

동쪽 숲 사냥은 이틀에 한 번씩 오전에. 레서 래빗이나 레서 보어를 한 마리 사냥한다.

사냥을 가지 않는 날이나 비 오는 날 오전에는 《마물 대전 초급 편》을 꼼꼼히 읽는다. 언제 어디서 어떤 마물을 만날지 모르니까.

못 읽어서 대처를 못했습니다, 라는 한심한 일은 없어야 했다.

그 외엔 마법 연습. 자신에게서 떨어진 곳에 물이나 얼음을 발생시키는 연습이다.

처음부터 10미터 떨어진 장소에 발생시키는 건 역시 할 수 없었다.

오른손을 뻗는다. 그 앞에 이를테면 〈워터 볼〉을 발생시키는 경우, 손바닥에서 10센티미터 앞 공간에 〈워터 볼〉이 생성된다. 그것을 최종적으로는 15미터, 나아가 그 너머까지로 늘리고 싶은 것인데…… 이 역시 또한 갈 길이 멀 것 같다.

하지만 갈 길이 멀 것 같다고 해서 그것이 안 해도 되는 이유가 되지는 않는다.

밖에서 연습할 수 있을 때는 자신에게서 떨어진 장소에서 〈워터 제트〉를 발사하는 연습을 반드시 포함시켰다. 이렇게 하면 떨어진 곳에 발생시키는 훈련과 〈워터 제트〉의 위력 향상을 동시에 할 수 있었기 때문이었다.

성장은 아주 미미하게 이루어졌다.

그렇지만 성장하고 있었다. 그 결과가 눈에 보이는 것이 료는 기뻤다.

사느냐 죽느냐와 직결된 문제였다. 기쁘든 기쁘지 않든 반드시 해야만 했다.

맞는 말이긴 하지만 사람은 그렇게 강하지 않다. 그러니 노력한 성과가 눈에 보이느냐, 보이지 않느냐는 동기부여에 큰 영향을 미친다.

논리가 아닌 감정의 문제였다.

인간의 절반은 감정으로 이루어져 있다. 그 절반의 부분을 움직일 수 있느냐 없느냐, 좋은 성과를 얻기 위해서 이는 매우 중요한 것이었다.

료는 직감적으로 그 사실을 알고 있었다.

료는 천재가 아니다.

수재, 라고 할 수도 없다.

하지만 노력하는 것의 중요성은 잘 알고 있었다. 그것은 논리에 의한 것이 아닌 느낌으로 아는 것이었다. 그런 인간에게 있어 노력하는 것은 전혀 고통스러운 일이 아니었다.

변화는 갑자기 찾아왔다.

이틀에 한 번 있는 사냥의 날. 동쪽 숲으로 레서 래빗이나 레서 보어를 사냥하러 간다.

물론 그 두 종류 이외의 마물이 나올 가능성도 있다.

있긴 하지만 북쪽 숲에서 어째신 호크를 만난 것 외에는 지금 까지 경험한 적이 없었다. 북쪽 숲도 동쪽 숲도 모두 연결되어 있 고 거리도 많이 떨어져 있지 않았기 때문에, 이를테면 어째신 호 크가 동쪽 숲에서 나올 가능성은 당연히 염두에 두고 있었다.

하지만 오늘 만난 마물은 다른 것이었다.

"그레이터 보어……."

레서 보어의 상위종인 노멀 보어, 그보다 더욱 상위종이었다.

토속성의 원거리 공격 마법인 돌조각을 던져왔다. 돌진 속도 역시 음속에 육박했다. 바람과 흙, 하늘과 지상이라는 차이를 빼 면 어째신 호크와 특징이 비슷했다.

다만, 컸다…….

전체 길이는 7미터쯤 될까. 머리가 있는 위치도 지상에서 3미 터 정도.

이런 것이 아음속으로 돌진해 온다. 그야말로 악몽이었다.

"치이면 죽어. 지구에서 죽었을 땐 트럭에 치였지만, 빠른 만큼 그때보다 상황이 더 안 좋아……."

운동 에너지가 질량과 속도로 결정되는 이상 아음속의 속도로 달려드는 그레이터 보어는 지구 트럭 등에 비할 수 없을 정도의 파괴력을 낳는다.

겉보기에는 덤프 트럭과 비슷한 크기였다. 료의 위치에서 그레이터 보어까지는 20미터 정도 되었지만, 멧돼지를 닮은 외양을 지니고 있어서 그런지 원근감이 거의 느껴지지 않을 정도로 거대했다.

'〈아이시클 랜스 16〉.'

우선 돌격해 오는 본체를 요격할 요량으로 아이시클 랜스를 지면에서 30도 각도로 16개 생성. 이것으로 아음속의 돌진을 막았다.

그레이터 보어가 천천히 다가오면서 돌조각을 두 발 발사했다.

'〈아이스 실드 2〉.'

테니스 라켓 정도 크기의 얼음 방패가 료 앞에 생성되었고, 날아온 돌조각에 부딪혀 둘 다 사라졌다.

"크오오오오오오."

그것은 위협일까 짜증일까. 그레이터 보어가 소리쳤다.

그 후, 그레이터 보어 주위로 20여 개의 돌조각이 생겨났다.

"그건 너무 많잖아. 〈아이스 월〉."

료는 전면으로 오는 공격을 모두 막기 위해 방패 대신 벽을 선택했다.

직후 그레이터 보어의 돌조각이 발사되었다.

료를 향해 날아오는 돌조각이 〈아이스 월〉에 닿기 직전, 〈아이시클 랜스〉가 부서지고 〈아이스 월〉이 깨졌다.

순간적으로 왼쪽으로 뛰었다.

돌조각이 날아옴과 거의 동시에 그레이터 보어 역시 함께 돌진해 온 것이다.

"기술과 동시에 자기도 같이 달려든다니…… 어디 기사의 검성 기술도 아니고(만화 파이브 스타 스토리에 나오는 기술)!"

료가 좋아하는 만화책에서 나온 기술이었다.

"내가 바람 속성 마법사였다면 세 개의 분신에서 소닉 블레이드를 쏴서 추격하는 형태로 공격할 수 있었을 텐데!"

아니, 사람에겐 무리였다.

돌조각으로 〈아이시클 랜스〉를 부수고, 스스로 돌진하여 〈아이스 월〉을 부숴 버린 그레이터 보어. 부순 기세 그대로 료 옆을 지나치더니 15미터 정도 앞에서 이쪽으로 다시 돌아섰다.

하지만 그곳은…….

"거기서 멈춘 네가 잘못한 거야. 〈아이스반〉."

그레이터 보어를 중심으로 얼음 바닥이 형성되었다.

그레이터 보어 주위로 반경 3미터 정도가 얼음 바닥으로, 그리고 료와의 사이에도 모두 얼음 바닥이 되었다.

그레이터 보어는 얼음 위에 서 있지 못하는 것인지 자꾸만 넘어졌다. 아마 태어나서 지금까지 얼음 위를 걷는 경험은 해본 적이 없을 것이다. 론도 숲은 따뜻했으니까.

"〈아이시클 랜스 16〉."

그렇게나 연습했지만 아직도 〈아이시클 랜스〉를 날릴 수는 없었다. 하지만 자신에게서 떨어진 곳에 생성할 수는 있었기에 다른 사용법을 만들어냈다.

그레이터 보어의 상공 18미터의 높이에, 앞쪽으로 무게 중심이 쏠린 16개의 〈아이시클 랜스〉가 생성되었다.

그리고 낙하.

"끼에에에에에!"

그레이터 보어의 목부터 뒤까지, 머리를 제외한 장소에 차례차례 〈아이시클 랜스〉가 박혔다.

그레이터 보어는 돌진이라는 특성상 코를 포함한 머리 전체가 매우 튼튼했다. 일반적인 칼로는 찌르는 것이 거의 불가능에 가까웠다. 그랬기에 료의 〈아이스 월〉조차 뚫었던 것이다.

하지만 목부터 뒤, 몸통 부분은 그 정도는 아니다. 가장 약한 레서 보어와 다를 바 없을 정도이며 일반 멧돼지보다 약간 단단한 정도.

료는 그 부분을 노린 것이다.

"《마물 대전 초급편》을 제대로 읽어둬서 다행이다. 하지만 구멍투성이가 된 이 가죽은 더는 쓸모가 없겠네……."

◆

"자아, 왔습니다, 북쪽 숲 탐험대, 그 두 번째!"

누구를 향한 선언인지는 모르겠으나, 료는 결의에 찬 상태였다.

"이번에야말로 음식의 다양화를 목표로 한다!"

지난번 다양한 음식을 얻을 요량으로 북쪽 숲에 나갔을 때는 어쌔신 호크로 인해 앞길이 막혔었다.

어쌔신 호크는 암살자라는 이름에 걸맞게 대상이 깨닫기도 전에 목숨을 잃는 경우가 많은 마물이다. 공중이라는 사각지대에서 투명화 바람 마법인 에어 슬래시를 날린다. 지난번 어쌔신 호크의 일격을 료가 피할 수 있었던 것도 우연에 가까웠다.

그 어쌔신 호크에 대해 준비가 모두 갖추어진 걸까?

"아직 이길 수 없으니까 만나면 즉각 철수."

지난번의 조우 이후로 진보하지 않은 것처럼 보였지만 결코 그런 것은 아니었다. 지금이라면 지난번에 비해 여유롭게 후퇴할 수 있…… 을 것이기 때문이었다.

쓰러뜨리지 못하는 것은 이른바 상성 문제였다.

그레이터 보어는 강도적으로 보자면 결코 어쌔신 호크에 뒤지는 마물이 아니다. 하지만 료가 그레이터 보어에게는 이길 수 있어도 어쌔신 호크에게는 이길 수 없다고 생각하는 것은 적의 움직임을 멈출 수 있느냐 없느냐의 차이 때문이었다.

그레이터 보어는 료의 마법 효과 범위 안으로만 들어오면 〈아이스반〉을 사용해 움직임을 제어할 수 있다. 그러나 공중에 떠 있는 어쌔신 호크는 그럴 수 없다. 〈아이스 월 패키지〉로 어쌔신 호크 주위를 둘러싸려고 했지만 지난번에는 그대로 도망가 버렸다.

료의 사냥의 기본은 적의 움직임을 저해하고 거기에 공격을 가하는 것이었다. 현재로서는 움직임을 저해하지 못하는 어쌔신 호크는 상성이 최악인 적이었다.

그런 까닭에 마주치면 즉각 철수할 수밖에 없다.

"어쌔신 호크는 그렇다 쳐도 지난번에는 무아과를 구했지. 그때 갔던 장소에 아직 여물지 않은 무아과가 있었으니까 그거랑 뭔가 다른 양념이 될 만한 거…… 후추 같은 게 있으면 최고일 텐데."

장비품은 레서 보어 가죽 허리천과 샌들, 칼붙이 죽창, 그리고 마대. 평소와 같은 원정 도구장비였다.

결계 북쪽으로 나오자마자 지난번 무아과를 땄던 자리에서 새로 여문 무아과가 자라고 있었다.

"좋았어. 대어구나, 대어."

무아과 열 개를 마대에 넣고 북쪽으로 향했다.

그리고 지난번 어쌔신 호크에게 습격당한 장소에 도착했다. 결계로부터 200미터 정도 떨어진 장소였다.

"지난번엔 여기서 습격당했었지. 하지만 이번엔 없는 것 같아."

자세히 둘러보니 그곳은 울창한 숲이 약간 사라진, 나무들이 드문드문 자라 있는 곳이었다. 즉 공중에서 공격하기에 적합한 장소라고 할 수 있었다.

"그때는 전혀 눈치채지 못했어. 그만큼 상대가 벅찼다는 건가."

주위를 경계하면서도 조금 더 북쪽으로 나아갔다.

결계에서 500미터 정도 떨어진 곳에서 마침내 그것을 손에 넣을 수 있었다.

"진짜 있었어…… 이 녹색 송이…… 후추 맞지……."

델라웨어 포도, 씨를 없애기 위해 무슨 액에 담글 때 정도의 크기를 가진 녹색 송이……

료의 말은 포도 농가나 후추 농가가 듣는다면 "전혀 안 닮았어!"라며 경악하기에 충분한 비유였다.

한 알 따서 깨물어 보았다.

톡 쏘는 알싸함과 함께 입과 비강으로 퍼져 나가는 향.

일반적으로는 이 녹색 상태에서 수확한 다음 시간을 들여 검은색이 될 때까지 말린 블랙페퍼가 유명하다. 하지만 지구의 동남아시아 지역에는 이 녹색 그대로의 후추를 닭고기 같은 것과 볶아 먹는 지역도 있었다.

료 역시 이 초록빛 그대로의 후추를 맛본 것은 처음이었다.

"좋아, 따 가자!"

무아과와 합쳐 마대의 절반 정도로 채워진 후추. 대항해 시대였다면 이것만으로도 거대한 재산이나 다름없었다.

"당초 목적은 거의 달성했지만 조금만 더 나아가 볼까."

300미터쯤 더 나아갔을까. 시야가 탁 트인 그 끝에는 습지대가 펼쳐져 있었다.

"습지대라고 하면 리저드맨……."

공교롭게도 그 습지지대에 리저드맨은 없었다.

"아니, 있어도 전력으로 도망칠 수밖에 없긴 하지만. 아마도 지금 나 이상으로 수속성 마법을 잘 다룰 테니까."

리저드맨은 종족 특성으로 인해 수속성 마법과의 상성이 매우 높은 마물이었다. 『파이』에 존재하는 리저드맨은 인간과 의사소통을 하지 못하기 때문에 '지혜가 있는 마물'로 여겨지지는 않는다. 리저드맨이 있는 습지대에 인간이 접근하면 가차없이 공격한다고 한다.

"이 습지대를 피해서 더 북쪽으로 가는 건 좀 힘들겠지?"

오른손에 죽창, 왼손에 마대. 마대 안에는 소중한 후춧가루가 들어 있다. 만약 이게 습지 속으로 떨어지거나 진흙에 오염되기라도 한다면…….

"오늘은 이 정도만 하고 넘어가 주마."

어딘가에 있는 개그맨, 혹은 대단한 사람이라도 되는 양 그렇게 말하고는 집으로 돌아가자고 마음먹는 료. 그런데 그때 문득, 습지대에 자라고 있는 식물이 눈에 들어왔다.

한 번 시선을 떼고, 그리고 다시 한번, 이번에는 경악에 찬 표정으로 조금 전의 식물을 바라보는 료.

그랬다. 무심코 자신의 눈을 의심했다.

"비슷해……."

물론 료가 기억하는 식물보다 길이는 더 길었다.

게다가 옆에도 듬성듬성 펼쳐져 있다.

그리고 열매도 손으로 만지면 후두둑 떨어질 것 같다. 색깔도 좀 짙었다.

하지만, 그래도, 아마 이것은…….

"벼…… 맞지……?"

누가 재배하는 것이 아닌, 자생하고 있는 벼. 야생 벼라는 것에 대해 료는 들어본 적이 있었다. 현대 지구에서도 동남아와 인도에는 야생 벼가 자생하고 있는 지역이 꽤 있다고 했다.

하지만 이렇게 편리한 상황이 있어도 되는 것일까.

벼, 혹은 쌀이라는 것은 전생물에서는 그곳 생활에 상당히 익숙해진 후, 어렵사리 찾고 또 찾아 세계의 절반 정도를 걷고 나서야 비로소 만날 수 있는 것이었다.

맞다. 그게 정석이었다.

가장 먼저 만나는 것은 검고 단단한 빵. 그리고 다음이 희고 부드러운 빵. 그리고 마지막에서야 겨우 쌀을 만나는 것이다.

그런데 지금은…….

"아니, 생각은 나중에 하자. 일단 이걸 확보해서 집으로 가져가야지."

자세히 보니 습지대 안에 야생 벼로 보이는 것들이 상당히 광범위하게 자생하고 있었다.

죽창에서 떼어낸 칼로 이삭 부분을 잘라내어 마대에 넣어 나갔다. 결국 마대가 거의 꽉 찰 때까지 수확을 했고, 무언가에 습격당해 오늘의 엄청난 성과물을 잃지 않도록 달려서 집까지 돌아갔다.

집에 도착한 료는 먼저 얼음으로 된 통을 만들었다.

료의 수속성 마법으로 만든 얼음은 이제 무의식 상태에서도 료의 마력이 주입되는 것인지 평범한 얼음처럼 녹지는 않았다. 마력을 주입하고 있는, 일종의 '마력의 선'이라고 할 수 있는 것을 의식적으로 끊어내면 일반적인 얼음처럼 녹아 버린다. 그래서 집 안에는 료가 만든 얼음 통이 꽤 있었다.

유지하는 데 쓰이는 마력도 미미한 양인지 생활하는데 한 번도 지장을 준 적이 없었다.

이번 얼음 통 역시 큼직한 여행용 가방만 한 크기로 만들어 그 안에 따온 후추를 넣었다. 마대에 담겨 있던 무아과도 부엌 테이블 위에 두었다.

이로써 마대 속에는 야생 벼만 남게 되었다.

"그나저나 이 벼…… 쌀로 먹을 수 있는 건가……?"

일반적으로 쌀이라는 것은 벼 이삭을 탈곡하여 겉겨만 남은 상태로 만들고, 그 겨를 잘 말리고, 먹기 전에 도정기를 통해 쌀알의 겉겨를 벗겨낸다.

그렇게 해서야 일본인이 쌀이라고 부르는 것을 얻을 수 있는 것이다.

그리고 현재 료의 수중에 그러한 도구는 일절 없다. 전혀 없다.

쌀을 구해서 내심 이지 모드라는 식의 생각을 하고 있던 료. 하지만 손에 들어온 이후부터가 난관이었다.

이것이 흔한 전생물이라면 이미 어느 지방이나 나라에서 쌀을 만들어 먹는 문화가 있을 것이기 때문에 이런 부분에서의 어려움은 없었다. 하지만 이『파이』에 있는 론도 숲에 그런 문화는 없다. 그보다 미카엘(가명)이 한 말에 의하면 료 이외의 인간은 살고 있지 않았다.

그렇다고 해도 기본적인 방침을 정해둘 필요는 있었다.

"내일이라도 습지에 가서 야생 벼를 좀 더 확보해 오자. 일부는 뿌리를 통째로 확보해서 집 주변에 만들 논에 이식하는 거야."

이미 논을 만든다는 건 기정사실인 것 같았다.

"오늘 수확해 온 건 어떻게든 쌀알을 꺼내서 밥을 짓자!"

우선은 탈곡이다. 벼 이삭을 털어서 쌀알을 얻는다. 에도 시대 부터 다이쇼 시대까지 벼훑이를 써서 하던 작업이지만…… 이 과 정은 필요가 없었다. 마대 속에서 알아서 떨어져 나와 있었기 때 문이었다.

이는 야생 벼의 특성 중 하나로 조금만 건드려도 열매가 떨어 진다. 그래서 수확할 때 다소 힘들 수 있는데 지금은 그것을 신경 쓸 필요가 없었다.

"오, 알아서 떨어졌다. 운 좋네."

료의 머리는 딱 거기까지만 생각했다.

손에 넣은 쌀알은 본래 잘 건조해야 한다. 요즘 일본의 쌀은 대 형 건조기로 10시간 이상 건조해 수분을 상당히 날린 것이었다.

"일단 오늘 먹을 분량은 건조하지 말고……."

다음으로 도정…… 즉 알의 표면을 덮고 있는 겉겨를 벗겨낸다.

한 알을 집어보았다. 크기로 보았을 땐 일본 쌀과 거의 다르지 않았다.

"자포니카 쌀 같은 거네. 막연하게 인디카 쌀인 줄 알았는데, 자포니카 쌀에 가깝다면 일본 방식으로 쌀을 짓는 게 좋겠지."

아직 도정도 못 했는데 머릿속에선 이미 밥을 짓고 있었다.

현재의 지구에서 벼농사의 기원은 1만 년도 더 전, 중국의 장강 유역이었다는 것이 정설이다. 물론 흔히 말하는 자포니카 쌀이 다. 그곳에서 서쪽으로 흘러들어가 인디카 쌀이 생겼다고 하며 재배미로는 자포니카 쌀이 먼저였다.

그렇다고 하지만 지구에 있는 그런 벼의 역사 같은 건 흰 밥을 손에 넣기 위해 심혈을 쏟고 있는 지금의 료와는 전혀 관계가 없다…….

손톱을 사용해 손에 든 쌀알 껍질을 벗겨보았다.

"의외로 쉽게 벗겨지네. 최악의 경우 한 알씩 까는 수밖에 없겠다."

도정에 도대체 몇 시간을 들일 생각인 걸까……. 혹은 이것이 쌀을 향한 일본인의 고집인 걸까.

우선적으로 뭔가 껍질을 벗길 만한 좋은 방법이 없을까 고민하는 료.

료가 사용할 수 있는 방법은 수속성 마법밖에 없다. 그중에서도 여기서 쓴다면 얼음일 것이다.

거기서 문득 레서 보어의 껍질을 무두질했을 때 사용한 〈얼음 롤러〉가 떠올랐다. 그때는 무두질한 가죽을 압축해서 부드럽게 만들었다. 이번에는 압박을 하는 게 아니라 까는 데 쓰는 것이다.

두 개의 얼음 롤러 사이에 끼워 넣되, 회전수를 올려서 롤러 사이에서 튕겨 나가게 만들면 그 기세로 벗겨지지 않을까? 〈얼음 롤러〉의 생성도 공중에서의 회전도 물 마법으로 한다. 마법 제어를 잘만 하면 할 수 있을지도 모른다.

롤러 준비는 완료. 벗겨낸 쌀이 날아가는 곳에는 얼음 상자를 설치했다.

우선 다섯 알 정도를 롤러에 통과시켜 보았다.

까득.

껍질은 벗겨졌다. 벗겨지긴 했지만…… 쌀알도 깨졌다.

"뭐어, 깨져도 맛에 문제는 없지."

그 후에도 롤러에 계속 통과시켰다.

알갱이 크기가 고르지 않은 것인지, 작은데 까면 큰 쌀이 나오고, 큰데 까면 작은 쌀이 날아가지 않고 아래로 떨어졌다.

적당한 타협과 적당히 못 본 척을 반복한 결과 간신히 두 홉 정도의 쌀 도정이 끝났다.

"후우, 어쌔신 호크 이상으로 험난한 싸움이었어……."

남은 것은 밥을 짓는 것. 요리뿐이었다.

미카엘(가명)이 마련해 준 집에는 전기가 있었다. 그리고 그 전기로 사용할 수 있는 나무 뚜껑이 달린 냄비가 두 개 있다. 료는 이것을 이용해 쌀을 지을 생각이었다.

먼저 냄비를 깨끗하게 씻는다.

그리고 얼음 그릇에 담아두었던 쌀도 씻는다. 씻을 때 이 야생 벼에서 채취한 쌀에서도 쌀겨가 나오는 것을 볼 수 있었다.

냄비에 넣은 쌀 위로 손을 얹어 손등이 덮일 정도까지 물을 넣는다. 솔직히 이 야생 벼에서 나온 쌀을 어느 정도의 물로 지어야 적당한지 료는 전혀 알지 못했다. 그래서 지구의 지식을 그대로 활용했다.

냄비에 얼음으로 된 뚜껑을 덮었다. 압력이 가해져도 날아가지 않도록 약간 무거운 뚜껑으로 만들어 보았다.

여기까지는 좋지만 가장 큰 문제가 있었다. 그것은 어느 정도의 화력이 필요한가에 대한 지식이 없다는 점이었다.

하지만! 세상엔 맛있게 밥을 짓는 상식이 있다!

"처음에는 약약, 중간에는 강강, 아기가 울어도 뚜껑 열지 마(일본에 널리 알려진 불 조절을 위한 노래.)."

하지만 구체적으로 몇 분 만에 중간이고 강으로 가야하는지 료는 알지 못했다…….

"일단 300초 정도? 5분 정도 지나면 화력을 올려 보자."

불을 다루는 것은 이제 눈 감고도 했다. 불을 눈 감고도 다루는 수속성 마법사. 쓸데없이 잔재주만 많다는 느낌이지만…….

전체적으로 20분 정도 걸려서 밥을 다 지었다.

불을 끄고 한동안 기다렸다. 뜸이라는 것이다.

뜸을 15분 정도 마치고…… 드디어.

"밥이여, 어서 와라~!"

대량의 김과 함께 드러난 것은 흰 쌀밥…… 이 아니라 약간 노란 쌀밥.

"뭐, 뭐어…… 다소의 위화감은 있을 수 있지."

왼손에는 얼음 공깃밥, 오른손에는 얼음 주걱. 마음을 가라앉힌 뒤 천천히 밥그릇에 담는다.

그리고 주걱을 없애고 한 쌍의 얼음 젓가락을 오른손에 만들어 냈다.

"그럼 잘 먹겠습니다."

…….

"일본의 쌀과는 찰기가 약간 다르고, 입 안에서 느껴지는 맛의 풍미도 다르지만…… 그래도 이건 틀림없는 밥이야!"

환희에 떨며 그저 반복적으로 밥을 입으로 옮기는 료.

그곳에는 울면서 밥을 먹는 수속성 마법사의 모습이 있었다.

"밥을 손에 넣었으니 다음엔 된장국을 먹고 싶은데……. 그건 아마 무리겠지."

료는 과거 여러 조건으로 따져 보았을 때 이 집은 적도와 북회귀선 사이일 것이라고 추측했다. 실제로 이를 뒷받침하듯 후추와 야생 벼가 손에 들어왔다.

일단 된장국을 만들기 위해서는 꼭 필요한 것이 있다. 당연한 말이지만 된장. 그 된장을 만드는 데 필요한 것은 콩. 하지만 콩의 원산지는 일본 등의 동아시아다.

이 론도 숲에서 자라기엔 너무 덥다. 게다가 습도도 높다.

콩은 배수가 잘되는 땅에서 잘 자란다. 그래서 밭에 콩을 뿌릴 때도 높은 논두렁을 만들어 배수가 잘되는 상태에서 길러야 한다.

그러한 조건들로 미루어 보아 론도 숲에는 아마 자생하지 않을 것이라고 료는 생각했다.

"뭐, 그건 어쩔 수 없지. 쌀을 얻은 것만으로도 큰 횡재니까."

평범하게 생활한다면 집에서 반경 100미터까지의 결계는 충분한 넓이였다. 하지만 여기에 논을 만든다면…… 꽤 비좁아진다.

"아무래도 결계 밖에 만들어야겠지. 게다가 그렇게 되면 나무를 베어서 개간 같은 걸 해야 하는 건가……?"

마법이나 검을 통한 고속 개간…….

"응, 〈워터 제트〉로는 아직 나무 절단 같은 건 못 해."

지구라면 전기톱으로 나무를 베어낼 수 있다. 생각해 보니 제재소에서는 회전하는 거대한 톱으로 나무를 잘랐다.

"어쩌면 〈워터 제트〉가 아니라 물로 만든 회전 톱이라면 원거리 공격으로 사용할 수 있지 않을까?"

머릿속에 이미지화했다. 오른쪽 손바닥 위에 반경 10센티미터 정도의 둥근 톱이 생기며 회전을 시작하는 이미지.

"〈물 톱〉."

이미지 그대로의 물로 된 회전 톱이 탄생했다.

"자, 날아가라!"

찰박.

손을 떠나는 순간 땅에 떨어졌다.

"아아……."

무릎을 꿇고 털썩 주저앉아 고개를 숙였다. 그 자세 그대로 료는 10초 정도 멈춰 있었다.

그 자세 그대로 입을 연다.

"프로세스를 밝혀내자."

물을 발생시킨다.

발생시킨 물을 회전시킨다.

날린다.

"응, 세 공정이야. 역시 세 번의 공정까지는 아직 안 되네."

고개를 숙인 채로 확인했다. 하지만 료는 천천히 일어섰다.

"아직이야. 아직 끝나지 않았어."

어딘가 붉은 혜성 같은 대사를 내뱉으며 료는 결계 밖에 있는 나무로 다가갔다.

그리고 다시 외쳤다.

"〈물 톱〉."

하지만 이번에는 날리지 않고 손바닥에서 회전하는 물 톱을 그대로 나무줄기에 가져갔다.

키이이이잉.

마치 전기톱으로 자르는 것 같은 높은 소리가 울려 퍼졌다. 그리고 전기톱으로 자르는 것과 비교하면 상당히 느리긴 했지만 줄기를 자르는 데엔 성공했다.

"목재 가공에는 쓸 수 있겠네."

하지만 현 상황에서 무언가를 잘랐다고 한들 접착제나 못이 없으니……

"목재 세공은…… 응, 못하겠다."

무언가 만드는 것은 어려울 것 같았다.

"회전 운동이라……."

거기서 료가 몸을 굳혔다.

"어? 뭔가 이상한데?"

료의 머릿속에 떠오른 것은 레서 보어의 가죽을 무두질했을 때 사용한 〈얼음 롤러〉였다.

"〈얼음 롤러〉의 공정은……."

공기 중에서 물 분자를 모은다.

모은 물 분자를 얼린다.

얼린 롤러를 회전시킨다.

"세 번의 공정…… 이잖아……. 할 수 있네? 어째서……?"

무언가가 크게 잘못되었다.

"〈아이시클 랜스〉."

오른손에 〈아이시클 랜스〉가 생성되었다.

"제자리에서 회전."

날아가는 탄환처럼 자전한다.

"발사."

슈욱, 투욱.

여느 때처럼 땅에 떨어졌다.

하지만 오늘의 료는 포기하지 않았다.

펼쳐진 양 손바닥을 찬찬히 바라보았다. 그리고 다시 이미지화했다. 왼손에 가늘고 긴 얼음 그릇 생성. 그 안에 물을 채운다.

그리고 채운 물을 향해 외쳤다.

"〈아이시클 랜스〉."

얼음 그릇에 달라붙은 상태로 얼음 창이 생성된다.

"발사."

얼음 그릇째로 꽤 빠른 속도로 앞으로 날아갔다.

여기서 한번 호흡을 가다듬었다.

"괜찮아, 날릴 수 있어. 옛날의 나와는 달라."

자기 암시에 가까웠다……. 하지만 매우 중요한 것이다.

지금까지 료의 이미지 속에 고정되어 있던 것을 부숴서 없애야만 했으니까.

머릿속으로 천천히 이미지화했다.

1. 〈아이시클 랜스〉생성.

2. 그 창이 오른손에서 날아가는 이미지.

이 두 가지를 머릿속에서 몇 번이고 반복한다. 그리고 이번에는 눈을 뜨고 눈앞에 환상으로 보일 정도로 뚜렷하게 이미지화했다.

"〈아이시클 랜스〉."

오른손 끝에 〈아이시클 랜스〉가 생성된다.

"발사."

얼음 창은 훌륭한 속도로 앞으로 날아갔다.

"이건…… 어느 타이밍인지는 모르겠지만, 적어도 가죽을 무두질했을 때 이전에 이미 날릴 수 있는 기능을 몸에 익혔다는 건가?"

마법에서 중요한 것은 이미지다. 좋든 나쁘든 간에.

'〈아이시클 랜스〉는 날릴 수 없다'라고 하는 이미지가 료의 머리에 고착되어 있었던 것이었다.

확실히 전생하고 며칠 지나지 않았던 단계에서는 아직 날리지 못했다. 하지만 그 후 수행의 성과로 어느덧 날리는 기술은 몸에 익히고 있었다. 그럼에도 '날릴 수 없다'라는 이미지가 방해를 하고 있었던 것이다…….

이런 걸 멘탈 블록이라고 하는 걸까?

"내 지금까지의 고생은 대체……. 하지만 이거라면 꽤 큰 힘을 얻었다고 할 수 있겠지. 이건 내 승리네!"

그러나 다음 날, 료는 절체절명의 상황에 빠지고 말았다.

◆

〈아이시클 랜스〉를 날리는 데 성공한 다음 날, 료는 여느 때처럼 동쪽 숲으로 사냥을 나갔다.

〈아이시클 랜스〉를 날릴 수 있게 된 것이다. 솔직히 그레이터 보어가 상대라도 완승할 수 있다.

그렇게 생각하고 있었다.

자신감이 넘쳤다.

전에 없이 마음이 부풀어 있었다.

하지만 료를 덮친 것은 그레이터 보어가 아니었다.

앞뒤에서 날아오는 투명화 바람 속성의 공격 마법 에어 슬래시.

"하나도 성가셔 죽겠는데! 〈아이스 월 전방향〉."

료의 전후좌우로 폭 1미터, 높이 2미터의 얼음벽이 덮히며 에어 슬래시 직격탄을 막아냈다.

료의 오른손에는 중간 부분부터 부러진 칼붙이 죽창 앞부분이 쥐어져 있었다. 중간 쪽부터 뒤쪽, 그러니까 밑동 부분은 이미 어디론가 날아가고 없었다.

〈아이스 월〉은 투명하다. 그래서 벽 건너편을 볼 수 있었다. 앞쪽의 〈아이스 월〉 끝에는 어쌔신 호크 한 마리가 날아다니고 있었다. 오른쪽 눈이 감긴 어쌔신 호크.

그랬다. 일찍이 료가 죽음을 각오했던 그 어쌔신 호크였다.

게다가 료의 뒤쪽으로는 또 한 마리 어쌔신 호크가 날아오고 있었다.

두 마리 모두 료와의 거리를 유지한 채 에어 슬래시만으로 공격해 왔다. 게다가 비겁하게도 한쪽은 무조건 료의 사각만을 노리고 공격했다. 대체로 료의 정면 쪽이 애꾸눈 어쌔신 호크, 사각 쪽이 오늘 새로 참전한 신참 어쌔신 호크로 역할을 분담하고 있었다.

세 번째 에어 슬래시를 받은 전방의 〈아이스 월〉이 부서졌다.

그 순간 료의 왼손에서 애꾸눈을 향해 무수한 물줄기가 날아갔다.

'〈워터 제트 32〉.'

하지만 그것을, 어떤 공기 역학의 특성인 것인지, 순간횡이동 같은 느낌으로 효과 범위 밖으로 이동해 피해 버린다.

그 순간…… 료의 뒤를 지키고 있던 〈아이스 월〉도 뒤쪽에서 세 번째 에어 슬래시를 받아 부서졌다.

솔직히 아직 료의 호흡은 거친 상태였다. 전후로 날아온 에어 슬래시를 피하고 반격하기 위해 이리저리 뛰어다녔기 때문이다. 하지만 상대의 공격을 피하는 것은 둘째치고, 료가 하는 공격 역시 하나같이 모두 회피하고 있었다.

피하지 못한 에어 슬래시를 막기 위해 죽창이 희생되었고, 〈아이스 월〉을 거북이 등껍질 삼아 틀어박힌 채 숨을 고르고 있었지만 그 〈아이스 월〉도 에어 슬래시 세 번 만에 깨지고 말았다. 〈아이스 월〉이 깨질 때마다 딱 한 번 반격하고는 곧바로 〈아이스 월〉을 재생성했다.

"도망가고 싶지만…… 앞뒤가 막혀 있어서 도망갈 수도 없어……."

신참이 자리한 쪽은 정확히 료의 바로 뒤, 즉 사각지대에서 공격하면서 퇴로도 막고 있는 셈이었다.

료의 마력이 얼마나 되는지는 솔직히 알 수 없었다. 지금의 페이스로 〈아이스 월〉과 〈워터 제트〉를 반복하는 정도라면 24시간 정도 버틸 수 있을 것 같기도 하지만…… 피로는 쌓여가고 있었다.

피로는 실수를 만든다.

피할 수 없는 피로와의 싸움.

그리고 실수하면 죽는다.

그 사실이 불필요하게 피로를 더 축적시켰다.

"이제 어쩌지."

〈아이스 월〉을 다시 생성한 뒤 상황을 정리해 보았다.

료가 지금까지 보여주었던 비장의 무기는 〈아이스 월〉과 손으로 날리는 〈워터 제트〉뿐. 그리고 워터 제트는 32개를 동시에 쏘아도 피할 수 있다는 것을 알고 있다.

이번 승리의 조건은 적을 쓰러뜨리는 것이 아니라 결계 내로 도망치는 것. 그러기 위해서는 치명타까지는 아니더라도 지난번과 같은 대미지를 주고 철수하는 것이 좋을 것 같았다.

"유인해 볼까."

료가 중얼거린 순간 앞뒤의 〈아이스 월〉이 동시에 부서졌다.

그와 거의 동시에 애꾸눈을 향해 〈워터 제트 16〉을 일제히 발사했다.

그리고 달려나갔다.

당연히 애꾸눈 어쌔신 호크는 〈워터 제트〉를 피했다. 료는 달리면서 왼손을 앞으로 내밀어 마법을 날리려 했다.

하지만 그 순간 넘어졌다.

넘어진 료를 향해 신참 어쌔신 호크가 돌진해 왔다.

〈아이스 월〉과 에어 슬래시의 끊임없는 반복으로 초조해진 상태였으리라. '끝이다!'라고 말하는 듯한 모습으로 돌진해 온다.

하지만 이는 료가 의도한 것이었다.

넘어진 후 그대로 왼쪽으로 굴러 후방에서 오는 신참의 돌파를 피했다. 그리고 돌진해 온 탓에 료의 바로 옆에 자리한 신참을 향해 반쪽짜리가 된 칼붙이 죽창을 찔렀다.

아니, 찌르려다가 창을 멈추고 다시 왼쪽으로 굴렀다.

간발의 차.

애꾸눈 어쌔신 호크가 료가 있던 곳으로 돌진해 온 것이다. 료의 함정을 읽고 있었다는 듯이. 게다가 돌진한 뒤에도 멈추지 않고 그대로 후방으로 빠져나갔다.

지난번 경험으로 배운 것인지도 모른다.

그 사이 오늘 참전한 신참 어쌔신 호크도 공중으로 돌아가 있었다.

"키에에에키에키에에."

애꾸눈은 신참에게 설교라도 하는 것처럼 보였다. 방심하지 말라는 말을 전했을지도 모른다.

그리고 다시금 애꾸눈은 료의 정면에, 신참은 료의 사각지대인 후방에 자리 잡았다.

거리는 양쪽 모두 료에게서 20미터 정도.

료는 애꾸눈의 어쌔신 호크에게서 시선을 떼지 않고 천천히 일어나 외쳤다.

"〈아이스 월 패키지〉."

그것을 본 신참 어쌔신 호크가 히죽거렸다. 물론 료의 뒤에 있었기 때문에 눈으로 보이지는 않았지만…… 아까는 위험했지만 또 같은 수법이냐, 라고 말한 것만 같았다.

'신참, 넌 이미 죽었어, 라고 직접 말해주고 싶지만 애꾸눈 녀석은 감이 좋으니까 그만두자. ……넌 나를 중심으로 반드시 그 장소로 이동하지.'

료가 그렇게 생각한 순간.

신참의 머리 위로 〈아이시클 랜스〉의 비가 내렸다.

그 수는 무려 256발.

신참 어쌔신 호크를 중심으로 반경 30미터 범위로 쏟아져 내리는 반짝이는 얼음의 비.

"키이이아아아아!"

신참은 이동해서 피하려고 했지만 범위가 너무 넓었다. 몇 개가 날개를 상처입히며 함께 지면으로 굴러떨어졌다. 모두 상공에서 발생시켜 자유 낙하로 떨군 〈아이시클 랜스〉였다.

〈아이시클 랜스〉를 날릴 수 있게 되었다고는 해도, 의식해서 날릴 수 있는 것은 아직 한 개뿐이다. 그 하나는 이미 〈아이스 월〉 밖에 생성 완료.

"발사."

그대로 얼음에 맞고 떨어진 신참 어쌔신 호크의 목을 꿰뚫었다.

"키아아아아아아아!"

소리친 것은 애꾸눈 어쌔신 호크.

료를 보는 눈에는 그때와 같은, 아니 그때 이상의 증오가 깃들어 있었다.

마주 보고 있던 시간은 아주 찰나.

애꾸눈 어쌔신 호크는 몸을 돌려 떠났다.

"후…… 어떻게든 살아남았네. 그나저나 이 공중에서 떨어지는 〈아이시클 랜스〉, 쏟아지는 빛의 창 같은 느낌이라 좀 폼 나는데? 응, 필살기 중 하나로 삼자."

죽음을 각오할 정도로 고전했지만 끝이 좋으면 전부 좋은 것이다.

인연이 있던 어쌔신 호크와의 싸움에서 간신히 살아남은 료였지만, 이번 일로 과제가 확실하게 드러났다. 그것은 물리적인 부분, 다시 말해 육체의 강화였다.

전투 초반에 뛰어다닌 탓에 숨이 차올랐고 호흡이 가라앉을 때까지 상당한 시간이 걸렸다. 이번에는 애꾸눈이 원거리 공격에 집착했기 때문에 〈아이스 월〉로 시간을 버는 것에 성공했지만 늘 그렇게 된다고는 단정할 수 없다.

"스태미나는 중요해."

료는 확실하게 소리 내어 말했다.

다음 날부터 료의 하루 루틴이 조금 바뀌었다.

아침에 일어나면 먼저 유연 체조를 30분간 꼼꼼히 한다. 부드러운 근육은 부상을 막아주는 법. 료의 몸은 결코 유연한 편은 아니었지만, 체조는 매일 하면 누구에게나 효과가 있다는 것은 알고 있었다.

그 후 아침 식사. 아침 식사는 중요하다. 하루의 기본. 든든히 먹어둔다. 다 먹고 나면 위가 가라앉을 때까지 독서 또는 마법 연습.

대략 30분 정도 지나면 결계의 바깥쪽을 달린다. 걷는다. 끊임없이…… 걷는다. 얼음이나 물을 손에 발생시키면서…… 마법을 쓰면서 달린다…… 지치면 걷는다. 어쨌든 계속 몸을 움직였다.

오후에는 이틀에 한 번씩 결계 밖 동쪽 숲이나 북쪽 숲으로 사냥을 나갔다.

그 후로 애꾸눈 어쌔신 호크와는 한 번도 조우하지 않았다. 하지만 머지않아 결판을 짓게 되리라는 것을 료는 알고 있었다.

논리 같은 것이 아니다. 그냥 알 수 있었다.

사냥을 하고 식량을 조달해서 돌아온 뒤엔 마법 연습. 사냥을 나가지 않는 날도 마법 연습을 했다.

그리고 목욕하기 전에 휘두르기 천 번.

야구 방망이가 아니라, 자른 대나무를 죽도로 만들어 얼음으로 무게를 조절하며 휘두르기를 했다.

료는 초등학교 1학년부터 중학교 3학년 겨울까지 검도 도장에 다녔다. 그냥 노는 느낌으로. 특별히 대회 같은 곳에 나간 적도 없다. 중학교 때 친구는 학교 동아리 활동에 참여했지만 료는 귀가부, 그리고 월, 수, 금 지역 무도관에서 진행하는 검도를 다니는 그런 생활이었다.

무도관에서의 지도는 중학생까지.

고등학생이 될 때 앞으로 경찰 본부 훈련에 참가할 것을 권유받았지만 거절했다. 검도를 싫어하지는 않았지만 그렇게까지 진지하게 임할 생각도 없었기 때문이다.

운동 신경이 나쁜 것은 아니었다. 야구도 축구도 농구도, 보는 것도 하는 것도 좋아했다. 하지만 푹 빠지지는 못했다.

료는 지금까지 살아오면서 진심으로 무엇인가에 푹 빠졌던 적이 없었다.

노력하는 것은 싫어하지 않는다. 그 가치도 알고 있다. 그래서 해보고 싶은 건 해본다. 노력해서 임한다. 그리고 할 수 있게 된다. 그 뒤로는 흥미를 잃는다, 까지는 아니더라도 한계까지 파고들어 본 적은 없다.

료는 결코 천재가 아니다.

그래도 대부분의 일은 어느 정도 진지하게 임하면 만족스러운 정도로는 할 수 있게 됐다.

하지만 이 『파이』에 와서 그것도 조금 변화하고 있었다.

료를 변화시킨 것, 그것은 마법이었다. 스승이 없었던 것이 오히려 다행인지도 모른다. 어떤 마법서 같은 게 없었던 것도 다행인지도 모른다.

마법을 사용하는 것에 료는 태어나서 처음으로 빠져들었다.

쉽사리 잘되지는 않는다. 모르는 것도 산더미처럼 있다.

하지만 그게 좋았다.

그리고 그 마법을 활용하기 위해서는 필요한 것들이 아주 많았다.

스태미나가 없어서 죽을 뻔했다.

죽창이 반으로 부러지면서 기술 부족을 절감했다.

스태미나는 달리면 몸에 점차 쌓인다. 누구나 달리는 것만으로도 몸에 배게 할 수 있었다. 방법론은 이미 지구에서 확립되었다.

하지만 조심해야 할 것이 있다. 바로 피로 골절. 무릎부터 그 아래의 뼈가 부러질 가능성도 있었다. 그렇기에 칼슘 섭취가 필요하지만…… 가장 흡수율이 좋은 우유는 수중에 없었다. 그렇다면 작은 물고기를 뼈째로 먹는다……. 언젠가는 이것이 주류가 될 것이 분명했다.

음식 이외에 피로 골절을 막을 방법은 없나? 물론 있다.

그것은 바로 유연체조…… 스트레칭.

유연함이라고 하는 만능성!

그러니 지금은 아직 달리기…… 피곤하면 걷는다. 하지만 멈추지 않는다. 계속 걷는다. 심폐기능 강화를 위해서 계속 움직이는 것이다.

스트레칭, 달리기, 그리고 걷기.

이것을 지속하는 것만으로도 스태미나는 누구나 기를 수 있었다.

스태미나 이외의 문제…… 그것은 죽창의 기술.

하지만 그건 포기하자. 애초에 칼붙이 죽창은 먼 거리에서 일격을 가하기 위해 가지고 다녔던 것이다. 창을 쓰는 기술은 영상에서조차 본 적이 없다.

그렇다면 어떻게 할 것인가?

검도라면 해 왔다.

지난 5년간 죽도를 쥔 적조차 없었지만…… 그전까지 9년 동안 해온 일은 몸이 아직도 기억하고 있었다.

검술과 검도는 별개.

그래, 아마 그렇겠지.

하지만 검도는 아무것도 없는 곳에서 생긴 것은 아니다. 그 원류에는 틀림없이 '검술'이 있다.

그렇다면 료가 해야 할 일은 어려운 일이 아니었다. 검술에서 검도로 변화해 온 흐름을 거꾸로 거슬러 올라가 보면 될 뿐이다. 쉽지는 않겠지만 분명 할 수 있을 것이다.

뭐, 못하더라도 문제는 없다. 기본적으로 마법을 더 활용하기 위한 검이니까.

메인은 수속성 마법이고, 료는 수속성 마법사니까.

료는 오늘도 달리고 있다. 혹은 오늘도 걷고 있다.

태양이 빨리 떠올랐기 때문에 오전만 해도 상당한 시간을 움직일 수 있었다. 대략 지구 시간으로 따지자면 5시간 정도. 그렇다고 마라톤처럼 항상 일정한 속도로 달리는 것은 아니고 가끔 인터벌 러닝을 넣거나, 그냥 걷기도 한다.

결계의 바깥쪽은 전체 둘레가 600미터 정도인데, 그것을 두 바퀴는 빠른 속도로, 다음 한 바퀴는 완만한 속도로, 그다음 두 바퀴는 보행으로, 그런 느낌이다.

그렇게 걷기도 넣으면서, 하지만 적어도 5시간 동안 멈추지는 않았다. 그리고 계속 움직이면서 마법 연습도 했다.

그리고 매일 하는 유연 체조, 보행, 주행과 함께 최근 함께 꼭 하고 있는 게 휘두르기였다. 길이 약 1미터, 얼음으로 코팅하여 무게 조절을 한 대나무 죽도로 휘두르기.

일본의 검도 혹은 검술은 상당히 특징적인 부분이 있다.

죽도든 일본도든 상관없이, 바로 그 잡는 방법.

왼손으로 자루의 가장자리 근처를 잡고 오른손으로 날밑 주변을 잡는다. 두 손 사이는 붙이지 않는다. 손과 손 사이에 주먹 하나가 더 들어갈 정도로 비어 있다.

24센티미터라는 자루의 길이는 그 때문에 존재하는 것이었다.

잡고 지탱하는 것은 왼손. 칼날의 궤도를 결정하는 것은 오른손.

그리고, 휘두른다. 휘두른다. 휘두른다.

한 번, 한 번. 처음엔 천천히, 몸의 기억을 되살리듯이.

한 번, 한 번. 조금씩 검속을 올려서.

한 번, 한 번. 최종적으로는 무심히 휘두를 수 있도록.

오전 훈련이 끝나면 이미 료의 몸은 녹초 상태.

하지만 여기서 쓰러져서는 안 된다. 우선은 아이싱. 높아진 근육의 온도를 쿨다운하는 것이다.

수속성 마법사의 능력이 또 한 번 빛을 발하는 순간이다.

얼음을 넣은 물주머니를 몸에 붙여 근육을 식혀 나간다. 15분 정도의 아이싱으로 혈관이 수축. 아이싱이 끝나면 리바운드로 혈관이 확장되며 피로 물질이 평소보다 많아진 혈류에 의해 효율적으로 흘러간다.

그리고 정리 운동으로 유연 체조. 이걸로 부상 예방도 되고 있을 것이다…… 아마도.

점심은 아침에 남은 것을 먹는다. 아침을 만드는 단계에서 두 끼 분량을 만들어 놓는다. 한 끼를 만들든 두 끼를 만들든 드는 수고는 변하지 않으니까.

그리고 드디어 사냥이다. 사냥이긴 하지만…… 최근에는 거의 루틴과 같은 일상이 되고 있었다.

레서 래빗이나 레서 보어를 상대로는 당연히 위기에 빠지지 않는다.

노멀 래빗이나 노멀 보어도 별반 다르지 않다.

물론 그렇다고 방심한다는 것은 아니다. 만약 어쌔신 호크와 조우하면 무슨 일이 일어날지 모르기 때문이다. 그렇게 생각하면 어쌔신 호크라는 것은 정말이지 인간에게 성가신 적이라고 할 수 있었다.

지금은 아직 오전 훈련 메뉴를 간신히 끝내는 상태라 그게 오후에까지 영향을 미치지만, 좀 더 익숙해지면 행동 범위를 넓혀 보고 싶다는 생각도 들었다.

우선은 동쪽이나 북쪽으로.

그리고 머지않아 남서쪽…… 바다로!

그래, 언젠가는 바다에도 가야 한다. 소금을 조달할 필요가 있기 때문이다.

사람이 살아가는 데 꼭 필요한 것은 바로 물과 소금.

물은 그야말로 무궁무진하게 만들 수 있지만 소금은 그럴 수 없다.

창세기에 나오는 것 같은, 롯의 아내를 소금으로 바꿔 버리는 신의 기적…… 은 아무리 료라도 할 수 없었다. 아니, 할 수 있다면 오히려 무섭다.

얌전히 바다에 가서 염전이든 다른 방법을 써서 소금을 구하는 것이 무난할 것이다. 미카엘(가명)이 준비해 준 소금은 지금 속도로 사용해도 족히 일 년 이상 버틸 정도의 양이 있었다. 하지만 염전 같은 것을 해본 적이 없는 료로서는 소금을 구하는 것이 얼마나 손이 많이 가는 일인지 미리 알아두고 싶었다. 사라지기 직전이 되어 초조한 마음으로 하고 싶지 않았다.

게다가 '오랜만에 해산물도 먹어보고 싶다'…… 라는 생각이 들 가능성도 있었다. 고기를 아주 좋아하는 료였지만, 그렇다고 생선을 싫어하는 것은 결코 아니었으니까.

◆

지구력을 키우기 위한 훈련 메뉴를 시작한 지 두 달쯤 됐을까. 그때가 되어서야 오전 메뉴를 소화해도 오후의 행동에 영향을 주지 않게 되었다.

"좋아, 오늘은 조금 더 앞까지 가보자. 우선은 표식이 필요해."

그렇게 말한 료는 결계 내에 얼음 탑을 세우기 시작했다. 외관은 탑이라기보단 상당히 굵은 깃발 게양대에 가까웠다. 높이는 백 미터쯤 될까. 조금 떨어진 곳에서 보면 햇빛이 반사되어 보기 좋았다.

"이 높이라면 웬만한 곳에서도 보일 거야."

론도 숲은 울창한 숲이긴 하지만 나무가 없는 곳도 드문드문 있었다. 이 정도 높이라면 2킬로 앞에 알아볼 수 있을…… 것이다.

일단 이것을 목표로 하면 돌아오는 방향을 틀리진 않으리라.

100미터 높이이긴 했지만 스피드를 중시하여 만들었기에 여러 부분에서 꽤 어설펐다. 탑의 굵기는 지름 3미터 정도이며 원기둥이었다.

쉽게 쓰러지진 않겠지만…… 료의 마력이 연결되어 있는 동안에는 쓰러지지 않는다, 라는 것만은 어째서인지 **알 수 있었다**.

"이런 건 내가 아는 물리 법칙과는 다른 것 같단 말이지."

료의 마법 기술이 늘어가면서 지구와의 차이를 느끼게 된 것일지도 모른다. 아니, 지구에서는 일어날 수 없는 현상을 일으킬 수 있게 되었다는 표현이 맞을지도 모른다. 그렇지만 료에게는 그런 부분에 대한 자각은 아직 희박했다.

원정 도구는 평소대로.

평소와 같은 허리천과 샌들. 평소와 같은 칼붙이 죽창과 마대.

매일 죽도 같은 대나무를 휘두르기는 하지만 검처럼 쓸 수 있는 무기는 없었다. 한동안은 새로 만든 이 칼붙이 죽창이 물리적인 무기가 되어 줄 것이다. 여러 번 부러져도 칼 부분만 무사하면 교체 가능!

실로 친환경!

"좋아, 가는 방향은 북동쪽으로 할까?"

북쪽으로는 제법 넓은 습원 지대가 있다. 그 습원의 동쪽 끝이 어디쯤인지 모르기 때문에 막연하게 북동쪽을 향해 보기로 한 것이다. 진행해 봐서 여전히 습원이 있다면, 뭐 그건 그거대로 좋았다. 동서 양쪽으로 상당히 넓게 펼쳐진 습원이라는 것을 알게 되는 셈이니까.

출발한 뒤에도 결계에서 1킬로미터 정도 나아가는 동안에는 별다른 변화가 없었다.

조우한 마물도 레서 보어 한 마리뿐. 그리고 회수한 과일은 무아과 10개 정도와 '사가'라고 불리는, 사과를 닮은 붉은 과일이었다.

"외형도 맛도 사과야! 이걸로 애플파이를 만들 수 있겠어……. 물론 난 만드는 법을 모르지만!"

혼자 북 치고 장구 치고…… 전생한 뒤로 확실하게 혼잣말이 많아진 료.

사가도 10개 정도 확보하고 나서 더욱더 북동쪽으로 나아갔다.

집에서 2킬로미터 가까이 떨어진 지점일까.

파직.

후방에 있던 〈아이스 월〉이 일격에 부서졌다.

론도 숲의 안쪽까지 들어가는 이번 원정에는 뭐가 있을지 알 수 없었기에 료는 현재 〈아이스 월〉을 자신의 주위에 상시 배치한 채로 이동하고 있었다.

얇다고 해도 어쌔신 호크의 투명화 바람 속성의 공격 마법 에어 슬래시라면 두 번은 견딜 수 있을 정도의 강도였다.

그것이 일격에 깨졌다.

생각하는 것보다 몸이 먼저 움직였다.

오른쪽 대각선 전방으로 뛰어서 어깨부터 지면으로 떨어지며 낙법 자세로 한 바퀴 회전. 일어나서 몸을 돌리자마자 외쳤다.

"〈아이스 아머〉."

얼음으로 만들어진 흉부, 허리, 손등, 발등 보호대가 장착되었다.

맞아서 즉사, 라는 결말을 막으려면 전신을 감싸는 금속 갑옷까지는 아니더라도 간단한 갑옷은 갖추는 편이 좋았다.

"거대한 코브라 같아…… 카이트 스네이크인가. 꼬리를 채찍처럼 흔들어 대미지를 주는 직접 공격. 그 꼬리의 움직임에서 발생하는 에어 슬래시. 그리고 필살기는 입에서 날리는 독액. 하필 이렇게 성가신 녀석이……."

외관은 료가 중얼거린 대로 코브라 그 자체. 그리고 코브라처럼 머리를 쳐들고 있다. 하지만 그 크기가 심상치 않았다.

전체 길이는…… 잘 모르겠다…… 똬리를 틀고 있었기 때문이었다. 굽어진 목의 위치는 지상에서 3미터 정도의 위치. 상당히 고개를 들고 봐야 했다.

아마도 〈아이스 월〉을 일격에 파괴한 것은 꼬리에 의한 직접 공격일 것이다. 에어 슬래시는 어쨰신 호크전을 통해 여러 차례 경험했다. 투명화라는 것만으로도 상당히 성가신 공격이긴 했지만, 일격에 〈아이스 월〉을 부수지는 못했다.

꼬리 공격이 여기까지 닿았다는 것은 이미 이곳이 카이트 스네이크의 공격 범위 내라는 뜻이었다. 어떻게든 거리를 벌려서 선수를 빼앗아야 한다.

'〈아이스 월 ㄷ자〉.'

〈아이스 월〉이 카이트 스네이크의 전방과 좌우로 생겨나며 카이트 스네이크를 ㄷ자로 둘러쌌다. 본래 〈아이스 월 ㄷ자〉는 후퇴용으로 만든 것이었지만 이런 사용법도 있었다.

마음속으로 외친 〈아이스 월〉이 생성됨과 동시에 료는 후방으로 뛰어갔다. 적어도 〈아이스 월〉이 꼬리 공격 한 번은 막아줄 것이다. 그 사이에 뒤로 물러나 카이트 스네이크의 공격 범위에서 빠져나온다.

하지만 카이트 스네이크의 궤도는 료의 예상을 뛰어넘었다.

〈아이스 월〉을 깨는 것이 아니라, 직접 이동하여 〈아이스 월〉을 빠져나와 후퇴하는 료에게 다가온 것이다.

"역시 뱀. 풀 위에서의 이동 속도가 엄청나게 빨라. 하지만!"

'〈아이스반〉.'

풀밭을 얼려서 얼음 도로를 깔았다. 빠르게 이동하던 와중 〈아이스반〉 위에 올라타게 된 카이트 스네이크는 이제 스스로 멈출 수 없었다.

'〈아이시클 랜스 16〉.'

이제는 료의 특기라고도 할 수 있는 〈아이스반〉+〈아이시클 랜스〉 조합. 〈아이스반〉에서 30도 각도로 생겨난 〈아이시클 랜스〉 16개가 미끄러져 오는 카이트 스네이크를 맞이했다.

파사삭.

"뭐야!?"

보였다면 그대로 꽂혔을 텐데, 카이트 스네이크는 〈아이시클 랜스〉를 부숴버렸다. 처음에 〈아이스 월〉을 부쉈던 그 꼬리 공격으로.

'〈아이스 월〉.'

미끄러지는 기세는 멈추지 않았다……. 다시 말해 시시각각 료와의 거리가 줄어든다는 뜻이었다. 우선은 그것을 멈추기 위해 〈아이스 월〉을 썼지만…….

파직.

다시 한번 꼬리 공격으로 부숴버렸다.

"그렇겠지. 〈아이스 월 5층〉."

늘 쓰던 얇은 〈아이스 월〉이 아니라 폭 3미터, 높이 3미터, 평소 두께의 2배인 〈아이스 월〉을 생성했다.

이는 완전 방어용으로 엮은 마법이다.

콰득, 우지끈.

지금까지처럼 꼬리로 부수려고 했으나, 이번엔 일격에 깨지지 않고 1층 부분에 금이 갔을 뿐이다. 그리고 미끄러져 온 몸도 〈아이스 월〉에 닿으며 멈췄다.

하지만 료에게는 한숨 돌릴 틈조차 없었다.

미끄러져서 료를 잡을 수 없게 됐다는 걸 알자마자 카이트 스네이크는 자신이 자랑하는 꼬리를 〈아이스 월〉 바깥쪽으로 돌려 료에게 다가왔다. 심지어 에어 슬래시를 날리면서.

'〈아이스 실드〉.'

테니스 라켓 정도의 실드가 공중에 생성되며 에어 슬래시를 막았다. 하지만 그 사이에 카이트 스네이크의 꼬리의 접근을 허락하고 말았다.

치명적인 선택 미스였다.

'〈아이스 월 5층〉.'

〈아이스 월 5층〉은 료의 방어 중에서도 가장 견고했다.

그러나 보통의 〈아이스 월〉 생성이 0.1초 정도인데 반해 〈아이스 월 5층〉은 1초 가까이 걸렸다. 평소라면 충분한 속도라 할 수 있었겠지만 이만큼이나 근접한 범위의 전투라면 1초는 결코 빠르지 않다.

그 사실이 이번에 드러났다.

〈아이스 월 5층〉을 외치기는 했지만 생성이 완전히 늦어진 것이다. 카이트 스네이크의 꼬리는 기세가 줄긴 했지만 아슬아슬하게 료에게 닿아 버렸다.

"크헉!"

료의 흉부 갑옷이 부서졌다.

곧바로 후방으로 뛰어 대미지를 경감시킨 덕분에 가슴에 구멍은 나지 않고 끝났다. 심한 타박상 혹은 약간 금이 갔을지도 모르지만.

하지만 료는 통증을 느끼지 못했다. 마치 싸움에 미치기라도 한 것처럼 뇌 속에서 아드레날린이 콸콸 나오고 있는 것 같았다.

지체 없이 왼손을 위로 들고 외쳤다.

"〈아이시클 랜스 2〉."

왼손에서 발사된 아이시클 랜스가 탄도를 그리며 〈아이스 월〉을 넘어 카이트 스네이크의 머리로 향했다. 이를 받아치기 위해 카이트 스네이크는 꼬리를 급히 되돌렸다.

그리고 요격.

료는 간신히 흐름을 끊는 데에 성공했다.

"〈아이스 아머〉."

부서진 흉부 장갑을 재생성했다. 이것이 없었다면 틀림없이 죽었을 것이다.

현재 료와 카이트 스네이크의 거리는 15미터 정도. 카이트 스네이크 앞에는 〈아이스 월 5층〉이 있었다. 높이와 폭 모두 3미터. 카이트 스네이크 아래는 아이스반 상태. 다만 반경은 2미터 정도. 카이트 스네이크는 고개를 쳐들고 있었고, 높이는 3미터 정도로 아이스 월과 거의 비슷했다.

"흐름을 끊긴 했지만 이제 근접전은 하기 싫어."

카이트 스네이크의 꼬리는 너무 흉악하다. 원거리에서는 에어 슬래시를 날리고, 가까워지면 일격에 아이스 월을 파괴하는 물리 공격이 온다.

하지만 다음으로 선수를 잡은 것 역시 카이트 스네이크였다. 고개를 든 상태에서 튀어오른 것이다.

"저게 뭐야!?"

펄쩍 뛰더니 〈아이스 월 5층〉을 넘어 료에게 다가왔다.

"〈아이스반〉."

하지만 〈아이스반〉이 카이트 스네이크에게 닿기도 전에, 이미 그 기술은 간파했다고 말하기라도 하듯 카이트 스네이크는 옆으로 이동했다. 직선적인 공격에서 곡선적인 공격으로 변화한 것이다. 게다가 이동하면서 에어 슬래시를 연속으로 날려왔다.

"〈아이스 실드 4〉."

료가 네 개의 〈아이스 실드〉를 띄워 요격하는 동안에도 페인트 기술이라도 쓰는 것처럼 좌우로 이동하며 다가오는 카이트 스네이크.

그리고 마침내 그 입에서 뿜어져 나오는 독.

그것은 료가 상상한 것 이상의, 훨씬 광범위한 독 공격이었다. 도저히 도망칠 수 있는 범위가 아니다. 일반적인 상황이었다면 여기서 끝이었다.

하지만 료는 일반적이지 않았다. 그리고 수속성 마법사였다.

"〈스콜〉."

외치는 순간 동남아시아에서 흔히 일어날 법한 호우가 국지적으로 발생하였다. 료의 앞에서부터 카이트 스네이크가 있는 곳까지. 그 폭우는 공기 중에 떠돌던 독액을 땅에 떨어뜨려 하류로 흘려보냈다.

이런 반격을 받은 것은 처음이었을 것이다. 종족이 다르지만 상대가 놀랐다는 것이 료에게도 전해졌다.

"〈열탕 비등〉."

스콜로 흠뻑 젖은 카이트 스네이크를 향해 외쳤다.

끓이는 대상은 카이트 스네이크 몸통에 묻어 있는 〈스콜〉의 물, 그리고 카이트 스네이크 아래에 웅덩이가 되어 고여 있는 물. 예전에는 몇 분 걸리던 열탕 기법이었지만 지금은 다른 마법과 마찬가지로 1초도 걸리지 않고 할 수 있었다.

즉 순식간에 카이트 스네이크는 온몸에 펄펄 끓는 물을 뒤집어 쓰게 된 것이다.

"키에에에에엑!"

"〈아이시클 랜스〉."

고함을 지르며 크게 벌려진 입을 향해 커다란 얼음 창이 날아 들었다.

〈아이시클 랜스〉가 구강 안을 관통하고…… 카이트 스네이크 는 절명했다.

무심코 엉덩방아를 찧으며 그대로 주저앉았다.

"후우…… 욕조 덕분에 살았네…… 열탕 기법은 욕조가 없었다 면 익힐 수 없었을 거야. 욕조를 준비해 준 미카엘(가명)에게 감 사하자."

욱신.

안심했더니 카이트 스네이크에게 당한 갈비뼈가 뒤늦게 아파 오는 료였다.

간신히 집에 돌아온 료.

카이트 스네이크의 시신은 얼려서 저장고에 넣어두었다.

뱀을 먹고 싶은 마음은 들지 않았다. 설령 동남아에서 온 대학 친구에게 "담백하고 꽤 맛있어~"라는 말을 듣는다고 해도 먹고 싶지 않았다.

다만 소재로는 사용될 가능성이 있었다. 이를테면 뱀 가죽 지 갑이나 가방은 지구에서도 본 적이 있다. 무두질 기술을 몸에 익힌 료라면 여러모로 쓸모가 있을지도 몰랐다.

"가방…… 뭐, 마대로도 큰 문제는 없지만…… 무엇보다 실이나 끈이 없잖아. 종이 대신 덩굴로 할 수도 있겠지만 옷에 덩굴을 쓰는 것도 좀…….″

'의'에 관해서는 아직 너무 어려운 슬로 라이프 in 론도 숲.

'식'은 무아과뿐만 아니라 마치 사과를 떠올리게 하는 사가를 이번 원정에서 얻었다. 그렇게나 바라던 새로운 과일이었다.

슬로 라이프를 보내기 위해서는 충실한 음식이 무엇보다도 중요한 법!

"그렇다고 해도 카이트 스네이크를 마주치다니…… 그건 좀 위험했어.″

료는 독을 쓰는 마물을 만난 것은 처음이었다. 《마물 대전 초급편》에는 '독액을 토한다'라고 밖에 쓰여 있지 않았는데 설마 그렇게 광범위한, 이른바 독 안개를 토해낼 줄은 예상하지 못했다.

"살수용으로 만들어 놓은 〈스콜〉이 전투에 도움이 됐어…… 정말로 어디서 뭐가 도움이 될지 모르는 법이네.″

공중에 살포된 카이트 스네이크의 독을 땅에 떨어뜨려 흘려보내 준 수속성 마법 〈스콜〉은 물뿌리개를 사용한 물 주기가 본래 이미지였다. 뭐, 물의 기세와 양이 조금 많고 범위도 넓긴 하지만.

살수 대상은 예전에 따온 무아과를 이식한 곳이었다. 숲에 들어가면 열매가 자라고 있긴 하지만, 갑자기 밤에 먹고 싶어질 때 마당에 자라고 있다면 좋겠지…… 라는 가벼운 마음으로 심어 본 것이었다.

물론 농약도 화학비료도 그리고 유기비료도 사용하지 않는 자연재배! 이유라면 그게 더 맛있으니까.

결코 그 모든 것들을 얻을 수 없기 때문이 아니다! 절대로!

생산량을 추구한다면 대량의 거름을 주는 것이 나은 방법일 수도 있었다. 하지만 슬로 라이프라면…… 그렇게까지 할 필요는 없다.

하지만 영 진척이 나지 않는 먹거리 분야도 있었다.

바로 벼.

뿌리거나 먹기 위한 벼 상태의 쌀은 상당히 많이 보관되어 있다. 모두 북쪽 숲 습지대에서 구해 온 것들이다. 하지만 료가 해내고 싶은 것은 벼의 개량이었다.

그러기 위해서는 논을 만들어야 한다.

만들어야 하는데…… 예를 들어 토속성 마법을 사용할 수 있다면 마법으로 논을 갈 수 있었을지도 모른다. 그게 아니더라도 괭이를 만들어 직접 경작할 수도 있었을 것이다.

하지만 료에겐 수속성 마법밖에 없다.

"토속성 마법도 없고, 괭이 같은 농기구도 없고, 농경마도 없는 상태에서 개간……."

성공하는 그림이 전혀 떠오르지 않았다.

우선 별 이유 없이 논 후보지에 〈아이시클 랜스〉를 쏘아보았다.

"〈아이시클 랜스 2〉."

푸욱.

미묘.

"하늘에서 떨어뜨릴까? 〈아이시클 랜스 128〉."

20미터 상공에 발생시킨 128개의 〈아이시클 랜스〉를 자유 낙하하여 논 후보지에 떨어뜨린다.

푹, 푹, 푹.

박혔다.

"아, 응…… 박히는…… 것뿐이겠지……. 박힌 후에 파열되거나 하지는 않으려나……."

꽂힌 것 중 하나를 향해 폭발하는 이미지를…….

"그 전에 가드를 해놔야겠다."

결계 안, 게다가 마당이라는 점도 있어서 아이스 아머조차 몸에 걸치지 않았다.

"〈아이스 월 5층〉."

가장 견고한 것으로 폭발물(예정)로부터 자신의 몸을 가렸다. 다행히 〈아이스 월〉자체는 투명하기 때문에 작업에는 지장이 없었다.

다시 한번…… 박혀 있는 〈아이시클 랜스〉 중 하나를 향해 폭발하는 이미지를 머릿속에 떠올렸다.

파직.

폭발…… 이라기보단 얼음이 부서지며 주위로 튀었다.

"이걸로는 논을 갈 수가 없지……."

두 번째 〈아이시클 랜스〉를 향해 좀 더 미세한 얼음 결정으로 나뉘어 폭발하는 이미지를 머릿속에 띄웠다.

푸슉.

다시 얼음이 부서지며 주위로 튀었지만…… 부서진 하나하나의 얼음 조각은 아까보다 작았다.

"역시 이걸로는 못 갈 것 같은데……."

얼음을 터뜨린다는 이미지가 틀린 것일까. 그가 원한 것은 파열이라기보단 폭발이었다.

"물 폭발이라고 하면 물에 나트륨을 넣으면 폭발하는 그 실험일까. 하지만 그건 이 경우엔 현실적이지 않아. 아니면 차라리 수증기 폭발……?"

수증기 폭발이란 마그마처럼 고온의 물질과 지하수 등 저온의 물질이 접촉하면 순식간에 물이 수증기가 되며 폭발하는 현상을 말한다. 물은 수증기가 되면 부피가 약 1700배로 부풀어 오르기 때문에 **폭발적인** 현상이 일어난다.

"하지만 고온의 물질이 없지. 아니, 차라리 〈아이시클 랜스〉 자체를 순간적으로 수증기로 만들어 버리면 수증기 폭발과 같은 현상이 되지 않을까……?"

처음에 물을 뜨거운 물로 만들었을 때처럼 물 분자 H_2O 자체의 진동수를 늘리는 이미지였다.

진동수를 늘려가면 물자의 온도는 올라간다.

100도가 넘으면 수증기가 된다.

수증기에 열을 더하면 100도가 넘는 수증기, 과열 증기라고 불리는 상태가 된다. 지구에서는 과열 증기 오븐레인지 같은 것들도 시판되고 있었다. 그런 의미에서 보면 지극히 일반적인 현상이었다.

땅에 박힌 〈아이시클 랜스〉 126개에 모두 시도해 보았지만 전혀 폭발하지 않았다.

료의 수증기 폭발은 언뜻 들으면 잘 될 것 같지만, 안타깝게도 근본적인 인식 자체가 잘못되었기 때문에 절대 일어날 수가 없었다.

료의 화학적 지식수준은 딱 그 정도인 것이다.

애초에 폭발이라는 현상 자체는 압력이 급격히 발생하거나 급격히 풀려나면서 일어나는 것이었다.

얼음이라면…… 글쎄.

"실패는 성공의 어머니."

이 정도의 일로 료는 포기하지 않는다.

"일단 논농사는 나중으로 미루자."

그래, 포기하지 않고 문제를 뒤로 미루기만 하면 그만이다!

카이트 스네이크와의 전투에서 근접전은 전혀 당해낼 수 없었다. 조금 더 정확하게 말하자면 카이트 스네이크의 **꼬리**와의 근접전에서.

즉 상대의 공격을 막거나 혹은 피하는 것은 현재의 료에게 어렵다는 뜻이었다. 뭐, 애초에 그게 싫어서 원거리에서 안전하게 사냥할 수 있게 되자! 라는 콘셉트를 유지해 온 것이니 당연하다고 하면 당연한 일이었다.

거리가 있을 때의 공격 수단은 지금까지와 같은 방식으로 단련해 나간다. 발동 시간, 마법 제어의 정밀함 등 아직 할 일이 많았다.

"애초에 〈아이스 월 5층〉 생성에 1초라는 시간이 걸렸던 게 대미지를 입은 이유 중 하나니까 더 빨리 생성할 수 있게 하자!"

그리고 〈아이스 아머〉.

별생각 없이 '걸칠 만한 갑옷은 필요하겠지' 라는 생각에 료가 준비해 둔 방어 마법이지만 꽤 도움이 됐다. 그보다 만약 없었다면 료는 이미 죽었을 것이다.

"겉보기엔 약간 성기사 같은 느낌이긴 하지만 움직이기 어려운 건 아니니까 괜찮아. 만약을 위해 전투 시작 전에 바로 몸에 걸칠 수 있도록 연습하자. 아, 이걸 무겁게 해서 몸에 걸치고 달려도 좋겠는데. 좋은 훈련이 될 것 같아."

사고가 완전히 근육뇌적으로 치우쳐 있었지만 본인은 전혀 모르고 있다. 근육뇌…… 다시 말해 뇌까지 근육. 하지만 실제로도 지구력이 붙은 것은 사실이었고, 그것이 베이스가 되어 전투 중에도 스태미나 부족 현상은 조금도 일어나지 않았다.

아무리 훌륭한 기술을 가지고 있어도 스태미나가 떨어지면 살릴 수 없는 법이니까.

◆

"가끔은 생선이 먹고 싶어."

오전 훈련을 끝냈을 때, 료가 낮게 중얼거렸다.

"그래, 생선구이가 좋겠다. 소금구이로 먹고 싶어. 사실은 간장을 살짝 뿌려주는 게 이상적이지만 간장은 없으니까 그 부분은 타협하자. 좋아, 오늘 저녁은 소금구이다!"

그렇게 결정되었으니 남은 건 행동뿐이었다. 고기는 바닷고기가 아니라 민물고기가 좋을 것이다. 소금구이 단계에서 료의 머리에 떠오른 것은 은어나 무지개송어가 구워진 모습이었기 때문이다.

생선을 손에 넣을 도구로 선택한 것은 늘 사용하는 칼붙이 죽창이다.

"끝부분이 끌어올리기 편하게 작살처럼 휘어 있다면 더 좋을텐데…… 그 부분은 어쩔 수 없지."

낚시를 한다는 선택지는 료의 머릿속에 없었다.

"이번에는 마대는 필요 없어."

칼붙이 죽창을 한 손에 든 료는 집 남쪽에 있는 강으로 향했다.

결코 들떠 있었던 것은 아니다. 그래, 절대로 아니다. 아마……
아닐 것이다.

우연히 강가에 악어가 있었을 뿐.

《마물 대전 초급편》에는 기재되어 있지 않았다. 그러니 아마 마물이 아니라 동물일 것이다.

물론 『파이』에도 마물이 아닌 이른바 일반적인 동물이 수백만 종류나 존재한다.

마물과 동물의 차이. 그것은 마물은 심장 근처에 마석이라 불리는 작은 돌이 있다는 점이었다. 또한 종류에 따라 마법을 쓸 수도 있다. 그리고 대부분의 경우 동물보다 더 흉포하고 강하다.

그래서 이 론도 숲은 강력한 마물들에 의해 일반적인 동물 종류는 대부분 사라져 버리고 만 것이다.

그것이 그동안 료가 론도 숲에서 동물을 볼 수 없었던 이유였다. 하지만 지금 눈앞에는 동물이 있었다. 비록 그것이 몸길이 5미터가 넘는 거대한 크로커다일과 악어라고 해도 동물은 동물이었다.

지구의 일본에는 악어를 잡는 방법을 상세히 써놓은 유명한 대중 서적이 있었다. 그 책에 의하면 악어를 잡을 때는 뒤에서 다가가야 한다고 한다.

과거, 초등학교 때 친구가 료에게 보여주었던 책이었다.

이런 건 별 도움이 안 되겠지……. 그렇게 생각하고 료는 제대로 읽지 않았다.

지금은 너무나 후회된다. 정말로 어디서 뭐가 도움이 될지는 모르는 법이다!

"아니다, 딱히 잡을 필요는 없었지, 참."

그랬다. 악어를 잡으러 온 것은 아니었다. 아직 눈치채지 못한 것 같았기에 료는 들키지 않도록 조심스럽게 상류로 향했다.

"샤아아아아악!"

"크오오오."

악어로부터 50미터 정도 떨어진 곳 부근, 료의 주위에서 짐승의 포효가 들려왔다.

아무래도 조금 전의 그 악어와 무언가가 싸우고 있는 것 같았다. 간신히 멀어졌는데 무엇이 저 악어와 싸우고 있는지는 궁금했다. 몰래 보고 오자.

들키지 않도록 살금살금 다가간 료의 시야에, 악어를 뿔로 찔러 머리 위로 치켜든 소의 모습이 날아들었다.

이미 악어의 숨통은 멎은 상태였다.

"혼 바이슨…… 이름 그대로 뿔에 주의할 것. 강이나 늪지대에 잘 나타난다. 바람 속성 마법을 몸에 두르고 달려드는 공격에 주의……. 그래, 새로운 기술을 시험해 보자."

료는 왼손을 머리 위에 들고 외쳤다.

"〈기요틴〉."

스걱.

왼손에서 아이시클 랜스 끝이 기요틴 모양으로 된 얼음 창이 상공으로 날아오르더니 충분한 가속과 함께 바로 위에서 혼 바이슨의 목을 베어냈다.

"좋아, 성공."

빙그레 미소 짓는 료. 일격에 베인 혼 바이슨의 머리가 수면으로 떨어지고 절단된 목에서는 피가 뿜어져 나왔다.

"소가죽을 무두질하는 연습에 써볼까?"

그런 말을 중얼거리며 혼 바이슨과 악어 시체 곁으로 천천히 다가갔다.

하지만 거기서 료가 본 광경은…….

첨벙, 첨벙, 첨벙.

수면에 떨어진 혼 바이슨의 머리와 악어의 몸이 조금씩 작아지는 것처럼 보였다.

"응? 어어? 무슨 일이 일어나는 거지……?"

서둘러 혼 바이슨의 몸통을 잡아 육지로 내던졌다. 그러자 몇 마리의 물고기가 그들을 물고 있는 것이 보였다.

"피라냐를 닮은 녀석…… 마물 대전에는 실려 있지 않았지만…… 육식이야……. 그렇다면 이건 역시 피라냐의 동료겠지."

몸길이 40센티미터가 넘는 흉포한 치아를 가진 피라냐 같은 무언가.

우선 혼 바이슨을 물어뜯고 있는 것들은 칼붙이 죽창으로 찔러 나갔다. 그리고 혼 바이슨의 몸체와 함께 냉동 보관. 그 사이에도 물속에 있는 혼 바이슨의 머리와 악어의 몸은 순식간에 작아지더니…… 이윽고 사라졌다.

피에 이끌려 찾아온 것으로 보이는 피라냐들도 멀어지고, 곧 강은 본래의 고요함을 되찾았다.

"여기선 물놀이 같은 거 절대 못하겠네."

등에 흐르는 식은땀을 느끼며 료는 말했다.

사냥 자체는 한 시간도 지나지 않아 종료되었지만 피라냐의 광경은 상당히 충격적이었다. 역시 피 냄새라는 것은 여러 가지 것들을 끌어당기는 법이다. 명심해야지.

혼 바이슨과 피라냐는 냉동 상태로 저장고에 들어갔다.

어쨌든 이번 사냥으로 물고기는 구했다. 본래 상정하고 있던 은어나 무지개송어 같은 물고기와는 **아주 조금** 다르지만, 뭐 민물고기는 맞았다.

저녁밥이 피라냐 소금구이로 정해지고, 여기서 하나의 큰 가능성이 생겨났다.

물고기가 있다.

소금도 있다.

이 두 가지가 모이면 일본인의 심장이라고도 할 수 있는 그 검은 액체…… '간장'이라 불리는 것을 얻을 수 있을 가능성이 생긴다.

하지만 콩은 없다.

본래 간장이란 콩을 바탕으로 한 누룩에서 나오는 것이었다.

그랬다. 콩은 없다.

콩은 없지만 콩 없이 간장을 구할 수 있는 방법이 지구에는 있었다. 바로 '어간장'이다. 말 그대로 생선을 바탕으로 하여 만들어지는 간장이었다.

일반적으로 일본인에게 익숙한 간장과 비교하자면 향도 굉장히 강하고 맛도 더 진한 경우가 많다. 하지만 일본 전국에서 향토 요리에 이용되기도 한다.

그렇다는 것은 곧 일식에도 잘 어울릴 거라는 뜻!

물론 오늘 밤 피라냐의 소금구이와는 함께 먹지 못하겠지만, 언젠가는 간장을 조금 곁들여 먹는 즐거움이 생길지도 모른다.

"응, 이건 할 수밖에 없겠네!"

어간장을 만드는 방법은 실로 간단하다.

생선을 소금과 함께 담근다.

이상.

그렇게 몇 개월 동안 자연 발효되기를 기다리는 것뿐.

"문제는 그걸 발효시키는 통이겠네."

수속성 마법으로 만드는 통이라면 순식간에 생성할 수 있었다. 모양도 크기도 자유자재. 하지만 얼음으로 된 통이라서 아무래도 차가웠다. 일반적인 보관에서는 그 차가움이 문제가 되지 않았다. 문제는커녕 오히려 메리트가 컸다.

하지만 어간장은 발효를 시켜야 했다. 어간장을 위한 발효가 일어나려면 어느 정도의 온도가 필요하다. 적어도 얼음 통 안이라면 너무 차가워서 발효는 일어나지 않을 것이다……. 최소한 상온 이상.

그러기 위해서는 나무통을 만드는 것이 가장 좋았다.

당연하게도 료는 태어나서 지금까지 그런 것을 만들어본 적이 없었다. 아마 최선을 다해 만들어도 밑이 빠지거나 내용물이 새어 나올 것이다.

일단은 나무 중에 통 같은 느낌의 나무가 있다면 좋을 것 같았다.

"후보는 이미 찾아뒀지!"

그랬다. 이곳은 론도 **숲**이다. 개중에는 지구에서는 볼 수 없을 만큼 굵은 나무도 있었다. 그것도 집 결계 바로 근처에.

줄기 지름 2미터. 높이 10미터. 삼나무나 편백나무를 닮은 침엽수.

지구처럼 중장비가 있으면 몰라도…… 아니, 중장비가 있어도 이 사이즈의 나무를 잘라내는 것은 꽤 수고가 드는 일이었다. 심지어 료의 손에는 그런 중장비조차 없다.

하지만 중장비 대신 마법은 있었다.

이걸 〈워터 제트〉로 베어내…… 는 건 아직 무리였다. 이『파이』에 온 이후로 계속 심혈을 기울여 연습하고 있지만 아직 나무를 절단할 정도의 위력은 없었다.

그러나 료에겐 다른 수단이 있었다. 혼 바이슨의 목을 일격에 베어 떨어뜨린 '기요틴'이었다.

"〈기요틴〉."

서걱.

〈기요틴〉은 줄기에 1미터 정도 파고든 뒤 멈췄다.

"음, 뭐, 일격에 쓰러뜨릴 수 있을 거라고는 생각도 안 했어!"

굳이 소리 내어 그렇게 말하고는 계속 외친다.

"〈기요틴〉."

연속 기요틴 발사.

간신히 절단되어 굉음과 함께 쓰러져 가는 침엽수. 이에 휘말린 주위에서는 상당한 산림 파괴가 일어났지만 료는 개의치 않았다.

쓰러진 침엽수를 높이 1미터 정도의 통이 되도록 잘라냈다.

"〈기요틴〉."

"〈기요틴〉."

여기서도 행해지는 〈기요틴〉 연사.

그 결과 지름 2미터, 높이 1미터, 겉보기에 약간 큼직해 보이는 나무토막이 깎여 나왔다.

이제 안을 도려내어 통 모양으로 만들기만 하면 된다. 여기서 사용하는 것은 〈물 톱〉이었다. 일전 공격 마법으로 날리려다 실패한 그 〈물 톱〉. 아마 지금이라면 〈아이시클 랜스〉와 같이 원거리 공격 마법으로서 사용할 수 있겠지만, 여기에서 그런 효과는 필요 없었다.

"〈물 톱〉."

오른쪽 손바닥에 물로 된 회전하는 톱이 생겨났다. 그리고 잘려 나간 침엽수를 깎아나갔다. 지구에서의 전기톱에 비하면 조금 느리지만 쓸 만한 수준의 속도이긴 했다.

큰 저항 없이, 그리고 스트레스도 없이.

겨우 만족스러운 형태로 자른 것은 한 시간 뒤였다. 외관으로만 보면 고급 온천 료칸에 있을 법한, 편백나무로 만든 개인실 노천탕 모습에 가까웠다.

발효통 아래에 〈아이스반〉을 생성하면서 집까지 운반했다. 정말 편리한 마법이다. 내용물을 도려냈다고는 하지만 적지 않은 크기인지라 그 자체의 무게도 있을 텐데.

그리고 집까지 가져온 후에야 료는 깨달았다.

"이 통…… 어디에 두지?"

통이 너무 큰 나머지 문을 통과할 수 없었던 것이다.

새삼스레 계획성이라는 것의 강함과 무시무시함을 깨달은 순간이었다.

어간장 통은 일단 큰 나무 아래에 설치되었다.

"지구였다면 야외에 항아리를 여러 개 놓고 그 안에서 발효시키는 일도 자주 있으니까……. 응, 분명 괜찮을 거야."

반강제로 스스로를 납득시키는 료.

우선 통 바닥에 소금을 듬뿍 깔았다. 그 위에 적당히 자른 해동

피라냐 4마리를 얹고 그 피라냐를 다 덮을 수 있도록 소금을 더 뿌렸다. 그 위로는 건조를 막기 위해 바나나잎을 닮은 넓은 잎을 얹어놓았다. 그리고 통에 사용됐던 나무의 일부를 뚜껑 삼아 그 위에 씌운다. 이걸로 끝.

어간장통 완성.

이것으로 잘만 하면 몇 달 뒤에 어간장이 생길 것이다…… 아마.

◆

오랜만에 생선구이와 하얀 밥을 먹었다.

처음엔 은어나 무지개송어 등을 상정했지만 여러 사정으로 인해 피라냐 소금구이가 되었다. 그런데 이것이 깜짝 놀랄 만큼 맛있었다.

기본적으로 료는 고기를 아주 좋아했지만 가끔은 생선이 먹고 싶어지기도 했다. 만약 또 먹고 싶어진다면 남쪽 강으로 잡으러 가기로 결정했다. 동물을 던지면 피라냐가 몰려든다는 사실도 알았다.

낮에는 충격적인 광경을 보았지만 마지막에는 아주 만족스러운 저녁밥으로 마무리할 수 있었다. 끝이 좋으면 다 좋은 법.

창문으로 보이는 밤의 숲은 낮과 달라 보였다.

"밤의 숲은 역시 좀 무섭네."

어느 시대, 어느 세계에서나 밤의 숲은 사람이 사는 세계가 아니었다. 그것은 지구나 『파이』나 다름이 없을 것이다.

기본적으로 사람은 시각 정보와 청각 정보로 주변 상황을 파악한다.

밤의 어둠은 사람에게서 시각 정보를 빼앗는다. 청각 정보만으로 상황을 파악하는 것은 평범한 인간이라면 불가능하다.

마물이든 동물이든 사람보다 귀가 더 좋은 생물은 많았다. 게다가 뱀이나 사마귀처럼 사람에게는 없는 기관에 의해 정보를 얻을 수 있는 생물도 있다.

그런 것들이 존재하는 밤의 어둠은……역시 사람이 들어갈 수 있는 장소가 아니다. 료는 그렇게 생각했다. 적어도 지금은.

"그러고 보니 기척 같은 걸 느끼는 사람도 있는 것 같은데…… 그건 뭘까?"

제6감이라면 그나마 알겠다.

그때까지 경험해 온 경험, 기억하는 정보, 그것들을 무의식중에 뇌가 판단해 주는 것이겠지. 료는 그 정도로만 알고 있었다. 직감, 혹은 위화감과 같은 계통일 것이라고.

하지만 기척은…… 보이지 않는 것의 시선을 느끼거나 하는 거니까…… 역시 잘 모르겠다.

"만약 바람 속성 마법사라면 기척이나 보이지 않는 상대를 느끼는 마법 같은 걸 만들 수 있을 것 같은데."

수동 소나의 원리다.

스스로가 직접 핑어(음파)를 쏘아서 반사되어 돌아오는 정보를 통해 상대의 위치나 주위의 상황을 살피는 〈능동 소나〉와는 달리, 자신은 아무것도 하지 않은 채 상대가 움직일 때 생기는 주위의 어떠한 변화로부터 정보를 얻는 것이 〈수동 소나〉였다.

이쪽은 아무것도 발생시키지 않기 때문에 상대는 이쪽의 존재를 눈치챌 수도 없다.

능동이냐 수동이냐.

이런 이야기는 수중에서, 그것도 잠수함에서나 해당되는 이야기였다. 하지만 그것을 지상에서, 바다의 물 대신 공기의 흐름을 사용한다면 상대의 정보를 알 수 있지 않을까.

바람 속성 마법사라면 어쩐지 할 수 있을 것 같다!

물론 료는 수속성 마법사지만!

"브레이크 다운(파이브 스타 스토리에 나오는 기술 이름) 공격도 그렇고, 바람 속성의 마법사…… 좀 부럽다."

브레이크 다운 공격…… '세 개의 분신에서 소닉 블레이드를 발사해 추격하는 형태로 돌격 공격을 하는 기술'인 듯했다.

일반적으로 바람 속성 마법사도 그런 공격은 쓸 수 없었지만.

피라냐 소금구이를 먹고 며칠 뒤.

오늘은 오후에 사냥을 나가는 날이다. 장소는 평소와 같은 동쪽 숲. 레서 래빗이나 레서 보어가 많은 곳이다. 간혹 노멀 보어가 나오기도 하지만 지금의 료의 적수는 아니었다.

어쌔신 호크에게는 아직 이긴다는 그림이 나오지 않았지만, 지상전이라면 일단 지는 일은 없을 것이다.

"이건 결코 자만심이 아냐."

그렇게 입 밖으로 낸 직후, 눈앞에 그레이터 보어가 나타났다.

하지만 지금의 료에게는 그레이터 보어조차 적은 아니…… 바스락, 뒤에서도 소리가 들렸다. 목만 돌려서 후방을 바라보니……
또 한 마리의 그레이터 보어가 있었다…….

"〈아이스 아머〉."

그 순간, 앞뒤 양쪽에 있던 그레이터 보어의 모습이 사라졌다.

"〈아이스 월 5층〉."

전후에 〈아이스 월 5층〉을 생성한다. 생성 속도는 0.1초 정도. 생성 속도는 나날이 오르고 있다.

하지만 그럼에도 아슬아슬했다.

〈아이스 월〉이 생성되는 것과 거의 동시에 전후에서 그레이터 보어가 달려들었다.

한쪽은 료의 발을 노린 낮은 자세로. 다른 한쪽은 료의 상반신을 노린 높은 위치로.

확실하게 연계된 듯한 움직임이었다.

그레이터 보어의 공격에 의해 〈아이스 월 5층〉은 앞뒤 모두 3층 부분까지 파괴되었다. 실로 묵직한 공격이었다.

료는 앞뒤에 있는 〈아이스 월〉 사이에서 옆으로 빠져나가며 바로 외쳤다.

"〈아이스반〉."

두 마리 모두 료가 원래 있던 자리 부근에 있었다. 한꺼번에 발밑이 쉽게 미끄러지게 하여 움직임을 봉했다. 하지만 움직임을 봉쇄당했다 해도 그레이터 보어에겐 공격 수단이 있었다. 원거리 공격 수단을 갖고 있는 것이다.

그런 부분에서는 일반적인 레서 보어 같은 것과 전혀 달랐다.

두 마리의 그레이터 보어 주위로 수많은, 정말이지 수없이 많은 돌조각들이 생성되었다.

"뭐야, 이 숫자는…… 〈아이스 월 5층〉〈아이스 월 5층〉〈아이스 월 5층〉."

수에는 수로 승부한다. 마치 그렇게 말하기라도 하듯 〈아이스 월 5층〉을 다중으로 생성했다.

마침내 발사되는 돌조각.

〈아이스 월〉에 충돌하며 물안개인지 흙먼지인지 모를 것들이 생겨나 시야가 나빠졌다.

그때였다.

휘익.

료의 오른쪽 옆구리에 돌조각이 부딪혔다.

"으헉!"

그리고 왼쪽 어깨에도.

"크윽. 〈아이스 월 전방위〉."

시야가 보이지 않게 된 점을 이용해 그레이터 보어가 돌을 '꺾어' 온 것이다.

〈아이스 월 5층〉의 옆으로 빠져나와, 꺾어서 료에게 직격시켰다.

"설마 꺾을 수도 있을 줄은……."

전투 경험이 적은 탓이었다. 허리의 장갑과 왼쪽 어깨 장갑 모두 돌조각이 부딪힌 충격으로 부서졌다.

"〈아이스 아머〉."

일단 장갑을 재생성했다.

하지만 그다지 여유는 없었다. 전방위를 지키고 있는 것은 평범한 〈아이스 월〉이다.

〈아이스 월 5층〉과 같은 내구력은 없다.

그래도 그레이터 보어의 발밑에는 〈아이스반〉이 깔려 있다. 이동은 할 수 없을 것이다.

할 수 없을 텐데…….

"정말 이동할 수 없을까?"

그레이터 보어에겐 음속에 육박하는 돌파를 감행할 수 있는 다리가 있었다. 그것은 당연히 땅을 도려낼 정도의 힘과 속도다. 혹시 시간을 들인다면 얼음에 발톱을 박아 달릴 수 있진 않을까…….

예전에 사냥했던 그레이터 보어는 분명 아이스반 위에서 몇 번이나 넘어졌다. 하지만 그 개체가 넘어졌다고 해서 다른 개체도 마찬가지라고 생각하는 것은 성급했다. 인간 중에서도 아이스 스케이팅을 하며 넘어지기만 하는 사람도 있는가 하면 점프까지 하는 사람도 있으니까.

그럼 어쩌지?

우선 두 마리를 동시에 상대하는 것은 성가시다. 한 마리씩 쓰러뜨리자.

어느 쪽을 노릴까…….

놈들은 앞뒤에서 덮쳐 왔다. 애꾸눈인 어쎄신 호크도 그랬지만, 앞쪽으로 덮쳐 오는 녀석이 리더이거나 혹은 경험이 더 많지 않을까. 그렇다면 우선 뒤에서 덮쳐 왔던 놈부터 쓰러뜨린다.

적이 여러 명일 경우, 우선적으로 적의 우두머리를 잡아 혼란을 야기시키는 것은 전쟁의 상도 중 하나이긴 했다. 하지만 약한 적부터 쳐서 적의 세력을 무너뜨리고 마지막에 난적을 치는 것 또한 전쟁의 상도 중 하나였다.

이번에는 후자를 선택.

경험이 적으면 얼음 위를 이동하는 데에도 대처가 늦어질지 몰랐다.

'〈아이스 월 전방위 해제〉〈아이스 월 불투명화〉.'

이후의 전개를 감안해 반투명 유리처럼 반대편이 보이지 않는 다중 〈아이스 월 5층〉만을 남겨두었다.

그리고 료는 달리기 시작했다.

다중으로 된 〈아이스 월 5층〉을 좌측으로 돌아 나갔다. 시선 끝에는 〈아이스반〉 위에 있는 한 마리, 얼음 위에서 몇 번이나 넘어지고 있는 그레이터 보어가 있었다.

한 마리는 없다.

아마도 여러 겹 펼쳐둔 〈아이스 월 5층〉의 반대쪽으로 돌아 들어갔을 것이다.

"우선은 너부터다. 〈아이시클 랜스 16〉."

넘어지고 있는 그레이터 보어의 상공으로 16개의 〈아이시클 랜스〉가 생성되었다.

"그리고 반대편으로 돌아 들어갔다는 건 〈아이스 월 5층〉 너머에서 나온다는 뜻이겠지?"

료는 그렇게 중얼거리고는 재빠르게 외쳤다.

"〈아이스 월 5층〉〈아이시클 랜스 2〉."

〈아이시클 랜스〉 2개를 〈아이스 월 5층〉의 맞은편에 생성하고 발사를 기다린다.

그 순간 상공에서 떨어진 〈아이시클 랜스〉 16개에 관통된 그레이터 보어의 외침이 울려 퍼졌다.

"크아아아아아아."

그 목소리에 놀라 료가 예상한 곳으로 나오는 또 한 마리의 그레이터 보어.

"발사."

하지만 날아온 두 개의 〈아이시클 랜스〉를 그 단단한 코로 쳐서 부러뜨린다. 그레이터 보어가 〈아이시클 랜스〉를 쳐서 부러뜨리는 순간 얼음이 흩어지며 시야가 흐려졌다.

"〈워터 제트 64〉."

료의 손에서가 아닌, 그레이터 보어의 얼굴 주위로 만들어지는 64개의 〈워터 제트〉. 노리는 곳은 그레이터 보어의 눈, 귀, 구강 등 내구력이 낮다고 생각되는 장소.

흩날린 얼음으로 인해 시야가 나빠진 상태에서 한층 더 가까운 거리에서 발생한 〈워터 제트〉. 눈앞 30센티미터 거리에 발생한 세밀한 물줄기를 어떻게 피할 수 있을까.

피할 수 없는 거리, 피한 곳에서도 발생하고 있는 물줄기……
막을 수 있을 리가 없다.

시각, 청각을 빼앗기고 패닉에 빠진 상태를 노려 일격…… 그런 순서를 료는 머릿속으로 그리고 있었다…… 하지만 순서는 어긋났다.

패닉에 빠지는 일 없이 그레이터 보어의 목숨은 끊겼다.

눈, 귀, 구강으로 들어간 〈워터 제트〉가 그대로 뇌까지 관통한 것이다. 누구라도 수십 번이나 뇌를 관통당하면 살아날 방도가 있을 리 없다.

"어라…… 쓰러뜨렸어……?"

그레이터 보어라고 해도 귀나 눈에서라면 뇌까지 공격이 닿기 쉬운 것 같았다. 그렇다고 해도 추가적인 일격이 필요 없었다는 점은 료에게 있어 상당히 의외였다.

"혹시 〈워터 제트〉의 위력이 올라간 건가?"

결계 안으로 돌아온 료는 즉시 시도해 보기로 했다.

사용하는 것은 아까 가져온 그레이터 보어의 시체. 그레이터 보어는 목을 경계로 그 위의 부분과 아래의 부분이 가진 경도가 전혀 달랐다. 돌진을 주요 공격 중 하나로 삼고 있는 만큼 코를 포함한 머리 부분은 매우 단단했다. 하지만 그에 비해 목 아래는 그리 단단하지 않았다. 다리도 단단하지 않다.

그레이터 보어의 오른발을 겨냥했다.

"〈워터 제트〉."

빛이 번쩍였다.

그레이터 보어의 오른발이 잘리면서 떨어져 나갔다.

"오~!"

이 『파이』로 전생한 지도 몇 달.

전생해 온 초기부터 멋대로 수속성 공격 마법의 진면목이라고 생각했던 〈워터 제트〉가 드디어 그 진가를 발휘한 것이다.

"그럼 나무에서도……."

치이이잉.

한순간, 까지는 아니지만 절단에 성공했다.

최근까지도 나무를 향해 날려도 깎여나가거나 도려내지는 정도였고 절단까지 가려면 아직 멀었다는 느낌이었는데…… 벽을 넘어섰다, 라는 걸까.

"계속 〈물 톱〉으로 나무를 절단하고 있었는데, 어쩌면 그때 이미 나름대로의 위력을 갖게 된 게 아닐까……."

그렇다고 해도, 이제 와서 생각해 봐야 소용없다. 중요한 것은 현재 이 정도의 위력까지 도달할 수 있었다는 것!

하지만 본래 워터 제트라는 것은 일반적으로 물을 초고압·초고속으로 내뿜은 물줄기이다. 그렇게 뿜어져 나온 물은 당연하게도 물리적으로 보자면 보통 물이다.

그런 워터 제트는 지구에서는 다양한 소재를 가공하는 방법 중 하나로 상당한 주류의 지위를 차지하고 있었다.

일단 물이기 때문에 열이 발생하지 않는다. 즉 열변성도 일어나지 않는다. 이른바 플라스틱 등이 걸쭉하게 녹아 버리는 그런 현상이 일어나지 않는 것이다. 이 때문에 유독가스 등의 발생도 일어나지 않는다.

부드러운 소재나 얇은 소재도 부서짐 없이 가공할 수 있다. 복

합재나 적층재 가공도 가능하다.

료의 회사에도 오축 제어 워터 제트 머신이 들어 있었다. 그렇기 때문에 료도 약간은 알고 있었다. 물론 사용한 적은 없다. 직원들에게서 사용 허가를 받지 못했기 때문이었다. 아무리 부사장이라고 하더라도 그런 현장의 판단에는 따라야만 했다.

료는 지구의 워터 제트는 사용할 수 없었지만 마법으로 만들어 낸 〈워터 제트〉는 원하는 대로 사용할 수 있었다.

게다가 드디어 눈에 보이는 효과를 내기 시작했다! 자력으로 날릴 수 있게 된 〈아이시클 랜스〉, 그때 이상으로 료는 흥분한 상태였다.

그러나 동시에 냉정하기도 했다.

료는 알고 있었기 때문이다. 〈워터 제트〉에는 한층 더 높은 차원이 있다는 것을.

확인해 두자.

그레이터 보어의 다리는 절단되었다.

나무줄기도 절단할 수 있었다.

그렇다면 바위는 어떨까.

일반적으로 워터 제트는 거의 모든 물건을 절단할 수 있다고 여겨지고 있다. 그것은 맞다. 그 안에는 바위나 돌 같은 것도 들어 있다. 돌 중에서도 단단한 편인 화강암 묘석을 잘라내거나 하는 영상은 꽤 오래 전부터 있었다.

료는 마당에 자리잡은 바위를 향해 발사했다.

"〈워터 제트〉."

일단 조금씩 깎여나가고는 있다. 한 시간만 계속하면 자를 수 있을지도 모른다. 하지만 그것은 지구의 워터 제트가 가진 **절단**의 이미지와는 거리가 멀었다.

그랬다. '이 〈워터 제트〉'로는 돌은 자를 수 없다. '이 〈워터 제트〉'는 부드러운 것의 절단에는 적합하지만 단단한 것, 경질재 절단에는 적합하지 않다.

돌이나 금속, 콘크리트나 유리의 절단에는 적합하지 않은 것이다.

하지만 료는 실망하거나 하지 않았다. 이건 이미 예상했던 일이니까.

'이 〈워터 제트〉'는 연질재 절단용. 즉 동물, 마물, 나무, 식품 등 전용이야. 그리고 '이것이 아닌 〈워터 제트〉'가 존재하고, 아마 그쪽이 경질재 절단용이겠지.'

'이것이 아닌 〈워터 제트〉'란 무엇인가?

그것은 '물만으로 구성된 것이 아닌 〈워터 제트〉'였다.

일반적으로 이는 어브레시브 제트라고 불리는 경우가 많았다.

지구에서도 경질재를 절단할 경우, 물만으로 절단하지는 않는다. 물 배출구에서 극소량의 연마재를 섞어 물과 함께 대상물에 뿜어낸다. 마하3에 육박하는 물과 그 연마재가 대상을 **깎아냄**으로써 절단되는 것이다.

그리고 연마재에 사용되는 소재도 정해져 있었다.

그것은 가넷 분말.

가넷…… 그래, 그 보석인 가넷이다. 보석이라고는 하지만 사용량이 극히 미미해 비용도 많이 들지 않는다. 애초에 분말 형태의 가넷은 흔히 채굴되어 가격도 매우 저렴하다. 게다가 한 번 사용한 연마재 가넷도 여러 번 재사용이 가능하다.

왜 가넷이 연마재로 쓰이는가 하면, 그 이유의 대부분은 경도에 있었다. 그야 물론 사파이어나 루비 혹은 다이아몬드 쪽이 더 단단하기는 하지만…… 그런 것을 사용했다가는 수지가 맞지 않았다.

그리고 결정체의 형태 역시 이유 중 하나였다. 가넷은 마름모꼴 십이면체 또는 부등변 다면체다. 다시 말해 구체와 상당히 가까웠다. 원하는 곳을 원하는 크기로 깎아야 하는 이상 구체에 가까운 입자를 쓰는 편이 의도대로 깎기 쉬운 것은 당연할 것이다.

하지만 지구와 달리 이곳 『파이』에서는 연마재로서 가넷을 사용하는 것이 확립되어 있지 않다.

우선 가넷 같은 것을 구할 수가 없다. 적어도 료는 손에 넣을 방법이 떠오르지 않았다. 그렇다면 가넷 이외의 연마재가 필요했다.

거기서 료는 한 가지를 떠올렸다.

얼음.

그랬다. 소량의 얼음을 연마재로 사용하는 것이다.

얼음은 연마재로 사용하기에는 결코 단단하지 않다. 일반적인 얼음이라면 그럴 것이다.

하지만 수속성 마법을 통해 만들어진 물은 얼음은 마력을 담으면 담을수록 단단해진다는 특성이 있다는 것을 료는 알고 있었다. 다만 전투 중에 그런 것을 하고 있을 여유는 없기 때문에 매번 쉽게 부서지는 것이지만…….

문제는 아주 작은 크기의 얼음 결정이 필요하다는 점이었다. 게다가 너무 작아도 사용하기 불편하다. 딱 좋은 크기의 얼음…….

료는 회사에 있던 워터 제트, 라기보단 어브레시브 제트용 연마재를 본 적이 있었다. 그 연마재로 쓰이는 가넷은 거의 가루라고 할 수 있을 정도의 크기였다. 그 크기의 얼음을 대량으로 생성해내 물에 섞는 것이다.

우선 미소한 얼음 결정을 생성.

물 H_2O분자 2개를 수소 결합해 보았다. 완성된 것은…… 너무 작다. 그걸 떠나서 전혀 보이지 않았다.

다시 서른 개 정도 연결해 보았다. 왠지 모르게 보이는 것 같은 느낌도 들었지만…… 아니, 기분 탓이다. 크기가 한참 부족했다.

그런 시행착오는 잠들기 전까지 반복됐다.

저녁에 불을 피우고 있을 때도. 저녁을 먹을 때도. 목욕하고 있을 때조차도.

물 분자를 몇 개나 연결해야 딱 알맞은 크기가 될까…….

료는 최적의 수치를 계속 찾아나갔다. 하지만 최적의 수치가 발견되기 전에, 료의 마력이 거의 고갈되고 있었다…….

"안녕히 주무세요."

다음 날.

오전의 달리기 훈련 중에도, 료는 최적의 수치를 계속 찾고 있었다.

"어제도 생각했지만 이 분자 수준의 마법 제어는 마력을 상당히 소모하는 것 같아."

대부분이 그렇지만 세밀한 작업은 신경을 소모시킨다. 마력 조작도 세세한 조작은 쉽지 않았다.

5시간 넘게 달리고 나서야 겨우 오전 훈련이 끝났다.

하지만 아직까지 연마재로서 미소 얼음 결정 크기에 적합한 최적의 수치는 찾지 못했다. 현재 나와 있는 수치는 분자 6만 개에서 16만 개 사이, 라는 정도.

하지만 불과 오전 중의 마력 조작만으로 료의 마력은 고갈되기 일보 직전까지 줄어 있었다. 수치로 나타난 것은 아니지만 왠지 모르게 곧 쓰러질 것 같다는 감각은 몸에 밴 것이다.

"오후에 이 마력 조작은 하지 말자. 좋아. 휘두르기랑 독서를 하는 거야."

몸을 움직이지 않으면 어쩐지 찌뿌둥한 기분이 들게 된 료……
이제 뇌가 거의 근육으로 가득 차 있었다.

천천히, 한 번, 한 번. 온 힘을 다해 임한다.

기본적으로 슬로 라이프이니…… 초조해할 필요는 전혀 없는 것이다.

◆

미카엘(가명)이 집에 준비해 준 《마물 대전 초급편》은 꽤 많은 마물을 망라하고 있었다. 물론 **초급편**이기 때문에 여기에 실려 있지 않은 중급이나 상급 마물도 있겠지만 아직까지 료는 그런 것을 만나지 못했다.

다만 이 《마물 대전 초급편》은 마지막 두 페이지에 부록이라고도 할 수 있는 《특급편》이라는 페이지가 있었고, 여기에 두 마물이 실려 있었다.

하나는 드래곤. 다른 하나는 악마.

이 두 종류의 《특급편》만큼은 기존 초급편의 필적과는 달랐다. 어쩌면 이 부분만 미카엘(가명)이나 누군가가 추가해둔 것일지도 모른다.

드래곤: 『파이』에서 생물의 정점 중 하나

출몰 지점: 전 세계

수명: 수천 년에서 수십 만 년

강도: 약한 것부터 강한 것까지 다양(약한 것이라도 혼자서 도시 하나를 지워버리는 일은 손쉬움)

비고: 만나면 도망갈 것. 도망가지 못할 가능성이 높지만

'응, 엄청 세다는 건 전해졌어. 만나면 끝이구나. 《초급편》에 있는 마물의 경우 공격 방법이나 특기 기술 같은 것이 적혀 있는데 드래곤 쪽에는 안 적혀 있어. 그런 걸 따질 수준의 이야기가 아니라는 거겠지, 분명.'

악마: 천사가 타락한 것…… 은 아니다. 어디서 왔는지는 불명

출몰 지점: 전 세계

수명: 불명

강도: 약한 것부터 강한 것까지 다양(약한 것이라도 혼자서 도시 하나를 지워버리는 일은 손쉬움)

비고: 만나지 않기를 바람

'이거 분명 미카엘(가명)이 쓴 거겠지…… 이 세계를 관리하는 게 일이라고 했으니까…… 그런데 어디서 온 건지 불명이라는 건 무슨 말이야? 게다가 마지막엔 만나지 않길 바란다니…… 뭐지?'

료는 작게 고개를 흔들며 중얼거렸다.

"세계 최강을 목표로 한다거나, 뭐 그런 사람이 이런 거랑 싸우는 건가. 엄청 힘들겠다. 응, 나한텐 절대로 무리네. 이세계 전생물이라면 세계 최강 같은 걸 목표로 하는 게 정석이겠지만 정석은 정석, 그건 그쪽 사정이고 나와는 관계가 없지. 목표는 슬로 라이프!"

하룻밤 자고 나니 료의 마력은 회복되었다.

오늘이야말로 어브레시브 제트 문제를 매듭짓겠다. 그렇게 굳게 마음먹었다.

그리고 결심한 지 한 시간 후…….

"최적의 수치는 9만 개에서 10만 개!"

드디어 풀었다.

"후후후, 이겼다."

그랬다. 료는 승리한 것이다.

이제 이 9만 개의 물 분자가 결합된 얼음 결정을 대량으로 생성하는 일만 남았다. 본래는 이마저도 어려운 것이었다. 하지만 료 본인에게 자각은 없었지만, 이번 분자 조작에 의해 마법 제어 숙련도가 상당히 높아진 상태였다.

덕분에 불과 약 10초 만에 왼손에 수북이 쌓일 정도의 얼음 연마재를 생성해냈다.

그리고 머릿속에서 이미지를 떠올렸다.

왼손에 있는 연마재를 조금씩 워터 제트 안에 섞어가면서 바위를 절단해 나가는 이미지를.

"〈어브레시브 제트〉."

료가 외치자 뻗은 오른손에서 가는 물줄기가 1미터 앞의 바위에 닿아 거의 저항 없이 반대편으로 빠져나갔다. 팔을 옆으로 휙.

쿠웅.

바위가 절단되어 땅에 떨어졌다.

"성공!"

마침내 바위도 자르는 물의 검을 료는 손에 넣게 되었다.

지구라면 얼음으로 된 연마재에 이 정도까지의 절단력은 없었다. 그 이유는 얼음이 무르기 때문이다. 가넷이 연마재로 우수한 것은 그 경도에 있었다.

과거 가넷이나 얼음, 혹은 호두 껍질 등을 연마재로 이용할 수 있지 않을까에 관련된 연구를 한 일본인이 있었다. 아직까지 어 브레시브 제트가 상품화된 지 얼마 안 됐을 때의 이야기였다.

하지만 결론으로 나온 것은 가넷 이외엔 실용적으로 쓸모가 없 다, 라는 것이었다.

이후에도 여러 실험과 논문이 나왔고 연마재의 크기, 접촉부에 서 일어나는 현상, 각종 부품의 최적 경도 등 여러 가지 검증이 진행되었다. 워터 제트 혹은 어브레시브 제트는 나날이 진화를 거쳐 온 기계인 것이다.

하지만 료는 '마법에 의해 얼음을 아주 단단하게 만든다'라고 하는, 지구 연구자들은 절대 할 수 없는 접근법을 이용해 얼음을 연마재로서 충분히 실용 가능한 재료로 승화시켰다. 마법이 존재 하는 이『파이』였기에 가능한 일이었다.

마법에 의해 지구에서는 불가능했던 일들이 다양하게 가능해 진다.

지구에서 이론상으로는 가능하지만 실현은 아직 불가능한 많 은 것들이 마법을 사용함으로써 가능해진다. 그런 가능성을 료는 보여준 것이다.

물론 본인에게 그런 자각은 전혀 없었지만.

바다로 가자!

료는 〈워터 제트〉와 〈어브레시브 제트〉를 완전히 자신의 것으로 만들었다. 그로 인해 마법에 의한 사냥은 상당히 편해졌다고 할 수 있었다.

그렇게 되면 아직 제패하지 못한 것에 대한 끝없는 야망이라는 것이 생겨난다.

그래, 그것은 바로 바다!

료의 집에서 남서쪽으로 500미터 정도 거리에 바다가 있다. 미카엘(가명)은 그렇게 말했다. 수속성 마법에 익숙해지면 바닷물에서 소금 채취가 가능할 것이라고.

비축된 소금은 어간장통에 넣느라 꽤 사용했다고 해도 아직 반년분 정도는 문제없을 정도의 양이 있었다. 하지만 바다의 소금이 어느 정도인지 확인할 필요가 있었다.

게다가 산해진미라는 것도 있다. 물고기라고 하면 물론 강에서 민물고기를 구해 먹을 수는 있었다. 피라냐 같은 녀석이긴 하지만. 그렇다 해도 바다에는 바닷물고기만의 장점이 있었다.

혹은 조개, 성게, 오징어나 문어 같은 것들도 구할 수 있을지도 모른다. 뭐, 구하기 위해서는 잠수를 해야겠지만.

괜찮다. 시골에서 자라 수영은 잘하는 편이니까!

결계를 나와 남서쪽으로 400미터, 그곳에는 백사장으로 된 해

변이 펼쳐져 있었다. 푸껫 섬이나 발리의 사진에서 봤을 법한 경치! 물론 료는 그런 곳에 가본 적이 없었다. 사진으로 알고 있는 이미지였다.

이미지는 중요하다!

한동안 넋을 잃고 바라보다가 문득 번쩍 정신이 들었다.

"소금을 채취해 볼까."

우선 지름 1미터 정도의 얼음 통과 바닷물을 퍼 올리기 위한 얼음 바가지를 생성했다. 바닷물을 얼음 바가지로 떠서 물통에 넣는다.

넣는다.

넣는다.

넣는다.

꽉 찬 시점에 얼음 통에서 물을 제거하는 이미지를 머릿속에 떠올렸다.

"〈탈수〉."

물이 제거되고 흰 알갱이와 약간의 색이 들어간 알갱이가 남겨졌다.

흰 알갱이를 핥아보았다.

"응, 짜다. 소금이네."

성공.

"이 색이 있는 건…… 아, 이건 모래……."

백사장 해안 근처에서 바닷물을 퍼내다 보니 바닷물에 떠 있던 모래도 통에 들어가 버린 것이다.

"모래사장이 아닌 곳에서 채수하면 소금만 구할 수 있을 거야."

우선적으로 시험 삼아 해본 것이라 얼음 통과 바가지 안에 든 소금은 바다로 던졌다. 그리고 북쪽으로 보이는 암벽을 목표로 하기로 했다.

"산해진미를 얻을 수 있으면 좋겠다."

암벽에 다다르자마자 입고 있던 것을 모두 벗어던지고 주저 없이 바다로 뛰어들었다.

그곳에는 상상한 대로 근사한 세계가 펼쳐져 있었다. 투명도가 높아 해저까지 들여다보였다. 형형색색의 물고기와 산호, 그 밖에도 료는 잘 모르는 해양생물들.

그리고 료는 찾은 것이다. 맛있어 보이는 생선을!

한 번 해수면으로 나가 숨을 들이마시고 다시 해수면을 박차고 해저로 향했다. 오른손에는 늘 사용하는 칼붙이 죽창. 몸길이 50센티미터 정도의, 겉보기에 도미처럼 보이는 흰살 생선이 눈에 들어왔다.

칼붙이 죽창을 작살처럼 이용해 찌른다.

훌륭하게 관통.

하지만 그 순간…… 세계가 바뀌었다.

적어도 료에겐 그렇게 느껴졌다. 지금까지 천국이었던 바다가 단숨에 지옥이 되는 듯한 느낌.

료는 지나치게 들떠 있었다. 그리고 잊고 있었다.

여기는 지구가 아니라는 것을. 이곳은 『파이』라는 것을.

그랬다. 마물이 사는 바다였다.

도미같이 생긴 것을 바닷속에서 죽이는 순간, 료는 이 바다에서 적이 되었다. 형형색색의 물고기들은 도망갔다. 세계가 변한 것이 기분 탓이 아니라는 것을 료는 원치 않아도 느낄 수밖에 없었다.

'이건 위험해. 도망가자.'

하지만 늦었다.

료가 뒤를 돌아본 순간, 그곳에는 베이트 볼이라 불리는 물고기형 마물 떼가 있었다. 지름은 20미터쯤 될까…… 작은 낚싯배가 통째로 들어갈 정도로 컸다. 정어리가 참치 같은 물고기에게 대항하기 위해 구형으로 몰려 있는, 저런 것을 베이트 볼이라 했다. 정어리라면 그나마 귀여울지도 모르지만 료의 앞에서 베이트 볼을 형성하고 있는 것은 마물 같았다.

그렇다, 마물 **같았다**.

무슨 마물인지 료는 알 수 없었다.

《마물 대전 초급편》에는 바다의 마물에 대해서는 일절 적혀 있지 않았다.

다만 한 문장, '바다에 사는 마물에 관해서는 《마물 대전 해서편》을 참조할 것'이라고만 적혀 있었다. 바다에도 마물이 확실히 존재하며 한 권으로 구성할 만큼 많은 종류가 있다는 뜻이었다.

이 시점에서 료가 이길 확률은 현격히 떨어졌다.

『적을 알고 나를 알면 백 번 싸워도 위태로울 것이 없다.』

손자의 구절이었다. 지금까지의 전투엔 반드시 적의 정보가 있었다. 《마물 대전 초급편》으로 예습을 했기 때문이었다. 그 어쨰신 호크에 대해서조차 어느 정도 정보를 가지고 싸울 수 있었던 것이다.

하지만 이번에는 적의 정보가 일절 없다.

『적을 모르고 나만 알면 반승 반패한다.』

단숨에 승률이 절반인 5할로 격감했다.

전쟁의 세계에는 이런 말도 있다.

『하늘에서 받은 호기도 지리적 우세에 미치지 못하고, 지리적 우세도 인간의 화합에는 미치지 못한다.』

하늘에서 받은 호기는 둘째 치고.

지리적 우세는 상대에게 있었다. 바닷속은 바다 마물의 홈그라운드다. 숨조차 쉴 수 없는 료는 이방인 이외의 아무것도 아니었다.

'인간의 화합'이라는 부분에서도 실로 훌륭한 베이트 볼을 형성하고 있었다. 의사소통은 완벽하겠지.

그랬다. 어떻게 해도 승산은 없었다.

'36계 줄행랑이 제일.'

하지만 여기서 료는 이변을 깨달았다.

'물을 발로 못 차겠어……. 물을 손으로 만질 수도 없어…….'

몸은 가라앉지 않았다. 하지만 물을 잡을 수도 없고 움직일 수도 없었다.

료는 수속성 마법사였다.

아무리 이방인이라 해도 바닷속에서 물을 잡을 수 없는 이 상황이 전혀 이해가 되질 않았다.

반쯤 패닉에 빠진 료. 적은 기다려 주지 않는다. 베이트 볼 안에서 마물이 마치 미사일이나 어뢰처럼 료를 향해 달려들었다.

'〈아이스 월〉.'

바닷속에서 〈아이스 월〉을 쓴다는 것도 이해하기 힘든 상황이었지만, 일단 움직일 수 없는, 다시 말해 피할 수 없는 이상 방어할 수밖에 없었다.

그러나 마물 어뢰 몇 마리를 튕겨낸 후 이번에는 〈아이스 월〉의 통제가 들지 않게 되었다. 얼음벽은 료 앞에서 흘러내리더니 곧 사라졌다.

'생성한 〈아이스 월〉의 제어력을 잃었어?'

마물 어뢰는 끊임없이 덮쳐 왔다. 이를 막기 위해 연속으로 〈아이스 월〉을 생성했지만 생성한 지 1초만 지나면 료 앞에서 흘러내리며 바닷속으로 사라지는 것이다.

'물을 못 잡는 것도 그런 거겠지. 내 주위에 있는 물이 그들의 제어하에 놓여있기 때문인 건가.'

료는 수속성 마법사다. 그리고 마법 제어는 꽤 오래 수행해 왔다. 분자 제어가 료의 마법 제어 숙련도를 상당히 높여준 것이다.

하지만 이번에는 상대가 나빴다.

바닷속의 마물…… 그야말로 유전자 속까지 수속성 마법을 사용하는 기술을 갖고 있을 법한 상대들이었다. 몇 세대에 걸쳐 수속성 마법 제어를 생활의 일부처럼 사용해 온 자들이었다.

타의 추종을 불허하는 레벨로 수업을 했다고는 하지만 수속성 마법사가 된지 불과 몇 개월도 지나지 않은, 말하자면 신참인 료가 그들의 상대가 될 리 없는 것이다.

게다가 적의 수는 수천······.

베이트 볼을 형성하고 있기 때문에 정확한 수는 알 수 없지만 아마 천은 쉽게 넘어 보였다.

마물 어뢰와 〈아이스 월〉의 생성은 아슬아슬하게 균형을 이루고 있었다. 만들자마자 흘러내린다고 해도 충돌 직전에 생성하는 것이기 때문에 목적을 달성한 〈아이스 월〉이 흘러내리고 있는 상황이긴 했다.

방어는 괜찮은데 문제는 산소다. 매일 해 온 트레이닝 덕분에 산소 없이도 4분 정도는 괜찮았다. 하지만 이 상황이라면 **겨우 4분**에 불과했다.

어떻게 타개해야 하는 걸까.

'일단 손발 주위에 있는 물을 내 제어하에 둘 수 없을까?'

주변에 있는 바닷물을 마력으로 만지려고 하면 튕겨졌다. 예전에 미카엘(가명)이 얼려둔 저장고 내 고기를 해동하려다 튕겨진 것과 같은 느낌이었다.

하지만 그것보다도 꽤 강렬하게 튕겨나갔다.

적어도 지금의 료는 적의 제어하에 있는 물을 자신의 제어하에 둘 수는 없을 것 같았다. 역시 바다의 마물. 혹은 그 수가 원인일까. 어느 쪽이든 마법 제어 쟁탈에서는 승산이 없었다.

좀 더 자세히, 적의 제어하에 놓인 바닷물을 살펴보았다.

'손과 발 주변인가. 그것도 꽤 얇아. 뭐, 얇아도 잡을 순 없으니까 꽤 효율적인 방법이긴 하겠네. 다짜고짜 실전이지만 해볼 수

밖에 없어! 원리는 〈워터 제트〉랑 같으니까 할 수 있을 거야!'

거의 무의식적으로 〈아이스 월〉의 생성을 계속하면서 머릿속으로 이미지화했다. 양 발바닥에서 〈워터 제트〉가 뿜어져 나오는 이미지. 다만 이번에는 평소의 가느다란 물줄기가 아니라 아주 거대한 물. 그야말로 처음 시작할 무렵 〈워터 제트〉가 형태로 완성되지 않아 세차 호스 정도로 두꺼웠던 그 정도의 물, 그것을 양쪽 발에 32개씩. 기세는 워터 제트 수준으로.

"〈워터 제트 64〉."

외치는 순간, 바다 밑을 향해 뿜어져 나오는 워터 제트의 반발력으로 인해 료의 몸은 단숨에 상승했다.

해수면까지는 순식간. 그 기세 그대로 해수면에서 튀어나온다.

하지만 거기서 끝나지 않았다.

숨을 크게 몰아쉬고 머리부터 해수면으로 다시 뛰어들었다. 목적은 바로 위에서 베이트 볼을 향한 기습이다.

아니나 다를까 료가 갑자기 상승하며 사라진 탓에 베이트 볼 마물들은 혼란스러워하고 있었다. 아무리 완벽한 의사소통을 할 수 있는 마물떼라 하더라도 지금까지 경험하지 못한 사태에는 대처할 수 없는 법.

그 상태에서 료가 바로 위에서 파고든 것이다. 그리고 닥치는 대로 칼붙이 죽창을 몇 번이나 찔렀다. 주변을 신경 쓰지 않고 마구 휘둘렀다.

바닷속이라 창을 휘두르는 것에 저항이 있을 줄 알았는데 그 정도는 아니었다.

상당한 마물들에게 피해를 주고 있었다. 마물들은 강력한 마법 제어를 다룰 수 있는 것 같았지만 물리적 내구력은 여느 물고기와 다르지 않았다. 죽창 공격 한차례에 속수무책으로 떨어져 나갔다.

베이트 볼이 깨지면서 형성하고 있던 마물이 달아나기까지 불과 1분도 채 지나지 않았다.

'후우, 어떻게든 해냈다.'

료는 방심했다.

적은 한 집단만이 아니다.

료는 바다 전체를 적으로 돌린 것이다. 최고의 수는 해수면에 나왔을 때 그대로 육상으로 도망치는 것이었다.

하지만 이미 늦었다.

바로 옆 바위 그늘에 몸길이 1미터 가량의 새우가 있는 것이 눈에 들어왔다.

'오른쪽 집게만 이상하게 커…… 저건 뭐지? 기포?'

그리고 한순간, 료는 의식을 잃었다.

료는 눈을 떴다.

그랬다. 죽지 않았다.

정신을 잃은 것은 불과 몇 초. 아마도 1, 2초 정도였으리라. 정신을 잃으면서 손에서 떨어진 죽창이 아직도 료 바로 옆에 있다는 점을 통해 유추할 수 있었다.

왜 살아 있는가.

그건 잘 모르겠지만 지금 생각할 일은 아니었다. 아까 바위 그늘에 있던 새우는 게와 대치하고 있었다. 이미 료는 안중에도 없는 것처럼 보였다.

료는 손을 뻗어 죽창을 잡고는 베이트 볼에서 벗어났을 때 사용한 워터 제트 추진으로 단숨에 해수면까지 올라갔다. 그대로 해수면에서 밖으로 튀어나와 육지로 불시착.

서둘러 샌들을 신고 허리천을 집어들고 그대로 꽁지 빠지게 집을 향해 달려나갔다.

결계 속으로 들어간 직후에서야 간신히 한숨을 돌릴 수 있었다.

"이번이야말로 살았다……."

"그건 그렇고…… 난 정말 약하구나……. 수속성 마법사가 물의 제어를 빼앗기다니."

료는 풀이 죽었다.

애초에 상대의 마법 생성물을 빼앗을 수 있다는 것은 완전히 예상 밖이었다.

"같은 속성의 마법을 사용할 수 있는 경우가 아니라면 빼앗을 수 없겠지만…… 만약 다른 속성의 생성물도 제어하에 둘 수 있다면 그건 위협적이겠지……."

다른 속성에 관해서는 차치하더라도, 다른 사람이 생성한 마법 생성물을 자신의 제어하에 두는 것은 익혀둬야 하는 기술이라는 것을 알게 되었다. 그렇지 않으면 이번처럼 보기 좋게 마법 생성물을 빼앗긴다……. 계속해서 〈아이스 월〉이 흘러내렸던 것처럼.

물론 목표는 상대의 제어하에 놓이지 않는 것이지만…… 솔직히 어떻게 해야 제어력을 빼앗기지 않을지 짐작조차 가지 않았다.

애초에 료는 편의상 마법 제어라고 부르고 있지만, 솔직히 그 마법 제어가 구체적으로 무엇인지는 아직 잘 몰랐다.

경험한 것들 중에서는 미카엘(가명)이 생성한 냉동육을 해동할 때 마법이 튕겨나간 것을 가장 먼저 들 수 있었다.

그리고 오늘날 베이트 볼과의 바닷속 전투. 마물의 제어하에 놓인 것으로 추측되는 손과 발 부근에 있던 바닷물. 이것을 두 번째 사례로 들 수 있었다.

둘 다 료가 마법을 걸려고 하면 튕겼다. 그리고 확실하게 '튕겼다'라는 감각이 료의 머릿속으로 전해져 왔다.

미카엘(가명)의 냉동육을 해동했을 때는 어떻게 했었지?

"한 곳에 마력을 집중하는 느낌으로 분자의 결합을 떼어낸다. 그리고 그 옆의 결합도 떼어낸다. 그리고 또 그 옆. 또 그 옆. 그렇게 결합이 어긋난 곳에서 얼음이 물로 변한다, 였었나."

특별히 뭔가를 한 것은 아니었다. 아마 평소 이상으로 마력을 담아 하나하나 분자 수준으로 미카엘(가명)이 건 마법을 풀어나갔다……. 미카엘(가명)의 냉동육 같은 경우는 '미카엘(가명)이 준비해 준 거니까 반드시 해동할 수 있을 거다'라는 모종의 확신 비슷한 것을 품고 있었기 때문에 그것을 믿고 집중할 수 있었다.

이번 바닷속 전투의 경우는 근본부터 달랐다.

우선 거기에 집중한다고 해서 풀릴지 어떨지는 알 수 없었다.

풀린다는 확신도 없는 상황에서 하나하나, 어쩌면 분자 수준의 어떤 작업을 해야 한다……? 게다가 전투 중에.

절대로 무리였다.

절대로 무리였지만…… 상대의 마법을 자신의 제어하에 두는 마물이 있다, 라는 것은 그에 대항하는 힘을 길러야 한다는 뜻이기도 했다. 이는 곧 자신의 생명의 안전과 직결될 일이었으니까.

그럼 어떻게 익혀야 할까? 아마도 분자 레벨의 결합이나 진동의 변화 등, 좀 더 숙련도를 높여가는 것이 올바른 방법일 것이다.

그 밖에는 없는 걸까…….

마법 제어 혹은 마력 제어라 불리는 것의 훈련에는 왕도가 있었다. 흙 마법이라면 더미 제조가 왕도였다.

"큭, 짜증나는 흙 마법…… 왜 물 마법에는 없는 거야…….."

남의 떡은 늘 커 보이는 법.

"음, 여기선 얼음을 사용해서 도쿄 타워를 만드는 게 정석이지."

어딘가의 애니메이션에서 본 적이 있다. 슬라임이 그런 짓을 하고 있었다!

"그 밖에 정리해 둘 건…… 그 새우인가…….."

어디선가 본 적이 있는 것 같은 기분이 들었지만…… 생각나지 않았다.

"응, 모르겠다. 이건 보류."

생각의 전환은 중요하다.

"남은 건 죽지 않은 이유인데…… 왜였을까? 새우가 날 기절시킨 것만으로 만족했나? 아니, 그건 너무 속편한 해석이겠지."

료는 그때 바다 전체를 적으로 돌린 느낌이었다. 그리고 그 감각은 틀리지 않았다. 베이트 볼 이후 곧바로 새우가 료를 공격해 온 점만 봐도 바다에 사는 존재가 모두 료를 적으로 간주했으리라 생각하는 편이 가장 합리적이었다.

물론 그것은 생각 없이 바닷속에서 도미 비슷한 것들을 죽인 료의 자업자득이지만.

바다 전체의 적이었던 료가 새우의 기포……? 로 정신을 잃었다.

정신을 잃는다……. 그것은 료를 감싸고 있던 기척이나 분위기, 혹은 의식 그 자체가 사라졌다는 것이기도 했다. 어쩌면 그 순간 무력화되면서 더는 적이 아닌 존재가 된 것일까. '료라는 바다 전체의 적'이 없는 평소와 같은 상태로 돌아갔고, 평소처럼 생존경쟁을 위한 다툼이 새우와 게 사이에서 발생했다고 생각하면 그건 그거대로 납득이 갔다.

"으음, 잘 모르겠지만 그런 건가? 하지만 그거야말로 정말 운이 좋았다고밖에 할 수 없어……. 다음은 없겠지."

여러모로 단련해야 할 부분이 너무 많았다. 그레이터 보어 두 마리를 쓰러뜨리고, 〈워터 제트〉도 실용적인 레벨까지 사용할 수 있게 되면서 조금 자만한 것일지도 모른다.

이 정도로는 아직 멀었다는 것을 바다의 마물이 일깨워 준 셈이었다.

료는 그렇게 생각하기로 했다. 계속 풀 죽어 있어 봐야 소용없으니까.

다음 날부터 마법 제어 연습을 하면서 달렸다. 그 부분은 지금까지와 별반 다르지 않다.

달리면서 손바닥 크기의 도쿄 타워를 얼음으로 조각하거나, 반대로 달리고 있는 그 중심에 거대한 오층탑을 얼음으로 쌓아 올리면서 달려보기도 했다.

그 외에도 료는 사냥을 할 때 약간의 실험을 했다. 대상은 그 후에 맛있게 먹을 예정인 레서 래빗.

인간의 경우 신체의 60% 내외는 수분이다. 그것은 마물에게도 마찬가지다. 마물의 종류에 따라 차이는 있는 것 같지만 대체로 50%~70% 정도는 수분일 것이다.

그렇다면 수속성 마법사인 료라면 마물의 몸속에 있는 그 수분을 직접 조작할 수 있지 않을까 생각한 것이다.

머릿속으로 이미지화했다.

눈앞에서 뛰고 있는 레서 래빗의 체내에 있는 수분, 구체적으로는 체내를 둘러싼 혈액을 얼리는 것이다.

"〈혈액 동결〉."

…….

튕겨냈다!

미카엘(가명)의 냉동육을 해동하려 했을 때처럼. 그리고 마찬가지로 료의 머리에 '튕겼다'라는 감각이 피드백되어 느껴졌다.

"이건 훈련이 되겠어."

이후 래빗계와 보어계를 사냥할 때는 반드시 혈액을 얼리는 훈련을 한 다음 목숨을 끊기로 했다.

다만 〈혈액 동결〉은 아직 한 번도 성공하지 못했다. 신체에서 흘러내린 혈액에 대해서도 〈혈액 동결〉은 성공하지 못했다. 다만 마물 본체가 죽으면 동결에 성공한다. 이 경우에는 마물의 신체 전체를 동결하는 것이 가능해진다.

그 실험의 연장선상으로 살아있는 상태의 마물을 얼리는 것은 어떨까? 더 정확하게 말하자면 마물 주위에 있는 공기 중의 물 분자를 얼린다, 라는 것은 가능할까?

결과적으로 말하면 료는 할 수 없었다.

마물로부터 10센티미터 떨어진 공간이라면 얼릴 수 있었지만, 그보다 가까운 공간의 물 분자를 얼리려 하면 튕겼다. 그렇다는 건 그 주변까지의 공기는 마물의 제어하에 놓여 있는 것인지도 모른다.

퍼스널 스페이스라는 건가…….

예전에 그레이터 보어의 머리 근처에서 무수한 〈워터 제트〉를 만들어 꿰뚫은 적이 있었는데, 그것은 그레이터 보어에서 30센티미터 정도 떨어진 곳에서 발사했기 때문에 성공한 것 같다.

여러 가지 시도를 할수록 분명해지는 마법. 그리고 그 마법의 제어.

"더 많이 알아야 해."

료는 마음속으로 그렇게 다짐한 것이었다.

목 없는 기사

료가 바닷속에서 기절했던 그때 이후 얼추 일 년 정도가 지났다.

아직도 〈혈액 동결〉은 성공하지 못했다. 겨우 일 년 한 정도로 성공할 리가 없다. 그럼에도 매일 마법 제어 훈련은 빼놓지 않았다.

참고로 현재는 미카엘(가명)이 준비한 냉동육 해동은 한순간에 할 수 있게 되었다.

그런 료가 최근 몇 달 새 밤마다 외출하는 장소가 있었다. 북쪽 숲 끝 대습원 중앙부에 있는 호수 근처.

달이 중천에 접어들 무렵이면 그것은 나타났다.

목 없는 말에 올라탄 목 없는 기사, 듀라한이라고 불리는 것이다. 그러나 습원에 나타나는 그 듀라한은 왼손에 목을 들고 있지는 않았다.

론도 숲에, 무엇 때문에 목 없는 기사가 있는가.

혹시 옛날 론도 숲에는 나라가 번성하기라도 했던 걸까. 사람이 살았던 흔적은 전혀 없고 인공물 하나 본 적이 없지만.

지구에 전해지는 본래의 듀라한은 아일랜드의 요정이다. 결코 기사의 망령이 아니다. 그렇게 생각하면 과거 사람이 살고 있던 어딘가에서 이 론도 숲으로 흘러들어 온 요정이나 그 비슷한 존재라고 생각해도 되겠지……. 그런 식으로 료는 적당히 결론지었다.

료에게 있어서 이 듀라한의 존재 가치는, 바로 그가 검술 스승이라는 점에 있었다.

물론 목이 없기 때문에 말을 하지는 않는다.

하지만 이쪽이 검…… 검이라고 해도 잘라서 만든 목도 표면을 얼음으로 코팅해 내구력을 올린 것이지만, 아무튼 그 검을 잡으면 듀라한도 자세를 잡는다. 왠지 모르게 '또 왔나…… 못 말리는 녀석이군'이라고 생각하는 느낌이 들었다.

물론 목이 없기 때문에 모두 료의 상상이었지만.

그리고 시작되는 대련.

애초에 이 듀라한은 《마물 대전 초급편》에는 실려 있지 않았다. 그렇다는 것은 마물이 아니거나 초급편에 있을 수준이 아니라는 뜻이 된다. 이 듀라한을 쓰러뜨릴 수 있느냐 없느냐 하는 관점에서 봤을 때 현재의 료로서는 아마 불가능했다.

듀라한은 마법을 쓰지 않았다. 그래서 료도 쓰지 않았다. 몸을 지키는 〈아이스 아머〉만은 몸에 장착하고 있지만.

하지만 듀라한은 검술만으로도 꽤 강했다.

게다가 내려다보는 듯한 태도.

"대련 상대를 해주마."

마치 그런 말을 하는 기분이었다. 물론 목은 없었기에 말은 없었지만.

이 듀라한은 료에게 세 번, 치명타가 될 법해 보이는 공격을 성공시키고 나면 곧 외면한다.

"다시 수련하고 와라."

라고 말하듯이.

료가 치명타를 세 번이나 입히면 어떻게 될지는 알 수 없었다. 애초부터 듀라한은 한 번도 대미지를 입은 적이 없었으니까.

그래도 요즘은 전투 시간이 꽤 늘어났다. 처음에는 그야말로 초단위로 끝났었는데 요즘은 한 시간 정도 전투가 계속된다.

물론 이런저런 아쉬움은 있었다.

본래 대인전의 향상이라는 것은 무도든 무술이든 게임이든, 실제로 대인 전투를 몇 번이나 반복하며 경험과 지식, 그리고 몸을 움직이는 방법 등을 자신의 몸으로 익혀가는 방법밖에 없다.

그런 의미에서 보자면 늘 혼자 휘두르기를 할 수밖에 없었던 료에게는 실로 귀중한 경험이었지만, 어차피 상대는 듀라한이다.

어느 정도 대인전을 이해하게 되면 반드시 듣는 말이, 바로 호흡이 중요하다는 것이었다. 이는 본인의 호흡을 가다듬는 것도 중요하지만 상대방의 호흡을 읽는 것도 중요하기 때문이었다.

하지만 듀라한은 호흡을 하지 않는다……. 아니, 목부터 그 위가 없다!

그래서 상대방의 호흡을 읽는 경험을 료는 쌓을 수 없었다.

발동작, 혹은 발놀림이라 불리는 것도 그렇다.

발동작은 어떤 전투에서도 중요하다. 대인전에 있어서는 상대의 움직임을 예측하는 데 중요한 정보가 될 수 있었다.

그래서 검도나 검술을 할 때엔 하카마라는 것을 입고 있다.

하카마를 입고 있으면 발동작이 상대에게 잘 보이지 않아 상당히 유리한 상황을 만들 수 있었다. 그렇기에 하카마를 입지 않은 듀라한에게서 료는 그 부분도 배우고 싶었지만…… 애초에 전투력에서 너무 차이가 나서 듀라한은 거의 그 자리에서 움직이지 않았다.

전혀 움직이지 않는 것은 아니었지만, 검도 사범 같은 사람이 아이들을 상대해주는 느낌이었다. 그랬다. 료는 아직 어린애 취급을 받고 있었다.

"더 강해져서 자길 움직이게 해보라는 뜻인가!"

물론 좋은 점도 있다.

어떤 무도나 무술이든 혼자서 연습을 하다 보면 아무래도 그 내용은 공격에 치우치게 된다.

하지만 그래서는 안 된다.

특히나 이런 『파이』같은, 생사가 걸린 상황에서 방어를 소홀히 하는 것은 어리석은 짓이었다. 그런 의미에서도 듀라한의 공격을 막거나 피하고 반격을 한다는 점에서 상당히 실전에 가깝다고 볼 수 있었다.

물론 료가 거기까지 이해하고 있지는 않았지만.

하지만 오늘 밤은 평소의 료와는 달랐다.

움직임도 여느 때보다 깔끔했고, 듀라한의 공격에 대한 수읽기도 적확했다.

그 때문일까, 듀라한의 연격을 받아치고, 마지막 세로로 내려치는 일격을 반걸음 움직여 피한 뒤 마침내 듀라한의 오른팔을 베어냈다.

아니, 상대가 사람이나 일반적인 마물이라면 베였겠지만, 듀라한의 팔은 베이지 않았다. 그때, 세로로 내려치며 땅바닥에 닿을

듯 말듯 가 있던 듀라한의 검이 **빠르게** 반전을 시도해 료의 몸통을 아래쪽부터 비스듬하게 베어올렸다.

오늘 밤도 세 번째 치명타를 맞고 료는 철푸덕 드러누웠다.

아이스 아머를 차고 있어서 몸에 대미지는 거의 없었다. 쓰러져 누운 것은 정신적인 대미지 때문이었다.

여느 때 같으면 여기서 듀라한은 검을 검집에 넣고 목 없는 말을 타고 사라졌을 텐데, 오늘은 달랐다.

누워 있는 료의 곁으로 다가오더니 어딘가 일그러진 모양의 나이프를 꺼내 보였다.

칼날은 20센티미터 정도의 길이였고, 힐트라고 불리는 칼날과 자루 사이에 있는 돌출 부위, 일본도라면 날밑에 해당하는 부분에도 길이 10센티미터 정도로 아름다운 장식이 들어가 있었다. 그리고 그립이라고 할지, 자루의 길이가 길었다……. 20센티미터 이상은 족히 되었다.

료는 깨달았다.

자루의 길이가 료가 가진 목도와 같은 길이, 즉 24센티미터 정도라는 것을. 즉, 저 나이프는 장검으로 만들어 졌다는 것을.

듀라한은 왼손으로 나이프의 자루를 잡더니 날붙이 아래에 오른손을 얹고는, 마치 그곳에 검날이 있기라도 한 것처럼 보이지 않는 검 끝을 향해 스윽 움직였다.

그러자 손의 움직임을 따라 물의 날이 생겨났다.

"물의 검……."

이어서 듀라한이 마력을 불어넣자 그것은 얼어붙어 얼음 검이 되었다.

"자루가 길었던 건 이것 때문이었구나."

듀라한은 얼음 검을 없애고는 료에게 그것을 건네주었다.

"이걸 쓰라고?"

료가 받아들자 듀라한은 여느 때처럼 목이 없는 말에 올라타 사라졌다.

"엄청난 판타지……."

집으로 돌아오는 길에도 수차례 검 위로 얼음 검을 만들어냈다. 그 검은 무서울 정도로 아무런 스트레스 없이 마법이 먹혀들었다. 마치 료를 위해 만들어진 것처럼.

그야말로 수속성 마법사를 위한 검이었다.

집안의 결계에 도착하자마자 바로 얼음 검날을 만들어 휘둘러 보았다. 만들 때 일본도나 목도처럼 휘어진 외날로 만들어 보았다. 왠지 모르게 그런 기분이 들었기 때문이었다.

형태의 특성상 무게 중심이 걱정이었다.

일본도든 뭐든 무게 중심의 위치에 따라 조작성에 차이가 난다. 물론 어디에 중심이 있는 것이 옳다든가 그런 수준의 이야기는 아니었다.

쓰는 사람에 따라 다르다. 목적에 따라서도 다르다.

기본적으로 조작을 중시하는 일본도는 자루 중심이었지만, 그렇다고 해도 정도라는 것이 있었다. 나이프 부분은 금속이고 날

부분이 얼음이라 무게중심이 어떻게 될지 걱정이었는데, 나이프 부분은 상상 이상으로 가벼웠다.

여기에 70센티미터 정도의 날을 생성하고, 무게중심을 살짝만 바꾸기 위해 검날 굵기를 조절하자 그것만으로도 딱 좋은 상태가 되었다.

"좋아, 이거라면 듀라한을 이길…… 수 있다고는 못하겠지만 일격은 가할 수 있겠어!"

료도 상대의 역량은 파악하고 있었다.

"그 단계에서 이걸 줬다는 건 이 검이라면 얼마든지 베어도 된다. 나는 아무리 맞아도 소멸되지 않아, 그러니 안심하고 공격해라, 라는 거겠지 분명."

……역량의 차이는 그다지 파악하지 못한 듯하다.

다음 날도 호숫가에서 료와 듀라한이 대련하고 있었음은 말할 것도 없었다.

◆

듀라한과의 대련 덕분에 검으로 하는 싸움에는 자신감이 붙었다. 아직 잘해봐야 하루에 한 번 일격을 날리는 게 고작이지만. 그래도 자신감은 붙었다.

마법 제어도 꽤 향상된 것 같았다. 아직도 〈혈액 동결〉은 성공하지 못했지만. 애초에 성공할 수 있는 것인지 아닌지도 알 수 없지만.

어쨌든 료는 자신의 성장을 확인하고자 했다.

그것은 절대로 피해갈 수 없는 길이다.

기절했던 그날 이후 료는 바다에 들어가지 않았다. 소금은 육상에서 바닷물을 채수해 수분을 증발시켜 얻었지만 바닷속으로 들어가지는 않았다. 생선이 너무 먹고 싶을 때는 민물고기로 적당히 때웠다.

그랬다. 피해갈 수 없는 길, 그것은 바로 바닷속 전투.

베이트 볼과의 마법 제어 쟁탈전…… 여기서 이겨야 했다!

확실히 당시 베이트 볼을 쫓아내긴 했다. 하지만 그것은 속수무책이었던 마법 제어 앞에서 임시변통으로 도망친 것에 지나지 않는다. 앞으로도 이 『파이』에서 살아가려면 그래서는 안 된다.

자신감을 얻으려면 결국 성공의 경험을 쌓을 수밖에 없다.

료는 바위 위에 서서 바닷속을 노려보았다. 모습은 지난번과 마찬가지. 무기는 오른손에 든 칼붙이 죽창뿐. 허리천, 샌들, 듀라한에게 받은 검…… 그러니까 얼음 검, 일명 『무라사메(료 작명)』는 따로 놓아두었다.

굳이 지난번과 같은 장비를 고수한 것이다.

"자, 가자!"

뛰어들자마자 그대로 근처에 있던 물고기를 죽창으로 찔렀다. 지난번처럼 경치를 즐길 생각은 없었다. 그 후에도 꾸준한 단련으로 지구력도 올라가고 그에 따라 폐활량도 올라갔지만 그렇다 해도 기껏해야 활동 가능 시간은 5분이다.

아마도 그것이 인간의 한계…… 일부 비장이 경이롭게 발달한 사람들은 10분 이상의 활동도 가능하다고 하지만 거기까지는 바라지도 않는다.

그렇다면 가능한 한 빨리 전투를 이끌어내야만 했다.

물고기를 찌르는 순간 지난번과 마찬가지로 세계가 달라졌다. 전방에서 온 것은 이 역시 지난번과 마찬가지로 베이트 볼. 생각한 대로였다.

그리고 료는 손이나 발로 물을 잡을 수 없는 상황에 빠졌다는 것을 확인했다.

'일단은 손발 주위의 바닷물 제어를 탈환하자.'

살짝 이미지화한 것만으로도 튕겨졌다.

하지만 이전과는 차원이 다른 마법 제어력을 손에 넣은 료는 아주 조금 마력을 넉넉하게 해서 이미지화하는 것만으로도 손발의 물을 통제할 수 있게 되었다.

'좋아! 반격이다.'

다음은 료 차례였다.

머릿속으로 이미지화했다. 베이트 볼이 있는 바닷물을 료가 자유자재로 조절해 베이트 볼을 구성하고 있는 마물들이 움직이지 못하게 되는 광경을.

'〈월드 이즈 마인〉.'

속으로 외치는 순간 베이트 볼이 뒤틀리기 시작했다. 모여 있던 마물들이 자신의 자세, 움직임을 통제할 수 없게 된 것이다.

'이거라면 혹시 얼릴 수도 있지 않을까? 〈빙관〉.'

뒤틀린 베이트 볼이 얼어붙었다.

모여 있는 마물 자체가 언 것이 아니라 그 주위의 바닷물이 언 것이다. 예전에는 지상에 있는 마물에 대해서도 10센티미터 이내는 얼릴 수 없었지만, 이제는 물 마법의 제어 능력이 높다고 생각되는 마물조차 그 주위를 얼릴 수 있게 된 것이다.

료는 그 성과에 매우 만족했다.

죽창을 쓸 것도 없이 베이트 볼을 통째로 무력화하는 데 성공한 것이다. 그동안 훈련해 온 마법 제어의 위력에 의해.

그러니 바로 눈앞에 거대한 오징어가 나타났다는 것을 늦게 알아챈 것도 어쩔 수 없는 일이었다. 지난번에도 쓰러뜨린 직후 방심해 새우에게 기절당했지만, 이번에도 같은 패턴이 온 것일 뿐이다. 그래, 이건 어쩔 수 없는 일이다.

거대 오징어…… 지구에서는 전설의 생물 크라켄이라 불리는 것일까. 전장은 40미터.

하지만 깨달은 직후의 반응은 빨랐다.

'〈아이스 월 5층〉.'

벽을 치는 순간 무언가가 〈아이스 월〉에 부딪히며 〈아이스 월〉이 부서졌다.

'〈아이스 월 5층〉이 일격에!?'

료에게도 그 일은 예상 밖이었다.

'〈아이스 월 5층〉〈아이스 월 5층〉〈아이스 월 5층〉.'

삼 연속으로 쳤다.

하지만 이번에는 치자마자 곧바로 흘러내리며 사라져갔다.

크라켄은 훈련에 훈련을 거듭한 마법 제어하에 만들어낸 〈아이

스 월〉…… 그 제어를 아주 간단하게 빼앗아 갔다.

'〈빙관〉.'

조금 전 베이트 볼을 통째로 얼어붙게 한 범위 빙결 마법으로 크라켄의 주위를 얼어붙게 했다.

하지만 한순간 얼음이 발생했다가 이내 사라지며 원래의 바닷물로 돌아갔다. 크라켄에게 제어를 빼앗긴 것이다.

'이건 상대가 안 돼. 도망가자. 〈워터 제트 32〉.'

발바닥에서 〈워터 제트〉를 내뿜으며 긴급 탈출. 이것은 그 크라켄 역시 상정하지 못한 일일 것이다.

탈출에는 성공했다.

서둘러 샌들을 신고 허리천과 무라사메를 손에 쥐고 그대로 꽁지 빠지게 집을 향해 달려나갔다.

결계 속으로 들어간 직후에서야 간신히 한숨을 돌릴 수 있었다.

"바다는 무섭구나……."

"그래도 뒤늦게 나타난 크라켄에게 졌지만 베이트 볼에게는 완승을 거뒀어. 그래, 틀림없이 성장은 하고 있는 거야. 그저 크라켄을 좀 너무 빨리 만났을 뿐이지. 그건 좀 더 강해진 뒤에 만나야 할 보스 캐릭터였던 게 분명해."

마법 제어 수준이 베이트 볼 같은 것과는 전혀 다르다. 그 사실이 불쾌할 정도로 잘 느껴졌다. 이는 다시 말해 마법 제어를 더 끌어올리는 것이 가능하다는 뜻이었다…… 아마도.

"역시 훈련을 더 해야 한다는 거겠지. 지금까지는 5층탑이었지만 앞으로는 도쿄 스카이트리로 하자."

뭔가를 크게 착각하고 있는 것 같은 기분도 들었지만, 그것도 포함해서 변함없는 료였다.

◆

료는 늘 전투만 하지는 않았다.

무엇보다 이곳에 있는 목적은 슬로 라이프이니까.

『매일같이 생사를 오가는 전투가 벌어지는 슬로 라이프.』

그런 슬로건을 건다면 그 누구도 시골에서 슬로 라이프를 보내려고 하지 않을 것이다.

슬로 라이프라고 하면 제일은 '식'이다. 적어도 료의 편견으로 가득한 슬로 라이프 속에서는 '식'이었다. 그리고 식의 중심이 되는 고기 요리를 풍부하게 해주는 것…….

먼저 향신료에 관해서는 따온 후추를 건조시켜 마침내 블랙페퍼를 완성했다.

그리고 후추를 소금에 절이거나 동결 건조시킨 것을 녹후추라고 한다. 동남아에서는 볶음 재료로 쓰이는데 료는 소금에 절여 녹후추를 만들었다. 프리즈 드라이를 하기 위해 건조했더니 그냥 건조된 무언가가 되었기 때문이었다.

드라이밖에 되지 않았다. 프리즈는 무시당했다. 그리고 그 결과가 건조된 무언가였다.

그런 '식' 중에서도 예전에 비해 다양해진 것이라고 하면 과일을 들 수 있었다.

무화과를 닮은 무아과, 사과를 닮은 사가, 그리고 최근에 발견한 망고 그 자체인 망고.

여기까지는 《식물 대전 초급편》에 실려 있던 것이다.

하지만 실려 있지 않은 과일도 있었다. 파파야, 비파, 그리고 무려 수박!

파파야나 비파가 야생에서 나는 건 알고 있었지만 설마 수박이 야생에서 열매를 맺을 줄이야. 일본에서 본 어떤 종류보다도 작고 단맛도 거의 없었지만, 그리고 깨기 전의 겉모습은 수박이라기보다는 참외였지만…… 깨고 나면 그 안에서 모두가 아는 붉은 과육이 나오는 것이다.

깨서 붉은 과육이 나왔을 때 료는 감동으로 눈물을 흘리기도 했었다.

단맛이 없다는 것을 알고 나서는 다른 종류의 눈물을 흘렸지만.

그런 슬로 라이프를 보내는 데 큰 문제가 딱 하나 있었다.

아직까지 해독초를 하나도 찾지 못했다는 점이었다. 이것만큼은 아무리 찾아도 찾을 수 없었다. 그렇다는 건 식생이 다르다는 걸까. 한랭지에 잘 난다는 식의 기술은 없었는데…….

론도 숲은 지나치게 따뜻하다고 할지, 오히려 한여름이라고 할 수 있는 기후였기 때문에 자라지 않는 것인지도 모른다.

그리고 그것은 애초에 우려했던 대로 콩에도 해당하는 이야기였다. 콩도 발견되지 않았다.

간장은 어간장으로 대신했다. 일본에서 먹던 간장과는 다소 달랐지만 '전국을 뒤져보면 이런 간장도 어딘가에 있겠지' 싶은 정도의 차이였다. 전혀 문제없다.

하지만 된장은 어쩔 수 없다. 콩을 구할 수 없는 이상 된장은⋯⋯.
료는 그렇게 속으로 포기하고 있었다.

그리고 마지막으로 주식인 쌀.

료 안에서는 하나의 프로젝트가 진행되고 있었다.

프로젝트명: 논 정비 계획 in 론도 숲

이름 그대로 논을 정비하여 벼를 재배하자는 것이었다. 이전에도 한 차례 논 개발에 착수했다가 실패했던 그 계획.

토속성 마법이나 논을 만들기 위한 도구가 없었기 때문에 〈아이시클 랜스〉를 하늘에서 떨어뜨려 보기도 하고, 그것을 수증기 폭발처럼 폭발시켜 개간할 수 없는지 시험해 보았던 그 계획⋯⋯.

그때는 완전히 실패해 버려서 문제를 뒤로 미뤘지만⋯⋯ 어차피 다시 마주해야 할 수밖에 없는, 그리고 피해서도 안 되는 문제였다.

그리고 마주한 건 오늘, 지금.

우선 결계 직전 지점까지 해서 60미터 사방형으로 된 정사각형 땅을 확보했다.

네 귀퉁이에 얼음 창을 세우고 각각을 덩굴로 묶었다. 수평을 만들기 위한 수평실이라고 하는 것인데, 실 대신 덩굴을 엮어 만들었다. 바로 이 덩굴 안쪽을 논으로 만드는 것이다.

일단은 논 개발 절차⋯⋯ 땅을 간 다음 잘게 부숴서 밭과 같은 상태로 만든다. 그리고 물을 공급하여 밭 전체를 적신다. 이때는 아직 흙바닥에 구멍이 뚫린 상태이기 때문에 아무리 물을 넣어도 기본적으로는 물이 고이지 않는다.

물을 넣으면서 트랙터나 소로 흙, 아니 진흙과 물을 휘저음으로써 구멍이 뚫려 있던 바닥을 메워나가는 식이었다.

지난번 계획 때는 이 첫 단계인 흙을 가는 것부터 애를 먹었었다.

"예전의 나하고는 달라!"

료의 전신에 감도는 투지.

"〈아이스 월〉."

덩굴 안쪽 전면을 〈아이스 월〉로 감쌌다.

그리고 시작되는 물과 얼음의 향연.

"〈아이시클 랜스 256〉."

"〈아이시클 랜스 256〉."

"〈아이시클 랜스 256〉."

"〈아이시클 랜스 256〉."

"〈아이시클 랜스 256〉."

상공 40미터에 차례차례 생성되어 그대로 논 예정지에 자유 낙하하는 얼음 창. 고밀도, 고속 연속 투하.

창으로 부족하다면 더 많은 창을 쏘면 된다!

그런 다소 억지스러운 해결 방법.

물론 이것만으로 해결될 것이라 생각하지 않았다.

"〈워터 제트 128〉."

"〈워터 제트 128〉."

"〈워터 제트 128〉."

"〈워터 제트 128〉."

"〈워터 제트 128〉."

거대한 〈워터 제트〉를, 이 역시도 연속으로 찔러넣으며 흙덩어리를 잘게 부수어 나갔다.

하늘에서 쏟아지는 얼음 창과 근거리에서 쏟아지는 물줄기. 멀리서 바라보면 꽤 환상적인 광경으로 보이지 않을까.

하지만 그 실체는…… 흩날리는 흙, 흙, 흙…….

솟아올랐다가 물줄기에 부서져가는 흙.

그 광경은 10분 정도 계속되었다.

수백 번의 마법 연속 생성은 과연 료에게도 상당한 부담이었다. 한쪽 무릎을 꿇은 채 숨을 고른다. 마물을 향해서도 이 정도 규모의 공격을 가한 적은 없었다.

움직이지 않는 지면이었기에 할 수 있었던 행동이었다.

폭격 지점의 지면이 패였다, 라는 말은 전투 보고서 같은 곳에서 흔히 있는 표현이었지만, 실제로 료의 논도 본래의 지면은 남아 있지 않았다. 패이고 부서져서 마치 트랙터로 위아래의 흙을 섞은 것처럼 되어 있었다.

"응, 뭐 이런 거지."

제1단계 종료.

다음은 물을 넣어 흙 전체를 적신다.

일본처럼 땅이 개량된 논일 경우, 수도꼭지만 틀면 원하는 만큼 물이 들어가는 곳도 있다. 물론 수십 년에 걸쳐, 몇 세대에 걸쳐, 거의 반영구로 토지 개량 비용을 계속 지불해야 한다. 당연히 그 외에 수리조합비라는 돈도 계속 든다.

하지만 그래도 물 걱정을 하지 않아도 된다는 것은 농사를 짓는 데 있어서는 매우 감사한 일이었다.

동서고금, 기근이라고 하는 것은 물 부족이 원인이 되어 일어나는 경우가 많으니까.

하지만 여기엔 무료로, 언제든지 물을 공급할 수 있는 남자가 있다.

이 얼마나 놀라운 일인지!

분명 수속성 마법사의 천직은 농업일 것이다!

"한 번에 가자. 〈스콜〉."

카이트 스네이크의 독 안개를 한순간에 씻어내고, 마당의 무아과 등 식물에게 물을 주는데 자주 사용하는 〈스콜〉. 그것이 60미터 사방형으로 된 땅에 쏟아지는 모습은 어떤 의미로 폭력적인 광경이었다.

그 폭력적인 광경은 2분 정도 계속되었다.

그것만으로도 흙은 꽤 걸쭉해졌다. 아주 조금이지만 물도 고여 있었다.

하지만 이 고인 물도 내버려 두면 곧바로 지하로 흘러들어 다시 밭 상태로 돌아가 버린다. 원래라면 여기서 트랙터를 이용해 흙이나 진흙을 휘저어 주어야만 했다.

하지만 료에게는 그런 것이 없었다.

물론 없어도 문제는 없다!

"〈아이스 월 2단〉."

일반적인 〈아이스 월〉은 높이가 2미터이지만, 이 〈아이스 월 2단〉은 그 배의 높이인 4미터 사양.

물론 이는 튀는 진흙을 막기 위함이었다.

"〈아이시클 랜스 256〉."

"〈아이시클 랜스 256〉."

"〈아이시클 랜스 256〉."

"〈아이시클 랜스 256〉."

아까보다는 낮은 높이인 30미터 정도의 장소에 생성된 〈아이시클 랜스〉가 차례로 논 예정지에 낙하해 갔다.

생각은 똑같았다.

트랙터가 없다면 창을 많이 쏘면 되지!

그리고 때때로 〈스콜〉을 외쳐 부족한 물을 보충해 나가며 〈아이시클 랜스〉를 쏘는 것으로 진흙을 휘저어 나갔다.

개간할 때의 사격에 비하면 상당히 느린 페이스로 료는 30분간 〈아이시클 랜스〉를 계속 쏘아댔다.

이걸로 뚫려 있던 바닥이 어느 정도 막힌 것인지 료는 알 수 없었다. 하지만 겉보기엔 꽤 입자가 고운 진흙이 된 것 같았다.

마지막으로 물속의 진흙 면을 수평으로 만들어야 했다. 울퉁불퉁해서는 안 된다.

그렇지 않으면 벼 모종을 심고 물을 뿌렸을 때 장소에 따라서는 모종이 모두 물에 잠기는 일이 생길 수도 있었다.

"모종을 위해서도 꼭 필요…… 어? 모종……?"

료는 소스라치게 놀랐다.

"모종…… 준비 안 했어…….."

그랬다. 본래 논을 준비하기 전, 한 달 정도의 시간을 들여 논과는 다른 곳에서 벼에서 모종을 생육시켜 두어야 했다.

하지만…… 료는 모종을 준비해 두지 않은 것이다.

털썩 무릎을 꿇고 엎드렸다. 오늘의 논 준비는 완전히 헛수고가 되었다…….

"아, 아냐. 논을 만들 수 있다는 걸 확인했으니까 완전히 헛수고는 아니야. 응, 헛수고는 아니야…… 아닐 거야…… 아닐 거라고 생각할래."

그렇게 엎드린 료는 한동안 일어서지 못했다.

그로부터 상당한 일수가 경과한 후…… 료는 숙명과 다시 마주했다.

세 번째이자 마지막인…….

평소와 같이 동쪽 숲으로 고기를 사냥하러 간 지점에서 그것은 료 앞에 나타났다.

"〈아이스 실드〉."

전방에서 투명화 바람 속성 공격 마법이 오는 것을 느낀 료는 〈아이스 실드〉로 요격했다. 상대도 그 일격에 죽일 수 있을 거란 생각은 하지 않았으리라.

그것은 나타났다.

오른쪽 눈이 감긴…….

"그 어쌔신 호크? 아니, 그런 것치고는 색도 까맣고 무엇보다 전에 봤을 때보다 더 크잖아…….."

그랬다. 지금까지 두 차례에 걸쳐 료와 사투를 벌인 어쌔신 호크.

첫 번째는 어쌔신 호크의 오른쪽 눈을 공격했다.

두 번째는 어쌔신 호크가 데리고 있던 제자로 보이는 녀석을 쓰러뜨렸다.

료에게 있어서도 처음으로 죽음을 의식했던 상대였다. 한 번도 아니고 두 번이나.

서로 인연이 있는 상대라고 생각했다. 하지만 지금까지와는 압박감이 다르다. 외형의 변화와 마찬가지로 존재감, 혹은 위엄이랄까…… 그런 것까지 포함해 지금까지와는 다른 것을 몸에 두르고 있는 것처럼 느껴졌다.

"상당히 강해졌다는 것만큼은 확실해 보여. 진화 같은 걸 해낸 건가? 어느 쪽이든 놓치지 않을 거고 나도 도망칠 생각은 없어! 〈아이스 아머〉."

보이지는 않았지만, 공기 왜곡으로 애꾸눈에게서 료를 향해 무언가가 날아오고 있다는 것은 알 수 있었다.

'강화된 에어 슬래시? 〈아이스 월 5층〉.'

하지만 〈아이스 월 5층〉이 일격에 부서졌다. 게다가 연속으로 에어 슬래시가 료를 덮쳤다. 료는 보이지 않는 공격을 피했다. 그리고 피하면서도 애꾸눈에게서 의식을 절대로 놓지 않았다.

몇 번이고 몇 번이고 끈질기게 원거리 공격을 반복하는 애꾸눈.

그리고 그 모든 것을 피하는 료.

그 균형이 3분 정도 이어졌을까.

에어 슬래시를 쏘는 동시에 애꾸눈의 모습이 사라진다.

'〈아이스 월 10층〉.'

방어에 특화된 〈아이스 월 5층〉의 상위 버전이었다. 그곳을 향해 에어 슬래시와 함께 애꾸눈이 튀어나왔다.

"브레이크 다운 공격! 바람 마법사 녀석, 저런 부러운 기술을 쓰다니!"

인간 바람 속성 마법사는 쓸 수 없는 기술일 것 같지만…….

애꾸눈의 공격을 〈아이스 월〉로 막은 시점에서 반격.

'〈아이시클 랜스 16〉.'

지면에서 애꾸눈을 향해 〈아이시클 랜스〉를 날렸다.

그것을 애꾸눈은 공기역학을 완전히 무시하는 듯한 순간횡이동으로 피했다. 그대로 오른쪽 날개를 복싱의 훅처럼 〈아이스 월 10층〉을 향해 내리쳤다.

"위험해."

료는 순간적으로 쪼그려 앉았다.

파직.

날카로운 소리와 함께 날개가 얼음벽을 부수고 그대로 쪼그려 앉은 료의 머리 위를 스쳐 지나갔다.

"근접 전투도 가능한 건가……."

날개의 무시무시한 절삭력에 료의 등으로 식은땀이 흘러내렸다.

그대로 근거리에서 에어 슬래시 연사를 날리며 압박해오는 애꾸눈.

〈아이스 월〉을 연속 생성해서 막아내는 료.

물론 료가 이대로 밀린 채 끝날 리는 없었다.

어느새 공중에 생성해 놓은 〈아이시클 랜스〉 16개. 바로 위에서 수직 낙하. 원거리 공격이 가진 속도에 더해 중력 가속도까지 더해진 가장 빠른 얼음 창.

하지만 그것마저도 애꾸눈은 피해 버렸다. 가볍게 백스텝이라도 하듯 뒤로 뛰어서.

마치 "그 기술은 전에 봤다"라고 말하는 것만 같았다.

그랬다. 확실히 공중에서 쏜 〈아이시클 랜스〉로 애꾸눈의 제자를 죽였다. 하지만 그때와는 스피드가 다른 창이었는데…….

일단 다시 태세를 갖췄다.

그때 애꾸눈의 분위기가 달라졌다.

동시에 아이스 월과 몸에 걸치고 있던 〈아이스 아머〉가 소실되었다.

"큭. 〈아이스 아머〉."

외쳐도 아이스 아머가 생성되지 않는다.

"제어를 빼앗긴 건가!?"

서둘러 마법 제어를 탈취하려고 했다. 하지만 뭔가가 다르다. 그래, 이런 경우에 반드시 돌아오는 '튕겼다'라고 하는 그 감각이 없다.

돌이켜 보면 베이트 볼이나 크라켄에게 제어를 빼앗겼을 때는 적어도 〈아이스 월〉 등의 생성은 가능했었다. 생성한 것을 가져간 것뿐이었다.

하지만 이번에는 생성 자체가 안 된다.

마치 마법 자체가 존재하지 않는 것처럼 말이다.

혹은 마법 자체가 무효화된 것처럼 말이다.

"설마 마법 무효화……?"

그런 것이 존재하는지 어떤지는 알 수 없었다.

하지만 그렇게 생각하는 것이 가장 합리적이다. 그렇다면 이는 상당히 위험한 상황이었다.

'〈워터 제트 16〉.'

역시 〈워터 제트〉도 생성되지 않는다.

"진화로 얼마나 성가신 능력을 얻은 거야……."

적어도 《마물 대전 초급편》의 어쎄신 호크 항목에는 마법 무효라는 글자는 단 하나도 없었다.

그때, 애꾸눈이 무언가를 모으기 시작했다.

'또 뭔가 신기술인가……? 바람 속성 마법을 이용한 위험한 무언가…… 바람 속성? 아니 설마…….'

상공을 올려보고 순간적으로 오른손에 들고 있던 칼붙이 죽창을 내려놓은 것은 우연이었을까. 아니면 매일 듀라한과의 대인전을 통해 예전보다 더 날카로워진 전투 감각에 의한 것일까.

순간 하늘이 번쩍이고 번개가 쳤다.

번개는 달아난 료가 아니라 선 채로 있던 죽창에 떨어졌다. 바로 옆에 있던 료는 그 충격으로 날아가 버렸다.

하지만 곧 일어났다. 아주 조금이라도 빈틈을 보이면 애꾸눈이 돌격해오기 때문이었다.

일어났을 때 휘청거리는 것을 본 것일까. 그리고 마법을 봉쇄 당하고 무기도 없다고 판단했을지도 모른다. 혹은 쓰러뜨릴 순 없어도 무기를 빼앗을 요량으로 번개를 날린 것일지도 모른다.

애꾸눈은 강하게 튀어나왔다.

료는 왼쪽으로 굴러 공격을 피하면서 허리에 차고 있던 무라사 메를 뽑아들었다.

뽑자마자 얼음의 검날을 발생시켜 애꾸눈을 향해 옆으로 휘둘 렀다. 이 공격에는 애꾸눈도 놀란 것인지 조금 크게 움직여 뒤로 물러선다. 놀라서 크게 뒤로 물러났다고 해도 그 이상으로는 물 러서지 않았다.

근접전에서 결판을 낼 작정인 것이다.

그것은 료 역시 바라는 바였다.

마법이 봉쇄된 이상 근접전 외에 살아남을 길은 없다. 하지만 모든 마법이 봉쇄됐음에도 불구하고 어째서인지 무라사메만큼은 얼음 날을 만들 수 있었다.

이유는 알 수 없었지만 지금은 그것을 생각할 때가 아니었다.

애꾸눈에겐 〈아이스 월 10층〉조차 절단하는 혹이 있다. 또 뭐 가 있을지 알 수 없다.

모든 신경을 곤두세워야 한다.

그래, 듀라한이랑 싸울 때처럼.

하지만 그렇게 생각하니 오히려 긴장이 단번에 사라졌다.

늘 하는 일이다.

여느 때처럼 정면으로 겨누는 자세를 취했다.

한순간의 정적.

애꾸눈은 료의 눈앞, 공중에 뜬 채로 오른쪽 훅, 왼쪽 훅을 반복해 왔다.

료는 그것을 하나하나 무라사메로 받았다. 피하지 않고 받아낸 것이다.

역시나 〈아이스 월 10층〉조차 부수는 애꾸눈의 훅을 무라사메의 얼음 날은 받아칠 수 있었다. 부러지기는커녕 흠집도 나지 않았다.

부리 안에서 료의 눈을 향해 무언가가 날아왔다.

료는 그것을 고개를 흔들어 피했다. 아마 에어 슬래시 종류.

날개뿐만 아니라 입에서도 나올 수 있다는 뜻이었다.

그러나 깊이 생각하지 않았다. 생각이 사로잡히면 정말 봐야 할 것이 보이지 않는다.

애꾸눈과의 근접전은 상당히 험난했다.

좌우로 날아오는 훅, 부리에서는 에어 슬래시, 심지어는 깃털 한 장 한 장이 수리검처럼 날아왔다. 깃털 수리검 자체의 속도는 그다지 높지 않았지만, 근접 전투 중인만큼 상대에게 가해지는 부담감이 늘어난다. 그것만으로도 이미 충분히 험난하다.

료가 만약 방어에 전념하지 않았다면 진즉에 무너졌을 것이다. 하지만 이 깃털 수리검까지 포함해 공격은 다양했지만 그럼에도 료의 방어를 깨부수지는 못했다.

애꾸눈의 공격, 료의 방어, 그것이 근접전 시작 이후로 계속 이어지고 있었다.

뚫리지 않는 방어에 초조해진 것인지, 아주 약간 애꾸눈의 오른쪽 훅이 크게 흔들렸다. 료는 그곳을 노렸다.

애꾸눈의 오른쪽 훅을 평소보다 약간 전방에서, 애꾸눈의 힘이 미치지 않는 장소에서 받아 그대로 쳐냈다. 자세가 흐트러진 애꾸눈의 목 부근을 옆으로 베었다.

크게 뒤로 비켜선 애꾸눈을 향해 한층 더 파고들어 깊이 찔렀다.

더욱 뒤로 피하더니 힘에 부친 듯 부리에서 에어 슬래시를 내뱉는다. 그것을 무라사메의 검 끝으로 쳐내고 그대로 2연, 3연속으로 찔렀다.

하지만 이 모든 것을 피하는 애꾸눈.

삼 연속 찌르기를 애꾸눈이 모두 비켜갔을 때, 료는 일부러 한순간 공격을 늦췄다.

그때 마치 그렇게 나올 것이라고 예상했다는 듯 애꾸눈이 왼쪽 훅으로 료의 머리를 노렸다.

그것을 료는 막지 않았다.

뒤로 빼고 있는 왼발을 다시금 뒤로 반걸음 움직여 중심을 그 왼발로 옮겼다.

그렇게 발의 움직임과 중심 이동으로 일격을 피했다.

그리고 이번에는 왼발의 중심을 오른발로 옮기면서 오른발을 크게 앞으로 내딛고 오른손을 무라사메에서 떼고 왼손을 크게 내밀었다.

왼손 한점 찌르기.

무라사메를 받쳐든 왼손에 확실한 반응이 전해졌다.

찌르기는 정확하게 부리 아래, 사람으로 치면 목 언저리를 관통했다.

완벽한 치명상이다.

땅바닥에 쓰러져 부리에서 피를 토해내면서도 애꾸눈은 료에게서 눈을 떼지 않았다. 그 눈에는 여전히 사라지지 않는 증오가 깃들어 있었다.

"그렇겠지. 본인의 한쪽 눈과 제자의 목숨을 앗아간 상대니까. 전력으로 싸워서 졌다고 해도 그렇게 간단히 납득할 수는 없겠지."

가까이 다가가면서도 료는 방심하지 않았다.

"적어도 난 널 만나서 성장할 수 있었어. 성장의 계기가 되어준 네게는 감사하고 있어. 넌 네 빚과 제자의 원수를 갚기 위해 진화까지 했지. 그 긍지 높은 모습에 경의를 표하면서 보내줄게."

이날, 하나의 숙명이 그 생을 다했다.

용왕

애꾸눈과의 사투를 끝낸 다음 날, 료는 어제 그 자리에 와 있었다.

특별한 이유가 있었던 것은 아니었다. 그저 이유 없이 다시 와서 바라보고는, 비로소 승리를 실감했다.

하지만 그곳에 환희는 없었다…….

그런 료 앞에 내려앉은 자가 있었다.

그것을 본 순간 료의 머릿속이 새하얗게 날아갔다.

딱 한 단어만 빼고.

그것은.

'드래곤…….'

붉게 빛나는, 몸길이 50미터는 족히 되어 보이는 드래곤.

잠시 머릿속이 하얘지긴 했지만, 몇 초 뒤엔 고속으로 회전하기 시작했다.

'왜 이런 데 드래곤이? 아니, 지금은 그건 아무래도 좋아. 어떻게든 도망쳐야 해. 아니 도망갈 수 있나? 이건 어떻게 해도 무리야. 그럼 싸워야 하나? 아니, 말도 안 돼. 세계가 뒤집힌다 해도 싸우는 것만은 있을 수 없어. 생물로서의 격이 너무 달라. 농담이 아니라 새끼발가락 끝만으로도 난 죽을 거야.'

그런 것을 필사적으로 생각하고 있었기 때문일까, 료는 듣지 못했다.

《거기 인간.》

료의 마음속에 직접 말을 걸어오는 목소리를.

《음? 인간을 상대로 한 염화 방식이 이게 아니었나? 너무 오랜만이라 기억이 안 나는군. 인간, 들리지 않는가?》

"어? 어라? 무슨 소리가 들리는데?"

겨우 정신을 차리는 료.

《뭐야, 들리는구먼. 나다, 눈앞에 있는 드래곤.》

"이게 염화…… 아, 네, 죄송합니다. 정신이 없었습니다. 들려요."

《잘됐군, 잘됐어. 놀래켜서 미안하네. 자네에게 물어보고 싶은 게 있어서 말이지. 자네, 이 근방에서 진화한 어쎄신 호크라고 짐작 가는 새를 보지 못했나?》

"어……."

짐작 가는 것은 너무 많았다. 너무 많은데다, 아마 그건 료가 어제 죽인 애꾸눈인 그 녀석을 말하는 것이겠지.

그렇다고 해서 거짓말을 한다고 해도 먹힐 것 같진 않았다. 거짓말을 했다가 들켰을 때 문제가 생기는 건 료였다.

"네, 짐작 가는 게 있어요."

그렇게 말한 료는 모든 것을 솔직하게 털어놓았다.

애꾸눈 어쎄신 호크와의 인연부터 어제 여기서 있었던 일까지 모두.

"만약 당신의 권속이었다면 죄송합니다. 사과드릴게요."

그러면서 료는 고개를 숙였다.

《흐음, 그렇군. 자네가 죽였다고.》

그렇게 말한 드래곤은 잠시 생각하는가 싶더니 입을 열었다.

물론 염화였지만.

《아니, 권속 같은 건 아니야. 다만 그 정도나 되는 새의 반응이 어제 갑자기 사라졌으니까. 우리 드래곤족 중 누군가가 먹은 것이라면 알겠지만, 또 그런 것도 아닌 것 같고. 그래서 왜 사라졌는지 궁금해서 산에서 내려와 본 게다.》

그러면서 동쪽 산을 올려다보았다.

그랬다. 드래곤 같은 게 살고 있을 것 같다고 료가 생각했던 바로 그 산에는 정말로 드래곤이 살고 있었던 것이다.

"그랬군요. 그 애꾸눈의 어쌔신 호크는 확실히 제가 죽였습니다."

《사라진 원인을 알았으니 되었다. 이 숲에서도 수백 년 만의 진화였으니까. 하지만 용케 쓰러뜨렸구나. 그것이 마법 무효화 같은 걸 쓰진 않았느냐?》

"네, 당했어요! 진짜 큰일날 뻔했다니까요! 저는 마법사니까 마법 무효화 같은 건 반칙이라고요."

알지, 알지, 하고 드래곤은 고개를 끄덕인다.

그러다가 문득 료의 허리로 시선을 향했다.

《자네가 허리에 차고 있는 건…… 이거 또 진귀한 것을 차고 있구나.》

"허리요?"

료가 무라사메를 꺼내 보였다.

이미 이때쯤엔 처음 품었던 드래곤에 대한 두려움은 사라졌다. 료의 신경은 본인이 생각하는 것 이상으로 두꺼울지도 모르겠다.

《오, 역시 요정왕의 검이 아니냐.》

"요정왕? 이건 북쪽 습원 호수에 매일 밤 나타나는 듀라한한테 받은 건데요……."

아일랜드 민화에서 듀라한은 요정이다.

《듀라한이라는 게 뭔지는 모르겠다만, 그걸 줬다면 그놈이 요정왕이 맞다. 지금 이 숲에 있는 것이라면 분명 물의 요정왕이겠지.》

"아, 저는 수속성 마법사인데, 그래서 주신 건가 보네요. 이 검 덕분에 어제는 목숨을 건질 수 있었습니다."

《그렇군, 물의 마법사인가. 그래서 요정왕도 자네를 마음에 들어 했던 게로군. 요정왕에게 물의 마법을 배우고 있는 거지?》

"네? 아뇨……. 알려주고 있는 건 검술이고 마법은 한 번도 보여주지 않으셨는데요……."

《뭐라? 물의 마법사인데 물의 요정왕에게 검을 배우고 있어? 물의 마법이 아니라? 뭐, 난 잘 모르지만, 그런 관계도 있다면 있겠지……. 그 요정왕도 우리처럼 수십만 년의 시간을 살고 있으니까…… 이런저런 사정이 있을 게다. 어쨌든 검을 받은 거라면 자네를 상당히 마음에 들어한 건 분명해. 나쁜 일은 아니야.》

후후후. 무엇이 재미있는지는 모르겠지만 드래곤은 웃었다.

"저, 몇 가지 여쭤보고 싶은 게 있는데……."

《좋다, 뭐든지 물어봐라.》

드래곤은 너그러이 고개를 끄덕였다.

"이 론도 숲의 크기와 이곳이 어떤 장소인지 알고 싶습니다."

《실로 광범위한 질문이로구나. 뭐 좋아. 이 숲, 그래, 론도인가…… 그러고 보니 옛날에는 그렇게 불렸지. 크기는 뭐라 정의

할 수 없어. 자네들의 단위를 모르니 말이야.》

"아, 그렇죠, 그것도 그렇네요……. 죄송합니다."

《음. 그렇지만 대략적인 크기로 말해주자면 작은 대륙 정도지. 옛날에는 론도 아대륙이라고도 불렸으니까.》

"대륙……."

그것은 료의 상상을 아득히 뛰어넘었다.

아니, 미카엘(가명)에게 사람이 안 오는 곳에서 슬로 라이프를 보내고 싶다고 요청하긴 했지만…… 설마 그 정도였다니.

《아대륙은 동남서 삼면이 바다로 둘러싸여 있지. 그리고 북쪽으로는 산맥이 북서쪽에서 남동쪽에 하나, 거기에 맞대듯이 동서로 하나 더 뻗어 있고. 딱 북쪽에서 아대륙에 뚜껑을 덮고 있는 느낌이랄까. 그러니 그보다 북쪽에 있는 인간 거주지에서 인간들이 찾아올 일이 없는 게지. 내가 알기론 현재 이 론도 아대륙에 있는 인간은 자네 한 명이야.》

으하하하, 하고 소리 내 크게 웃는 드래곤.

"그렇게나 동떨어진 세계였다니……."

《뭐냐, 모르고 생활하고 있었다는 거냐? 애초에 자네는 어디서 온 거지?》

특별히 숨길 일도 아니었기에 료는 이세계에서 온 전생자라는 것을 밝혔다.

《이거 또 진귀한 일이……. 가끔 이세계에서 오는 사람은 있지만…….》

그때 동쪽에서 포효가 울려 퍼졌다.

《음, 미안하군, 날 부르는구나. 좀 더 이야기하고 싶었는데, 뭐 또 만날 일이 있겠지.》

그렇게 말하고는 날아오르려고 했다.

"아, 저기, 성함이라도 알려주시겠어요? 저는 료라고 합니다."

《료. 나는 르윈이라고 한다. 또 보자꾸나, 료. 아, 하지만 동쪽 산에는 접근하지 말 거라. 드래곤 중에는 묻지도 따지지도 않고 덮쳐오는 것들도 있거든.》

그렇게 말한 르윈은 동쪽 하늘로 날아갔다.

"후…… 드래곤이라는 건 박력이 엄청나구나. 저 정도만 해도 주위를 정찰하는 문지기 정도의 지위겠지……. 그런데도 저만한 존재감이라니…… 저 산의 우두머리는 어떨지 상상도 안 돼. 응, 절대로 가까이 가지 말자."

다시 한번 마음속으로 강하게 다짐하는 것이었다.

한편 동쪽 산으로 향하는 『용왕』 르윈.

《그건 그렇고 특이한 인간이었지. 그보다 저건 정말 인간이 맞나? 저런 인간이 있는가? 수십만 년을 살아왔지만 처음 보는구나. 혹시 인간의 변이종이라거나 진화종 같은 것은 아닐까? 그런 것이 있다는 소린 들어본 적도 없지만……. 크크크. 여하튼 재밌어. 이만큼이나 오래 살아도 아직 모르는 것이 있으니 말이야……. 요 정왕이 관심을 두는 이유도 알 것 같군. 그놈도 이 아대륙에 흘러들어온 지 수천 년…… 오랜만에 재미있는 것을 만나서 흥분했겠구나. 음, 그 심정은 잘 알다마다. 하지만 그렇다고 너무 간섭할

수야 없지. 아까운 짓이 될 테니까. 방관자로서 지켜보는 게 가장 즐거울 것 같구나, 으하하하.》

다음에 료가 르윈과 만나는 것은 상당히 나중의 일이다.

다만, 요정왕이라고 하는 듀라한과는 오늘 밤도 지금까지와 같이 평소대로 검술 연습을 해 나갔다.

그렇다. 물의 마법을 배우거나…… 그런 일은 역시나 없었던 것이다.

20년 후, 그리고 표류자

애꾸눈과의 결전, 르윈과의 만남으로부터 시간은 흐르고……
료의 체감으로는 20년 정도의 시간이 지났다…… 아마도.

처음에는 날을 세고 있었다. 전생하고 오늘은 몇 일째, 라는 식
으로. 하지만 여름이 지나고, 가을이 오고, 겨울이 되고, 그리고
봄이 된 언저리에서 세는 것을 포기했다. 사실 세는 것이 의미가
없었다.

그런 주기를 스무 번은 경험했다고 생각하는데…….

반사율을 조금 바꿔 료의 모습을 꽤 또렷하게 비춰주는 얼음이
지금 눈앞에 있었다. 그곳에 비친 모습은 전생 때와 다르지 않았다.

"나이…… 아무리 봐도 안 먹은 것 같지……."

머리는 가끔 자란다, 그래서 가끔 적당히 자른다. 손톱도 가끔
자란다. 그래서 가끔 적당히 자른다. 하지만…… 키는 변하지 않
았고 무엇보다 얼굴이 아직도 젊었다.

"영원한 19세라니…… 무시무시한 판타지네."

평범하지 않다는 것은 이해하고 있었다. 다만 판타지라는 한
단어로 묶어버리는 것도 좀 이상했다. 하지만 료는 그다지 깊게
생각하지 않았다.

본래 이세계 전생이라는 것 자체가 평범하지 않은 것이었으니까.

그러던 어느 날 료의 슬로 라이프에 위기가 찾아왔다.

그날, 료는 바다로 향하고 있었다. 소금 조달도 있지만 간만에 해물 구이가 먹고 싶어졌기 때문이다.

예전에 바다에 잠수했다가 크라켄에게 살해당할 뻔한 이후로는 크라켄을 만나지 못했다. 뭐, 그렇다고는 해도 바다 쪽으로는 1년에 두세 번 밖에 가지 않았지만……. 역시 바닷속에서 몇 번인가 죽을 뻔했던 그 기억이 무의식중에 료의 안에서 작용한 것일지도 모른다. 물의 마법사이지만 바다는 어려웠다.

"아니, 바다가 어려운 게 아냐. 크라켄이 어려운 것뿐이지! 실제로 그 새우는 이미 먹었는걸!"

그랬다. 첫 번째로 바다에 잠수했을 때 료를 기절시켰던 그 기포를 뿜는 새우, 그건 제대로 쓰러뜨려서 먹어치운 것이다.

커다란 한쪽 팔의 구조도 자세히 살펴보았다.

가장 놀랐던 점은 그렇게나 강력한 기포를 쏘는 데 마물이 아닌 일반 새우였다는 점이었다.

일본 근해에도 있던 딱총새우라는 놈의 거대 버전이라는 것을 알게 된 것은 딱총새우의 영상이 떠오른 덕분이었다.

크게 성장한 가위를 맞물리게 해서 기포를 발생시키는데 그 기포가 파열되면서 충격파가 발생한다. 공동현상이나 캐비테이션이라 불리는 현상인데, 이때 플라즈마가 발생하여 4400도의 고온이 된다. 일본 근해에 있는 딱총새우는 몸길이가 5센티미터 정도인데 그 크기로도 플라즈마를 발생시키는 것이다.

물질의 세 가지 상태, 고체, 액체, 기체…… 그 위의 네 번째 상태가 플라즈마였다.

그것을 가위의 형태만으로 발생시킨다는 뜻이니 역시 자연의 힘은 무시할 것이 못 되었다.

그런 새우에 대한 두려움은 섭취를 통해 극복했다!

하지만…… 크라켄에 대해선 아직도 그 공포를 극복했다고는 말할 수 없었다.

그런데 그런 료가 바다에서 본 광경은…… 한마디로 말해 너저분했다.

늘 희고 아름다운 모래사장, 그 앞의 푸른 수평선과의 대비가 이 세상의 것이라고는 생각할 수 없을 만큼 눈부신 광경을 이루고 있는 해안인데, 그곳이 어지럽혀져 있었던 것이다. 마치 배가 난파되며 그 잔해가 해안으로 날아온 것 같은 광경이었다.

그런 잔해 속에는 사람도 뒹굴고 있었다.

세 명?

지구에서 이 『파이』로 전이된 지 실로 20년(료의 체감시간)만에 본 인간이었다.

료는 조심스럽게 다가가 목덜미에 손을 얹고 맥을 확인했다. 두 사람은 이미 죽은 듯했다.

딱 한 명만 살았다. 20대 중반, 칙칙한 붉은 머리에 우락부락하진 않지만 단단한 근육이 붙은 체격, 손에는 굳은살, 무언가 존재감을 내뿜는 검을 들고 있다. 검날은 꽤 길었지만 두껍지는 않았다. 양손으로도, 한 손으로도 사용할 수 있는 이른바 바스타드 소드라고 불리는 것이었다.

검을 쓰는 남자임에는 확실해 보였다.

"이대로 내버려 두면 아무래도 꿈자리가 사납겠지."

꽤 인정 없는 생각을 하는 료.

"〈수레〉."

얼음으로 만든 길이 2미터 정도의 짐수레가 생성되었다. 굳이 설명하자면 자동 수레로, 료를 따라다닐 뿐인 간단한 방식이었다. 원래는 아이스반을 만들어 그 위로 미끄러뜨려서 짐을 끌고 다녔지만 귀찮아지기도 했고, 한 번의 사냥으로 많은 먹이를 잡으면 운반하기가 힘들다는 생각에서 나온 방안이었다.

사실은 골렘처럼 이족보행을 하는 것을 만들고 싶었다. 어떤 험한 길도 이동할 수 있는. 하지만 골렘은 몇 번을 해봤지만 잘되지 않았고, 20년이 지난 현재도 잘되지 않고 있었다.

일단 이 해안에서 집까지는 1년에 몇 번씩은 오가기 때문에 돌로 쌓은 도로를 만들어 둔 상태였다. 그 때문에 이 〈수레〉로도 충분히 이동이 가능했다.

그 수레에 목숨을 건진 검사로 보이는 사내와 그 주위에 굴러다니는 쓸 만한 물건을 싣고 집으로 돌아갈 생각이었다.

"소금은…… 뭐, 나중에 또 오면 되겠지."

하지만 검사를 실으려고 했을 때 료는 깨달았다. 검사의 왼팔에 상당히 깊게 베인 상처가 있고 피가 철철 흘러나오고 있었다.

"선홍색 피…… 동맥을 다친 건가? 이대로라면 과다출혈로 죽겠지…… 으음."

뭔가 쓸 만한 것이 없을까 싶어 주위를 둘러보았다.

지혈의 기본은 압박 지혈.

천이나 무언가로 출혈점을 누르는 것만으로도 효과가 있는데…… 해안가에 흘러든 것들은 이미 오염되어 있어서 감염병이 우려되는 상황이었다.

하지만 그 외엔…… 이곳에 천이나 실이라는 것은 존재하지 않았다.

"어쩔 수 없지."

료는 그렇게 한마디를 중얼거리더니 검사가 입고 있는 옷소매를 위에서 눌러 그대로 압박하기 시작했다. 하지만 별로 효과가 없어 보였다.

"성인 신체의 60%는 물. 3분의 2는 세포, 나머지 3분의 1은 세포간액과 혈액. 그렇다면 수속성 마법사인 나는 인간의 혈액도 조종할 수 있지 않을까……."

료는 머릿속으로 이미지화했다.

눈앞에 있는 검사의 팔 안을. 닿은 손을 통해 검사의 팔 안이 보이는 것 같았다. 아마도 체내의 물을 통해서 보이고 있는…… 그런 느낌이었다.

그중에서도 혈관에 집중해 보았다.

"출혈점 발견!"

출혈이 있는 혈관을 외부에서 물로 된 막으로 코팅. 그러면서 혈관을 짓누르지 않도록 신중하게, 조심히…….

"됐다."

료의 이미지 속에서 혈관의 출혈은 멈췄지만 실제 멈춰 있는지는 압박 지혈을 하고 있는 손을 떼고 지켜볼 수밖에 없다.

천천히 손을 떼고 한동안 살펴보았다.

피가 배어 나오지…… 않는다!

"후우. 어떻게든 됐네."

그렇게 해서 조심스럽게 검사를 대차에 실었다. 그리고 료는 살짝 느린 속도로 검사가 타고 있는 대차를 끌고 귀가했다.

아벨은 눈을 떴다. 그리고 주위를 둘러보았다.

"산…… 건가?"

손발은 자유롭다. 쇠사슬에 묶이지도 않았다. 늘 몸에서 떼지 않고 착용하고 있는 목걸이도 무사하다. 늘 한 몸인 검과 장비 한 벌도 침대 바로 옆에 세워져 있다.

팔다리도 문제없이 움직인다. 옷은…… 바지는 입고 있었지만 윗옷은 입지 않고 있었다. 왼팔에는 깊은 상처가 있지만 출혈은 없었다.

상황은 대체로 양호했다.

누군가의 노예가 된 것은 아닌 것 같았다.

아벨은 침대에서 내려와 몸을 일으키고는 세워둔 검을 등에 맸다.

"민가…… 치고는 너무 넓은데. 촌장 집인가?"

거실을 빠져나와 문을 열고 밖으로 나갔다.

그곳에는 찬란하게 쏟아지는 태양과 넓은 마당이 있었다.

"마을…… 이 아닌가? 여기가 도대체 어디지?"

"아, 일어났네요. 살아서 다행이에요."

아벨은 깜짝 놀라 돌아보았다. 기척을 전혀 느끼지 못한 것이다.

하지만 그 이상으로, 말을 걸어 온 남자의 모습에 놀랐다. 키는 아벨보다 머리 하나 작다. 십대 후반, 검은 머리에 검은 눈, 피부는 그을렸는지 검푸르다.

그리고 무엇보다도, 걸치고 있는 것이 샌들과 허리에 두른 천뿐이었다. 그것도 뭔가 가죽을 무두질 한 것처럼 보였다. 옷이라고 부를 만한 것은 몸에 걸치고 있지 않았다.

'슬럼가 아이들도 좀 더 제대로 된 걸 입고 있을 것 같은데…… 아니, 먼저 할 말은 그게 아니지.'

"나는 아벨이라고 한다. 네가 도와준 거구나. 고마워."

그렇게 말한 아벨은 고개를 숙였다.

"아, 신경 쓰지 마세요. 바닷가에 떠밀려온 걸 집까지 운반한 것뿐이니까요. 다만 산 사람은 아벨 씨뿐이고 다른 사람들은 안타깝지만……."

"그래, 다른 녀석들도 떠밀려왔나 보군. 신경 쓰지 마, 그 녀석들은 밀매상이다."

"밀매상?"

상황이 잘 이해가 가지 않는 것인지 료가 고개를 갸우뚱했다.

'그 사람들이 밀매상…… 그렇다면 함께 떠밀려온 이 아벨 씨는…… 뭐지? 밀매상? 아니, 본인도 밀매상이라면 굳이 그런 식으로 말하진 않았겠지. 무뚝뚝한 말투이긴 해도 나쁜 사람 같아 보이지도 않고. 무뚝뚝한 말투…… 앗, 말이 통하네. 일본어가 아닌 것 같은데 어째서인지 말은 통해……. 잘은 모르겠지만 역시

미카엘(가명), 유능한 남자군요.'

"일단 뭐 좀 먹죠. 아벨 씨 옷은 저쪽에 널어놨어요. 아마 다 말랐을 거예요. 아, 맞다. 제 이름은 료라고 합니다, 잘 부탁해요."

료라는 이름을 가진 은인은 여러모로 독특했다.

우선 음식. 빵은 없다고 한다. 그 대신 라이스가 나왔다. 중앙 연방 중에서도 남쪽 지역에서 흔히 먹을 수 있는 곡식으로 아벨도 먹어본 적이 있다. 이전에 먹어 본 적이 있는, 여러 향신료를 곁들인 걸쭉한⋯⋯ 뭐라고 했었지, 아무튼 그러한 요리와의 조합이 일품이었던 것도 기억하고 있다.

료가 제공한 향신료를 가미한 고기구이는 훌륭한 맛이었다.

또 쌀밥을 뭉쳐 만든 주먹밥과 고기구이라는 조합은 빵과 고기 조합보다도 맛있게 느껴졌을 정도였다.

료가 입고 있는 옷, 아니, 허리천은 보어계 가죽을 무두질한 것이었다.

물어보니 직접 무두질을 했다고 한다. 듣고 보니 이곳저곳에서 고생의 흔적이 엿보였다. 그러나 그 이상으로 놀란 것은, 다른 옷은 없다는 점이었다.

"다른 옷이 없다고⋯⋯?"

"네, 천이나 실 같은 걸 구하지 못해서 만들지 못했어요."

"아니, 만들지 않아도 사면 되는⋯⋯."

거기까지 말하고 아벨은 후회했다.

돈이 없으면 사고 싶어도 살 수 없다. 당연한 것 아닌가. 생명의 은인을 모욕하는 말이 되어버린 것은 아닐까.

"이 주변에는 마을은커녕 사람 하나 살지 않거든요."

대답은 아벨의 상상을 뛰어넘는 것이었다.

물어보니 이곳은 론도 숲이라 불리는 곳으로, 이 근방에는 사람이 살지 않는다고 했다.

"론도 숲? 미안하지만 들어본 적 없는 지명이야. 배에 타고 있을 때 상당히 남쪽으로 떠내려갔다는 건 녀석들의 말을 들어서 알고는 있었지만……."

"아, 그렇군요. 애초에 아벨 씨네 배에는 무슨 일이 일어난 거죠?"

아벨은 배에서 일어났던 일을 간추려서 말했다.

예정보다 일찍 항구를 출발한 것. 그래서 아벨은 내리지 못했다는 것. 바다에 나왔을 때 폭풍우를 만난 것, 방향키가 망가지고, 그 시점에서 상당히 남쪽으로 떠내려갔다는 것. 게다가 운 나쁘게도 또 폭풍우를 만나 거기서 더 남쪽으로 떠내려갔고, 졸지에는 크라켄에 의해 배가 파괴당한 것까지.

"크라켄!"

료의 몸에 오한이 들었다.

"용케 살아남았군요……."

"아니, 뭐 운이 좋았던 거지. 덕분에 다른 녀석들은 다 죽었잖아?"

"아, 듣고 보니."

아벨은 료의 무장에 관해서도 이상하다고 느꼈다.

양 허리에 두 자루의 검을 꽂고 있다. 무장으로 봤을 때 칼잡이인 것 같았으나 그런 것치고는 보호 장비가 너무 없다. 허리천뿐이라니…….

칼을 쓰거나 혹은 움직이기에 가벼운 장비를 선호한다는 것은 알지만, 이는 너무 가벼워 보였다.

주위에 마을도 없고 사람 하나 살지 않는다고 했다. 하지만 맛이 훌륭했던 고기구이는 래빗 계열의 고기였다. 아마 료가 사냥한 것이리라.

즉 나름대로 싸울 수는 있을 것이다. 그렇지 않으면 크라켄이 살고 있을 법한 앞바다 근처에서 살아갈 수 없었겠지.

"아까 전에 고기구이는 정말 맛있었어. 그건 료가 사냥한 거지?"

궁금하긴 하지만 솔직히 묻는 것은 역시 꺼려졌기에 돌려서 물어보는 것을 택했다.

"네. 여기 동쪽 숲에서 잘 잡히거든요. 레서 래빗의 다릿살입니다."

"그…… 료는 칼잡이인 건가? 칼을 써서 레서 래빗을 잡기는 꽤 어려울 것 같은데."

아벨은 에둘러 묻는 것에 서툴렀다. 그래서 결국 직구로 물어보기로 했다.

"아, 저는 수속성 마법사거든요. 이 칼은 호신용이랄까, 해체용으로 쓰는 거고……."

료는 약간 수줍어하며 대답했다.

마법을 쓸 수 있는 것은 『파이』 전체에서 20% 정도밖에 없다. 나머지 80%의 사람들은 마법을 쓸 수 없다. 과거 미카엘(가명)이 했던 말을 기억한 료는 쑥스러워진 것이다.

"오, 굉장하네, 마법을 쓸 수 있다니"라거나 "선택받은 인간이구나"라거나 "멋지네"라는 반응을 기대했던 것이다.

하지만…….

"마법이었군. 중앙 연방에서도 절반의 인간밖에 사용하지 못하는데. 참고로 나도 못 써."

"절반……."

'미카엘(가명)…… 20%라고 했잖아! 이야기가 틀리잖아!'

마치 만화의 한 장면처럼 절망 어린 얼굴로 풀이 죽은 료.

"응? 료, 왜 그래?"

"아, 아니, 아무것도 아니에요……."

"료, 좀 상의하고 싶은 게 있어."

고기구이를 다 먹은 후, 얼추 정리가 끝난 시점에 아벨이 말을 꺼냈다.

"네? 뭔데요?"

"내가 떠밀려왔던 해안에 가보고 싶어. 좀 확인하고 싶은 게 있거든. 미안하지만 거기까지 안내해 줄 수 있을까?"

"아, 좋아요. 그럼 갈까요?"

료가 몸에 걸친 것은 평소에도 늘 입는 허리천, 샌들, 두 자루의 칼뿐이다. 최근 들어서 더는 칼붙이 죽창을 쓸 일이 없어졌다. 본래 죽창은 공격 간격이 넓어 전투 시에 안정감을 주기 때문에 사용했던 것이었다.

매일 하는 듀라한과의 대련, 애꾸눈의 어쌔신 호크 등과의 근접전, 이런 것들을 무라사메로 해내는 사이에 넓은 간격은 필요 없게 되었다.

그랬다. 료는 성장한 것이다.

하지만 아벨에게는 그렇지 않았다.

"료. 료는 수속성 마법사라고 했지."

"네, 맞아요."

"마법사 지팡이는 안 갖고 있는 건가?"

"어⋯⋯?"

아벨이 있던 중앙 연방에서 기본적으로 마법사는 지팡이를 들고 있었다.

마법사의 지팡이는 마법 전도체로, 마법의 발동과 효과를 보조해주는 역할을 하기 때문이었다. 지팡이 없는 마법사라면 마법 발동에는 10배 이상의 마력이 필요했고 나타나는 효과도 10분의 1로 줄어든다.

단적으로 말해 쓸모가 없어지는 것이다.

하지만 료는 지금까지 지팡이 같은 것은 사용한 적이 없었다⋯⋯.

"아, 어어⋯⋯ 안 갖고 있어요."

그 대답을 들은 아벨은 몹시 후회했다.

'또 실패했다⋯⋯ 가난한 생활을 했다면 지팡이를 잃어버리거나 할 수도 있었겠지. 생명의 은인에게 창피를 주고 말았군. 바보 같은 질문을 해버렸어. 아, 그리고 보니 소문으로 들은《폭염의 마법사》라고 하는 녀석도 지팡이를 들지 않고 괴물 같은 마법을 사용한다고 했나⋯⋯. 그래, 반드시 지팡이가 필요한 건 아닐지도 모르겠네.'

마음속으로는 이런저런 생각을 한 아벨이었지만 실례되는 말을 하지 않기 위해 말을 골랐다.

"아, 응, 그럴 수도 있지. 난 검사니까 이 검만 있으면 괜찮아."

그렇게 말한 아벨은 등에 있는 검을 두드렸다.

"무슨 일이 생기면 내가 전위로 나가 싸울 테니까 료는 뒤에서 지켜봐 줘."

"아뇨, 그럴 수는……."

"부탁이니까 그 정도는 하게 해 줘. 목숨을 건졌는데 도움을 받기만 하면 내 체면이 안 살잖아."

그렇게 말한 아벨은 료의 정면에서 얼굴을 마주 보았다.

"아, 네, 그럼 그때는 부탁드릴게요."

료는 그렇게 말하는 것이 고작이었다.

해안에 이미 시신은 없었다.

료가 아벨을 옮긴 지 5시간 정도밖에 지나지 않았는데 두 구 남아 있어야 할 밀매상의 시체는 이미 사라진 것 같았다. 물론 치운 것은 료가 아니었다. 아마도 바닷속에 있는 무언가일 것이다.

"두 사람이 죽어 있었는데 말이죠. 먹혔거나 바닷속으로 끌려들어 간 것 같아요."

특별한 감정의 기복도 없이 담담하게 설명하는 료.

하지만 아벨은 그렇지 않았다.

"즉, 료가 데려와 주지 않았다면 나도 그렇게 됐을 거라는 뜻이네."

아벨의 등 위로 식은땀 한 방울이 흘러내렸다.

"역시 아벨 씨는 운이 좋네요."

빙그레 미소 짓는 료.

"아니…… 그래, 그렇게 생각하기로 하자. 그리고 료, 가능하면 나는 그냥 이름으로 불러주지 않겠어? 생명의 은인이 존칭으로 부르는데 나만 이름으로 부르는 것도 좀 그렇잖아."

"하지만 아벨 씨가 연상일 것 같은데……. 뭐, 그걸로 괜찮다면 알겠습니다. 아벨."

"오. 고마워. 동료들도 다 그렇게 부르니까. 그편이 나아."

"동료……."

'혼자가 되고 싶어서 미카엘(가명)에게 사람이 오지 않는 장소로 해달라고 한 거지만…… 동료라고 하니 조금 부러운 기분이 드네. 역시 20년이라는 시간은 길구나.'

깊이 통감하는 료였다.

그런 료와는 달리 무언가를 찾는 아벨.

'증거물품은 역시 없군. 해저에 가라앉았나? 아니면 크라켄의 배 속에 있으려나. 뭐, 어쩔 수 없지. 일단 모두와 합류하고 나서 생각하자.'

"료, 고마워. 찾는 건 결국 없는 것 같아."

"아쉽네요. 그럼 이제 어떻게 할 건가요?"

"일단 동료들과 합류하고 싶어. 룬의 거리까지만 가면 연락은 가능할 텐데……."

료는 고개를 흔들며 대답한다.

"죄송해요. 그 룬의 거리가 어디 있는지 모르겠어요. 아마 여기서라면 먼 북쪽에 있을 것 같긴 한데…… 상당히 긴 거리를 이동해야 할 거예요. 이 주변에는 마을은커녕 사람 한 명 없으니까요."

"그런가…… 마음을 굳게 먹어야겠군."

거기서 아벨은 잠시 말을 멈췄다. 그리고 조금 생각한 뒤 료를 향해 말했다.

"저기, 료도 같이 가지 않을래?"

아벨의 권유는 료에게는 의외였다. 그보다는 예상하지 못한 것이었다.

확실히 이 숲을 혼자 이동하는 것은 어려웠다. 아벨이 실력 있는 검사라 할지라도 혼자 이동하게 되면 기하급수적으로 난이도가 높아진다.

무엇보다 난이도를 가장 높이는 것은 휴식이었다. 둘이 있으면 한쪽이 잠든 사이 다른 한쪽이 일어나 망을 볼 수 있다. 하지만 혼자라면 충분한 수면을 취할 수 없었다. 항상 경계해야 하기 때문이다. 그러다 보면 자연히 피로가 쌓인다.

그리고 피곤하면 실수를 한다.

그것은 숙련된 자라도 벗어날 수 없는 세상의 이치 중 하나였다.

그렇기 때문에 현대 지구의 군대에서도 최소 단위는 투맨셀(Two man cell), 2인 1조인 것이다.

그렇다고 해도, 료는 지금껏 이 론도 숲 밖으로 나간다는 것은 상상해본 적도 없었다.

집 주위에는 논을 만들었고, 하수도도 팠고, 자주 가는 곳에는 돌로 쌓은 길까지 깔아두었다. 결계 안에는 많은 과일도 재배되고 있다. 채소가 묘하게 적긴 하지만 그래도 이곳 생활에 불편함은 전혀 없다.

불편함은 전혀 없지만…… "같이 가지 않을래?"라는 말을 듣고 아주 조금 마음이 움직인 것 또한 사실이다.

'불편은 없어. 불만도 없어. 그렇지만, 이 검과 마법 세계의 거리를 구경해 보고 싶다는 마음도 있어. 하지만 모처럼 만들어 놓은 집 주위의 환경과 슬로 라이프를 버리는 건 아까운데…….'

료에게서 반응이 없자 아벨은 조금 당황했다.

"미안, 좀 성급했지. 적어도 룬의 거리까지 함께 가주면 고맙겠어. 길 안내랄까? 그래, 의뢰. 외뢰야. 함께 가주면 의뢰비도 지불할 거고, 만약 거기서 생활해 보고 싶어진다면 충분한 도움도 줄게. 솔직히 나는 방향조차 알 수 없는 여기서 어떻게 하면 룬의 거리에 갈 수 있을지 상상조차 안 가. 어때?"

그러면서 아벨은 고개를 숙였다.

'아, 그렇구나. 영원히 론도 숲을 떠나는 게 아니잖아. 잠깐 세상 구경을 하다가 다시 돌아오면 되지. 난 나이도 거의 먹지 않는 것 같으니까……. 그리고 아마 그동안에도 미카엘(가명)의 결계는 계속 작동할 것 같고.'

특별한 근거도 없이 결계를 그렇게 판단한 료. 미카엘(가명)에 대한 신뢰는 절대적이었다.

"알겠습니다. 우선 몇 가지 준비할 것이 있으니 내일 출발하는 거라면 그 동행 의뢰를 받아들일게요."

"아아, 료, 고마워!"

아벨은 두 손으로 료의 손을 잡고 기쁜 듯이 위아래로 흔들었다.

아벨에게 있어 료는 일종의 희망의 빛이었다. 어딘지 전혀 알수 없는 곳에서 운 좋게 자신 혼자 살아남았는데, 그것도 료가 찾아내서 집까지 옮겨준 덕분이었다.

룬의 거리가 어디에 있는지는 알 수 없었지만, '먼 북쪽'이라고확실하게 말한 이상 그 정보의 근원이 되는 근거가 어디엔가 있을 것이다.

애당초 어디까지 이어질지 모르는 숲을 혼자 가기란 어려웠다.

'지팡이가 없는 마법사라 전투는 어려울지 모르지만, 그 부분은내가 맡으면 돼. 쉴 때만이라도 교대해주는 사람이 있다면 고맙지. 아, 맞다. 첫 번째 거리에 도착하면 지팡이와 옷을 사줘야겠다. 그 정도면 모욕을 당한다고 받아들이진 않을 거야. 그런데 저모습이라면 거리에 들어가지 못할 가능성도 있지 않을까…….'

료가 가난해서 지팡이도 들지 않고, 허리에 천만 두른 모습이라고 오해하고 있는 아벨…… 뭐, 료가 빈털터리인 것은 사실이지만.

료는 료대로, 잠시라고는 해도 집을 비우는 것인 만큼 몇 가지준비할 것이 있었다.

집의 기능은 미카엘(가명)이 제작한 것이라 료가 신경 쓸 것은아무것도 없었다. 결계도 저장고도 료가 없더라도 문제없이 기능할 것이다.

논은 어쩔 수 없다. 돌아왔을 때 다시 만들면 된다. 쌀은 어느 정도 냉동 보관하고 있다. 먹어도 좋고, 거기서 모종을 만들 수도 있었다. 그건 돌아온 후에 어떻게든 될 것이었다.

마당의 과일도 어쩔 수 없다. 비는 오고 있으니 어떻게든 살아남아 주길 바랄 뿐이다.

기본적으로 집에 남겨두고 가는 것에 관해서는 전부 다 어떻게든 되리라 생각했다.

문제는 가져갈 물건이었다.

지금 가장 필요한 것은 이세계의 정석이라고도 할 수 있는, 아이템 박스처럼 무엇이든 아공간에 수납할 수 있는 마법이었지만 그런 것은 없었다. 그와 비슷한 기능을 가진 아이템도 갖고 있지 않았다. 가져갈 것은 엄선해야 했다.

일단 조미료는 가져가기로 했다. 소금과 블랙페퍼다.

카이트 스네이크 가죽을 무두질해 만든 주머니 크기의 소형 보자기 안에 조미료를 넣었다. 허리에 매달아 둬도 크게 방해되지 않을 것이다. 본래 조미료이니 대량으로는 필요 없었다. 하지만 있는 것과 없는 것은 음식의 맛이 천지 차이다 보니 여행 필수품이 되었다.

마찬가지로 상처 풀도 으깨지 않은 상태로 주머니에 넣었다.

다음은 부싯돌. 미카엘(가명)의 나이프와 마찰하면 불꽃이 튄다. 물은 스스로 만들 수 있으니 챙길 이유가 없다.

'어라? 이것만 있어도 괜찮은 건가? 꽤 적은 양으로 끝났네.'

갈아입을 옷이라는 걸 고려하지 않으면 여행에 필요한 도구라는 것은 꽤 적어지는 것 같다.

'남은 건 인사인가…….'

저녁을 다 먹은 뒤 료는 아벨에게 잠시 나갔다 오겠다고 했다.

"이런 시간에?"

역시나 아벨도 의아함을 표했다.

"네, 이 시간이 아니면 만날 수 없거든요. 잠시 집을 비운다고 전하고 오겠습니다. 시간이 좀 걸릴 테니 아벨은 집에서 기다려 주세요."

"그래, 알았어."

'이 근처에는 사람 한 명 안 사는데…… 집을 비운다는 걸 전한다고? 아니, 그렇구나. 소중한 사람의 영혼이라든가, 그런 것일 수도 있겠지. 지금은 혼자라고 해도 쭉 혼자였다고는 할 수 없으니까. 내가 발을 들여도 되는 부분은 아니야.'

료가 향한 곳은 북쪽 대습원의 중앙, 호수변.

달이 중천에 접어들 무렵 여느 때처럼 목 없는 말을 탄 듀라한이 나타났다. 여느 때 같으면 그에 맞춰 료가 무라사메를 꺼내 들고 듀라한도 자세를 취하면서 대련이 시작된다.

하지만 오늘은 달랐다.

료는 검을 겨누지 않은 채 듀라한에게 다가갔다.

"오늘은 드릴 말씀이 있습니다. 내일부터 한동안 이 론도 숲을 비우게 되었습니다. 그래서 오늘이 마지막입니다."

말이 통하는지는 알 수 없었다.

애초에 요정왕이라는 것이 무엇인지조차 료는 모른다.

그래도 성의는 통할 것이라고 생각했다. 통하지 않더라도 그동안 검을 단련해 준 것은 사실이었으니 그에 대한 감사는 전하는 것이 당연하다고 생각한 것이다.

"그동안 정말 감사했습니다. 당신 덕분에 지금까지 살아올 수 있었습니다. 진심으로 감사드립니다."

기분 탓일까, 듀라한에게서 아주 조금 쓸쓸한 분위기가 감도는 것 같았다. 물론 목 없는 기사니까 얼굴은 없다. 그래서 얼굴 표정은 알 수 없다.

하지만 그럼에도 료는 쓸쓸한 분위기를 느낀 것이다.

"오늘 밤을 끝으로 당분간 연습을 할 수 없어요. 마지막인 만큼 그 어느 때보다 진심으로 하겠습니다."

그렇게 말한 료는 무라사메에 검날을 만들어 냈다. 그에 응하듯 듀라한도 평소의 검을 검집에서 뽑아 들고 자세를 갖췄다.

그렇게 두 사람의 대련이 시작됐다.

대련은 쉬지 않고 2시간 동안 계속되었다.

점수는 2 대 3.

료는 2번의 치명타를 가하는 데 성공했다……. 하지만 3번을 맞고 졌다. 뭐, 지금까지도 전패였지만.

하지만 오늘은 쓰러져 있을 수만은 없었다. 마지막 인사를 해야 했다. 다리가 휘청거렸지만 어떻게든 버티고 섰다.

"감사합니다."

그리고 료는 깊이 고개를 숙였다.

그런 료를 향해 다가온 듀라한이 손에 든 것을 내밀었다.

"이건…… 로브와 망토? 저한테?"

받아서 입어보니 당연하다는 듯 사이즈가 완벽했다.

흰색 바탕에 테두리가 아름답게 장식된, 움직이기 편해 보이는 로브. 그 로브와 세트로 만들어진 것 같은 망토는 소매의 움직임에 따라 은은한 하늘색으로 빛난다. 게다가 안감은 아름다운 파란색 그라데이션!

료는 무척 마음에 들었다.

"감사합니다! 소중히 사용할게요."

다시 한번 깊이 고개를 숙였다.

그것을 보고 듀라한은 만족스러운 분위기를 내뿜고 있었다. 얼굴은 없지만, 료에게는 그렇게 느껴졌다.

듀라한은 목이 없는 말에 오르더니 여느 때처럼 사라졌다.

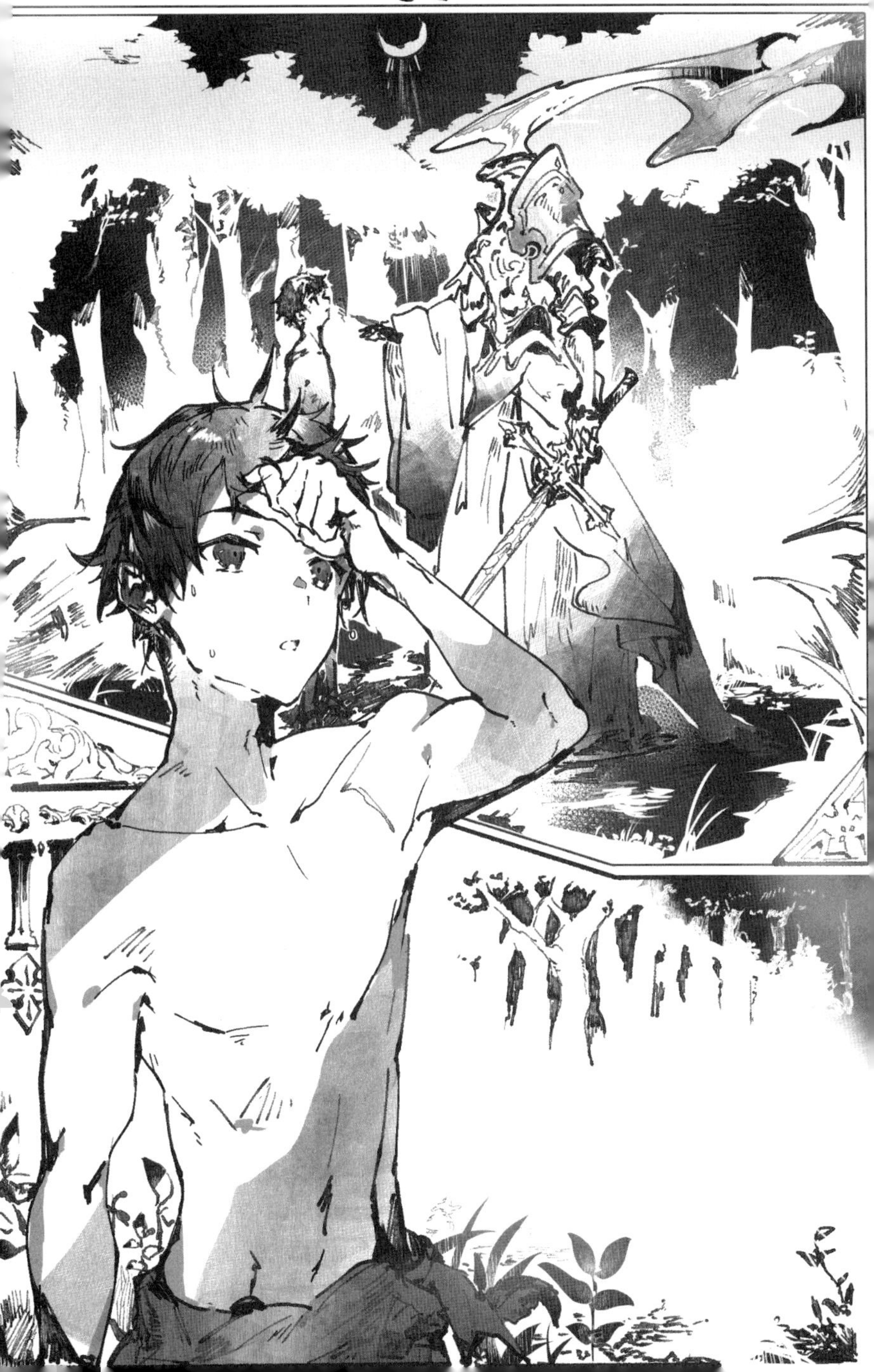

료와 아벨

"그럼 출발할까요?"

료는 마지막으로 잊은 것은 없는지 확인한 뒤 아벨에게 그렇게 말했다.

"그래, 그럼 가자"

둘 다 가벼운 차림이었다.

애초에 아벨은 난파에 휘말렸기에 짐은 가지고 있지 않았다. 옷가지와 지갑, 가벼운 갑옷과 검뿐. 료 역시 듀라한에게 받은 로브와 망토, 허리천, 샌들, 두 자루의 칼, 조미료 종류뿐이다.

숲을 빠져나가야 하니 짐은 적으면 적을수록 좋았다.

"기본적으로 식량은 모두 현지 조달입니다. 소금과 블랙페퍼라고 하는 조미료, 그리고 물은 제가 만들 수 있으니 괜찮지만, 나머지는 동물이나 마물을 사냥하거나 자라고 있는 과일을 먹어야 해요. 뭐, 이 숲엔 생물이 많으니까 큰 문제는 없을 거예요."

"알았어."

"북쪽으로 쭉 가면 꽤 큰 습원이 있어요. 거기 앞까지는 자주 갔으니 상황은 대강 알고 있습니다. 거기까지라면 대단한 마물은 이제 더는 나오지 않을 거예요."

그렇게 말한 료의 머리에 떠오른 것은 애꾸눈의 어쌔신 호크와 처음 만난 광경이었다. 그때는 이 북쪽 숲에서 만났다.

"그렇구나. 그럼 일단 그 습원까지 가보자."

결계를 나온 뒤, 한동안 두 사람 모두 침묵했다.

료는 오래 살았던 집에 관한 생각을 하고 있었고, 아벨은 료를 신경 쓰고 있었다. 기어이 참지 못하고 말문을 연 것은 아벨이었다.

"저기, 료. 한 가지 묻고 싶은 게 있는데."

"네? 뭔가요?"

"그…… 무례한 질문일 수도 있으니까 싫으면 대답하지 않아도 되지만…… 어젯밤엔 어디에 갔었어?"

주저하긴 했지만, 한번 궁금한 것은 묻지 않으면 끝까지 궁금해지는 아벨…….

"아, 딱히 괜찮아요. 어제는 스승님이 계신 곳에 잠시 집을 비운다고 인사를 하러 다녀왔어요."

"스승? 그 로브와 망토는 그 스승이 준 건가?"

"네, 맞아요. 작별 선물로 받은 거예요."

잘 만들어진 아름다운 로브와 망토였다. 하지만 아벨은 위화감을 느끼고 있었다.

아벨은 옛날부터 좋은 물건이나, 아름다운 물건들에 둘러싸여 자랐다. 그랬기에 어느 정도의 심미안을 갖추고 있었다. 그 심미안이 말하고 있었다.

'뭔가 마법 효과가 있나?'

그렇다고 해도 확신은 없었다.

"특별한 효과가 있는 거야?"

본래 그런 것을 질문하는 것은 금기이긴 하지만 파티를 짠 동료끼리라면 금기가 되지 않았다. 파티원의 무기, 방어구, 혹은 특기 기술 등은 파악해 두지 않으면 만일의 일이 생겼을 때 연계가 불가능하기 때문이다.

하지만 아벨이 료에게 물은 이유는 그저 자신이 품은 위화감의 정체를 알고 싶었기 때문이다.

"음~, 딱히 없는 것 같아요. 스승님은 아무 말씀도 없으셨거든요."

지금까지 듀라한이 말을 한 적은 한 번도 없었다. 뭐, 목이 없으니까 당연하다고 하면 당연하지만.

"그래……."

주인이 모른다면 어쩔 수 없다. 아벨로서는 납득하기 어려웠지만 그렇다고 해도 어쩔 수 없는 문제였다.

그러는 사이에 북쪽 습원에 도착했다.

"이 습원은 왼쪽으로, 그러니까 서쪽으로 우회해 북쪽으로 향할 겁니다. 그 앞쪽은 저도 잘 모르니까 조금 신중하게 나아가야 할 것 같아요."

"응, 알았어."

아벨은 고개를 끄덕였다.

"뭐랄까, 마법사라는 건 논리정연하게 얘기하는 녀석이 많은 건가? 내 동료도 그랬지만, 고향에 있는 아는 마법사도 지금의 료처럼 얘기했거든."

"그런가요……. 저는 다른 마법사를 만난 적이 없어서 뭐라고 말할 수가 없네요……."

'다른 마법사를 떠나 나 외의 인간 자체를 만난 것도 아벨이 처음이지만.'

그렇게 생각한 료는 속으로 쓴웃음을 지었다.

북쪽 대습원을 우회해 습원의 북쪽으로 나아가도 마물을 만나는 일은 없었다.

더욱 북쪽으로 나아가며 오후가 중반 정도 지났을 무렵, 저녁이 되어갈 때 마침내 마물을 만났다.

"레서 보어네요."

"어제 말한 대로 내가 할게. 료는 뒤에서 지켜봐 줘."

그렇게 말한 아벨은 검을 뽑고 자세를 취했다. 료는 시키는 대로 뒤로 물러섰다.

료의 머릿속에는 『파이』에 온 뒤 처음 겪는 전투 광경이 되살아났다.

'맞아, 첫 전투 상대가 레서 보어였지. 태어나서 처음으로 느껴본 살의에 몸을 움직이지 못했었어. 최종적으로는 아이스반+아이시클 랜스에 죽창을 난도질해서 쓰러뜨렸었나…… 그립네.'

료가 회상하는 사이에 전투가 시작되고 있었다.

레서 보어가 아벨을 향해 돌진했다.

"투기: 사이드 스텝."

레서 보어의 돌진을 아벨은 최소한의 움직임으로, 충돌 직전에 옆으로 회피했다.

"투기: 완전 관통."

그리고 피한 그 순간, 레서 보어의 왼쪽 귀에 검을 꽂았다. 검은 뇌까지 도달했고 레서 보어는 아무것도 못 하고 쓰러졌다.

놀란 것은 료였다. 그 대단한 솜씨에 놀란…… 것이 아니라 처음으로 알게 된 **어떤 것**에 말이다.

'투기!? 그게 뭐야? 지금 건 옆으로의 회피랑 마지막의 귀 찌르기였지. 『파이』에는 그런 것도 있어!?'

"후우, 이걸로 오늘 밤 반찬은 결정이네. 응? 왜 그래?"

"아, 아뇨, 투기라는 건 처음 봐서……."

"아, 그렇구나, 마법사는 안 쓸 거야. 검사라든가 그런 무기로 싸우는 녀석들 전용인…… 뭐랄까, 기술 같은 거거든."

"아하……."

료는 크게 고개를 끄덕였다.

"그보다 이제 곧 저녁이니까 야영 준비라도 하지 않을래? 이 레서 보어는 귀부터 찔러서 거기서 피가 흐른 덕분에 자연스럽게 피가 뽑히긴 했는데……."

"아, 그러게요. 그리고 보니 아까 왔던 곳에 있던 거목에 구멍이 있었으니까 그 앞에서 야영을 하죠. 모닥불을 피울 공간 정도는 있을 거예요."

료는 가장 중요한 생각을 하기 시작했다.

그래, 가장 중요한 것은 식사였다.

"잘 보고 있었네. 그럼 이 레서 보어를 해체해서 먹을 부분만 가져갈까?"

아벨은 그 자리에서 해체하기 위해 검을 꺼냈다.

"그럼 저는 마른 가지를 주워 가서 불을 피워 놓을게요."

료는 불을 잘 피우는 수속성 마법사였다.

레서 보어 다릿살을 이용한 고기구이는 맛있었다. 소금과 블랙 페퍼의 조합은 두말할 것도 없이 최고였다. 그저 아쉽다고 하면 쌀이 없다는 점일까. 어느 정도 만족감을 얻기는 했지만 뭔가 아쉬움을 느끼는 료였다.

아벨은 특별히 그런 걸 느끼지 못하고 상당히 만족스러워했다.

이 부분은 어제까지 정착해 있던 사람과 계속 모험자로 지내오던 사람 간의 차이일지도 모른다.

설마 집을 나간 지 반나절 만에 미련이 생기다니…… 식사에서 쌀이 갖는 중요성…… 잃어야만 알 수 있는 비애.

'이럴 줄 알았다면 무리를 해서라도 쌀을 가져왔어야 했나…….'

구체적으로 어떻게 가져올 것인지 실현할 방안은 전혀 없었지만 료는 확신한 것이다. 쌀은 소중하다. 그러니 집에 가면 소중하게 키우자.

◆

"그럼 내가 먼저 눈을 붙일게. 깊이 잠들지는 않겠지만 무슨 일이 생기면 주저하지 말고 깨워줘."

그렇게 말한 아벨은 거목의 구멍 안으로 들어갔다. 오늘 달의 움직임을 보고 달이 중천을 지난 이후 료가 아벨을 깨워주기로 했다.

'그럼 시간도 생겼고 한가하니까 마법 제어 훈련이라도 해둘까.'

오늘은 하루 종일 걷기만 한데다가 전투를 벌일 일도 없어서 마력은 남아 있었다. 이후의 선잠을 통해 마력이 얼마나 회복될지는 모르겠지만, 마법 제어 훈련을 약간 한 정도의 마력 소모라면 금방 회복하겠지⋯⋯. 료는 별 근거 없이 그렇게 생각했다.

예전에는 마법 제어 훈련을 위해 마당에 얼음으로 거대한 오층탑과 도쿄 스카이트리를 만들었지만 요즘은 반대로 아주 작은 도쿄 타워를 만드는 것에 흥미가 갔다.

대부분이 그렇지만 큰 것을 작게 만들기란 매우 어렵다.

소형화라는 말은 쉽지만 당연히 다양한 기술이 필요했고 설계부터 제조까지 세심한 공정이 들어간다.

이 **세심한 공정**이 마법으로 따지자면 이른바 **제어**에 해당했다.

거대한 도쿄 스카이트리를 만들기 위해서는 상당한 마력이 필요했다. 하지만 마법 제어라는 부분에서 말하자면 아주 작은 도쿄 타워를 만드는 쪽이 훨씬 더 단련에 도움이 된다⋯⋯ 라고 료는 생각했다.

뭐, 어느 쪽이든 마음에 드는 훈련이었기 때문에 특별히 불만은 없었다.

굳이 천천히, 실보다도 가는 얼음 선을 이용해 도쿄 타워를 조립해 나갔다.

오른손, 왼손, 오른발, 왼발, 사지를 동시에. 하나만으로는 더 이상 훈련이 되지 않았기 때문이다. 훈련이란 부하를 거는 것이다. 즐겁게 느끼면서도 부하가 걸릴 만한 훈련 메뉴를 짜는 것은 어느 세상에서도 중요한 법이다.

료가 도쿄 타워를 손바닥 위나 발끝으로 만들어 내는 동안에도 몇 마리의 마물이 료 일행의 냄새에 이끌려 다가오고 있었다.

아벨은 마물이 오면 깨워달라고 말하긴 했지만 내일부터도 한참 긴 거리를 걸어야 하니 푹 자게 놔두는 편이 좋을 것 같았다.

그렇게 생각한 료는 알아서 처리하기로 했다. 그렇다고 해도 특별히 강한 마물이 아닌 이상 움직일 필요도 없었다.

마물의 오른쪽 귀에서 왼쪽 귀로, 〈워터 제트〉를 써서 베어버릴 뿐이었다.

아까 아벨도 레서 보어의 귀를 베어냈었다. 귀부터 공격하면 꽤 쉽게 관통할 수 있다는 것은 료도 경험으로 알고 있었다.

이 정도면 큰 소리를 내지 않고, 즉 아벨의 수면을 방해하지 않고 마물을 쓰러뜨릴 수 있었다.

쓰러뜨린 마물은 그대로 방치해도 곧 다른 마물이 가져간다.

마물이 흘린 피가 다른 마물을 불러 모은다…… 라는 말을 하기도 전에 료 일행의 근처에서 사라지는 것이다.

밤의 숲이란 그런 곳이었다.

그래서 다음 날 아침 식사용으로 먹을 레서 래빗 한 마리만을 확보하고 나머지는 숲의 섭리에 맡겨두었다. 배가 부르면 굳이 료 일행을 덮치지도 않을 것이었다.

망보기를 료와 교대한 아벨은 모닥불 앞에 앉았다.

옆에는 료가 잡은 레서 래빗 시체 한 마리가 있었다. 귀에서 피가 흐른 듯한 흔적이 보였다.

'귀에 칼을 한번 찌른 건가? 나쁘지 않은 실력이야…… 아니, 잠깐만. 레서 **래빗**을 상대로 **귀**를 찔렀다고? 게다가 칼로? 나쁘지 않은 실력을 넘어서서, 좀 의미를 모르겠는데. 평범하게 접근하면 도망가지 않나? 기척을 죽이는 게 상당히 능숙하다거나, 뭐 그런 건가? 마법사라기보다는 순수 칼잡이로 가는 편이 낫지 않을까? 역시 이 숲에서 혼자 살 만큼의 실력은 있다는 거군.'

모닥불에 마른 나무를 지피며 아벨은 료가 준비해 준 얼음 물병과 얼음 컵을 집어들었다.

'잘 모르겠는 건 이것도 마찬가지야. 어느새 준비해 준 이 물병과 컵. 녀석이 자는 동안 목이 마르면 마시라고 받은 거긴 한데…… 마력은 괜찮은 건가? 밥 먹기 전에도 목욕 대신이라면서 샤워기처럼 머리 위로 물을 뿌려줬잖아. 이거랑 합쳐서 마력을 많이 쓴 것 같은데 딱히 마력이 고갈된 것 같아 보이지도 않고…… 음, 잘 모르겠군.'

구멍 안에서 로브를 두른 채 잠든 료를 힐끗 바라보았다.

'저 로브…… 역시 평범하지 않아……. 아마 사람 손으로 만들어 낼 수 없거나 그 비슷한 종류 같은데. 그런 걸 이별 선물로 줬다니…… 대체 어떤 스승이지? 한동안 집을 비우니 인사하고 오겠다고 했을 땐 과거에 같이 살다가 죽은 누군가의 영혼에게 인사라도 하러 가나 싶었는데…… 저런 걸 받았다면 영혼은 아니라

는 거네……. 하지만 사람도 아니야……. 대체 뭐지? 드래곤이
나, 뭐 그런 전설상의 생물 같은 건가? 아니, 사람의 손으로 만들
어 낼 수 없는 물건이니까 바꿔 생각하면 영혼 같은 것에게 얻었
을 가능성도…… 아니, 아니지. 그래도…….'

결론 따위 나올 리 없는 도돌이표 문답이었다. 뭐, 특별히 뭔가
할 필요도 없는 망보는 시간이니 문제는 없었지만.

그러는 사이에 동쪽 하늘이 밝아왔다.

그리고 그와 거의 동시에 료가 일어났다.

"아벨, 좋은 아침이에요."

"그래, 좋은 아침."

결국, 이날 밤, 아벨은 한 번도 마물의 습격을 받지 않았다.

◆

료가 잡아놓은 레서 래빗을 먹은 뒤 두 사람은 북쪽으로 걷기
시작했다. 당연히 길 따위는 없는 숲속이다. 간간이 짐승 같은 것
은 있었지만 결코 지나가기 쉬운 길은 아니었다.

대열은 앞쪽이 아벨, 뒤쪽이 료.

갑자기 마물이 덮쳐도 검사인 자신이라면 즉시 대응할 수 있
다, 라는 아벨의 제의에 따른 것이었다.

뭐, 양손에 극소 도쿄 타워를 만들면서 따라가는 료로서는 후
방에만 신경을 쓰면 되니 이견은 없었다. 앞에서 걸으면 뒷사람
이 잘 따라오고 있는지 확인하며 동시에 전방도 신경 써야 하니

피로가 빨리 쌓이기 때문이었다.

이날은 오전부터 적잖은 마물의 습격을 받았다.

덮친 마물은 레서 래빗이나 레서 보어, 혹은 레서 스네이크 같은 전혀 강하지 않은 마물뿐이었지만.

"료, 쓰러뜨린 마물은 그대로 방치하자. 점심때가 되면 그때 쓰러뜨린 놈을 점심으로 하고."

"좋아요."

레서 래빗이나 레서 보어 같은 것들도 심장 근처에서 마석을 채취할 수 있었다. 이는 연금술 등으로 사용되는 재료였지만 레서라는 이름이 붙는 약한 마물의 마석은 거의 쓸모가 없는 작고 품질이 좋지 않은 마석이었다.

그래서 모험자들은 레서의 마석은 채취하지 않았다. 애초에 매입할 수도 없으니 채취하는 데 시간만 낭비되기 때문이었다.

이것이 그레이터 이상이 되면 나름대로 고가로 매입이 되는데…… 적어도 료와 아벨의 여행에서는 아직 그레이터급 마물은 나오지 않았다.

전투는 모두 아벨이 맡았다. 료는 뒤에서 아벨의 움직임을 보고 있었다.

어제 처음 알게 된 투기라는 것의 존재.

이것이 무척 신경 쓰였다.

료는 물론 사용할 수 없었지만 검술 연습을 시켜 준 듀라한도 사용하지 않았던 것 같다……. 물론 료의 눈이 포착하지 못했을 가능성도 있지만.

아벨이 발동하는 투기를 보고 있으면 발동 순간 몸의 일부가 하얗게 빛난다. 옆으로 피하는 '투기: 사이드 스텝'이라면 양쪽 다리가, 검의 공격력을 올려주는 것처럼 보이는 '투기: 완전 관통'이라면 무기를 든 손과 상체가.

하지만 20년에 이르는 듀라한과의 대련 속에서 듀라한의 몸이 그렇게 빛난 적은 한 번도 없었다.

그렇게 생각하면 역시 듀라한은 투기를 사용하지 않았다는 얘기다. 쓰지 않아도 그 정도의 강함에 이를 수 있다면 그걸로 충분하지 않을까 하는 생각도 들지만, 그래도 눈앞에서 본 적 없는 기술을 사용하고 있으면 신경이 쓰이는 법이다.

게다가 '투기: ○○'이라는 말을 하면서 한 방에 역전한다든가…… 너무 멋있잖아!

무심코 심장이 뜨거워지고 마는 것이다.

한편 아벨은 료가 아벨의 전투를 몰입해서 보고 있다는 것을 당연히 알고 있었다.

'검사의 전투에 흥미가 있나? 뭐, 나이프를 사용하는 전투에 활용할 수 있는 부분은 있겠지만…….'

그의 생각은 거기까지였다.

본래 아벨은 누군가의 시선을 받는 것에 익숙했다. 어릴 때부터 검의 천재라는 소리를 들으며 자랐다. 마법도 배웠지만 그쪽엔 영 소질이 없었다. 그런 만큼 검에 더 푹 빠졌다. 그야말로 아침부터 밤까지 검 연습을 이어갔다. 그리고 몇 가지 투기도 몸에 익혔다.

본래부터 차남이었기에 가문을 이을 필요도 없었다.

그것을 다행이라 여기며 아벨은 성인이 된 18세가 되자마자 곧바로 모험가가 되었다. 그로부터 8년, 지금은 꽤 유명한 B급 모험자였다.

슬슬 점심때가 되어가는 시기.

료와 아벨은 숲이 조금 트인 곳으로 나갔다. 울창한 숲속에서도 가끔 그런 곳이 있다. 그래, 료가 처음으로 애꾸눈의 어쌔신 호크의 기습을 당한 장소와 비슷한 곳.

챙강.

아벨이 빠르게 검을 뽑아 눈앞을 베어내자 검이 무언가를 쳐냈다.

눈에 보이지 않는 투명화된…….

"어쌔신 호크!"

뒤에서 료가 외쳤다.

아벨이 상공을 보니 한 마리의 매가 공중에서 날개짓하며 이쪽을 보고 있었다.

"아까 건 바람 속성 공격 마법이에요."

료가 달려와 아벨의 옆에 섰다.

"어쌔신 호크인가, 이거 성가신데. 우리 둘이라면 달려서 숲속으로 도망칠 수 있을지도 몰라. 어쩔까."

"아쉽지만 그건 무리예요. 뒤로는 노멀 보어, 앞쪽 숲속에는 제가 조우하지 못한 마물이 있습니다."

"진짜? 갑자기 포위됐다고? 아니면 무슨 함정인가?"

잠시 생각한 료가 고개를 젓는다.

"아니요. 아마 우연일 거예요. 뭐, 여기 광장은 어쌔신 호크의 사냥터일 가능성이 있긴 하지만요."

료가 처음으로 애꾸눈의 어쌔신 호크의 습격을 받은 곳도 이렇게 탁 트인 곳이었다. 이런 곳이라면 자신들의 이점을 살려 우위를 선점할 수 있다는 것을 어쌔신 호크는 알고 있을 것이다.

"그럼 어쩔까?"

"전방 숲에 있는 녀석은 일단 무시하죠. 여기서 싸우면 나오지 않을 가능성도 있어요."

"그래. 그렇다면 여기서 어쌔신 호크와 노멀 보어를 해치우면 되겠군."

아벨은 작게 한숨을 쉬었다. 어쨌든 귀찮은 상대이긴 했다.

"제가 어쌔신 호크를, 아벨이 노멀 보어를 맡도록 해요."

그 배정에 아벨이 놀랐다. 어쌔신 호크의 에어 슬래시와 돌파 공격은 아벨이라도 자칫하면 죽을 수 있었다.

"아니, 하지만 그건……."

"어쌔신 호크는 공중이라 검사는 싸우기 힘들잖아요. 저는 수 속성 마법사라서 방어는 잘해요."

료는 빙그레 웃으며 말을 이었다.

"오늘 점심은 닭고기와 멧돼지 고기, 좋아하는 걸 골라 먹을 수 있겠네요."

그렇게 말한 료는 어쌔신 호크 쪽으로 향했다.

"큭……. 알았다. 노멀 보어를 쓰러뜨리고 바로 달려올 테니까 죽지 마."

그렇게 말한 아벨은 뒤쪽으로 달려갔다.

"아벨, 조급히 굴다가 다치면 안 돼요."

료의 그런 목소리가 아벨에게 들려왔다.

본래 아벨이 파티에서 노멀 보어와 싸울 경우, 방패 역인 워렌이 노멀 보어의 돌진을 막아주고, 그때를 노려 바람 속성 마법사인 린의 공격 마법과 아벨의 검 공격으로 숨통을 끊는다.

하지만 이번에 워렌은 없다.

더구나 시간을 지체하면 료가 어쌔신 호크에게 당할지도 모른다.

"빠르게 쓰러뜨린다."

아벨의 시야에 노멀 보어가 들어왔다.

"료는 이 먼 곳에 있는 마물의 기척을 잘도 눈치챘네. 아니, 지금은 그게 중요한 게 아니지. 집중하지 않으면 내가 당해."

자신을 향해 오는 인간을 보고 노멀 보어는 두 개의 돌을 생성, 발사했다.

"맞아줄 생각은 없어. 검기: 절영."

투기의 상위, 검사 전용 검기. 그중에서도 습득이 어렵다고 하는 '검기 절영'. 마법을 포함한 모든 원거리 공격을 최소한의 움직임으로 피하는 기술이었다.

『검기: 절영』으로 피하면서도 노멀 보어에게 향하는 속도는 조금도 줄이지 않았다.

노멀 보어는 고개를 숙였다.

아벨은 알고 있었다. 보어계는 고개를 숙인 다음 스스로 돌진한다는 것을. 평소였다면 그 돌진을 기다렸다가 충돌하기 직전 '투기: 사이드 스텝'으로 옆으로 피했을 것이다. 하지만 지금은 한시가 급했기에 자신 역시 보어에게로 향했다.

타이밍을 재는 것이 상당히 어려웠다.

"어쩔 수 없이 사이드 스텝은 포기해야 하나."

그렇게 중얼거렸을 때 노멀 보어의 모습이 사라졌다.

레서 보어와 비교할 수 없는 속도의 돌진.

"검기: 영시."

파고드는 적의 공격을 제로 거리에서 오른발을 축으로 45도 회전하여 피하고, 그 기세 그대로 적의 왼쪽 측면에 검을 꽂는 기술이었다.

붉게 빛나는 아벨의 마검이 노멀 보어의 왼쪽 귀를 뚫었다.

"키에에에엑."

울려 퍼지는 노멀 보어의 단말마. 하지만 노멀 보어가 쓰러짐과 동시에 아벨도 한쪽 무릎을 꿇었다.

검기 연속 발동은 아무리 천재라 불리는 검사라 해도 상당한 피로가 가중된다.

하지만 여기서 느긋하게 회복을 기다릴 틈은 없었다. 조금 전의 장소에서는 료가 어쌔신 호크를 상대로 싸우고 있을 것이기 때문이다.

애써 몸을 일으키고 심호흡을 했다. 잠시 호흡을 가다듬은 아벨은 조금 전의 광장을 향해 달리기 시작했다.

지금의 아벨에게 조금 전 노멀 보어로 향했을 때만큼의 속도는 없었다. 하지만 꽤 서둘러 광장으로 돌아왔다.

하지만 그곳에는 료가 이미 어쌔신 호크의 목을 칼로 잘라 피를 뽑고 있었다.

"아, 어서와요, 아벨."

"아아…… 다녀왔어……? 쓰러뜨린 건가?"

"네, 지금부터 피를 뽑으려던 참이에요. 정면 숲에 있던 마물은 아무래도 안으로 들어간 것 같아요."

그 말을 들은 아벨은 털썩, 무릎을 꿇고 주저앉았다.

"어라? 아벨? 다쳤어요?"

그 모습에 당황하는 료.

"아냐, 괜찮아. 아무 데도 안 다쳤어. 좀 피곤한 것뿐이야."

어쨌든 둘 다 무사해서 다행이다……. 아벨은 그렇게 생각하기로 했다.

◆

"자, 점심은 닭고기 산적구이랑 멧돼지 구이예요."

둘 다 구이였다.

"아벨, 블랙페퍼는 피로회복 효과도 있으니 잘 챙겨 먹어요."

"어, 응."

오랜만의 닭고기에 입맛을 다시는 료.

래빗이나 보어에 비해 조류계 마물은 좀처럼 만날 확률이 낮았기 때문이다.

아벨도 여러모로 걸리는 부분은 있었지만 먹을 수 있을 때 먹어두는 것은 모험자로서 필수적인 능력이기도 했다. 우선은 든든히 먹었다.

한동안은 두 사람이 우물거리는 소리만이 광장에 울려 퍼졌다.

다 먹을 무렵이 되자 두 번의 검기로 상당한 피로가 쌓여 있던 아벨도 피로가 풀리는 것을 느꼈다. 료가 준비한 물을 들이키고는 만족스러운 한숨을 내쉬는 두 사람.

"만약 지금이 저녁 전이라면 그냥 여기서 야영을 하고 싶을 정도로 만족스럽네."

아벨의 말에 료가 쓴웃음을 지었다.

"아벨은 빨리 동료들과 합류해야 하잖아요."

"그래도 몇 주 정도는 걸리는 여정이잖아? 조급해해도 어쩔 수 없어."

"뭐, 확실히 얼마나 걸릴지는 모르죠. 하지만 아직 반나절은 더 걸을 수 있으니까 이동하죠."

그렇게 말한 료가 몸을 일으켰다.

"어쩔 수 없지."

그렇게 말하고 아벨도 일어선다.

"아니, 애초에 아벨을 동료에게 보내기 위한 여행인데……."

"저기, 료, 아까 전투 말인데……."

여느 때처럼 아벨이 앞, 료가 뒤인 대형이었다. 울창한 숲이라 자칫하면 떨어질 수 있었기 때문에 료는 아벨 바로 뒤에서 그를 따라갔다.

"네, 왜요?"

"어쎄신 호크의 공격은 어떻게 막았어? 그거 투명화 바람 마법이랑 돌격 공격을 쓰잖아? 더구나 돌격을 하면 절대 눈으로 보고 반응할 수 없는 속도인데."

아벨은 시선을 앞으로 돌린 채 걸으며 료에게 말을 걸었다.

"막은 건 수속성 마법인 〈아이스 월〉인데, 얼음벽을 생성하는 마법이에요."

"오, 그런 마법이 있어?"

"아벨, 뒤를 돌아보세요."

아벨은 그 말을 듣자마자 뒤를 돌아보았다. 특별히 별다를 것 없이 손을 뻗으면 닿을 만한 거리에 료는 있었다. 있는데…… 뭔가 위화감이 있었다.

"응? 이건……."

똑똑.

아벨은 〈아이스 월〉을 깨닫고 노크하듯 두드려본다.

"굉장히 투명하구나."

"네, 쉽게 눈치채기 어렵죠?"

'과연, 어쎄신 호크는 이 투명한 벽에 돌격하려다 자멸한 건가.'

아벨은 그렇게 생각하고는 말을 이었다.

"물 마법도 대단하군. 내가 아는 사람 중엔 공교롭게도 물 마법을 쓰는 사람은 한 명도 없어서 잘 모르겠어."

아벨이 아는 마법사는 불, 바람, 흙, 빛이었다. 그 네 속성의 마법사들은 꽤 있지만 물과 어둠은 아무도 없었다. 어둠은 상당히 특수하기 때문에 중앙 연방 전체를 놓고 봐도 사용자는 거의 없다. 물은…….

"수속성 마법은 전투에 적합하지 않다고 들었는데 꽤 쓸만하잖아. 그 할아범, 다음에 만나면 한마디 해줘야지."

"응? 아벨, 뭐라고 했어요?"

"아, 아니 혼잣말이야, 신경 쓰지 마."

료에게는 신경 쓰이는 일이 있었다.

어쌔신 호크와 교전했던 광장, 그 앞쪽 숲에 있던 마물이다. 적어도 지금까지 료가 만나본 마물은 아니었다.

료와 어쌔신 호크의 전투가 시작되고 결국 그 마물은 광장으로 나오지 않은 채 돌아갔다. 느낌상 그리 큰 마물은 아니었다.

실제로 그 마물이 있었다고 생각되는 주변을 지금 이렇게 지나가고 있지만 나무가 부러져 있지는 않았다. 큰 마물이었다면 주변이 어질러져 있었을 것이다. 그만큼 울창한 숲이었으니까.

'뭐, 깊이 생각해도 어쩔 수 없지.'

생각해도 소용없는 일이라면 생각하지 않는다.

료의 특기 중 하나였다.

◆

"앞에서 무슨 소리가 들려."

아벨이 료에게 속삭였다. 료도 고개를 끄덕인다.

한참을 더 가자 숲이 끊어지고 그 안쪽으로 습지대가 펼쳐져 있는 듯했다. 그곳에는 사람도 아니고, 보어도 래빗도 아닌 다른 생물이 있었다.

키 2미터에 이족보행, 얼굴은 도마뱀, 온몸은 비늘 같은 것에 덮여 있으며 가는 꼬리가 나 있다. 키만큼이나 긴 하얀 창을 들고 있다.

"리저드맨……."

얼굴을 찌푸린 아벨이 말했다.

리저드맨은 무리지어 생활한다. 그렇다면 이 습지대 안쪽에 리저드맨의 취락이 있을 가능성이 높다는 뜻이었다.

"리저드맨…… 습지대에 무리지어 사는 마물로 자라면 꼬리가 탈피해 그것을 창으로 사용한다. 인간과의 의사소통은 불가능하며 인간과 마주치면 무조건 덮친다. 인간의 내장을 특히 좋아하기 때문이다."

아벨이 놀란 얼굴로 료를 보며 말했다.

"잘 알고 있네. 뭐야, 리저드맨과 싸워 본 적 있어?"

"집에 있던 《마물 대전 초급편》이라는 책에 적혀 있었을 뿐이에요. 싸운 적은 없어요."

료는 고개를 저으며 대답했다.

"리저드맨은 마법을 쓰진 않지만 습지대에서는 상당히 귀찮은 상대야. 게다가 떼 지어 있어서 수적으로 많을 수밖에 없지. 여기는 우회하자."

　물론 료에게도 이론은 없었다. 그렇게 두 사람은 바람이 향하는 서쪽으로 나아갔다.

　상당한 거리를 걸어 습지대를 벗어난 후 다시 북쪽을 향해 걷기 시작했다. 습지대가 얼마나 넓었는지는 알 수 없지만 둘 다 가능한 빠르게 습지대를 벗어나고 싶다는 마음만은 똑같았다.

　하지만…… 그 목적은 허무하게도 무너졌다.

　"아벨, 아무래도 리저드맨이 눈치챈 것 같아요."

　"정말? 여기서 요격할까?"

　울창한 숲속이다. 적어도 습지대는 아니었기에 리저드맨 한 마리라면 그렇게 귀찮지는 않을 것이다.

　"아벨, 전 신경 쓰지 말고 싸워도 괜찮아요."

　"그, 그래, 무리하지 마. 아까 그 벽 같은 것도 꼭 쓰고."

　아벨은 어쩐지 료라면 괜찮을 것 같았다.

　'이 숲에서 혼자 생활해왔을 거고, 내가 앞에서 할 수 있는 한 쓰러뜨리고 유인해서 뒤로 보내지 않으면 그만이야!'

　그런 생각을 하다 보니 맨 앞에 있던 리저드맨이 나타났다.

　"적의 수를 모르는 이상 투기는 절약한다."

　먼저 파고들어 그대로 검을 옆으로 그었다. 그 일격에 리저드맨을 물리쳤다. 이어서 그대로 오른쪽 적을 향해 휘둘러 2마리째를 도륙했다.

　이후에도 아벨은 절대 포위당하지 않고 신중하게 이동하며 위험 없이 리저드맨을 잡아나갔다.

투기를 쓰지 않아도 아벨은 우수한 검사였다.

'굉장하네, 아벨. 조금도 위태롭지 않아. 저건 아류가 아니라 어렸을 때부터 제대로 된 훈련을 받아온 숙련된 움직임이야······.'

료는 순순하게 감탄하고 있었다.

단련에 단련을 거듭하며 노력에 노력을 쌓아온 일류 검사의 모습이 그곳에 있었다.

하지만 그런 아벨조차도 미처 다 베지 못해 두 마리 정도가 료 쪽을 향해 왔다.

"괜찮아요!"

료가 아벨에게 외쳤다.

아벨은 힐끔 료를 보고는 이내 자신의 주변 리저드맨 처리에 착수했다.

"〈아이시클 랜스 2〉."

료의 손아귀에서 발사된 두 개의 얼음 창이 빗나감 없이 리저드맨의 이마에 박혔다.

"뭔가 오랜만에 〈아이시클 랜스〉를 쏜 것 같네."

슬슬 끝이 보이기 시작했을 무렵, 지금까지와는 다른 것이 다가오고 있었다.

"아벨, 뭔가 큰 게 리저드맨과 섞여서 오고 있어요."

"뭐?"

리저드맨을 잡는 움직임은 늦추지 않은 채로 아벨은 리저드맨이 다가오는 쪽을 바라보았다. 다가오는 거대한 것은…….

"리저드킹! 왜 저런 것까지 나오는 거야. 취락 안쪽에 박혀 있으라고!"

리저드킹…… 그것은 취락에 딱 한 마리만 존재하는 리저드맨의 상위체이다.

상위종처럼 종의 진화라고 할 만한 변화를 이룬 것이 아니라 어디까지나 중재자였다. 인간계로 보자면 왕이나 촌장에 가까울 것이다.

하지만 리저드킹이 되는 개체는 몸집도 크고 무엇보다 전투력이 높았다. 그런 개체가 킹이 되기 때문이었다.

"남은 4마리와 킹인가. 좀 귀찮게 됐네."

"아벨은 킹을 해치워줘요. 제가 나머지를 마법으로 쓰러뜨릴 테니까요."

"아니, 하지만 료는 지팡이가…….

"〈아이시클 랜스 4〉."

료의 손에서 발사된 네 개의 얼음 창이 조금 전 두 개의 얼음 창과 같이 킹을 제외한 네 마리의 이마에 박혔다.

"허?"

입을 떡 벌리는 아벨.

"지금 4발이 날아갔는데…… 연사하는 마법 같은 건 없다고 전에 린이 말했던 것 같은…… 아니, 수속성 마법에는 있나? 연사가 아니라서 가능한 건가? 어라?"

"아벨, 리저드킹이 와요."

료의 말에 아벨은 정신을 차렸다.

"생각은 나중이군. 일단 킹을 쓰러뜨린다."

일 대 일이라면, 그리고 습지대가 아니라면 리저드킹이라 할지라도 아벨의 적수는 아니었다.

하지만 역시나 리저드맨의 시신이 산적한 이곳에서는 한숨 돌릴 수도 없었기에 일단 조금 더 북쪽으로 목을 축이면서 이동하기로 했다.

"〈물이여 와라〉〈컵이여 생겨라〉."

사용하면 폼은 났기에 료는 아벨 앞에서는 주문을 말하고 물을 준비했다.

아벨은 그것을 게슴츠레한 눈빛으로 바라보면서도 걸으면서 물을 마셨다.

"저기, 료."

"왜요, 아벨?"

"어젯밤 물병 속에 물을 준비해 줬을 때의 주문은 〈물이여 태어나라〉 아니었나?"

"어……."

자신도 모르게 눈을 굴리는 료.

"그, 그랬나요? 아벨의 기분 탓 아니에요?"

거동이 수상해지는 료. 무슨 말을 해도 설득력은 전무했다.

"뭐, 됐어. 그리고 아까 그 얼음 창은 뭐야?"

"뭐야? 라고 물어도…… 수속성 마법의 〈아이시클 랜스〉인데요?"

"아니, 아까 네 개가 동시에 날아갔잖아?"

"네, 네 개 날렸어요. 원래 그런 마법이니까 갑자기 뭐냐고 물어도…… 대답할 수가 없네요."

어떤 질문을 해야 할지 아벨은 잠시 생각했다.

그리고 자신이 알고 있는 사실을 전하기로 했다.

"내 동료 중에 바람 속성 마법사가 있는데, 그 녀석 말로는 마법은 한 번의 주문에 한 번만 발동한다고 했거든. 하지만 아까 아이시클 랜스는 분명 4개가 날아갔지? 뭔가 좀 이상한 것 같아서."

하지만 료는 자신만만하게 대답했다.

"바람 속성 마법은 잘 모르겠지만 수속성 마법을 쓰면 아까 같은 건 지극히 보통이에요. 아무 문제 없어요."

"그, 그래……?"

너무나도 당당한 료의 표정에 아벨은 무어라 더 말할 수가 없었다.

리저드맨을 잡은 곳에서 30분쯤 걸어가자 숲이 조금 트인 곳이 나왔다.

과거의 경험으로 보아 이런 곳에는 어쌔신 호크가……. 그런 생각에 잠시 기다려 보았으나 나타날 기미는 보이지 않았기에 오늘 밤 야영은 그곳으로 결정되었다.

"저녁밥 말인데…… 리저드맨은 맛이 없죠?"

"그래, 엄청나게 맛이 없지. 그래서 아까 시체도 다 놓고 왔어."

"그렇죠…… 그럼 제가 뭔가 사냥해 올 테니까 아벨은 마른 가지와 불 준비 좀 해주세요."

이제 료의 마법 능력을 조금도 의심하지 않는 아벨은 그 제안을 승낙했다. 분명 이런 종류의 사냥에는 검사보다 마법사가 더 적합할 테니까.

"알았어. 적당히 부탁해."

그러면서 아벨은 마른 가지를 모으기 시작했다.

료도 숲의 안쪽으로 들어갔다.

'후…… 영창은 〈물이여 와라〉로 통일하자.'

생각하고 있던 것은 정말이지 아무래도 상관없는 것이었다.

료는 크게 당황하지 않고 노멀 래빗을 찾아내 〈워터 제트〉로 마무리했다. 게다가 처리하면서 비파나무를 발견했다.

"오, 디저트로 과일이 추가됐네."

료는 노멀 래빗과 비파 열매를 양손 가득 안고 야영지로 돌아왔다. 그곳에는 마른 가지를 주워온 아벨이 막 돌아와 있었다.

"아벨, 오늘은 디저트로 과일이 있어요."

"오오. 그 과일이야? 본 적 없는 건데……."

"어? 여기에선 안 먹는 건가요? 제 고향에서는 비파라고 불리는 어엿한 음식이에요."

"이름도 처음 들어. 향기도 달콤하네. 맛있겠다."

팔에 가득 안고 있던 마른 가지를 놓고 아벨은 모닥불을 피우기 시작했다.

"〈물병이여 생겨라〉〈컵이여 생겨라〉〈물이여 와라〉."

그렇게 말한 료는 컵에 물을 담아 모닥불을 피우고 있는 아벨에게 건넸다.

　"아벨. 영창은 〈물이여 와라〉예요. 들었죠? 그게 정답이에요."

　"어? 무슨 말을……."

　"영창은 〈물이여 와라〉라고요. 알겠죠?"

　"아, 네……."

　우격다짐 스킬을 습득한 료였다.

벽

이튿날 두 사람은 순조롭게 북쪽으로 향하고 있었다.

난제에 부딪힌 것은 점심 전.

"벽…… 이구나."

"벽…… 이네요."

높이 100미터는 될 법한, 동서로 빈틈이 보이지 않아 그야말로 벽이라고밖에 표현할 수 없는 바위 더미가 두 사람의 앞길을 가로막고 있었다.

"여길 올라가는 건 무리겠지."

"네, 위쪽은 역뱅크니까요. 적어도 저한테는 무리예요."

역뱅크란 90도, 그러니까 수직을 넘어서 이쪽으로 기울어져 있는 상태를 말했다. 맨손으로 오른다면 고도의 암벽 등반 기술이 필요할 것 같았다.

"큭. 바람 속성 마법사라면 이 정도는 쉽게 오를 수 있을 텐데!"

"아니, 바람 속성으로도 무리 아냐?"

아벨은 머릿속으로 파티 멤버인 바람 속성 마법사 린의 모습을 떠올리고 그녀가 이 벽을 오르는 모습을 상상했다.

응, 불가능하다.

"동서 어디로든 나아가서 샛길을 찾을 수밖에 없겠네."

"뭐랄까…… 어느 쪽으로 가도 불길한 예감밖에 안 드는데요……."

근거는 전혀 없었지만 료는 자신의 생각을 말했다.

"그래? 그럼 여기선 동전으로 정하자."

그러면서 아벨은 지갑에서 동화 한 장을 꺼냈다.

"앞이 나오면 동쪽, 뒤가 나오면 서쪽이야."

그러고 나서 엄지손가락을 이용해 위로 튕겼다. 그 후 떨어진 동전을 받아들고 손을 펼친다.

"앞. 동쪽이네."

"알겠습니다. 그럼 동쪽으로 가죠."

료는 고개를 끄덕였지만, 그 시선은 아벨의 왼손에 있는 동전에 못 박힌 채였다.

"료, 이 동전에 뭐라도 있어?"

"아니요, 돈을 처음 봐서."

그랬다. 료는 이『파이』에 와서 처음으로 돈을 본 것이다.

전생해서 계속 혼자 살았기 때문에 돈을 만질 기회도 없었을 뿐더러 필요도 없었기 때문이다.

"아……."

하지만 아벨은 가난 때문에 돈을 만져볼 일도 없었던 거라 생각하며 안타까워했다.

처음 료를 만났을 때의 모습, 허리천과 샌들뿐이던 모습을 떠올리고 그것들을 가난 때문이라고 오해한 것이다.

"아벨, 그 동전 좀 보여주시겠어요?"

아벨이 료에게 건넨 것은 왕국 화폐 중에서도 가장 가치가 낮은 동화.

중앙 연방에서의 통화 단위는 플로린. 화폐는 물론 각 국가가 발행하고 있지만 통화 단위는 공통이었다.

과거에는 여러 개의 통화가 있었지만 현재는 1플로린이 동화 한 장의 가치로 다양한 거래, 매매에 쓰이고 있었다.

아벨은 그렇게 설명했다.

'과거 지구에서 중세부터 근세 유럽 시기까지 널리 쓰였던 통화 단위 두카트 같은 느낌인 건가?'

그런 해석을 통해 료는 아벨의 설명을 선뜻 받아들일 수 있었다.

아벨이 건네준 동전에는 앞면엔 남성의 옆모습이, 뒷면엔 뭔가 꽃 모양의 조각이 나 있었다.

"그건 내가 살고 있는 나이트레이 왕국의 1플로린 동화야."

"나이트레이! 멋진 울림이네요!"

지구에 그런 이름의 여배우(키이라 나이틀리. 일본식 발음으로 하면 나이트레이가 된다.)가 있었다는 것을 료는 떠올렸다. 굉장한 미인이었지! 료의 기분이 급상승했다.

"아, 으응. 그리고 그 동화의 옆모습은 현재 국왕인 스태퍼드 4세 폐하, 뒷편의 꽃은 왕가의 꽃인 백합이다."

"스태퍼드 나이트레이…… 그야말로 주인공을 위한 이름이네요, 멋있다!"

"뭐, 뭐어. 미들네임이라든가 이것저것 있으니까 좀 다르긴 하지만……."

마지막 아벨의 중얼거림은 료의 귀에 전혀 닿지 않았다.

남자는 몇 살이 되어도 중2병.

……국왕 폐하의 이름을 중2병으로 치부하는 것은 불경스러운

것 같기도 하지만.

아벨이 사는 나라, 결국 두 사람이 향하고 있는 나라의 이름이 나이트레이 왕국이라는 사실을 알고 그 예쁜 울림에 기분이 좋아진 료.

아벨로서는 물론 자기 나라에 대해 좋은 감정을 가져준 것 자체는 기뻤지만, 료를 보는 눈빛에 살짝 안쓰러운 감정이 깃든 것은 어쩔 수 없는 일이었다.

밝은 얼굴로 동전을 바라보며 료는 벽을 따라 동쪽으로 걸어갔다. 그 옆을 아벨도 걸었다.

"그러고 보니 아벨, 이 플로린은 중앙 연방에서 사용되고 있다고 했는데, 나이트레이 왕국도 그 중앙 연방 중 하나죠?"

"그래, 3대국 중 하나지."

아벨은 크게 고개를 끄덕이며 대답했다.

"3대국…… 다른 두 개의 대국은요?"

"데브히 제국과 한다르 연합이군."

"데브히……."

료가 얼굴을 찡그리며 중얼거렸다.

"응? 제국에 뭔가 불쾌한 기억이라도 있어?"

"아뇨, 이름이 너무 못생겨서……."

얼굴을 조금 더 찌푸린 료가 대답했다.

"아, 으응……. 료의 가치 기준에서는 그 부분이 중요하구나……."

아벨이 료를 보는 눈은 역시 좀 안쓰러운 시선이었다.

하지만 료는 열변을 토했다.

"국민에게도 나라 이름은 소중하잖아요! '저는 데브히(일본어로 데부(でぶ)는 뚱보라는 뜻이다.) 국민입니다'라고는 말하고 싶지 않아요……. 설마…… 혹시 제국 황제의 이름은 무슨 무슨 데브히고 뚱뚱한 체형이라던가……."

아벨이 고개를 저으며 대답했다.

"아니, 황실의 패밀리 네임은 보르네미사다. 보르네미사 가문. 데브히 제국 보르네미사 가문의 루퍼트 6세 폐하, 쉰이 넘었지만 군살 하나 붙지 않은 강철 체구를 가진 황제 폐하지."

"그럼 왜 나라 이름이 그렇게 이상한 거예요!?"

료는 소리쳤다.

결코 자신의 미적 감각을 위해 외친 것이 아니다.

슬픈 이름을 짊어진 제국 신민을 위해 외친 것이다.

데브히는 아니지…… 적어도 순서를 좀 바꿔서…… 아니, '히데브'도…… 좀 아닌가…….

◆

두 사람은 벽을 따라 걸었다.

2시간 정도 걸은 지점부터 점차 벽이 낮아졌다.

"조금씩 벽이 낮아지고는 있는데 아직 올라갈 수는 없겠네요."

"그러게. 서두르지 않아도 이대로 가면 어떻게든 되지 않을까?"

높이가 30미터 정도로 낮아지긴 했지만 그래도 벽을 오르기는 어려울 것 같았다.

'마치 거대한 레이저 같은 것으로 도려낸 듯한 느낌이야. 혹시 빛 속성 마법사라면 그런 마법을 쓸 수 있지 않을까?'

마음속으로 던져진 그 의문에 답하는 사람은 아무도 없었다.

마음 밖으로 튕겨 나간다고 해도 답할 수 있는 사람은 없었겠지만.

그대로 한 시간쯤 걸어가자 벽이 갑자기 사라졌다.

"드디어 벽이 끝났나."

"벽 너머는 숲이 아니라 초원이네요."

군데군데 1미터 정도 높이의 바윗덩어리가 있는 것 외에는 료가 말한 대로 저 너머까지 초원이 펼쳐져 있었다. 벽에 닿기 전까지 울창한 숲을 걸어온 것을 감안하면 상당한 변화였다.

"전망은 좋은데…… 뭐, 이러쿵저러쿵 말해도 소용없지. 어차피 북쪽으로 갈 수밖에 없으니까."

"그럼 가죠."

두 사람이 초원에 발을 들이고 30분 정도 걸었을 때였다.

채앵.

전위에 있던 아벨이 검을 빼 들자마자 휘둘러 날아온 무언가를 베었다.

"……돌?"

아벨이 중얼거렸다.

그것을 계기로 전방에서 엄지손가락 크기의 돌이 연속으로 아벨을 향해 날아왔다. 그것을 피하거나 혹은 검으로 때려 떨어뜨리고 전방을 응시했다. 2미터 정도의 바위에서 날아오는 것이 보였다.

"〈아이스 월〉."

아벨 앞쪽으로 료가 생성한 얼음벽이 생겨났다.

〈아이스 월〉로 인해 돌 걱정을 덜 하게 된 아벨은 더욱 눈을 좁혔다.

"료, 상황이 안 좋은데. 록 골렘 터에 들어온 것 같아."

"골렘한테도 터가 있어요?"

후위에 있던 료도 아벨 옆으로 달려왔다.

"골렘이 집단 발생하는 곳을 모험자들은 터라고 불러. 아무래도 여기는 그런 곳 같아. 나도 경험해 본 건 처음이지만."

지식으로는 알고 있어도 그것만으로는 어쩔 수 없는 일도 있다.

"저기, 바위같이 생긴 녀석이 록 골렘?"

"그래, 저거야."

"골렘이라면 좀 더 이렇게 인간처럼 손이나 발 같은 게 있을 거라고 생각했는데……."

료의 경우는 지구의 지식이었지만.

무엇보다 지구에 실제로 골렘이 있었다는 역사적 사실은 존재하지 않았다.

골렘은 본래 유대교 전승에 등장하는 움직이는 진흙 인형이다. 땅에 영혼을 넣어 움직이게 한다거나 혹은 사람으로 만든다거나 한다는 이야기는 세계 각지에 신화나 전승으로 남아 있기 때문에 어쩌면 지구에도 과거엔 골렘이 있었을지도 모르지만……

"그래, 연금술 같은 걸로 움직일 수 있는 건 그런 느낌이야. 서쪽 나라에는 골렘 병단을 가진 나라도 있다고 들은 적이 있어. 하지만 자연 발생하는 골렘은 다양한 형태가 있다고 하니까…… 이곳의 골렘은 저렇게 돌로 되어있나 봐."

아벨이 그렇게 말하자마자 뒤를 돌아보며 검을 한 번 휘둘렀다.

챙강.

뒤쪽에서도 골렘의 돌이 날아온 것이다.

"〈아이스 월〉."

후방에도 료는 〈아이스 월〉을 생성했다.

"그러고 보니 우리가 지나온 곳에도 저런 바위가 있었죠. 깨워 버린 걸까요?"

"유인한 다음 협공인가? 흙덩어리 주제에 머리 좀 썼군."

"저 골렘은 검으로 쓰러뜨릴 수 있나요?"

참고로 골렘계는 《마물 대전 초급편》에는 실려 있지 않았기에 료에게는 지식이 전혀 없었다.

"시도해 본 적이 없어서 모르겠어."

"그렇군요."

"뭐, 이것도 좋은 경험일지도 모르겠네, 좀 가까운 녀석을 공격해 보고 올게. 료는 여기 있어."

그렇게 말하고 아벨은 앞뒤의 〈아이스 월〉 밖으로 빠져나가 오른쪽 앞에서 다가오는 록 골렘을 향해 달려갔다.

그랬다. 록 골렘은 겉보기엔 바위였지만 조금씩 가까워지고 있던 것이다.

'바위라면 평범한 워터 제트로는 자를 수 없겠지. 어브레시브 제트라면 자를 수 있겠지만…… 그건 한순간에 되지는 않으니까 어떨까…… 나중에 시험해 보자.'

료가 그런 생각을 하고 있는 사이 아벨은 록 골렘 한 마리를 베기 직전이었다.

"투기: 완전 관통."

다가가자마자 투기를 발동시켜 검으로 찔렀다.

절컥.

아벨과 한 몸인 마검은 투기의 효과까지 맞물려 록 골렘의 몸을 관통했다. 꿰뚫은 즉시 옆으로 그었다.

일반적인 생물이라면 이걸로 죽겠지만…… 골렘은 베인 장소가 복구되어 갔다.

"젠장."

아벨은 복구 중인 골렘을 발로 차 넘어뜨린 뒤 〈아이스 월〉로 향했다. 돌을 날리게 되기까지 조금이라도 시간을 벌기 위함이었다. 달리고 있을 때 뒤에서 던져오면 피하기 어려웠다.

다행히 골렘은 넘어진 상태에서는 돌을 날릴 수 없는 것인지, 아벨은 무사히 〈아이스 월〉의 품으로 돌아갈 수 있었다.

"안 돼, 복구하는 것 같아."

"네, 봤어요. 지금 움직이고 있는 골렘은 아벨이 공격한 하나를 포함해 전방에 일곱, 후방에 다섯 있어요."

"합쳐서 열두 마리인가…… 달려서 도망치기엔 시야가 너무 트여 있어."

"도망치는 건 무리겠네요. 음, 좀 시도해보고 싶은 공격이 있는데 그걸 해봐도 될까요?"

그렇게 말한 료는 하늘을 올려다보았다.

"어차피 내 쪽은 방법이 없어. 맡길게."

"그럼 해볼게요. 〈아이스 월 10층〉."

료가 주문을 외자 두 마리의 골렘이 있는 전방 40미터 상공에 〈아이스 월〉이 **지면과 평행하게** 생성되었다.

그리고 낙하.

귀를 찢는 굉음과 몇 미터 가까이 치솟는 흙과 풀.

료와 아벨은 방어용 〈아이스 월〉이 있었기 때문에 피해는 전무했지만 〈아이스 월 10층〉이 떨어진 곳은 참혹했다.

물론 떨어진 곳에 있던 록 골렘은…… 돌 조각 하나 남아있지 않았다.

"질량 무기는 무섭네."

료가 한 것은 딱히 특별한 것도 아니었다. 상공에 〈아이스 월〉을 발생시켜 떨어뜨렸을 뿐이다.

10층으로 한 것은 10층이 더 무거울 거라 생각한 것뿐이다.

상공의 〈아이시클 랜스〉도 그렇고 이것도 그렇고, 료는 위에서 떨어뜨리는 것을 좋아하는 것인지도 모른다.

료는 그렇다 치고, 아벨은 충격에 휩싸여 움직이지 못했다. 재기동하기까지 5초 정도의 시간이 걸렸다.

"료, 료……. 뭐야, 방금 그건."

"이거요? 우리 눈앞에 있는 이 아이스 월을 상공에 생성해서 그냥 떨어뜨렸을 뿐이에요. 굉장히 단순하지만 잘 해결됐네요."

아벨을 안심시키기 위해 빙그레 미소 짓는 료.

예상 이상의 질량 무기 효과를 발생시켰지만, 모두 계획한 대로 흘러갔다는 표정을 짓고 있는 편이 더 멋있겠지. 적어도 료는 그렇게 생각했다.

"지금 두 마리 쓰러뜨린 것 같은데 다른 것도 똑같이 쓰러뜨릴게요."

그렇게 말하고, 료는 〈아이스 월 10층〉을 상공에 차례차례 발생시킨 다음 낙하하게 해 지면 사이에서 압착해 나갔다.

료는 눈치채고 있었다. 아벨이 발로 차서 넘어뜨린 록 골렘만은 그 후로 움직임이 멈춰 있었다.

"아벨, 일단 열한 마리는 쓰러뜨렸어요."

"열한 마리? 열두 마리 있지 않았나?"

"네, 아벨이 맨 처음 발로 차서 넘어뜨린 그 녀석은 움직임을 멈춘 상태예요."

그렇게 말한 료는 아벨이 걷어찬 골렘을 가리켰다.

"확실히…… 안 움직이네."

방어용 〈아이스 월〉을 없애고 두 사람은 넘어진 골렘에게 다가갔다.

아벨이 검 끝으로 골렘을 툭 만져보았지만 반응이 전혀 없다.

"왜 안 움직이는 거지……."

"아벨의 굉장한 발차기에 기능이 멈춘 거겠죠. 아벨은 검사를 그만두고 그래플러가 되는 게 낫겠어요!"

"그래플러가 뭔데. 애초에 그렇게 대단한 발차기도 아니었을 텐데."

아벨의 발차기는 대미지를 주는 발차기였기보단 넘어뜨리기 위한 발차기였다. 발바닥으로 미는 듯한…… 외형만 보자면 프로레슬링에서 말하는 켄카 킥에 가깝다고 볼 수 있었다.

인간이 상대라면, 맞은 부위가 명치일 경우 대미지를 줄 수 있었겠지만 이 돌 골렘이 그 정도의 킥으로 대미지를 받진 않을 것 같았다.

"혹시…….."

료는 주저앉아 록 골렘의 아랫부분, 본래 땅과 맞닿아 있던 부분을 주의 깊게 살피기 시작했다. 골렘은 땅에서 어떠한 에너지를 공급받는데, 그것을 받을 수 있는 장소가 아랫부분 한정인 게 아닐까, 그런 가설을 세운 것이다.

바탕이 된 지식은 스마트폰 등의 비접촉 충전. 그 기술을 집 바닥이나 벽에 비치하면 가전 콘센트 같은 게 필요 없을 텐데…….. 그런 식으로 지구에 있을 때 줄곧 생각했던 것을 뒤집어진 채 움직임을 멈춘 골렘을 보고 떠올린 것이다.

골렘에게는…… 확실히 무언가가 있었다.

"아벨, 이거 봐요."

료는 아벨에게 그 부분을 보여주었다.

"이건…… 마석인가?"

골렘이 본래 땅과 맞닿아 있던 부분에서는 아주 희미하지만 노란 마석이 보였다.

"골렘을 깎아서 꺼내 볼까요?"

"그래, 하지만 록 골렘은 단단해. 내 투기: 완전 관통이라면 할 수는 있지만……"

"괜찮아요. 시간이 좀 걸리긴 하지만 수속성 마법에 딱 좋은 마법이 있어요. 〈어브레시브 제트〉."

록 골렘을 쓰러뜨리는 데는 쓸 수 없을 것이라고 생각했던 〈어브레시브 제트〉. 하지만 시간이 걸려도 문제없는 해체에는 딱 좋은 마법이었다.

묻혀 있는 마석이 어느 정도 크기인지 알 수 없었기에 조심스럽게 주변의 바위를 깎아나갔다.

5분 정도 걸려 마석을 빼내는 데 성공했다. 딱 손바닥만 한 크기의 노란 마석이었다.

"이건…… 꽤 크네."

지금까지 수많은 마물을 쓰러뜨리고 수없이 많은 마석을 꺼내 온 아벨조차 놀랄 정도의 마석.

마석의 가치는 크기와 색깔과 농담(濃淡)으로 결정된다.

클수록 가치가 높다. 일반적으로 강한 마물일수록 더 큰 마석을 갖고 있다.

색은 마법에서 말하는 속성이다. 불이면 빨강, 물이면 파랑.

그리고 농담은 대개 그 마물이 태어난 이후 지금까지 얼마나 살았는지의 길이와 경험에 따라 달라진다. 많은 경험을 쌓으면 짙어지고, 짙으면 짙을수록 가치가 높아진다.

"크기는 내가 본 것 중 최대. 빛깔은 노란색이니 토속성. 농도는 놀라울 정도로 짙어. 아마 이곳에서 오랫동안 침입한 마물을 쓰러뜨려 온 거겠지."

아벨이 골렘의 마석을 보며 말한다.

"오, 이번 전리품이네요. 그건 아벨이 갖고 있어요."

"내가?"

"네, 제 옷에는 주머니가 없어서요."

"아, 으응."

료가 〈아이스 월〉로 부순 록 골렘도 둘러보았지만, 마석은 훌륭할 정도로 산산조각이 나 있었다.

"이 방법은 실패였네요."

어깨를 축 늘어뜨린 채 낙담하는 료.

"아니, 쓰러뜨리지 않았다면 우리가 당했을 테니까…… 살기 위해서는 어쩔 수 없었어. 애초에 마석을 얻을 줄도 몰랐잖아."

"듣고 보니 그러네요. 일단 살아남을 것, 버는 것은 그 이후부터니까요."

매년 연봉 수천억 엔 이상을 챙기며 잉글랜드 은행을 무너뜨린 남자의 그런 말이 문득 떠올랐다. 료는 크게 고개를 끄덕였다.

"조금 떨어진 곳에 움직이지 않는 녀석도 있는 것 같은데…… 어쩔까?"

료 일행을 덮친 것은 이 근처에 있던 록 골렘뿐이었고 이보다 떨어진 곳, 방향으로는 서쪽 부분에 아직 상당한 수의 바윗덩어리가 보였다.

"아아⋯⋯. 솔직히 긁어 부스럼을 만들긴 싫으니까 손을 대고 싶진 않네요. 게다가 아벨 주머니에 이 마석만 잔뜩 있어도 힘들잖아요?"

"뭐, 내 주머니야 그렇다 쳐도 긁어 부스럼이라는 말엔 동감이야. 서둘러 북쪽으로 가자."

그렇게 말한 두 사람은 북쪽으로 걷기 시작했다.

"우리가 벽을 따라 걸어온 곳, 그 벽 위가 이 록 골렘의 터였다는 걸까요?"

"위치적으로 따져보면 그런 것 같아. 왜 그렇게 됐는지는 모르겠지만."

"뭔가 특별한 마력이 땅에서 나오고 있는 걸까⋯⋯ 혹은 누군가가 설치한 함정인가?"

료가 명탐정 같은 느낌으로 말했다.

"누군가라니⋯⋯ 이런 곳에 사람이 있을 것 같아 보이지는 않는데."

"사람이라고 단정할 수는 없잖아요?"

료의 눈이 반짝, 하는 느낌으로 빛났다.

"엘프라든지 드워프를 말하는 건가?"

"후우⋯⋯."

그렇게 말한 료는 아벨을 곁눈질로 보면서 고개를 설레설레 저었다. 그리고 양손을 위로 향한 채 어깨를 으쓱한다.

"뭐야, 그런 안쓰럽다는 눈빛으로 보지 마."

"사람이 아니라 악마라든가, 뭐 그런 거요."

"악마…… 가 뭐야?"

"네? 어라?"

《마물 대전 초급편》 마지막 부분에 《특급편》으로 미카엘(가명)이 굳이 덧붙인 것처럼 보이는 항목이 있었다.

거기에는 드래곤과 악마가 실려 있었다. 일부러 써 놓았을 정도니까 『파이』에 사는 인간에게는 지극히 상식적인 지식이라고 생각한 것이다.

아벨은 중앙 연방에 대해 설명했을 때도 꽤 자세한 지식을 갖고 있었다. 그랬기에 료는 아벨이 적어도 이 『파이』라는 세계에서 사는 사람들 중에서는 평균 이상의 지식을 가진 사람일 것이라 생각한 것이다.

하지만 그 아벨이 악마를 모른다고 한다…….

"아벨, 드래곤은 알아요?"

"당연하지. 물론 본 적은 없지만 전설상의 생물로 알고 있어."

실재하는 것이었지만, 그 부분에 대해서 료는 말하지 않기로 했다. 왠지 말하지 않는 편이 좋을 것 같았다.

"그럼 데빌이나 데몬 같은 건 들어본 적 없어요?"

"데빌이라면 있지. 신과 천사의 적대자잖아."

'과연, 데빌이라고 알려져 있구나.'

하지만 료는 동시에 희미한 위화감을 느꼈다. 그렇다면 왜 미카엘(가명)은 '악마'가 아니라 '데빌'이라고 쓰지 않은 것일까.

더구나 악마에 관한 설명은 '천사가 타락한 것…… 은 아니다.

어디서 왔는지는 불명'.

'역시 좀 마음에 걸리네. 뭐, 고민해도 어쩔 수 없지.'

"그럼 료는 이 록 골렘을 데빌이 설치했다는 거야?"

"가능성이 없다고는 할 수 없잖아요?"

물론 아무 근거 없이 적당히 말했을 뿐이다.

"그러고 보니 아벨은 아까 엘프라든지 드워프라든지 말하지 않
았나요?"

"아, 그랬지. 어딘가에 있는 수속성 마법사가 바보를 보는 듯한
눈빛으로 쳐다봤지만 말야."

아벨은 료를 반쯤 뜬 눈빛으로 노려보았다.

"아벨, 그런 사소한 것에 집착해서는 훌륭한 검사가 될 수 없어요."

"너한테 듣고 싶진 않아!"

몇 번의 사선을 지나온 둘은 이미 전우 비슷한 관계가 되어 있
었다.

여행 동료로서는 좋은 일이다.

"뭐, 어쨌든 엘프나 드워프에 대해 좀 들려주세요."

아벨의 외침을 아랑곳하지 않고 료는 자신의 흥미를 우선시했다.

"……. 드워프는 거리에서도 자주 보여. 누가 뭐래도 대장장이
실력이 좋은 녀석들이 많으니까. 실력 좋은 대장장이의 3분의 1
은 아마 드워프일 거다. 그 외엔 모험자로도 꽤 있는 편이야. 팔
힘이 세니까 주로 전위가 많지."

"그렇군요. 이미지 그대로네요."

"어떤 이미지인데……. 엘프 쪽은 엄청 적어. 거리에서 보는 일

은 거의 없다고 보면 돼. 우리가 활동 거점으로 삼고 있는 룬의 거리에서도 모험자 중에 딱 한 명 있었는데, 아마 룬의 거리에 있는 엘프는 그 녀석뿐일 거야. 대부분 숲속에 마을을 만들어 지내면서 잘 나오지 않거든. 나이트레이 왕국이라면 왕국의 서쪽 숲에 마을이 있어서 그곳에 모여 살아."

"그렇군요. 그쪽도 이미지 그대로네요."

"아니, 대체 어떤 이미지인데!"

분노의 감정 반 어이없다는 감정 반으로 외치는 아벨이었다.

록 골렘 터를 빠져나간 뒤 두 사람은 꽤 오래 걸었다. 가능한 한 빨리 위험한 터를 벗어나고 싶다는 마음도 있었지만, 숲이 아닌 초원이었기 때문에 자연스레 발걸음을 서두를 수 있었던 것이다.

해가 기울기 시작할 무렵 두 사람은 강가로 나왔다.

"오늘은 이쯤에서 야영을 할까."

"알겠습니다. 저녁은 민물고기 소금구이겠네요."

"아, 맛있겠다, 그거. 그럼 내가 물고기를 준비해 올게."

여느 때 같으면 레서 래빗 등을 구하기 위해 마법사인 료가 사냥에 나서는 경우가 많은데 오늘은 아벨이 사냥을 자청하고 나섰다.

"괜찮겠어요?"

"아니, 잠깐. 그 엄청나게 의심스럽다는 시선은 뭐야. 동료들이랑 활동할 때도 물고기는 대부분 내가 사냥했다고."

"알겠어요. 그러면 아벨에게 맡기겠습니다. 저는 마른 가지를 주워올게요."

그리하여 료는 가지를 구하러, 아벨은 강으로 향했다.

"하여간…… 물고기 사냥은 자신 있다고."

그렇게 말한 아벨은 신발을 벗고 바짓가랑이를 걷어 올린 뒤 허리에서 검을 뽑았다. 그리고 물이 무릎까지 올 때까지 들어갔다.

그리고 강물에 들어간 채 무언가를 조용히 기다렸다.

잠시 후 스르륵 수면 위를 검으로 찌르자, 끌어올린 검 끝에는 보기 좋게 물고기가 꽂혀 있었다.

"좋아."

그런 식으로 아벨은 저녁 재료를 준비해 나갔다.

오랜만의 생선구이. 기본적으로 양념은 소금뿐이었지만 맛있었다.

료도 아벨도 고기는 정말 좋아하지만…….

"가끔은 물고기도 좋지. 맛있네."

"맞아요. 아벨이 식재료를 무사히 조달해 준 덕분이죠. 미처 몰라봤네요."

그러면서 료는 고개를 숙였다.

"아니, 뭐, 알아줬으면 됐어."

살짝 쑥스러워하는 아벨.

"역시 민물고기는 좋네요. 바다랑은 다르게, 바다랑은."

"뭐야, 날 도와준 것도 바닷가였잖아. 바다는 싫어해?"

"네, 옛날에 좀 죽을 뻔했거든요……."

"료 정도의 수속성 마법 실력인데도 죽임을 당할 뻔하다니……

대체 뭐였는데?"

"크라켄이요."

그렇게 말한 료는 '언젠가 쓰러뜨리겠어, 크라켄!' 하고 굳게 마음속으로 맹세했다.

"뭐? 료도 크라켄한테 습격당한 거야? 하지만 배 같은 건 없었……아, 그때 크라켄의 공격을 받아 부서졌다거나, 뭐 그런 거야?"

"아니요, 바닷속에서 크라켄과 일 대 일 대결을 하다가 지고 말았어요."

"응, 무슨 말인지 잘 모르겠어."

"물론 저도 하고 싶어서 한 건 아니에요. 남자에겐 피할 수 없는 싸움이란 게 있잖아요, 그거예요."

그렇게 말한 료는 좋은 생각이 났다는 듯 고개를 한번 끄덕이며 말을 이었다.

"그때는 혼자였으니 당했지만, 지금은 아벨도 있으니 크라켄이라도 물리칠 수 있을 거예요! 바다에 나가면 크라켄과 싸우죠, 바닷속에서! 리벤지 매치예요!"

"아, 응, 료, 힘내. 난 육상에서 응원할 테니까! 응원이라면 맡겨줘, 이래 봬도 자신 있거든!"

"도망쳤어…… 너무해……."

"당연하지!"

이렇게 론도 아대륙의 밤은 깊어갔다.

다음 날 이른 아침.

어젯밤의 망보기도 전반이 료, 후반이 아벨이었다. 아침에 료가 눈을 뜨자 모닥불 앞에 아벨은 없었다.

조금 떨어진 곳에서 검을 휘두르고 있었다.

그 모습은 검무라고 해도 위화감이 없을 정도로 우아해 보였다. 천천히, 하지만 조금의 지체도 없이 움직임을 확인하듯 검이 휘두른다.

료의 '검도' 혹은 일본의 검술을 기반으로 한 움직임과는 전혀 달랐다. 하지만 『파이』의 검술에는 완전히 문외한인 료마저도 그 움직임에는 매료되었다.

기초나 기본기를 조금도 소홀히 하지 않고 하나하나 성실하게 쌓아 올리며 도달한 검. 천부적인 재능과 노력의 결정, 둘 다 얻는다는 것은 이런 것인지도 모른다.

아마 아벨 본인은 노력해 왔다고 생각하지 않을 것이다. 그것이 '당연'하고 '평범'한 것일 테니까. 그렇게 생각하면서 검을 휘둘러 왔겠지. 하지만 남이 보면 노력하고 있는 것으로 보였다.

노력한다고 해도 원하는 결과를 얻을 수 있다고는 할 수 없다. 그렇기 때문에 노력해도 보답받지 못하는 사람도 있다.

슬픈 이야기다.

하지만 료는 생각했다. 노력은 배신하지 않는다고.

물론 원하는 타이밍에 원하는 결과를 얻을 수 있다고는 단언할 수 없다. 하지만 노력한 결과는 머지않아 반드시 돌아온다.

반대로 그런 말을 몇 번이나 해도 통하지 않는 사람이 있는 것 또한 사실이다. 결국 사람은 자신이 경험해 보지 못한 것을 이해하지 못하는 것일지도 모른다. 사람은 믿고 싶은 것만 믿는다. 그런 생물인 것이다.

아벨 같은 사람을 가까이서 보면 조금은 달라지겠지만. 료는 그런 생각을 하면서 아벨의 검무를 보고 있었다. 푹 빠진 채 감탄하면서도 아벨의 움직임 하나하나를 료는 무의식중에 분석하면서 머릿속에 넣어두고 있었다.

"오, 료. 일어났구나."

일련의 움직임이 끝나고 아벨이 료에게 말을 걸었다.

물론 아벨은 오래 전부터 료가 보고 있다는 것을 알았다. 다만 조용히 보고 있었고, 자신도 좀 더 몸을 움직이고 싶었기에 그대로 검을 계속 휘두른 것이다. 타인의 시선을 받는 것 자체는 옛날부터 익숙했기 때문에 그 부분은 전혀 신경이 쓰이지 않았다.

"대단해요. 아벨의 검은 예쁘다고 생각하긴 했는데 정말 세련되고 아름다워요."

료는 진심을 담아 칭찬했다.

"그러지 마. 옛날부터 했으니까 몸이 기억하는 것뿐이야. 강에서 땀 좀 씻고 바로 그쪽으로 갈게."

'아, 강이 있어서 아침 연습을 한 건가. 강에서 물을 쓰면 내 〈샤워〉를 굳이 낼 필요도 없으니까. 아벨도 여러 가지로 생각해줬구나.'

아침 식사도 아벨이 몸을 씻는 김에 잡아 온 생선을 구워 먹었다.

아침 식사는 소중하다. 이것은 동서고금의 진실.

"이 강은 북쪽 언저리에서 흘러오는 것 같으니까 강을 따라 상류로 가볼까?"

"네, 저도 그게 좋을 것 같다고 생각했어요."

'어쩌면······.'

료는 그렇게 생각하고 아벨에게 정보를 알려주기로 했다.

"아벨, 우리가 있는 이 땅은 동남서 삼면이 바다로 둘러싸여 있어요."

"아아, 그래서 북쪽으로 가면 된다는 거였군."

"네. 다만 북쪽에는 산맥이 있대요. 동서로 가로놓인 것과 이어진 또 하나의 산맥. 그래서 북쪽에서 론도 아대륙으로 뚜껑을 덮고 있는 형태라고. 그리고 인간이 살고 있는 곳은 그 산맥을 넘은 곳, 산맥의 북쪽이라고 해요."

그 말을 듣고 의아해하는 아벨.

"료, 의심하는 건 아니지만······ 그건 누구에게 들은 정보야?"

"그건 안 듣는 게 좋을 것 같아요. 그저 인지를 초월한 존재에게서 얻은 정보라는 것만 밝힐게요."

그렇게 말하고 료는 아벨을 똑바로 바라보았다. 이럴 때는 눈이 입만큼이나 많은 말을 하는 법이다. 시선을 피해서는 안 된다.

그런 료를 보고 아벨은 고개를 한 번 끄덕였다.

"그래, 료가 하는 말이니까 믿을게. 어차피 달리 의지해야 할 정보도 없고 말야."

"고마워요, 아벨."

그러면서 료는 고개를 숙였다.

"아니, 감사해야 할 건 내 쪽이야. 이 타이밍에 말을 꺼냈다는 건 이 북쪽으로 이어지는 강이 그 산맥에서 흘러오고 있을 가능성이 있다는 거지?"

"맞아요. 다만 어디까지나 가능성입니다. 우선은 북쪽으로 나아갈 거고, 언젠가는 산맥을 넘어야 한다는 걸 염두에 두고 있어주세요."

"알았어."

두 사람은 강을 따라 북쪽으로 걸어갔다.

한참 걷자 물을 마시고 있는 혼 바이슨과 조우했다. 옛날 료가집 근처 강에서 악어에게 뿔을 찌르는 광경을 목격했던 그 소 마물이었다.

이 혼 바이슨은 아벨에 의해 가차 없이 사냥되어 그날의 점심이 되었다.

그 혼 바이슨을 만났을 때 료는 떠올랐다. 그러고 보니 악어에게 뿔을 찔렀던 그 강에는 피라냐가 있었다, 라는 사실을.

하지만 이 강에는 아무래도 그런 흉악한 물고기는 없어 보였다. 있었다면 어제저녁 시점에서 아벨은 피라냐에게 잡아 먹혔을 것이다. 이제 와 생각하니 무서운 일을 부탁했다는 사실을 료는새삼스럽게 깨달았다.

"이봐, 료."

"어, 아, 아벨, 왜요?"

"나한테 뭔가 찔리는 거 숨기고 있지?"

'에스퍼!'

료의 마음속에는 마치 만화 같은 얼굴로 경악스러운 표정을 지은 자신의 얼굴이 떠올라 있었다.

하지만 여기서는 둘러댈 수밖에 없다.

이런 경우 눈은 입만큼이나 말을 하는 법이다. 시선을 돌려서는 안 된다.

"무, 무슨 말을 하는지 전혀 모르겠네요."

"응, 시선은 멀쩡해 보이지만 땀도 나고 목소리도 흔들려서 한눈에 알겠는데?"

아벨은 완전히 게슴츠레한 눈으로 료를 보고 있었다.

이후에도 어떻게든 둘러대기 위해 애를 써보았으나, 오래 지나지 않아 결국 포기한 료는 혼 바이슨과 피라냐의 일을 아벨에게 전했다.

"그런 무서운 생선이 있었다니……."

"물론 알고서 아벨을 제물로 바친 건 아니에요."

"당연하지……. 뭐, 어제도 오늘 아침도 그런 물고기는 없었으니까 이 강에는 없을지도 모르지만…… 료, 그 밖에도 나한테 전해둬야 할 정보가 있는 거 아냐? 내 생명과 관련된 정보 중에 숨기고 있는 거 더 없어? 괜찮은 거야?"

"괜찮아요. 모든 정보는 아벨에게 주고 있어요."

물론 거짓말이다.

드래곤에 대한 것도, 듀라한에 대한 것도 전혀 전하지 않았다.

하지만 이는 전하지 않는 편이 좋을 거라고 이미 판단을 내려둔 상태였으니 완전히 까먹고 전하지 않았던 피라냐의 일과는 별개였다.

료는 멋대로 그렇게 결론지었다.

그날 저녁, 강에서 식량을 조달할 때 아벨이 어제보다 조심스럽게 강에 들어갔음은 말할 필요도 없었다.

괴수 대결전

료와 아벨은 곤란한 상황에 처해 있었다.

"아벨, 저게 뭘까요……?"

꽤 앞쪽이었지만, 무언가 거대한 생물이 강가에 누워 있었다.

"거대한…… 하마?"

"확실히 거대한 하마 같긴 하네…… 나도 보는 건 처음이지만 아마 베히모스일 거야."

료도 아벨도 작은 목소리로 대화하고 있었다.

물론 상식적으로 생각해 평범하게 대화해도 들릴 수 있을만한 거리는 아니었지만 그래도 목소리를 낮춰서 이야기하는 것이 좋을 것 같다고 생각한 것이다.

만약 무슨 착오라도 생겨서 습격이라도 당하면…….

"아벨은 사냥해봤을 것 같네요."

"말도 안 되는 소리!"

전체 길이 100미터가 훌쩍 넘는 거대한 마물.

더군다나 정말 베히모스라면 드래곤만큼은 아니더라도 지난 백 년 이상 사람이 목격했다는 보고는 없었다. 적어도 나이트레이 왕국에서 그런 보고는 존재하지 않았다.

"저런 거구라면 록 골렘에게 썼던 〈아이스 월 10층〉 자유 낙하도 쉽게 받아낼 수 있을 것 같네요."

식은땀을 흘리며 목소리를 낮춘 아벨에 비해 료는 약간 즐거워 보이기도 했다.

료의 시점에서는 지구에 있을 때라면 절대 볼 수 없었을 풍경. 그리고 지구상에 존재하지 않았을 생물이었다. 분명 생명의 위험이 있다는 것을 이해하긴 했지만, 동시에 조금 설레는 자신이 있다는 사실도 부정할 수 없었다.

"효과가 없긴 하겠네. 료, 절대 시도하지 마라?"

"뭐예요, 아벨. 날 상식 없는 인간이라고 생각하는 거예요?"

"응, 생각해."

크게 고개를 끄덕이는 아벨.

그것을 보고 충격을 받은 료.

하지만 거기서 료는 깨달았다. 북쪽 하늘에서 뭔가가 다가오고 있다는 것을.

"아벨, 저쪽 하늘에서 뭔가 와요."

그 말을 듣고 아벨은 북쪽 하늘을 바라보았다.

꽤 시력이 좋은 아벨조차도 무언가가 다가오고 있는 것은 알았지만 뚜렷하게 보이지는 않았다.

뚜렷하게 보이지는 않았지만, 애초에 이 거리에서 무언가가 날아오고 있다는 것을 알 수 있다면 적어도 새 같은 건 아니라는 뜻이었다.

"드래곤……?"

"아니, 손이 날개로 되어 있으니까 정확히는 와이번이야."

"오, 드래곤의 하위 호환!"

지독한 표현법이었다.

"와이번이 여섯 마리……."

와이번은 중앙 연방에서도 목격 사례가 많았다. 도마뱀 같은 머리, 긴 목, 긴 몸통에 긴 꼬리. 갈고리 발톱을 가진 두 다리에 팔은 날개처럼 생겼다. 드래곤은 팔이 날개와 별도로 존재하고 있기 때문에 외형적으로 봤을 때 그 부분이 와이번과의 가장 큰 차이점이다…… 라고 알려져 있다. 애초에 드래곤은 일반인의 인식 속에서는 이미 전설상의 생물이 되어있었다.

그런 드래곤과 비교할 수 없다고는 하나 모험자나 기사단 몇 명이 어떻게든 할 수 있는 상대는 아니었다. 물론 와이번 한 마리라도 말이다.

그런 것이 여섯 마리…….

"저 와이번들…… 역시 목적은……."

"그래. 베히모스겠지."

"그렇다면 괴수대결전을 볼 수 있겠네요!"

"아니…… 베히모스가 압도적으로 불리하잖아……."

아벨은 자신의 견해를 밝혔다.

아벨은 지금까지도 여러 차례 와이번 토벌에 참여한 적이 있다. 그래서 와이번의 강인함과 성가심은 몸소 알고 있었다.

"우리 베히가 그렇게 쉽게 질 리가 없어요!"

어느새 료 안에서는 우리 베히가 되어있었다.

뭐, 확실히 그 거대한 크기를 빼고 본다면 동그란 눈동자의 하마를 닮았기 때문에 사랑스럽다고 말하지 못할 것도…… 없…… 없을까?

"겨우 한 마리를 여럿이서 덮치다니 드래곤 반열에 들 자격도 없어요."

"드래곤 반열…… 아니, 뭐 그렇다고는 해도 역시 공중에서 공격할 수 있다는 건 압도적으로 유리해. 와이번이라고 하는 녀석들은 바람 속성 마법을 쓰는데 특히 투명화 공격 마법인 에어 슬래시랑 그 상위 마법인 소닉 블레이드가 성가시지."

"소닉 블레이드! 세 개의 분신에서 나오는 소닉 블레이드, 그리고 동시에 돌격 공격!"

료의 한결같은 로망, 브레이크 다운 공격 전술이었다.

"분신까지는…… 소닉 블레이드와의 동시 돌격 같은 것도 들어 본 적 없는데?"

료의 망언에 진지하게 대답하는 아벨. 좋은 녀석이다.

누워 있던 베히모스도 몸을 일으켜 자신의 신변에 닥친 위협에 대처하기 시작했다. 구체적으로는 일어나서 네 발이 된 것뿐이지만.

지상의 베히모스와 공중에서 호버링하고 있는 여섯 마리의 와이번, 서로간의 거리는 40미터 정도.

먼저 공격한 것은 와이번이었다.

날개를 펄럭여서 에어 슬래시를 쏘기 시작한 것 같다. 같다, 라고 한 이유는 료 일행이 있는 거리에서는 에어 슬래시가 이동할 때 일으키는 약간의 공기 왜곡은 눈으로 확인할 수 없었기 때문이다. 소리가 들리는 거리도 아니었다.

하지만 베히모스는 에어 슬래시가 방출된 수와 궤도까지 모두 파악했을 것이다. 베히모스 주위로 순식간에 사람 머리 크기의 돌무더기가 여섯 개 생겨났다. 생겨나자마자 그대로 날아가 정확하게 모든 에어 슬래시를 요격한다.

"오오"

"역시 우리 베히!"

"아마 다음은 범위 공격인 소닉 블레이드겠지."

과거 와이번과의 전투 경험을 통해 아벨이 와이번의 다음 움직임을 예측했다.

소닉 블레이드의 골칫거리는 발사 후 여러 개로 나뉜다는 점에 있었다.

"다수로 포화 공격인가요? 바람 속성 마법은 잔인하네요!"

착탄 전에 분열하는 마법은 요격하는 쪽에서 보면 그보다 더 성가신 것은 없었다.

아벨이 상정한 대로 여섯 마리의 와이번에서 여섯 개의 소닉 블레이드가 날아갔다. 소닉 블레이드는 에어 슬래시와 달리 눈에 보이는 바람 속성 공격 마법이다. 베히모스를 향한 6개의 바람의 검이 중간 지점에서 수십 개의 작은 검날로 분열됐다.

하지만 베히모스는 이미 그것을 예상하고 있었다.

이번에는 돌조각 요격이 아닌, 대지에서 자신의 전면으로 거대한 돌벽을 발생시킨 것이다. 모든 소닉 블레이드를 막아내는 돌벽.

"베히모스는 대지의 마물이라고 들었는데, 확실히 토속성 마법을 능숙하게 조종하네."

"맞붙어서 싸우는 결전을 상상했는데, 설마 하던 마법전이었네요."

"하지만 어느 쪽이든 결정타가 부족해."

한데 모여 공격하던 와이번들이 움직이기 시작했고 베히모스를 중심으로 포위하는 형태가 되었다.

"전방위 공격이라면 아까 그런 돌벽으로는 막을 수 없을 테니까."

"큭…… 힘내라, 우리 베히."

포위가 완성되고 그들이 소닉 블레이드를 날리려 할 때 료는 위화감을 느꼈다.

베히모스 주위로 위화감을 느낀 것이다.

이유도 원인도 물론 알 수 없었다.

알 수 없었기에 위화감이 들었다.

하지만 이전에 느낀 적이 있는 위화감이었다.

그 위화감은 베히모스 주위로부터 급속히 퍼져 나갔고, 와이번들도 그 위화감의 범위 안에 들어갔다. 들어간 순간, 발사 직전이었던 소닉 블레이드는 사라지고 와이번들은 추락했다.

하늘에서 호버링하던 상태에서 순식간에 부력을 잃은 듯이 추락한 것이다.

"마비인가? 그것도 전방위로?"

"아니……. 그건 아닐 거예요."

아벨이 료를 보자 료의 얼굴은 약간 창백해져 있었다.

"저건 아마 마법 무효화예요."

그랬다. 료가 이전에 느낀 적이 있던 위화감, 그것은 그 애꾸눈의 어쌔신 호크가 진화한 후 몸에 익힌 마법 무효화였다.

아마 와이번은 마법의 힘을 사용해 날고 있을 것이다. 그렇지 않으면 저만한 거구를 호버링하는 것은 불가능하기 때문이다. 활공만 한다면 몰라도 공중에서 정지하는 호버링은 무리였다.

그리고 그 마법을 베히모스에게 봉쇄당해 추락했다.

마법을 봉쇄당해 날지도 못하고 바람 마법으로 공격할 수도 없게 됐지만, 마비가 아니라면 움직일 수는 있을 것이다.

그렇게 생각하고 보니 추락한 와이번 중에는 곧바로 일어나 아직 임전 태세를 취하는 녀석도 있었다.

"마법 무효화? 마법을 사용할 수 없게 만들었다는 거야? 그런 게 가능해? 인간 마법사는 물론이고 마물 중에서도 그런 건 들어본 적이 없어. 그건 말도 안 돼."

"보세요. 떨어진 와이번들은 일어나고 있어요. 마비라면 떨어진 뒤에도 움직이지 못하겠죠."

"듣고 보니 그러네. 하지만 마법 무효화…… 그런 게…… 던전의 함정 중에는 있다고 듣긴 했지만……."

"던전!"

그야말로 판타지의 정석!

"나이트레이 왕국에는 던전이 있나요?"

"어, 있어. 중앙 연방에서 유일한 던전이."

그 말을 듣고 기분이 점점 더 좋아지는 료.

"멋지네요! 거기 있는 던전의 함정에는 있는 거군요, 마법 무효화가."

"아니. 왕국의 던전에서는 들어본 적 없어. 서방 제국에 있는 던전 안에 그런 함정이 있다는 것 같아. 마법을 무효화시키는 공간의 방이."

"호오오. 던전에 있다면 마물이 쓰는 것도 이상하진 않겠네요."

"아니, 충분히 이상하다고 생각하는데……."

얼굴을 찡그리며 고개를 젓는 아벨.

"료는 던전에 관심이 있어?"

"당연하죠. 언젠가는 들어가 보고 싶어요."

"그렇다면 딱 좋을지도 모르겠네. 그 중앙 연방에서 유일하게 던전이 있는 곳이 바로 우리가 향하는 룬의 거리거든."

그것은 료를 놀라게 하기에 충분한 정보였다.

"그게 무슨……! 아벨, 왜 지금까지 그 말을 안 한 거예요!"

"아니, 그런 말을 들어도…… 료가 그렇게나 던전에 관심이 있는 줄은 몰랐으니까……."

두 사람이 이야기하는 동안에도 전쟁터에서는 전투가 계속되고 있었다. 그러나 이제 그것은 전투라기보다 일방적인 유린이었다.

공중이라는 압도적으로 유리한 위치를 잃고, 공격 마법도 쓰지 못하고, 날지도 못하는 와이번.

한편 그 거구만으로도 충분한 위협을 가진 베히모스.

와이번이 어떤 물리공격을 해도 베히모스에게는 상처 하나 입지 않았다. 게다가 와이번은 마법을 쓸 수 없지만 베히모스는 문제없이 쓸 수 있었다. 한쪽 와이번을 발로 짓밟으면서 동시에 뒤쪽 와이번에게 돌을 던져 달아나는 것을 막고 있다.

그 유린극은 채 5분도 안 돼 끝났다. 그곳에는 와이번의 시체 여섯 구가 나뒹굴고 있었다.

"무시무시한 걸 보고 말았네요."

"그래. 베히모스도 살벌하네."

전투 전에는 와이번이 압도적으로 유리하다고 생각했던 아벨이었지만, 설마 이렇게까지 일방적인 전개가 될 줄은 상상하지 못했다.

절대로 저런 것과는 싸우고 싶지 않아, 아벨은 마음속으로 굳게 맹세했다.

"자, 그럼 2라운드는 아벨 대 베히네요."

"헛소리 하지 마!"

두 사람은 정신없이 와이번을 먹어치우는 베히모스를 크게 우회해 이동한 것이었다.

베히모스 대 와이번의 전장을 크게 동쪽으로 우회해 두 사람은 북쪽을 목표로 했다.

한참 걸은 뒤, 아벨이 료에게 말을 건넸다.

"저기, 료. 내가 잘못 본 게 아니라면 전방에 엄청나게 높은 산줄기가 보이는데."

"우연이네요. 저한테도 엄청나게 높은 산줄기가 보여요."

아직 상당한 거리가 있었지만, 구름 위까지 치솟은 채 눈을 뒤집어쓰고 있는 산줄기가 보였다. 지구의 단위로 말하자면 6천 미터, 혹은 7천 미터급 산이라고 할 수 있을까.

"저게 뚜껑처럼 덮고 있다는 산맥…… 인 거지."

"아마 그렇겠죠."

료도 설마 이 정도일 거라고는 생각하지 못했다.

"산을 넘기 전에…… 산기슭에 있는 동안 건조육을 준비해 두는 게 좋을 것 같네요. 중간까지는 괜찮겠지만 그 이상으로 가면 보이는 걸 사냥해 그날의 식사로 삼기도 어려울 것 같으니까요."

"아아…… 눈이 덮여 있으면 그럴지도 모르겠네."

"어휴, 바람 속성 마법사였다면 저런 산은 마법으로 한방에 넘어갔을 텐데!"

료의 그 말에 아벨의 머릿속에는 파티 멤버인 바람 속성 마법사 린이 저 산맥을 단숨에 넘어가려다 전혀 넘지 못하는 그림이 떠올랐다.

"아니, 그건 불가능해."

료의 망상을 부정하는 아벨이었다.

그대로 두 사람은 북쪽 숲속으로 나아갔다.

"그러고 보니 아벨. 아벨은 와이번을 쓰러뜨린 적이 있어요?"

"응? 토벌에는 몇 번 참여한 적이 있어. 왜?"

"아뇨, 베히 앞에 나타난 와이번들은 북쪽 산맥 쪽에서 왔잖아요."

그 말을 들은 아벨은 옆을 걷는 료를 향해 끼기긱 하는 소리라도 날 것처럼 천천히 고개를 돌렸다.

"설마 이 앞에 와이번이 있다는……?"

"네, 일단은 틀림없이 있을 거예요."

아벨의 경악스러운 표정과 대조적으로 밝다고까지 할 수 있는 료의 표정.

사실 료는 와이번을 좀 더 가까이서 보고 싶은 마음이었다. 베히모스와의 전투는 상당히 떨어진 곳에서 보았기 때문이었다.

"와이번은 단둘이서 어떻게 해볼 수 있는 상대가 아니야. 실제로 와이번 토벌 때는 적어도 C급 모험자 이상이 최소 20명은 가야 해. 게다가 그렇게까지 준비하고 가도 모험자 쪽에 희생자가 생긴다고."

와이번 토벌로 수차례 모험자들이 상처를 입고 경우에 따라서는 죽어가는 모습을 지켜봐온 아벨로서는 가능하면 피하고 싶은 상대였다.

"토벌 때는 어떻게 싸워요? 공중에 있으니까 아벨의 투기 같은 건 닿지 않겠죠?"

"와이번 같은 게 상대라면 우리 검사는 미끼 역과 지상에 떨어졌을 때 숨통을 끊는 역이야. 그렇지만 와이번 정도의 레벨이면 활쏘기도 안 통하니까 주로 공격을 입히는 건 마법사지."

"오, 마법사 만세."

그렇게 말하고 만세를 하는 료.

"아니, 그렇다고는 해도 마법사 한두 명이서 어떻게 해결할 수 있는 문제는 아냐. 살아 있는 와이번은 그 표면을 바람 마법으로 방어하고 있어서 화속성 공격 마법을 먹여도 대미지는 거의 없어."

아벨은 토벌 때의 기억과 주의점을 떠올리며 료에게 설명해 나갔다.

"화속성 마법사도 별거 아니네요."

어째서인지 수속성 마법사로서 대항심을 드러내며 화속성을 깎아내리는 료.

『파이』에 와서 한 번도 화속성 마법사를 만난 적도 없는데 말이다. 물론 태어나서 지금까지 본인 이외의 마법사를 만난 적도 없었다.

"그래도 공격력이라는 점에서는 화속성 마법이 가장 강해. 본래 와이번은 바람 속성 마법을 쓰니까 바람 속성 마법사의 마법으로는 아무런 피해도 못 입혀."

"그런가요?"

"그래, 에어 슬래시 같은 걸 던져도 맞지 않는 것 같더라고."

료의 머리에 바닷속에서 만났던 베이트 볼과 크라켄이 떠올랐다.

'마법 제어를 빼앗긴 케이스인가? 역시 같은 계통의 마법일 때 제어를 빼앗기는 걸지도 모르겠네……'

"그래서 화속성 마법사가 파이어 볼이나 파이어런스 같은 걸 마구 쏘지. 그렇게 해서 와이번의 지구력을 빼앗아 가는 거야."

"뭐랄까…… 굉장히 깔끔하지 못한 느낌이네요……"

"어쩔 수 없어. 와이번을 확실히 사냥할 수 있는 방법은 확립되어 있지 않거든. 불 마법을 쏴서 지구력을 깎아 바람의 방어가 옅어진 타이밍에 운 좋게 알맞은 마법이 들어가면 땅에 떨어뜨릴 수 있어. 하지만 그 불 마법의 공격을 받고 분노한 와이번이 돌격해서 희생되는 경우도 아주 많지."

어깨를 으쓱하며 대답하는 아벨.

"음, 인간은 와이번에게 손을 대지 않는 게 좋을 것 같네요."

"그렇긴 한데 대상들이 지나가는 루트에 나타나 무역이 막히거나 하면 역시 어쩔 도리가 없으니까. 영주든 국왕이든 모험자 길드 쪽에 토벌을 의뢰해."

거기까지 말한 아벨은 갑자기 자세를 취했다.

'뭔가가 이상해.'

료도 아벨과 같은 위화감을 느끼고 있었다.

"식물이…… 뭔가 이상해요."

료가 아벨에게 속삭였다.

즉, 동물계의 마물이 아니다. 주위에 있는 식물이 위화감의 원인이었다.

하지만 뭔가가 덮치지도 않는다. 아무것도 다가오지 않는다…… 눈에 보이는 범위에서는.

갑자기 아벨이 한쪽 무릎을 꿇었다.

"아벨!"

"괜찮아, 독 같은 거겠지만 곧 원래대로 돌아가."

그리고는 곧 독에서 회복된 것인지 몸을 일으킨 아벨이 곧바로 검을 뽑아들었다.

료는 반경 20미터 이내의 공기 중에 떠다니는 수증기 상태의 물 분자를 모두 이미지로 파악했다. 그리고 외쳤다.

'〈능동 소나〉.'

순간 너무나도 방대한 정보량이 머리로 흘러들어와 머리가 어지러웠다. 하지만 지금은 어쩔 수 없다.

자신에게서 보낸 자극이 주변의 물 분자를 타고 파문처럼 번져 나갔다. 매끄러운 수면에 돌을 떨어뜨리면 파동이 확대되듯이.

그런 와중, 떠다니는 **이물질**을 포착했다.

'이 감촉은, 마비독이야.'

반사되어 돌아온 이물질의 자극을 바탕으로 과거의 경험을 통해 존재를 특정한다.

'농도가 짙은 방향은…… 오른쪽…… 아무것도 보이지 않지만…… 아니, 살짝 흔들리고 있어.'

"〈스콜〉."

강력한 비를 이용해 공기 중의 마비독 성분을 땅에 떨어뜨렸다.

"〈빙관〉."

마비독의 발생원을 통째로 얼음으로 얼려버린다.

이전에는 생물의 몸체 10센티미터 부근까지는 물 마법 제어하에 둘 수 없었지만, 상당한 노력의 결과였다.

"저 얼음덩어리는……."

"저 식물이 마비독을 뿌리고 있었어요. 통째로 얼려버리면 독이 튈 일은 없겠죠?"

"그런데…… 뭐야, 이 녀석은…….."

아벨도 처음 보는 마물에 놀라고 있었다.

얼음에 얼려진 탓에 굴절률이 바뀐 것인지, 겉모습이 라플레시아를 꼭 닮은 식물 마물의 모습이 보이고 있었다.

"거울처럼 자신을 반사해서 주변 경치에 섞이는 능력이 있는 거겠죠."

"그래서 보이지 않았던 건가……."

아벨도 주변에 위화감을 느끼긴 했지만 그 원인을 알아낼 수는 없었다. 보이지 않는 마물이라면 당연하다고 할 수 있었다.

"그런데 이 얼음덩어리는 어떻게 하지?"

"이대로 놔뒀다가 우리가 충분히 멀리 떨어지면 해동해 주는 걸로 해요. 식물의 경우는 해동하면 다시 살아날 수 있거든요. 우리와는 상관없는 곳에서 행복하게 살아가게 해줘요."

"식물 이외의 경우는…… 어떻게 되는데?"

"죽어버려요. 얼음 속에서도 심장과 혈액을 순환하게 하거나, 반대로 순간 완전 냉동처럼 만들어서 가사 상태로 만든다거나 하는 것들도 시도해봤는데…… 아직 잘 안되네요. 더 열심히 해야겠죠."

"그, 그래……."

침을 꿀꺽 삼킨 아벨.

그 자신도 얼음에 갇힐 가능성을 떠올려 버린 것이다.

물론 료가 그런 일을 할 리는 없겠지만, 그렇더라도 가능하냐, 불가능하냐로 따지자면 가능한 것이니까…… 무심코 떠올려 버리는 것은 어쩔 수 없는 일이었다.

그때 날아오는 료의 목소리.

"아벨…… 무슨 생각을 하는지 훤히 보여요!"

"뭐? 무슨……."

역시나 아벨도 동요를 감추지 못했다.

"여름에 빙관을 쓰면 시원해서 기분 좋지 않을까, 맞죠? 하여간 못 말린다니까요…….”

“아아……. 여러모로 안심했어.”

맥이 풀리면서도 어째서인지 약간의 기쁨을 느낀 아벨이었다.

◆

저녁을 먹고 난 후의 느긋한 시간.

여행이라고는 하지만 항상 긴장만 하고 있어서는 신경이 버티질 못한다. 풀 때는 풀고 조일 때 조인다. 그것이 중요하다.

“마비독을 뿜는 식물 마물…… 게다가 보이지 않는다니…… 그런 건 처음 봤어.”

낮에 만난 라플레시아는 모험자로서 나름의 경험을 쌓은 아벨조차 들어본 적이 없는 마물이었다.

“그러고 보니 제가 살던 곳은 식물 마물 자체가 없었네요.”

“식물 마물은 발생하는 지역이 상당히 편중된 데다 동물 마물처럼 이동하는 경우가 적으니까. 웬만하면 만나기 어려울 거야. 하지만 개중에는 식물 마물만 사냥하는 모험자도 있어.”

“호오. 뭔가 좋은 소재를 떨어뜨리나요?”

“그래, 연금술의 재료라든지 연금 도구의 소재라든지.”

“연금술이라니 굉장히 흥미로운데요!”

료는 눈을 반짝이며 아직 보지 못한 연금술에 대한 동경을 드러냈다.

“한 사람 몫을 할 수 있게 되는 게 꽤 어렵다는 것 같아, 연금술은.”

"원하는 바예요! 고생 끝에 낙이 오는 법이죠!"

아벨은 고생 끝에 낙이 온다는 말의 의미는 잘 몰랐지만 넘기기로 했다.

"그러고 보니 료는 그 마물의 마비독을 어떻게 막은 거야?"

그랬다. 아벨은 그것이 궁금했다. 아벨은 몸에 착용한 아이템으로 상태 이상을 회복할 수 있었다. 일반적인 독이라면 금방 해독된다.

이번 마비독은 작지만, 한쪽 무릎을 꿇을 정도로는 신체에 영향을 미치는 강력한 것이었다. 하지만 료는 독의 영향을 받은 것 같아 보이지 않은 것이다.

"아뇨, 딱히 아무것도 안 했어요."

하지만 료는 아무것도 하지 않았다.

그렇다고 지금까지 독에 대한 내성을 기르기 위한 수행을 한 적도 없다. 애초에 료의 집 주변에서는 해독초를 찾지도 못했다.

'정말로 왜 아무렇지도 않았던 걸까. 물의 요정왕의 가호라던가…… 아니, 그런 게 있는 세계 같지는 않은데…… 혹시……'

"이 로브의 효과일까요?"

문득 떠오른 것을 말해 보았다. 어차피 검증할 방법은 없었으니 일단은 준 사람에게 감사하자.

'스승님, 감사합니다.'

"아아, 그럴 가능성도 있을 수 있겠다. 그 로브는 확실히 평범하진 않아."

"아벨한테는 안 줄 거예요."

"달라고도 안 했어."

"방금 마음속으로 이걸 주신 스승님께 감사를 드렸어요."

"음, 그것도 좋지. 감사하는 마음은 중요하니까."

그 말을 듣는 순간 료의 얼굴이 경악으로 물들었다.

"아벨이 제대로 된 소리를……."

"아니, 뭐야, 난 항상 제대로 된 소리만 한다고!"

"그렇게 생각하고 있는 건 본인뿐, 뭐 그런 패턴이죠."

"너한테만은 듣고 싶지 않아!"

다음 날부터 두 사람은 산을 넘기 위한 육포를 만들기 시작했다.

"아벨, 보어도 사냥하죠. 고기는 래빗쪽이 맛있지만 보어도 사냥해요. 가장 큰 그레이터 보어가 이상적이겠네요."

무슨 고기로 육포를 준비할 것인지를 아벨이 묻자 료는 그렇게 즉답했다.

"보어는 상관없지만…… 그레이터 보어라면 고생 좀 할 텐데? 게다가 너무 큰 거 아니야?"

"크면 쓸모가 많은 법이에요. 자잘하게 작은 무리를 대량으로 사냥하는 것보다는 쉽잖아요? 애초에 와이번을 사냥할 가능성도 높은 상황에서 그 앞의 그레이터 보어 정도를 못 잡아서 어쩌려고요."

"아니…… 와이번을 만날 가능성이 있다는 건 이해해. 납득할 수는 없지만. 하지만 그레이터 보어도 그렇게 쉽게 사냥할 수 있는 상대는……."

"하기도 전부터 그런 나약한 말을 하다니! 아벨의 이름이 울고 가겠어요!"

"아벨이 대체 무슨 이름인데······."

료와 아벨 사이에 격론이 오갔고 결국 래빗계 다섯 마리, 보어계 다섯 마리······ 그중 마지막 한 마리는 그레이터 보어를 사냥하는 것으로 정해졌다.

덧붙여서 격론 결과 아벨이 얻은 결론은, '료는 절대로 양보하지 않는다'였다고······.

◆

순조롭게 레서 래빗 다섯 마리, 레서 보어 네 마리를 사냥하고 고기를 썰어 우선적으로 료가 냉동 저장을 했다.

그리고 마지막 한 마리.

료의 〈수동 소나〉를 이용해 그레이터 보어를 발견하는 것은 간단했다.

"료, 계획대로 얼음벽과 얼음 창으로 발을 묶어줘."

"솟아나라 〈아이스 월 5층〉, 꿰뚫어라 〈아이시클 랜스 4〉."

료는 그야말로 되는대로 주문을 붙여 외웠다.

아벨은 더는 아무런 반박도 하지 않았다······. 료의 주문은 적당히 내뱉는 것이었고 있든 없든 변함이 없다는 것을 알고 있었기 때문이다.

그저 작게 고개를 흔들 뿐이었다.

하지만 적당히 말한 주문이라 해도 료의 마법은 이미지화한 대로 얼음벽을 생성했다.

터엉.

돌조각도 날리지 않고 직접 달려 돌진해 온 그레이터 보어는 격렬한 소리를 내며 얼음벽을 들이받고 멈췄다.

그레이터 보어의 네 발을 향해 지체 없이 박히는 네 개의 얼음 창.

"끼이아아아아아!"

울려 퍼지는 그레이터 보어의 비명.

하지만 비명은 오래가지 않았다.

비명을 지르는 순간 검을 뽑아든 아벨은 이미 그레이터 보어의 머리 왼쪽 측면에 나가 있었다.

"투기: 완전 관통."

희미하게 붉은빛을 띠는 마검을 그레이터 보어의 귀를 향해 찔렀다.

그레이터 보어는 한순간 부르르 몸을 떨었다.

그리고 이내 힘을 잃고 땅에 엎어졌다.

"후우……."

아벨은 작게 숨을 내쉬었다.

자신이 한 행동은 그레이터 보어의 왼쪽 측면으로 가서 투기로 귀에 검을 꽂은 것뿐이었지만 역시 긴장은 됐다.

그레이터 보어의 발톱에 맞으면 인간은 일격에 종잇조각처럼 갈기갈기 찢어진다.

얼음 창으로 선제공격을 가했다고는 하나 팔이 닿는 범위를 파고들 땐 역시 신경이 소모되었다.

"음, 아벨. 훌륭했어요."

료는 솔직하게 칭찬했다.

일격에 쓰러뜨린 것을 보고 역시나 싶었기 때문이다.

게다가 상처를 낸 것은 사지 끝과 귀뿐.

이후의 목적을 위해서도 이것은 훌륭한 성과다!

"그럼 아벨, 이 그레이터 보어 가죽은 조심스럽게 벗겨주세요."

"왜?"

"이 가죽으로 육포를 넣을 가방과 제 옷과 아벨의 망토를 만들려고요. 무두질하기엔 레서 보어보다 그레이터 보어 가죽이 더 단단하고 촉감도 좋아요."

"아…… 그래서 이 커다란 그레이터 보어가 필요하다고 한 거야? 먼저 알려주지 그랬어."

아벨이 작게 고개를 흔들며 말했다.

확실히 그레이터 보어 크기라면 한 마리의 가죽만으로 가방 두 개와 옷, 망토, 그 모든 것의 재료로 쓰기에 충분했다.

고기는 물론 육포로 만들 예정이었으니 가죽까지 이용할 수 있다면 확실히 일석이조다.

"미리 알려주면 아벨이 무슨 짓을 할지 모르니까요. 말하지 않는 게 나아요."

"내가 뭘 한다고……."

"저한테 심술을 부리려고 일부러 검으로 더 찔러서 구멍투성이 가죽을 만들 가능성이 있어요!"

"어째서! 료 안에서 대체 난 얼마나 악질인 거야?"

"아벨은 분명 이렇게 말할 거예요. 료한테 좀 더 높은 차원의 무두질 기술을 익히게 하려고 일부러 구멍을 뚫었어, 라고요."

료는 그렇게 말하고는 입을 일자로 꾹 다물고 몇 번이나 고개를 흔들었다.

"그건 심술의 수준을 넘어서…… 인간으로서 걱정되는 수준인데."

"맞아요! 아벨은 인간으로서 걱정되는 수준이에요!"

료는 지금껏 그 말을 기다리고 있었다! 라는 듯이 아벨을 척 가리키며 외쳤다.

"……"

손가락질을 당한 아벨은 침묵.

몇 번인가 눈을 깜박였다.

그리고는 말했다.

"우선 피를 뽑자."

료의 혼신을 담은 지적은 무시당하고 말았다…….

"큭……. 그래도 난 지지 않아!"

그런 료의 중얼거림은 아벨에게 들리지 않았다.

◆

충분히 핏물을 빼낸 후.

"가죽은 내가 벗길게."

아벨은 그렇게 말했다.

모험자로서 보어계의 해체는 꽤 많이 해 왔다.

그런 자부심이 있었기 때문이다.

"그, 그건 저보다 해체를 더 잘한다는 자신감 때문인가요!"

"아니, 아까 가죽은 신중하게 벗기라고 한 건 료잖아……."

"……말한 것도 같고 아닌 것도 같고."

"확실하게 말했어."

아벨은 작게 한숨을 쉬며 그렇게 말했다.

료는 입을 꾹 다물더니 굳이 불만을 얼굴에 드러내며 말했다.

"가끔 생각해요. 아벨은 심술궂은 사람이라고."

"대체 왜!"

"잘못 말했어요. 자주 생각해요. 아벨은 심술궂은 사람이라고."

"그러니까 왜!"

"다시 정정할게요. 늘 생각해요. 아벨은 심술궂은 사람이라고."

"료 쪽이 더 심술궂은 것 같은데……."

과연 세 번째가 되니 아벨도 부정하는 것에 지친 듯 보였다.

"나는 성실하게 가죽을 벗기고 있잖아."

"아아……. 그런 점은 대단하다고 생각해요. 맞아요. 아벨의 그런 성실한 부분은 훌륭해요. 그 부분은 솔직히 칭찬할게요."

"아, 으응."

갑자기 료의 칭찬을 받았기 때문일까, 아벨은 조금 수줍은 얼굴로 그렇게 답했다.

"아벨의 검을 보고 있으면 본래 가진 천부적인 재능에 자만하지 않고 매일 노력을 성실하게 쌓아 올려 아득히 높은 정상에 도달했다는 게 느껴져요."

"그, 그래?"

더욱 수줍어하며 얼굴을 붉히는 아벨.

"계속 노력한다는 건 아무나 할 수 있는 일이 아니라고 생각해요. 반드시 어떤 대가를 받을 수 있다는 걸 알고 있거나 성공이 약속되어 있다면 모를까. 검의 길은 그렇지 않은 법이죠. 노력을 이어가는 것은 당연하지만 성공은 보장받지는 못한다. 그럼에도 계속 노력할 수 있는가…… 라는 것과의 싸움이에요. 그런 걸 아벨은 계속 해왔다는 거니까 정말 대단해요."

"그, 그 정도까진……."

가죽을 계속 벗기고는 있었지만 아벨의 얼굴은 이미 새빨갰다.

"뭐, 하지만 성실하긴 해도 성격이 나쁜 건 어쩔 수 없죠."

"그러니까 왜 그런 결론이 나오냐고!"

그런 의미 없는 대화를 주고받으면서도 두 사람의 손은 멈추지 않았다.

아벨은 빠르게 가죽을 벗겨내고 고기를 잘랐다.

료는 잘라낸 가죽과 고기를 얼음 테이블에 늘어놓았다.

모든 가죽과 고기를 자른 뒤 가죽 무두질 작업에 들어갔다.

먼저 벗긴 가죽을 꼼꼼히 씻는다.

"자, 아벨. 놀지 말고 씻어요."

거대한 물통에 물을 채운 다음 그 안에서 가죽을 씻으라고 지시하는 수속성 마법사.

"왜 내가······."

"예로부터 육체노동은 전위가 하는 일이라고 정해져 있어요!"

"아니, 정해지지 않았거든······."

불평하면서도 바지 자락을 걷어 올리고 통에 들어가 열심히 가죽을 씻는 검사.

아벨은 기본적으로 좋은 녀석이다.

다음으로 진피를 벗긴다.

"자요, 아벨, 손으로 박박 밀어서 벗겨주세요."

거대한 얼음 테이블 위에 펼쳐진 가죽을 가리키며 진피를 벗기라고 지시하는 수속성 마법사.

"또 나인가······."

"아벨이라면 할 수 있다고 생각해서 맡기는 거예요!"

"아니, 굳이 안 맡겨도 되는데······."

불평하면서도 적당한 크기로 잘린 가죽에서 진피를 벗겨나가는 검사.

아벨은 역시 좋은 녀석이었다.

그리고 풀이나 잎을 태워 연기를 쐬는······ 훈연 무두질이다.

"자요, 아벨, 나뭇가지나 잎 같은 것 좀 더 모아오세요."

얼음으로 만든 건조대에 걸린 가죽을 등지고 연료를 가져오라지시하는 수속성 마법사.

"역시 나인가……."

"아벨만이 할 수 있는 일이라서 배정하고 있는 거예요."

"아니, 그럴 리가 없잖아! 료도 할 수 있으면서."

불평하면서도 마른 가지와 잎을 모아와 불에 지피는 검사.

아벨은 아주아주 좋은 녀석이었다.

반나절 동안 연기를 쐰 뒤 물로 씻은 다음, 마지막으로 〈얼음 롤러〉를 이용해 얇고 균일하게 편다.

"〈얼음 롤러〉는 어쩔 수 없으니까 제가 할게요. 봐요, 나도 절대 놀고 있는 게 아니라니까요?"

"아아, 응."

반박하기도 지친 걸까.

아벨은 말이 적었다.

하지만 곧 고개를 들고 말했다.

"료."

"네, 마물이 다가오고 있어요. 노멀 보어와 카이트 스네이크입니다. 노멀 보어는 금방이지만 카이트 스네이크는 올 때까지 1분 정도 걸릴 것 같아요."

"카이트 스네이크는 성가신데. 이동도 빠르고 꼬리 공격도 만만치 않아. 최악은 독 안개야."

"저도 론도 숲에서 사냥한 적이 있는데 꽤 귀찮았어요."

료는 처음으로 카이트 스네이크와 대치하며 고전했던 기억을

떠올렸다

〈아이스 월〉을 몇 번이나 파괴당했는지.

하지만……!

"그때의 저와는 다르다는 걸 보여주겠어요!"

"기, 기합이 들어갔네."

"이제 가죽은 충분히 있으니까요. 마음껏 쓰러뜨려도 돼요. 뱀 가죽은 이번엔 필요도 없으니까요!"

"……결국 내가 쓰러뜨리는구나."

아벨은 그렇게 말하고는 작게 고개를 흔들었다.

"보다시피 저는 가죽을 롤러로 펴느라 바빠서 아이스 월로 조정을 진행할게요."

"조정?"

"아벨이 계속 일대일로 싸울 수 있도록 다른 쪽을 붙잡아 둘게요."

"오, 그럼 고맙지. 그럼 우선 나는……."

"네, 노멀 보어부터 부탁해요."

"알고 있어."

그렇게 말한 아벨은 노멀 보어에게 향했다.

◆

료의 시야에 아직 카이트 스네이크는 들어오지 않았다.

하지만 〈수동 소나〉를 써서 카이트 스네이크의 위치와 움직임은 정확하게 파악할 수 있었다.

"저건 가까이 오면 더 성가셔. 모처럼 만든 가죽 제품이 엉망이 되면 안 되지."

료는 그렇게 중얼거리고는 외쳤다.

"〈아이스 월 패키지〉."

카이트 스네이크 위에서 얼음 상자를 씌우는 형태로 움직임을 멈추려고 했는데…….

"움직임이 빨라!"

료의 〈아이스 월 패키지〉는 1초도 안 되는 수준으로 생성되는데, 그럼에도 잡을 수 없었다.

뱀이라는 것을 감안하면 인간의 시각과는 다른 감각으로 주위의 변화를 포착하는 것일지도 모른다.

본래 뱀에게는 이른바 피트 기관이라고 하는, 적외선을 감지하는 기관이 있다. 그렇게 생각하면 카이트 스네이크는 얼음처럼 차가운 것에 대해서는 더 예민할 것 같기도 하고 아닐 것 같기도 하고…….

하지만 카이트 스네이크를 잡아두겠다고 약속한 이상 붙잡아야 한다!

"예전에 쓰러뜨렸을 때는…… 〈스콜〉에 적신 다음 그걸 뜨거운 물로…… 그럼 죽을 텐데."

어디까지나 붙잡아 두는 것만을 상정하고 최후 공격은 아벨이 하기를 고집하는 료.

아벨이 들었다면 "그냥 료가 쓰러뜨려도 되잖아!"라고 말할 것 같았다.

"좋아, 그럼 반대로 해보자."

료는 그렇게 중얼거리고는 외쳤다.

"〈아이스 월 5층 전주(全周) 패키지〉."

카이트 스네이크를 중심으로 반경 20미터 정도의 거리를 두고 〈아이스 월 5층〉을 생성했다. 거기에 얼음 지붕도 생성해 벽 위를 뛰어 달아나지 못하게 했다.

일전 카이트 스네이크가 뛰어올라서 〈아이스 월〉을 넘어섰던 것을 기억하고 있었던 것이다.

"〈아이스 월 수축〉."

〈아이스 월 5층〉이 동심원 모양으로 작아져 갔다.

반경 20미터에서 15미터, 다시 10미터, 마지막은 5미터로.

카득. 콰직.

붙잡혔다는 것을 깨달은 카이트 스네이크가 꼬리를 박아 얼음 벽을 뚫으려 했다.

"추가로. 〈아이스 월 5층〉."

만약의 경우를 생각해서 〈아이스 월 5층〉으로 한 번 더 둘러쌌다.

"자, 그리고 나서. 〈스콜〉."

아이스 월에 사로잡힌 카이트 스네이크의 온몸이 료가 만든 물에 젖었다.

"〈빙관〉."

카이트 스네이크에게 묻은 물이 얼고, 그 주위에 떠도는 수증기도 얼어붙으면서……

카이트 스네이크는 얼음벽 속에서 완전히 얼어붙었다.

"좋아, 성공!"

노멀 보어를 쓰러뜨리고 돌아온 아벨은 얼음에 얼려진 카이트
스네이크를 보며 말했다.
"내가 공격할 필요 없잖아."

◆

레서 래빗 다섯 마리, 레서 보어 네 마리, 그리고 그레이터 보
어 한 마리. 두 사람분의 육포로는 많을 정도였다.
육포를 만드는 데 꼭 필요한 소금. 이는 얼추 쓸 만한 양이 있
었다.
원래라면 간장 같은 걸로 재우고 싶었지만…… 수중엔 없다.
어쩔 수 없었기에 자른 고기에는 소금과 블랙페퍼를 묻혀 사흘
정도 건조.
이상.
"꽤 간단하네요."
"응, 모험자가 현지에서 만드는 간단한 육포 만들기니까. 더 심
하면 소금으로만 만들기도 하는데 블랙페퍼가 있는 것만으로도
상당히 운이 좋은 편이지."
"론도 숲에 후추가 있어서 다행이었네요."
고개를 끄덕이며 말하는 료.
료가 만든 얼음 장대에 육포를 꽂아 건조하면서 두 사람은 북

쪽 산맥으로 향했다.

참고로 잘라낸 고기 이외, 그러니까 가죽은 습격해 온 방해물을 무사히 물리치고 무두질하여 예정대로 아벨의 망토와 료의 옷, 그리고 두 사람 몫의 가방이 되었다.

망토만 있어도 방한 효과는 꽤 올라가는 법이다.

그리고 료의 옷…… 겉보기엔 관두의(貫頭衣)에 가까웠다. 길게 무두질한 그레이터 보어의 가죽 중앙에 머리를 넣을 구멍을 뚫고 푹 뒤집어쓴다.

본래 료는 듀라한에게 받은 로브를 입고 있었기에 망토는 필요 없었다. 대신 로브 안에 입을 관두의를 만들어 따뜻함을 배가시켰다.

이로써 두 사람의 방한 능력은 비약적으로 향상되었다.

"저기, 료. 망토랑 같이 만든 가방은 저거지……?"

"네, 육포를 여기에 넣어서 가져갈 거예요."

어깨에 메는 가방으로서는 표준 크기라고 할 수 있었다.

"더 크면 아벨이 전투할 때 힘들잖아요?"

"응, 뭐 그렇긴 한데…… 두 사람의 가방을 다 합쳐도 육포가 전부는 안 들어갈 것 같은데."

"네, 그건 어쩔 수 없죠. 안 들어가고 남은 건……."

"그래, 어쩔 수 없겠네."

버리기는 아깝지만 어쩔 수 없다. 아벨은 그렇게 생각했다.

"안 들어가고 남은 건 손에 들고 가요."

"……네?"

"매일 먹으니까 갈수록 줄어들겠죠? 조만간 손에 들고 있는 건
다 먹을 거예요."

눈을 동그랗게 뜨고 있는 아벨.

"아니, 손에 들고 있으면 나 못 싸우는데……."

"그동안은 제가 싸울게요."

실로 비장한 각오라도 다진 사람처럼 심각한 분위기를 풍기며
무겁게 고개를 끄덕이는 료였다.

사실상 완성된 육포를 가방에 담아보니 손에 쥐는 것은 하루치
정도면 충분했다.

그 정도로 끝난 것에 아벨이 안도했음은 말할 것도 없었다.

산을 넘어

료와 아벨 앞에 우뚝 솟은 거대한 산줄기.

료가 처음 봤을 때 떠올린 것은 히말라야 산맥이었다. 인도 아 대륙과 유라시아 대륙을 사이에 두고 있는 산등성이. 세계 최고봉 에베레스트, 티베트어로 '초모랑마'라 불리는 신들의 산봉우리.

그런 곳에서, 지구로 비유하자면 엄청난 고난이도의 무산소 등 정을 하자는 것이었다. 게다가 변변한 장비도 없다. 하지만 지구 에서도 에베레스트 산 정상에서 32시간을 머무른 네팔의 고승은 그중 11시간을 산소통 없이 보냈다고 한다.

그렇다면…… 『파이』에서 단련한 사람이라면 무산소 등정은 어 렵지 않을 것이다…… 아마도.

아벨에게는 궁금한 것이 있었다. 그것은 바로 료의 체력이었다.

아벨은 B급 모험자인 검사다. 지구력을 포함한 체력은 전 인류 중에서도 정상급임에는 확실했다.

그런데 편안하게 따라오는 료는 마법사다. 일률적으로 말할 수 는 없다지만 기본적으로 마법사라는 직업을 가진 사람들은 체력 이 없다. 모험자라고 하면 일반인보다는 체력이 있겠지만 그래도 검사에 비하면 상당히 허약하다.

아벨의 파티 멤버인 바람 속성 마법사 린은 심각할 정도였다. 특히나 지구력은 같은 파티 멤버인 신관직과 비교해도 상당히 모자랐다.

그런데도.

그런데도 료는 아벨의 이동 페이스를 거뜬하게 따라오면서도 땀 한 방울 흘리지 않았다. 그대로 전투에 들어가도 아무런 문제가 없다. 마법사로서는 어쩌면 비정상적이라고까지 말할 수 있을 정도였다.

"저기, 료."

"왜요, 아벨?"

아직 산기슭이라고 부를 만한 고도였다. 굳이 대화를 줄이고 산소를 아껴야 할 지점은 아니다.

"료는 마법사치고는 체력이 좋네."

그 말을 들은 료는 "후후후" 하고 의미심장한 미소를 지으며 대답했다.

"잘 알아챘네요, 아벨. 저는 혼자 사는 동안 지구력을 상당히 키웠어요. 다섯 시간 정도는 연속 전투를 치르더라도 전혀 문제가 없을 정도죠."

"아니, 그 경우엔 마력이 소진되겠지."

넌 마법사잖아, 하고 반박하는 아벨.

"뭐, 체력에는 자신이 있으니까 저는 신경 쓰지 말고 아벨의 페이스대로 가도 돼요."

"오, 대단한 자신감이군."

"당연하죠. 어디에 있는 B급 모험자 검사 따위는 상대도 안 될걸요."

이유 없이 도발하는 료.

"재미있네, 싸움이라면 받아주지!"

그 도발을 받아주는 아벨.

"후후, 양손에 육포를 들고 위협해도 하나도 안 무섭네요."

"그건 너도 마찬가지잖아!"

그런 바보 같은 이야기를 하면서 두 사람은 산을 향해 걸어갔다.

태양이 중천에 접어들 무렵, 두 사람은 비정상적인 압박감을 느꼈다.

"뭐지?"

좌우를 둘러보는 아벨.

하지만 **그것**은 상공에서 두 사람 앞으로 내려왔다.

"그리핀……."

그 말만을 하고 아벨은 완전히 굳어졌다.

료 역시 그리핀의 위압, 혹은 존재감을 느끼고 전혀 움직이지 못했다.

그리핀.

천공의 패자, 대공의 사자, 하늘의 통솔자…… 무수한 별명을 가진 하늘의 지배자였다. 지상에 군림하는 것이 베히모스라면 하늘을 지배하는 것은 그리핀이라고 할 수 있었다. 독수리의 날개와 상반신, 사자의 하반신을 가진 무시무시한 마물. 전체 길이는 10미터쯤 될까? 하지만 실제 크기 같은 것은 의미가 없었다……

그 압도적인 존재감 앞에서는.

그런 마물이 두 사람 앞에 내려앉아 가만히 두 사람을 보고 있는 것이다.

20초쯤 지나서야 료는 간신히 정신을 차렸다.

그러다가 문득 떠오른 생각에 오른손에 든 육포를 그리핀 쪽으로 천천히 던졌다.

덥석.

날아온 육포를 훌륭하게 부리로 잡아채 재주 좋게 먹는 그리핀.

그제서야 아벨도 겨우 정신을 차렸다.

료는 왼손에 든 육포도 똑같이 그리핀에게 던졌다. 이번에는 입을 벌리고 그대로 입안에 넣어 씹어먹는 그리핀.

다 먹고 나자 그리핀의 시선은 확실하게 아벨이 든 육포로 향했다.

"아벨, 육포."

료는 간신히 들릴 정도의 목소리로 속삭였다.

그 말에 이끌리듯 아벨은 오른손, 왼손 순서로 들고 있던 육포를 그리핀에게 던졌다.

아벨이 던진 육포를 다 먹자 만족한 것일까, 한 번 크게 날갯짓을 하며 훌쩍 날아오른 그리핀은 금세 어딘가로 날아가 버렸다.

두 사람은 한동안 움직이지 못했다.

겨우 목소리를 낼 수 있게 된 것은 그리핀이 떠난 지 족히 5분은 지난 후였다.

"아벨, 우리 살아서 다행이네요."

"전적으로 동감이야."

두 사람은 근처에 있던 큰 나무 밑동에 주저앉아 한숨을 돌렸다.

"그건 그렇고 용케 육포를 던졌네."

맨 처음 료가 육포를 그리핀에게 던진 판단을 칭찬한 것이다.

"일단은 우리가 적이 아니라는 걸 어떻게든 알려야겠다고 생각했어요. 그때 마침 손에 들고 있던 육포가 떠오른 거죠. 그리핀이 고기를 싫어할 리는 없으니까요."

"그래, 훌륭한 판단이야."

아벨의 노골적인 칭찬에 료가 수줍어했다.

"하지만…… 굉장한 존재감이었지."

"네, 장난 아니었죠. 베히도 굉장하긴 했지만 엄청 멀었잖아요. 그러던 게 이번에는 코앞……."

"그게 적으로 돌아서지 않아서 다행이야."

"아무래도 그걸 적으로 돌렸다면 이기는 건 무리였겠죠."

응응, 고개를 끄덕이며 료가 말했다.

"저런 건 인간이 싸울 수 있는 상대가 아니야……."

"그리핀을 상대할 바에야 와이번 여섯 마리를 상대하는 게 낫겠어요."

"아니, 그건 양쪽 다 싫어."

우선 점심시간이기도 해서 가방에 담긴 육포를 꺼내 먹기로 했다. 다만 꺼낼 때 주위를 한 번 더 살핀 것은 말할 것도 없다.

또 느닷없이 그리핀이 나타나면 곤란하니 말이다.

"그건 그렇고 베히도 그렇고 그리핀도 그렇고 다양한 마물이 있네요."

마음을 가라앉힌 료가 중얼거리듯 말했다.

"베히모스도 그렇지만 그리핀도 지난 수백 년 동안 사람과 조우했다는 보고는 없어. 이 땅이 상당히 이상한 것 같아."

"이상하다니 실례되는 말이네요. 사람의 노력이 부족한 거 아닌가요?"

"무슨 노력!"

간신히 두 사람의 정신 상태는 농담을 주고받을 수 있을 정도로 회복되었다.

"저 북쪽 산맥이 사람이 사는 땅에 베히모스나 그리핀이 오는 걸 막아주는 거겠지."

"뭐, 이 근방은 식량 조달에 어려움이 없으니까요. 굳이 산을 넘어 건너편으로 가려고 하진 않겠죠."

"저걸 넘어가는 건 그리핀도 힘들 것 같고."

"그런데도 그 산을 넘어가려는 검사가 있다죠……."

후우, 하고 보란 듯이 한숨을 내쉬는 료.

"미안하게 됐네! 어쩔 수 없잖아. 바다에서 떠내려오긴 했지만 바다를 통해 돌아갈 엄두는 안 났으니까."

그랬다. 바다에는 크라켄이 있었다.

"육지에는 베히, 바다에는 크라켄, 그리고 하늘에는 그리핀…… 육해공이 한데 모였네요."

"안 모여도 돼!"

그리핀과 조우한 날 오후, 두 사람은 또다시 머리 아픈 상황과 마주하고 있었다.

두 사람 모두 큰 바위에 몸을 숨긴 채, 고개만 살짝 내밀어 앞쪽으로 시선을 던졌다. 두 사람의 시선 끝에서는 와이번 두 마리가 보어처럼 보이는 것을 쪼아먹고 있었다.

"아벨이 원하니까 와이번이 먼저 찾아왔잖아요."

"나는 원한 적 없어!"

작은 목소리로 말다툼하는 두 사람.

"우회하려고 해도 길이 없어. 여기서 저 녀석들 식사가 끝날 때까지 기다릴까?"

"그 전에 눈치챌 수도 있어요. 세 마리째가 안 온다는 보장도 없고요."

"료…… 설마 싸우겠다는 거야?"

이 녀석 대체 무슨 소릴, 하는 얼굴로 료를 보는 아벨.

그런 얼굴을 하는 것도 당연했다.

보통 와이번 토벌을 할 경우 C급 이상 모험자가 20명은 필요했기 때문이다. 게다가 공격력이 높은 화속성 마법사가 여럿. 많으면 많을수록 좋았다. 그런 것을…… 검사와 수속성 마법사 단둘이서…… 게다가 두 마리나?

그저 자살 희망자나 다름없었다.

"아마 앞으로도 와이번은 꽤 있을 거예요. 전투는 피할 수 없을 겁니다. 그렇다면 두 마리밖에 없는 이곳에서 미리 경험해 두는 것도 나쁜 수는 아니라고 생각하는데요?"

"두 마리밖에 없는 게 아니라 두 마리나 있다, 같은데……."

말은 그렇게 했지만 아벨 역시 료의 말은 이해하고 있었다.

베히모스를 덮친 와이번은 여섯 마리나 있었다. 그것에 비하면 두 마리 정도는…….

거기까지 생각하고 세차게 고개를 저었다.

"한 마리라도 힘든 상대야."

사고가 이상한 쪽으로 흐를 것만 같아 굳이 소리를 내어 정정했다.

"하지만……."

그랬다. 하지만.

이 산맥을 넘어 거리로 돌아가기로 결정한 이상 언젠가는 와이번과도 싸울 수밖에 없었다.

베히모스전에서도 봤었고 지금 눈앞에도 있다. 이 산맥에 와이번이 꽤 서식하고 있다는 것은 아무래도 확실해 보였다.

"어쩔 수 없나."

아벨은 각오를 다졌다.

"저 두 마리를 해치운다 해도, 대체 어떻게?"

"와이번을 지상에 고정한다고 해도 좀 벅찰까요?"

"아니, 지상에 있으면 날개에서 발생시키는 에어 슬래시는 나오지만 소닉 블레이드는 못 해. 물론 저 갈고리 발톱도 강하고 몸에는 바람 마법으로 방어를 쳐둬서 검도 통하지 않겠지. 하지만 눈에는 바람 마법 방어가 없으니까 지상에 있다면 그 부분을 노릴 수 있을 거야. 검이 닿지 않는 공중에 있는 것에 비하면 꽤 편한 상대라고 할 수 있어."

그 말을 듣고 료는 잠시 생각에 잠겼다. 그리고 한 번 크게 고개를 끄덕인다.

"수속성 마법 중에 딱 좋은 마법이 있어요."

아벨은 검을 뽑아 들고 언제든지 튀어 나갈 수 있는 자세를 취했다.

"그럼 갈게요, 아벨."

아벨은 고개를 끄덕이며 와이번 두 마리를 바라보았다. 와이번들은 아직 아무것도 모른 채 보어를 먹고 있다.

"모든 것을 관통하는 얼음 창이여, 천공에서 날아와 적을 꿰뚫어라. 〈아이시클 랜스 4〉."

상공에 무음으로 만든 4개의 〈아이시클 랜스〉. 물론 주문은 필요 없었지만 멋있어 보인다는 이유에서 적당히 갖다 붙였다.

생성됨과 동시에 낙하해 와이번의 날개를 하나씩 꿰뚫고는 그대로 땅속에 박혔다.

"끼이이이이익!"

와이번의 비명이 울려 퍼졌다.

아벨은 료가 "〈아이시클 랜스 4〉"를 외침과 동시에 바위 그늘에서 튀쳐나왔다. 눈앞에 있는 와이번들의 날개에 아주 굵은 얼음 창이 하늘에서 내려와 박혀 있다. 창은 꽂힌 채로 사라지지 않았다.

덕분에 와이번들은 날개째로 땅에 박혀 에어 슬래시를 발사할 수도 없고 갈고리 발톱으로 다가오는 아벨을 물리칠 수도 없었다. 게다가 얼음 창으로 땅에 가까워진 상태라 목표물의 눈도 점프하면 손이 닿는 높이에 있었다.

"일격에 성공하겠어. 투기: 완전 관통."

바로 앞 와이번의 왼쪽 눈에 붉게 빛나는 마검을 꽂았다. 검은 안구를 뚫고 들어가 와이번의 뇌까지 닿았다.

와이번은 단말마의 비명을 내지르지도 못한 채 무너져 내렸다.

그러나 아벨은 죽어가는 와이번에겐 시선도 주지 않은 채 또 다른 와이번의 오른쪽 눈에도 붉은 마검을 꽂았다.

"끼이익."

이쪽은 쥐어짜는 듯한 비명을 내며 숨을 다했다.

끝나고 보니 완승이었다.

"아이시클 랜스에 이은 아벨의 돌격. 응, 이 연계는 써먹을 수 있겠네요."

"확실히 놀랄 정도로 어이없었네."

"아벨은 불만이다. 역시 피가 튀고 살점이 날리는, 목숨이 오고 가는 그런 아슬아슬한 싸움을 희망한다. 기억해 둘게요."

료는 손에 메모를 하는 시늉을 했다.

"아니, 잠깐. 그런 전투는 필요 없어. 오늘 이걸로 완벽했어. 훌륭해. 다음에도 이걸로 가자."

황급히 료의 양 어깨를 잡고 크게 고개를 끄덕이며 칭찬하는 아벨.

"뭐, 아벨이 좋다면 이걸로 가죠."

"후우. 아, 그렇지. 지금까지의 마물은 대수롭지 않아서 지나갔지만, 역시 와이번은 마석을 캐두는 게 좋을 것 같아. 엄청난 가격에 팔 수 있거든."

그렇게 말한 아벨은 곧바로 한쪽 와이번의 심장 부근에 검을 넣었다.

"그렇군요. 그럼 나머지 하나는 제가 꺼낼게요."

그렇게 말한 료는 다른 한 마리의 와이번 쪽으로 향했다.

료가 '오랜만에 미카엘제 칼이 불타오를 차례로군!' 같은 생각을 했다는 것은 비밀이다.

'그러고 보니 미카엘(가명)이 준비해 준 《마물 대전 초급편》에 와이번은 실려 있지 않았어……. 베히랑 그리핀이 실려 있지 않은 건 당연하고, 와이번도 초급편 카테고리에는 들어가지 않는다는 거겠지.'

료는 그런 생각을 하면서 와이번 마석을 꺼냈다.

"꽤 크네요."

골렘 마석만큼은 아니지만 주먹만 한 예쁜 녹색 마석이었다.

'만약 이게 에메랄드였다면 몇천만 엔은 할 것 같은데.'

물론 료의 어설픈 시각으로 낸 견적이다.

"그래, 이건 꽤 나오겠어. 크기도 그렇고 색깔도 그렇고 깜짝 놀랄 만한 값이 붙을걸."

"거리까지 갈 수 있다면 말이죠."

"윽."

료의 한마디가 가슴에 푹 박힌 아벨.

"일단, 각각 한 개씩 가져가죠. 저도 가방이 있으니까요."

이렇게 두 사람은 와이번을 안전하고 빠르게 사냥할 수 있는 수단을 얻게 된 것이다.

◆

7천 미터급의 산, 그렇다고 해서 무조건 7천 미터 지점까지 올라가야만 산맥을 넘을 수 있는 것은 아니었다. 눈이 녹아 물이 흐르는 곳은 깎이면서 낮아졌기에 그런 곳은 산기슭까지 이어져 있기도 했다.

하지만 그렇다고 해도 최소한 4천 미터를 넘는 고도까지는 오를 필요가 있겠다고 료는 생각했다. 4천 미터라면…… 아슬아슬하게 고산병에는 걸리지 않을 고도…… 일 것 같다.

그런 료 일행에게 차례차례 찾아오는 자들이 있었다.

바로 와이번이다. 이 산맥은 와이번의 둥지라고 해도 좋을 만큼 와이번이 대량으로 서식하고 있었던 것이다.

산기슭에서 두 마리를 사냥한 덕분에 아벨은 와이번의 전투에서 다소 여유를 갖게 되었다. 눈앞에 있는 와이번 모두를 전투에서 쓰러뜨리겠다, 그렇게 단언한 것이다.

"역시 아벨은 전투광……."

"시끄러워! 어차피 방해되니까 지금 쓰러뜨리든 나중에 쓰러뜨리든 마찬가지잖아. 게다가 덮쳐오는 놈들을 전멸시킨들 이 넓은 산맥 일대에 퍼져 있을 테니 다소 줄어드는 정도겠지. 쭉쭉 사냥하면서 나가자!"

덮쳐오는 와이번을 료가 〈아이시클 랜스〉를 사용해 날개째 땅에 박고, 아벨이 검으로 눈을 찔러 뇌를 관통한다. 이 연계로 상당한 양의 와이번을 사냥해 나갔다.

쓰러뜨리는 것보다 마석 회수가 더 오래 걸렸음은 말할 필요도 없었다.

두 사람의 가방은 육포의 소비 속도와 비슷한 속도로 와이번의 마석이 빈 공간을 채워 나갔다.

고도가 3000미터쯤 되자 와이번의 내습은 사라졌다. 그 대신 덮쳐온 것은 추위였다.

하지만 보어를 통해 조달한 망토 덕분에 두 사람은 큰 대미지를 입지 않고 능선에 이르렀고 마침내 산맥의 북쪽 대지를 보게 되었다.

줄지어 선 능선 중 비교적 낮은 쪽에 당도해 두 사람이 북쪽 대지를 마주한 것은 처음 두 마리의 와이번을 사냥한 이후 딱 7일째 되는 날이었다.

"어찌어찌 산등성이까지 왔네요."

"그래, 날씨가 맑아서 그런지 전망이 좋네."

아벨의 말대로 그것은 일종의 절경이었다.

살짝 올려다보면 눈이 시릴 정도의 푸른 하늘. 시선을 돌리면 대지의 녹음과 하늘의 푸르름이 만나는 지평선.

그러던 중 시야 오른쪽 끝에 움직이는 무언가가 보였다.

료가 그쪽을 보니 상반신을 발가벗은 여성이…… 날고 있었다.

근데 팔이 날개로 되어 있었고, 다리도 독수리나 매 같았다.

"아벨…… 이상한 여자가 와요."

"뭐?"

료가 오른쪽을 가리키며 말하자 아벨도 그쪽을 향했다.

"저건 하피……."

그랬다. 두 사람을 향해 오고 있는 것은 여성이 아니라, 하피라고 하는 확실한 마물이었다. 그런 하피가 떼로…….

"아벨, 저쪽에서도……."

료가 왼쪽을 가리키며 말하자 그쪽에서도 하피 떼가 오고 있었다.

"료, 앞쪽이랑 뒤쪽에도 보이지 않아……?"

아벨은 주위를 둘러보며 속삭이듯 말했다.

"보이네요……."

두 사람은 어느샌가 포위되어 있었다. 그중 한 마리가 아벨에게 달려들었다.

순식간에 발검.

아벨은 검집에서 검을 뽑고 그 기세 그대로 달려든 하피를 베어버렸다. 베어버린 즉시 료 쪽으로 이동한다.

"〈아이스 월 5층 패키지〉."

료는 지체 없이 얼음벽을 펼쳐 두 사람을 에워쌌다. 아벨도 료가 얼음벽으로 둘러쌀 것을 가정해 이동한 것이었다. 지난 한 달

남짓한 여행을 통해 두 사람의 연계력은 크게 향상되어 있었다.

"하피가 발톱으로 쾅쾅 차고 있어요……."

하늘에 뜬 채 맹금류의 발로 얼음벽을 걷어찬다……. 그것이 주된 공격 방법인 것 같았다. 하지만 아벨은 다른 광경에 눈을 빼앗기고 있었다. 조금 전, 자신이 베어버린 한 마리 하피의 말로를.

"죽은 동료를…… 먹고 있어……."

"네……. 쪼아먹고 있네요."

가능하다면 별로 보고 싶지 않은 광경이었지만, 그것이 료에게 한 줄기 빛을 드리웠다.

"〈아이시클 랜스 8〉."

얼음벽 밖으로 얼음 창을 생성하고 달라붙어 있던 하피 여덟 마리를 행동불능으로 만들었다. 그러자 행동불능이 된 하피들에게 다른 하피가 달려든다. 아무래도 배가 고픈 모양이었다.

"굉장히 오싹한 광경이 펼쳐지고 있어요."

"그 광경을 만들어낸 마법사가 어쩐지 남의 일이라는 듯이 말하는 게 의문스럽지만 말야."

"기분 탓이에요."

방관자 같은 료의 말투에 아벨은 어이없어하면서도 시야 한 편으로는 동족 포식의 광경을 지켜보고 있었다. 아무리 그래도 직시하는 것은 사양하고 싶었다.

"이걸 반복해 가면 되려나?"

아벨이 그렇게 중얼거렸을 때였다.

"키이이이이익!"

순간 날카로운 울음소리가 주위에 울려 퍼졌다. 그러자 그동안 죽은 동료를 쪼아먹던 하피들이 일제히 시체에서 멀어진다.

곧 지상으로 내려온 하피들은 얼음벽 속에 있는 료와 아벨을 중심으로 동심 모양으로 둘러쌌다. 그 수는 약 40마리. 아직도 많다.

그런 하피들의 행렬이 갈라지고 안쪽에서 한 마리의 하피가 나왔다.

몸은 위에서부터 아래까지 검은색. 유일하게 눈만이 빨갛다. 하지만 그 이상으로 눈에 띄는 것은 날개였다. 그 날개는 황금을 흩뿌린 듯 금색으로 빛나고 있었다.

"완전히 보스 캐릭터 같네요."

료가 작게 중얼거렸다. 하지만 옆에 있던 아벨은 눈을 크게 뜬 채 말이 없었다.

"아벨?"

"아, 아아. 저건 아마 하피퀸일 거야. 나도 소문으로만 들어봤는데…….."

아벨이 그렇게 말하는 순간 하피퀸이 오른쪽 날개를 움직였다.

료도 아벨도 말없이 엎드렸다. 그것은 이성이 아닌 감각에 의한 움직임이었다.

파직.

에어 슬래시 같은 투명화 공격 마법이 〈아이스 월〉을 베고 엎드린 두 사람 위를 통과해 갔다.

"일격에 〈아이스 월 5층〉을 관통하다니."

료는 놀라움과 분함이 없이 뒤섞인 표정으로 하피퀸을 바라보았다.

"료……."

아벨이 걱정스러운 표정으로 료를 보았다. 40마리의 하피와 하피퀸에 둘러싸여 있는 것이다. 더구나 하피퀸의 일격이 얼음벽조차 뚫는다면 손쓸 방도가 없었다.

"하지만 공격한 순간이야말로 반격의 기회죠. 〈아이스 월 5층 패키지〉."

료가 다시금 자신들을 둘러싼 얼음벽을 생성하자 하피퀸은 확실하게 의아한 표정을 지어보였다. 그건 아까 뚫지 않았느냐고 말하는 듯했다.

"이미 체크메이트예요."

료가 그렇게 중얼거린 순간, 무음으로 된 얼음 비가 일대에 쏟아졌다.

"키이이이이아아아악!"

주위에 울려 퍼지는 하피들의 단말마 소리. 펼쳐지는 아비규환의 지옥.

하피퀸의 에어 슬래시를 피하는 동시에 256개의 〈아이시클 랜스〉를 공중 높이 생성. 그리고 자유 낙하.

새로 생성한 〈아이스 월 5층 패키지〉는 하피의 공격을 막기 위한 것이 아니라 이 자유 낙하에 휘말리지 않기 위한 것이었다.

모든 하피가 땅에 널브러지고 서 있는 것은 단 한 마리. 칠흑 같은 하피퀸. 하지만 퀸조차 그 황금 날개가 손상되어 다시 날아오르기 어려울 것 같았다.

그 표정은 증오로 일그러져 있었다.

"마지막은 내가 마무리할게."

아벨은 퀸의 눈에서 시선을 떼지 않고 그렇게 말했다. 그 증오를 자기가 떠맡겠다는 것이었다.

아벨의 말에 료는 고개를 한번 끄덕이고는 〈아이스 월〉을 해제했다. 아벨은 검을 든 채 천천히 퀸에게 다가갔다. 천천히…… 사람에 따라서는 평범하게 걷고 있는 것처럼 보일지도 모르지만 결코 방심하지는 않는다.

그 이유는…….

아벨이 퀸과 료의 바로 중간 지점에 도착했을 때. 퀸의 그 움직임은 정말이지 미미했다. 아벨이 방심하지 않았기에 느낄 수 있었던 것이다.

"검기: 절영."

아벨이 작게 중얼거렸다. 그 순간 아벨의 몸이 사라졌다.

퀸이 쏜 투명화 에어 슬래시를 피한다. 피하자마자 단숨에 거리를 좁혀 지척까지 파고든다.

가로로 일격.

퀸의 목이 날아갔다.

"훌륭해요."

료는 고개를 한 번 끄덕이고는 그렇게 말하며 아벨을 칭찬했다.

이후부터 두 사람은 별문제 없이 산을 내려가기 시작했다.

전투 자체는 길지 않았지만 짧은 전투에도 피로가 쌓인다. 자신의 목숨이 위험에 처하면 그것만으로도 사람은 피로가 축적되는 법이다.

"일단 저 나무 근처에서 쉴까?"

아무리 체력이 넘치는 두 사람이라도 적당한 휴식은 필요했다.

"일단 내일이면 산에서 내려갈 수 있겠지만…… 문제는 방향이네……."

"그러게요. 어쨌든 가까운 거리든 마을이든 가서 확인해야 여기가 어딘지 알 수 있을 테니까요."

"그래, 나이트레이 왕국 안이라면 좋겠지만 아닐 수도 있으니까."

"설마 데브히 제국!"

료가 인상을 팍 찡그리며 말한다.

"아니, 제국은 왕국보다 더 북쪽이니까 아마 그건 아닐 거야."

아벨이 그렇게 말하자 료는 안심하고 물을 한 잔 마셨다.

"다행이네요."

"왜 그렇게까지 제국을 싫어하는 거야……."

"아벨, 오해하면 안 돼요. 저는 결코 제국을 싫어하는 게 아니에요. 제가 싫어하는 건 제국의 이름이죠!"

"아, 으응, 그렇구나……."

아벨이 료를 안쓰럽다는 눈빛으로 쳐다보았다.

"아무튼 내일 산을 내려가면 그대로 북쪽으로 향해보자. 거리나 마을이 없어도 가도는 있을 거고, 가도가 나오면 어느 쪽으로 가도 거리나 마을은 나오겠지."

다음 날의 대략적인 행동 방침을 정하고 둘은 교대로 쉬었다.

다음 날.

아침 일찍 두 사람은 산을 내려왔다. 내려오는 길에 지평선이 보였지만 보이는 범위에는 인적이 없었다. 그래서 정해놨던 대로 가도가 나올 때까지 북쪽으로 나아가기로 했다. 그동안엔 마물도 전혀 만나지 않았다.

"아벨, 심심해 보이네요."

"마물이 전혀 안 보이니까. 산 너머랑은 전혀 다르네."

"저게 보통이에요. 이게 비정상입니다."

"아니, 그건 아닌 것 같은데……."

작게 고개를 저으며 부정하는 아벨.

"한발 나아가면 와이번이 덮쳐오고 먼 곳에는 베히가 보이고 방심하면 눈앞에 그리핀이 내려앉는 곳."

"하여간, 저 산 너머는 얼마나 말도 안 되는 지옥이었던 거야……. 잘도 살아 돌아왔네."

"아벨, 집에 갈 때까지가 원정이에요. 아직 방심해서는 안 됩니다."

"아, 응……. 그렇구나, 원정…… 그게 원정이었나."

아벨은 어딘가 먼 곳을 보는 듯한 시선을 하고 있었다.

따지고 보면 밀수선에 잠입한 것이 시초였다. 그로부터 꽤 시간이 지난 것 같은데…… 실제로는 한 달 정도밖에 지나지 않았다.

"아벨, 저거 가도 아닌가요?"

료의 목소리에 아벨이 퍼뜩 정신을 차렸다.

자세히 보니 확실히 가도 같은 것이 보였다.

　시대가 시대인 만큼 중앙 연방의 주요 가도라 하더라도 포장은 되어 있지 않았다. 기껏해야 흙을 다져서 마차가 다닐 수 있게 해 둔 것이 고작이었다.

　그럼에도 가도가 있다는 것은 문명의 영역으로 돌아왔다는 증거이기도 했다.

　"그래, 틀림없어. 가도다."

　저도 모르게 아벨의 목소리는 떨리고 있었다.

　드디어 인류의 서식지로 돌아왔다는, 그 실감으로 인해.

거리로

"그럼 이 가도에서…… 오른쪽? 왼쪽?"

"왼쪽. 서쪽 방향으로 가자."

료의 물음에 아벨은 모종의 확신을 갖고 대답했다.

아벨은 산에서 내려와 동서를 가로지르는 가도를 접한 뒤에야 비로소 그 산을 사람들이 뭐라고 부르는지 짐작할 수 있었다.

'저건 아마도 마의 산이다. 장소에 따라서는 산기슭에도 오크나 오거가 서식하는 산이야. 모험자조차도 여간해서는 접근하지 않지. 다시 말해 우리는 마의 산을 넘어 돌아왔다는 건데……. 정말이지 용케 살았구나.'

중앙 연방 사람들이 마의 산이라고 부르는, 남쪽에 우뚝 솟은 산줄기. 그곳을 넘은 사람은 없다고 하며 일반적으로 주민이 접근하는 일도 결코 없었다. 모험자조차 의뢰 외에는 접근하지 않으며 마의 산으로 가는 의뢰는 오랫동안 방치되고 있는 추세였다.

예전에는 다른 이름이 있었던 것 같지만 이제는 아무도 그 이름을 모른다. 그저 마의 산으로 불리고 있다.

"그러고 보니 아벨은 B급 모험자였죠."

"응, 그게 왜?"

"모험자 길드에 등록하면 좋은 점이 있나요?"

료는 줄곧 궁금하던 것을 물어보기로 했다.

혼자 슬로 라이프를 즐기고 있었다면 모험자 길드 같은 것은 전혀 필요 없는 정보였겠지만, 이렇게 거리로 나온 이상 조금 정도는 들어두고 싶었다. 모험자 길드라고 하면 뭐니 뭐니 해도 이세계물의 정석이다. 등록할지 말지 여부를 떠나 정보를 알아둬서 손해는 없으리라.

"그렇지. 모험자 길드에 소속돼 있으면 국내 모든 지역에서 출입세가 면제돼. 어느 지역이든 자유로운 이용이 가능하지. 길드 카드가 신분증 역할을 하니까. 그리고 모험자 길드에서 마석이나 마물 소재를 비교적 비싼 가격에 매각할 수 있어. 적어도 시가지에서 파는 것보다는 확실히 비싸."

"호오, 그거 좋네요."

"그리고 길드가 잉여금을 맡아주기도 해."

"잉여금?"

"그래, 평소에 안 쓰는 돈 말야. 뭐, 처음 모험자가 된 시점에는 들어온 만큼 그대로 다 나가는 느낌이긴 한데, 어느 정도 단계가 올라가고 벌이도 좋아지면 받는 포상금도 높아져. 그러면 다 쓸수 없는 돈이 나오게 되지. 길드에서 그런 걸 맡아주는 거야. 의뢰지에 전 재산을 가지고 나가기엔 불편하잖아?"

'은행 같은 일을 하고 있는 건가. 조금 놀랍다…….'

"그 맡긴 돈은 다른 지역에서도 찾을 수 있나요?"

"국내 길드라면 어디서든 찾을 수 있어."

"뭔가 굉장하네요."

료는 놀라고 있었다. 그 구조를 생각해 낸 사람은 아마 상당한 천재일 것이라고 생각했다.

당연히 모험자에게 받은 돈은 길드가 다양한 분야에 투자하고 있을 것이다. 그냥 맡아만 두겠습니다, 하고 끝나는 세계 같은 것은 어디에도 존재하지 않는다. 은행이건 보험 회사건 돈을 맡기는 가장 큰 이유는 투자 자금 때문이다.

유럽에서 가장 오래된 은행인 산조르조 은행이 1148년 창립되었다는 것을 감안하면 이 『파이』에 은행 같은 것이 있다고 해도 결코 이상한 일은 아니었지만······.

"아벨, 아까 국내 길드라면 어디서든 찾을 수 있다고 했는데, 애초에 모험자 길드는 국가에 속하는 조직인가요? 여러 나라에 걸쳐 존재하고 국가의 지배를 받지 않는 독립된 조직 같은, 뭐 그런 게 아니라?"

수많은 이세계물 중 길드는 전 세계에 지점을 두고 국가의 지배를 받지 않는다고 적혀 있던 작품이 많았던 것 같다.

"어디까지나 내 지식은 중앙 연방에 한한 지식이지만······ 일단 국가에서 독립된 조직이긴 해. 근데 그건 어디까지나 표면적인 거고, 현실에서는 어느 길드든 국가와 공존하고 있어. 그렇다 해도 중앙 연방 안에서라면 어느 나라의 길드 카드든 통용되니까 국가를 넘나드는 이동도 문제없이 가능. 아, 그리고 전쟁 때는 용병으로 나라에 고용되는 경우도 있는 것 같아. 특히 왕국은 모험자 수가 많으니까 나라에서 길드 쪽에 그런 의뢰를 하기도 하나 봐."

"전쟁······ 뭐, 기사를 부리는 것보다는 싸게 먹힐 테니까요."

료가 어깨를 으쓱하며 말한다.

"냉정한 말이네……. 제대로 된 의뢰니까 참가하지 않는 모험자도 있어. 그 부분은 자유로운 것 같아. 그렇지만 만약 자국이 점령당하면 길드에 맡겨진 돈이 어떻게 될지 알 수 없으니까……. 강제로 점령국에게 빼앗길 가능성을 생각하면…… 싸울 수밖에 없겠지."

"큭, 돈을 인질로 삼다니…… 길드도 나라도, 그리고 아벨도 너무하네요!"

"왜 나까지 끌어들이는데!"

어째서인지 휘말리게 된 아벨. 료와 전우가 된 시점에서 이미 피할 수 없는 일이었다…….

하루 내내 계속 걷자 저녁이 될 무렵 멀리서 거리가 보이기 시작했다.

"아벨, 거리가 보여요."

"아아, 이제야 나왔네. 아마도 저건 카이라디 거리일 거야."

깜짝 놀란 료가 아벨을 보며 물었다.

"어떻게 그런 걸 알아요?"

놀라는 것도 무리는 아니었다. 간판이 있는 것도 아니고, 걸어온 가도에 표지판이 있었던 것도 아니고, 누군가와 스쳐 지나간 것도 아니었다. 산에서 내려온 장소도 상당히 외진 곳이라 장소를 특정할 만한 이유가 료에게는 떠오르지 않았기 때문이다.

"일단 모험자로서 여러 지역을 전전했으니까. 특히 왕국 내의 거리라면 대체로는 알아."

다소 멋쩍은 어조로 말하는 아벨.

"그렇다는 건 저게 나이트레이 왕국의 거리……."

"아아, 맞아."

"데브히 제국이 아니라서 다행이에요."

"그러니까 제국은 북쪽이라고 몇 번을 말해……. 저 카이라디 거리는 왕국의 가장 남동쪽에 있는 거리야. 규모는 그렇게 크지 않지만 저기서 북서쪽으로 하루 정도만 걸으면 목적했던 룬의 거리에 갈 수 있어.

아벨은 조금 더 먼 곳을 보듯 카이라디의 저편을 바라보았다.

"룬…… 아벨이 목표로 한 거리였죠."

"응. 그리고 료, 만약 모험자 등록을 하려면 카이라디 말고 룬에서 등록하는 게 좋아."

"네? 그런가요?"

"룬은 변경 최대의 거리니까 많은 인력과 물자가 모여들어. 전에 말했다시피 중앙 연방 유일의 던전이 있다는 것도 사람과 물건이 모여드는 이유 중 하나지. 소속을 룬의 거리로 해두면 거리에서도 꽤 융통성 있게 움직일 수 있어. 외형상 평등하다고 해도 현지 모험자가 우대받는 건 어느 세계에서나 있는 일이니까."

그 말을 듣고 료는 고개를 끄덕이며 말했다.

"그렇군요. 아, 하지만 저 카이라디 거리에 들어갈 때 신분증 같은 건……."

"그건 내가 보증인이 되면 돼. B급 모험자니까. 출입세로 은화 한 장이 필요하긴 한데 그것도 내가 낼게."

"아아, 아벨, 아벨은 정말 착한 사람이에요. 물론 저는 계속 그렇게 생각했어요. 정말이에요!"

그렇게 말하는 료를 수상쩍다는 눈빛으로 바라보는 아벨. 하지만 이내 표정을 바꾸고 말을 이었다.

"그렇지, 료. 카이라디 거리에선 하룻밤만 묵을 거긴 하지만 추천하고 싶은 음식이 있어. 료한테 그걸 꼭 대접하고 싶어."

두 사람이 카이라디 거리 동문에 도착한 것은 완전히 해가 지기 전이었다.

료는 아벨의 조언에 따라 가방을 어깨에 맨 다음 로브를 걸치고 있었다. 밖에서 가방이 잘 보이지 않도록 한 것이다. 아벨 본인도 가방은 망토 안쪽에 들어 있었다. 두 사람의 가방 속에는 대량의 와이번 마석이 들어 있다. 남의 눈에 띄면 여러 가지로 귀찮아질 법한 물건이었다.

그 덕분인지 거리로 문제없이 들어갈 수 있었다.

B급 모험자인 아벨이 료의 신분을 보장하고 출입세로 은화 한 장을 냈다. 그것만으로도 깔끔하게 들여보내 주었다.

위병이 거만한 태도를 취하고, 트러블이 발생하고, 이어서 위병의 상사가 찾아오고…… 뭐, 그런 전개를 조금 기대했던 료로서는 조금, 아주 조금 아쉬운 기분이 들었다.

정말로, 아주 조금.

숙소는 아벨이 의뢰를 받아 카이라디 거리에 올 때 단골 여관으로 삼고 있는 곳이었다.

"여기는 1층에 식당이 있는데, 거기서 아까 말한 그걸 먹을 수 있어."

두 사람은 숙소 수속을 마치고 그대로 1층 식당에 자리를 잡았다.

"어서 오세요. 뭘로 하시겠습니까?"

수수하지만 붙임성 있게 웃은 소녀가 주문을 받으러 왔다.

"나랑 이쪽에 카리 하나씩."

아벨이 유난히 멋있는 발음으로 **카리**라고 말했다.

"네, 알겠습니다."

소녀는 주문을 받고는 주방으로 돌아갔다.

"부족하면 추가로 다른 걸 주문해도 돼. 여기서 먹는 밥도 내가 낼 테니까."

"아벨! 아벨은 정말 좋은 사람이에요."

먹을 걸 사주는 사람은 좋은 사람이다.

적어도 안 사주는 사람보다는 사주는 사람이 더 좋은 사람이다.

2분 정도 기다렸을까.

뭔가 주방 쪽에서 그리우면서도 향긋한, 식욕을 자극하는 유혹적인 냄새가 풍겨왔다.

'설마 이 냄새는……'

료가 그런 생각을 하고 있는데, 조금 전의 소녀가 양손에 큰 접시를 들고 왔다.

"오래 기다리셨습니다, 카레입니다."

거기에 나타난 것은…… 하얀 밥 위에 뿌려진 노란색의…… 향신료가 가득한…… 걸쭉한 점성을 가진 국물…….

"설마하던 카레라이스……."

그랬다. 료의 눈앞에 일본인들의 국민식 중 하나인 카레라이스가 나온 것이다.

'카레라고 하면 전생물의 정석…… 하지만 그건 주인공이 고생에 고생을 거듭하고, 오랜 시간 세계 각지를 전전하다가 간신히 재현에 성공한다고 하는…… 그런 의미의 정석. 그런 게 이미『파이』에는 존재하고 있었다니…….'

"료가 론도 숲에서 라이스를 내줬을 때 이 카리가 떠올랐거든. 자, 먹자."

"네에……."

료는 아무도 눈치 못 챌 정도로 미세하게 입술을 떨면서도 숟가락으로 뜬 카레를 입으로 가져갔다.

한 입.

그랬다. 이것은 틀림없는 카레라이스.

게다가 무서우리만큼 재현도가 높은 카레라이스. 일본 식탁에 나와도 아무런 위화감이 없을 정도였다.

료의 기준으로는 20년 만에 맛보는 카레라이스였다.

천천히, 하지만 결코 숟가락을 멈추지 않고 먹는 료.

"료, 마음에 들면 더 먹어도 돼."

"!"

아벨의 그 한마디는 료에게 있어 그야말로 복음.

"한 그릇 더 주세요!"

"마, 마음에 든 것 같아 다행이네."

그런 료의 박력에 약간 당황하는 아벨.

그 후 아벨도 한 그릇을 더 주문해 두 사람 다 매우 만족스러운 저녁 식사를 했다.

"아벨, 아까 그 카레 말인데, 룬의 거리에도 있어요?"

그렇다, 그것은 아주 중요한 확인절차였다. 만약 이 카이라디 거리에서만 먹을 수 있다고 한다면 거점은 룬이 아니라 이 거리에……

"그래, 룬에서도 먹을 수 있어. 거기 위에 뿌려진 노란 수프에 들어가는 향신료 몇 개가 이 카이라디 주변에서만 나서 좀 비싼 가게도 있지만. 뭐, 룬은 변경 최대의 거리라 많은 가게들이 경쟁하고 있으니까 음식의 레벨도 높은 편이야. 카리는 대체로 왕국의 남쪽 거리에서 먹을 수 있어."

"와, 그거 멋지네요!"

"료, 꽤 마음에 들었나 보네."

료는 크게 고개를 끄덕였다.

"네, 너무 맛있었어요."

언젠가 론도 숲으로 돌아가면 거기서도 꼭 재현하자……. 료는 마음속으로 그렇게 맹세한 것이었다.

다음 날, 아침 일찍 두 사람은 카이라디 거리를 떠났다.

"아벨, 어제 카레는 정말 훌륭했어요. 굉장한 파인 플레이였어요."

"어, 어어…… 기뻐해 줘서 다행이네……."

"아벨은 카레에 관한 정보를 숨기고 있었죠, 또 다른 중요한 정보를 숨기고 있는 거 아니에요?"

"아니, 딱히 숨기고 있었던 건 아닌데……."

"아벨은 굉장히 많은 비밀을 숨기고 있어요. 전 알아요!"

"으음……."

료는 안경을 휙 올리는 제스처를 취하며 아벨 쪽을 바라보았다. 냉혹한 검사를 연기하는 걸까……. 한편 아벨은 여러 가지 짚이는 구석이 있었기에 등에 식은땀을 흘리고 있었다.

"사실 단 걸 좋아하죠! 자, 거리의 달콤한 음식들에 대한 정보를 순순히 넘기세요!"

척, 하는 소리가 날 정도로 오른손을 뻗어 아벨의 얼굴을 가리킨다.

"아, 응. 뭐, 그건 나중에……."

"에엥……."

아벨은 조금 어이가 없었지만 살짝 안심하며 말했다. 한편 료는 낙담한 얼굴로 고개를 푹 숙였다.

그런 대화를 나누면서 걸어가는 두 사람. 두 사람 다 튼튼한 다리를 가진 덕분일까, 보통이라면 꼬박 하루가 걸리는 거리를 빠르게 이동해 이른 오후 무렵엔 이미 룬의 거리 일대를 볼 수 있는 나지막한 언덕 위까지 도착해 있었다.

"이건……."

그곳에서 보이는 경치는 상상 그 이상이었다.

언덕 아래부터 시야 끝까지 온통 황금빛으로 물들어 있다. 곧 수확을 맞이하는 밀밭.

그리고 중앙에 자리잡은 거대한 마을.

거리라기보단 도시라고 불러야 할 정도의 규모. 거리를 둘러싼 성벽도 높고 거대했다.

아마도 성벽 안에만 수십만 명이 살고 있을 것이다. 아울러 성벽 밖에도 농가가 있는 것인지 많은 민가가 보인다.

"거리 밖에도 사는 사람이 있네요."

"아, 농지는 거리 밖에 있으니까. 원래는 농민들도 성벽 안에 살았다는데 농지로 오가는 게 힘들어서 지금은 거리 밖에 집을 짓고 살고 있어. 그런 점도 있어서 룬의 거리는 밤이 되어도 성문을 닫지 않지."

그 말에 료는 다시 한번 놀랐다.

수많은 이세계물에서는 물론 지구에서도 중세 시대쯤이면 밤에 도시의 성문이 닫히는 것은 일반적이었기 때문이다.

"그거, 방범 문제는 괜찮아요?"

"다른 동네에 비해서도 순찰하러 돌아다니는 사람이 많으니까. 그런 것도 있고, 이 정도 규모의 거리치고는 치안도 나쁘지 않은 편이야."

한동안 룬의 거리를 바라본 두 사람은 언덕을 내려가 거리의 남문으로 향했다.

점심시간이 지난 시간, 거리를 드나들기엔 꽤 어중간한 시간이라 남문에는 위병 외에는 아무도 없었다.

"어라? 아벨?"

아벨을 알고 있는 듯 위병이 놀란 표정으로 물었다.

"오, 니무르. 오랜만이네."

"오랜만이 아니라…… 너 행방불명됐다고……."

"응, 뭐, 간신히 살아서 돌아왔어."

그렇게 말하고 아벨은 웃었다.

"그, 그렇군. 그런데 그쪽 일행은?"

위병 니무르가 료 쪽을 향해 물었다.

"내 생명의 은인이다."

"오오! 이거 이거, 아벨을 도와줘서 고마워."

그렇게 말한 니무르는 료의 손을 잡고 붕붕 위아래로 휘둘렀다.

"그렇다고는 해도 출입세는 내야겠지만……."

"그건 내가 낼게."

그렇게 말한 아벨은 자신의 길드 카드와 료의 출입세인 은화 한 장을 니무르에게 건넨다.

"그래, 잘 받았어."

확인을 마친 니무르가 그렇게 말하고는 한층 더 밝아진 미소를 지으며 아벨에게 말했다.

"어서 와, 아벨."

한마디도 하지 않고 그 모습을 보고 있던 료. 아주 조금 아벨이 부러웠다.

돌아올 자리가 있다. 그리고 어서 오라고 말해주는 사람이 있다. 그것은 오랫동안 론도 숲에서 혼자 살아온 료와는 무관한 것이었다.

그동안은 아무렇지도 않게 생각했지만, 아벨과 그를 맞이하는 니무르의 모습을 보며 조금의 외로움을 느꼈던 것은 사실이었다.

'다행이네요, 아벨.'

그리고 그것은 여행의 끝을 알리는 광경이기도 했다.

아벨이 료에게 의뢰한 내용은 룬의 거리까지의 호위.

그리고 여기가 룬의 거리.

둘이서 문을 통과하는 순간 의뢰는 성사되었다.

"료, 이대로 길드로 가자. 모험자 등록, 할 거지?"

"네. 모험자가 되어보고 싶거든요. 이왕이면 빠른 시일 내에 등록하는 게 좋겠죠."

"지금이라면 내가 있으니까 랭크업 등록을 할 수 있어."

고개를 갸우뚱하는 료.

"랭크업 등록?"

"아, 얘기 안 했나. 모험자 길드는 처음에는 F급으로 등록되는 게 보통이지만 B급 이상 모험자의 추천이 있으면 E급이나 D급으로 등록이 가능해. 그러니 내가 료를 추천하면 D급으로 등록할 수 있을 거야."

"D급으로 등록하면 뭔가 장점이 있어요?"

"높은 등급의 의뢰를 받을 수 있지. 높은 등급일수록 포상금도 많으니까 더 좋을 거야. 뭐, 료의 경우는 돈이 곤란할 것 같진 않지만."

아벨은 료의 가방을 보며 말했다.

"아, 와이번의 마석이요? 이게 그렇게 가치가 있어요?"

확실히 말해서 료는 전혀 그 가치를 알 수 없었다.

애초에 마리당 아이시클 랜스를 두 발 쐈을 뿐이다. 고생이고 뭐고 없다. 그래서 자신이 구한 마석이 꽤 비싼 물건이라는 말을 들어도 감이 오지 않았다.

하지만 아벨은 고개를 끄덕이며 말했다.

"한 마리를 잡는데 스무 명은 필요하다니까? 그만큼 귀찮은 마물의 마석이야. 보통은 시장에 돌아다니지도 않아. 그 말은 가격이 매겨지지 않는 물건이라는 거지."

"그렇군요……. 하지만 꽤 수가 많은데, 이게 시장으로 나오면 가격 붕괴가 일어나진 않을까요?"

희소성이란 매우 소중한 가치였다.

"거기는 맡겨둬. 길드도 그 정도는 알아서 처리할 수 있으니까."

거기까지 얘기한 두 사람은 목적지에 도착했다.

바로 룬의 거리에 있는 모험자 길드.

변경 최대의 거리인 룬. 중앙 연방에서 유일한 던전을 지니고 있으며 던전으로 들어가기 위해 다른 나라 모험자들마저 모여드는 거리. 그런 거리의 모험자 길드 역시 변경 최대였다.

석조로 만든 아주 훌륭한 외관.

그 거대한 입구를 지나 두 사람은 안으로 들어갔다. 역시 시간이 시간인지라 안은 한산했다. 의뢰를 받는 아침, 의뢰를 마치고 보고 및 환금을 하는 저녁, 이 두 시간대는 그야말로 전쟁터인가 싶을 정도로 북새통을 이루지만 지금은 점심때가 막 지났다.

하지만 울려 퍼진 한마디가 그 자리의 정적을 깨뜨렸다.

"아벨 씨!"

목청을 높인 사람은 접수대의 여성이었다.

나이는 스무 살 정도, 갈색 머리카락을 포니테일로 묶고 키는 료보다 머리 하나 작았다. 날씬한 체형으로 고풍스러운 옷을 입고 있다.

"안녕, 니나."

니나가 외친 목소리에 반응해 인접한 곳에 설치된 식당에서 모험자들이 얼굴을 내밀었다.

"우와, 진짜 아벨이잖아."

"어서 와라, 아벨~."

"죽은 거 아니었냐?"

열 명이 넘는 모험자들이 놀라움을 담아 아벨 곁으로 와서는 그의 무사 귀환을 축하했다. 아벨이 실종됐다는 것은 룬 소속의 모험자들은 모두 알고 있었고 그만큼 걱정도 하고 있었다.

룬만큼 거대한 거리에서도 B급 모험자라는 것은 매우 희귀한 존재였다. 그중에서도 아벨을 파티 리더로 하는『붉은 검』은 특히나 인기 있는 파티였던 것이다.

실력은 이미 A급이라 불리는 천재 검사 아벨.

절대 방어조차 쓸 수 있다는 소문을 가진 빛의 여신, 신관 리햐.

왕국 내 방패사의 정점이라고까지 불리는『부도(不倒)』워렌.

세 사람에 비해 아직 어리지만 실력은 궁정 마법사에 버금가는 린.

네 사람은 많은 모험자의 우상이라고 해도 좋을 정도였다. 그리더가 돌아온 것이다. 모험자들에게 둘러싸이는 것은 당연한 수순이었다.

료는 성문 때와 마찬가지로 그 광경을 약간 부러운 눈으로 바라보고 있었다.

'아벨은 정말 인기가 많구나. 사이좋게 지내두면 뭔가 이득이 있을지도 모르겠다.'

료는 가끔 타산적인 인간이 된다.

한동안 모험자들에게 둘러싸여 있던 아벨은 적당한 때를 봐서 료 쪽으로 다가왔다. 그리고 료의 곁에 서서 말을 시작했다.

"이 녀석은 료. 내 생명의 은인이다. 료가 없었다면 나는 룬의 거리로 돌아올 수 없었어. 그리고 료는 이제 이 거리에서 모험자 등록을 할 거야. 우리들의 동료가 되는 거다. 그러니 다들 친하게 지내줘."

놀란 쪽은 료였다.

이런 소릴 하겠다는 말은 없었잖아! 그런 눈빛으로 옆에 있던 아벨을 보고는 정면을 다시 바라본다. 다른 모험자들은 료가 무어라 말하길 기다리는 것 같았다.

"아, 료입니다. 잘 부탁해요."

료는 그렇게 말하며 고개를 숙였다.

"오, 잘 부탁해, 료."

"아벨을 도와줘서 고마워."

그런 목소리와 함께 료의 어깨를 세게 두드려 온다. 모든 것이 료를 향한 환영과 아벨의 귀환을 도운 것에 대한 감사함의 증표였다.

"니나, 료의 모험자 등록을 부탁해."

그 후 아벨은 료를 데리고 접수대 앞으로 갔다.

그 무렵엔 이미 아벨의 귀환을 축하했던 모험자들도 자신들이 식사를 하던 식당으로 돌아가 있었다.

그리고 접수대 주변은 접수대 담당인 니나와 아벨, 그리고 료 세 명만 남았다.

"니나, 료의 등록 말인데 날 추천인으로 해서 D급 등록을 부탁해."

그 말을 들은 니나는 깜짝 놀랐다.

물론 추천 등급 상향 등록 제도는 있었다. 룬의 거리에서도 일 년에 한 번 정도는 일어나는 일이다. 하지만 지금까지 아벨을 포함한 『붉은 검』의 멤버가 추천인으로 나선 적은 한 번도 없었다.

"물론 그건 상관없지만 이 제도를 사용한다면 추천할만한 증거를 제시해 주셔야 해요. 그건 어떻게 하시겠어요?"

"아아, 알고 있어. 그 건도 포함해서 길드 마스터에게 좀 상의하고 싶은 게 있는데…… 지금부터 만날 수 있을까?"

"괜찮을 거예요. 점심때도 방에서 서류와 씨름하며 끙끙거리고 계셨으니까요."

그렇게 말하며 니나는 미소를 지었다.

"길드 마스터를 불러올 테니 두 분은 안쪽 응접실로 와주세요."

니나는 우선 두 사람을 안쪽 응접실로 안내하고 곧바로 길드 마스터의 방으로 향했다.

곧이어 응접실에서도 거친 목소리가 들려왔다.

"뭐라고!?"

그리고 쿵쿵 뛰어오는 소리. 힘차게 문이 열리고 험상궂은 얼굴을 한 거한의 사내가 들어왔다.

"아벨…… 다행이다……."

그렇게 말하며 거한은 무릎을 꿇고 털썩 주저앉았다.

"길마스, 걱정 끼쳐서 미안해. 어떻게든 돌아올 수 있었어."

"하여간…… 아벨이 실종됐다는 소식을 듣고 살아도 산 것 같지가 않았다고."

거한은 몸을 일으키고는 그의 전용으로 보이는 꽤 큼직하고 튼튼해 보이는 의자에 앉았다.

"이런, 그 전에. 그쪽의…… 마법사는?"

거한은 료 쪽을 향해 물었다.

"이 녀석은 료. 내 생명의 은인이다."

"그렇군, 나는 룬의 거리의 길드 마스터 휴 맥글러스다. 아벨을 도와줘서 고맙다."

그렇게 말하고 휴는 일어나 료에게 고개를 숙였다. 아벨이 길마스라고 말한 것은 길드 마스터의 약자인 것 같다.

"아, 아뇨. 어쩌다 보니 그렇게 된 거예요. 신경 쓰지 마세요."

료는 저도 모르게 일어나 고개를 숙인다.

"그래서 말인데, 길마스. 료가 이 거리에서 모험자 등록을 할 건데 내 추천으로 랭크업 등록을 해줬으면 해."

그 말을 들은 휴는 문 근처에 선 채로 있는 니나를 보았다.

니나가 고개를 끄덕였다.

"그것에 관해 아벨 씨가 길드 마스터에게 할 얘기가 있다고 합니다."

말을 채 전하기도 전에 휴가 곧장 달려온 탓에 아벨의 면회 희망 이유는 전혀 알려지지 않은 상태였다.

"아, 그랬구나. 어디 보자, 료라고 했던가? 랭크업 등록을 하려면 그 정도의 능력이 있다는 증명이 필요한데…….."

거기까지 말하고 휴는 문 근처의 니나를 보았다. 그것이 주위를 물리기 위한 시선이라는 것을 니나는 바로 이해했다.

"그럼 저는 실례하겠습니다. 접수대에 있을 테니 무슨 일이 있으면 불러주세요."

그렇게 말한 니나는 고개를 한번 숙이고 그대로 나갔다.

가장 먼저 입을 연 것은 아벨이었다.

"일단, 료는 나보다 강해."

그 말은 휴와 료 두 사람을 동시에 놀라게 했다.

"이봐, 아벨……."

"아벨…… 점심에 먹은 육포로 탈이라도 났어요?"

한숨을 내쉬는 아벨.

"뭐, 이런 장난스러운 녀석이지만 힘이 있다는 건 사실이야. 이건 룬까지 돌아오는 동안 나랑 료랑 같이 쓰러뜨린 마물에서 캐온 거야."

그렇게 말한 아벨은 자신의 가방에서 와이번의 마석을 꺼내 책상 위에 늘어놓았다. 그 수는 정확히 25개.

"뭐야, 이 마석은…… 초록색이니까 바람 속성이라는 건 알겠는데…… 무지막지하게 큰데다 색깔도 짙어. 어떻게 이런 마석이…… 아니, 설마 이건 와이번인가?"

"그래, 와이번의 마석이야. 이거랑 거의 비슷한 양을 료도 갖고 있어."

아벨이 그렇게 말하자 료도 가방을 책상 위에 놓았다.

"맙소사…… 이 정도의 와이번을 대체 어디서…… 아니, 이건 총력을 기울여 대처하지 않으면…… 나라가 망할 정도의 규모야……."

휴가 쥐어짜듯이 말했다. 거의 속삭이는 목소리로.

"그 점은 걱정하지 않아도 돼. 이 와이번을 사냥한 건 마의 산 남쪽 대지니까."

"마의 산? 그 마의 산? 왜 그런 장소에?"

"배가 떠내려가고…… 도착한 곳이 마의 산보다 더 남쪽에 펼쳐져 있는 대지였어. 그래서 거기서부터 마의 산을 넘어 돌아왔는데, 그 마의 산 남쪽에는 와이번이 가득했다, 뭐 그런 거지."

아벨은 어깨를 으쓱하며 설명했다. 상당히 생략했지만.

일단 가장 중요한, 이들 와이번이 당장에 인류를 덮칠 우려는 없다는 점과 앞으로도 이렇게 많은 양의 와이번 마석은 그렇게 간단하게 구할 수는 없다는 점을 설명할 수만 있으면 그만이었다.

"그렇군. 그래서 이걸 시장 가치가 폭락하지 않도록 길드 네트워크를 이용해 팔고 싶다. 그렇게 이해해도 되는 거겠지?"

"역시 길마스, 이해가 빨라서 좋다니까."

마석 전부를 이곳 룬의 거리에서 팔면 단숨에 시장 가치는 폭락한다. 또한, 어디서 구했는지에 관해 추궁당할 염려도 있다. 하지만 길드의 네트워크를 사용하여 다른 거리나 왕도, 경우에 따라서는 타국에 보내는 무역품으로 팔아 버리면 섣불리 추궁당할 일은 없다.

그래서 그런 것이었다.

"알았다. 시간이 좀 걸리겠지만 내가 책임지고 팔마. 왕가에도 매입해달라고 하지."

그렇게 말한 순간 아벨은 아주 조금 얼굴을 찡그렸다.

"아마 한 개는 곧 영주님이 매입하실 테니 2, 3일 안에는 판매한 돈을 입금할 수 있을 거야. 그럼 너희의 몫은 반반으로 입금하면 되는 건가?"

"아니, 4 대 6으로. 내가 4, 료가 6으로 부탁해."

"아벨, 그건 안 돼요. 똑같이 나눠요."

료의 말을 듣고 아벨은 고개를 저었다.

"료, 난 료에게 도움을 받은 답례도 제대로 하지 않았어. 게다가 이건 날 여기까지 데려와 준 의뢰 대금이기도 해. 내 체면을 봐서라도 받아줘."

그렇게 말한 아벨은 앉은 채로 고개를 숙여 보였다.

"아벨……."

"료, 아벨이 이렇게까지 말하니 남자의 자존심을 생각해서라도 받아줘."

휴도 아벨에게 동조했다.

"……알겠습니다. 감사히 받겠습니다."

휴가 마석의 크기, 개수를 기록하며 집무실 금고에 보관하던 중 복도에서 달리는 소리가 들려왔다.

"여러분, 기다려 주세요. 아직 대화 중이에요."

그와 동시에 니나의 목소리도 들려왔다.

조금 전의 휴가 달리던 소리에 비하면 꽤 가벼운 발소리가 들리더니 곧 힘차게 문이 열렸다. 그곳에 서 있는 사람은 검은 로브를 입고 왼손에는 커다란 지팡이를 든 키 작은 여성 마법사였다.

"아벨…… 다행이다……."

그렇게 말한 마법사가 털썩 무릎을 꿇으며 주저앉았다

'어디선가 본 광경이다.'

료는 실례되는 생각을 하고 있었다.

"린, 걱정끼쳐서 미안해."

아벨의 파티 『붉은 검』의 멤버 바람 속성 마법사 린이었다.

그 뒤로 흰 신관복을 입은 여성과 거대한 방패를 멘 거구의 남자가 방으로 들어왔다.

"아벨……."

신관 여성의 구슬이 굴러가는 듯한 고운 목소리가 료에게도 들려왔다.

"리햐, 워렌, 다녀왔어."

"네…… 어서 와요, 아벨."

눈물 젖은 얼굴의 리하와 완전히 울고 있는 린, 말은 없지만 안도한 표정의 워렌. 저마다의 모습에 쓴웃음 짓는 아벨.

그 광경에 어떤 표정을 지어야 할지 난감했던 것은 료뿐만이 아니었다.

"아벨, 뭐, 쌓인 이야기도 있을 테니까 이 방을 쓰도록 해. 료랑 니나는 저쪽에서 수속을 진행할까."

그렇게 말한 휴는 료와 니나를 데리고 응접실을 빠져나왔다.

그리고 길드 마스터 집무실.

그곳에서 응접용으로 마련된 곳에 털썩 주저앉은 휴.

"후우. 저런 분위기는 내 성미랑은 안 맞아. 료도 거기 앉아줘. 니나, 료는 D급으로 등록할 테니 미안하지만 등록 도구들 좀 이쪽으로 옮겨주겠어?"

"알겠습니다."

그렇게 말한 니나는 준비를 위해 방 밖으로 나갔다.

험상궂은 얼굴을 가진 거한의 길드 마스터와 단둘이 방에 남겨진 료.

"D급 등록으로 해도 괜찮은 건가요?"

"그래, 상관없어. 저런 대량의 와이번 마석을 보여준다면 납득할 수밖에 없지."

그렇게 말한 휴는 호쾌하게 웃었다.

"뭐, 마지막으로 아벨이 처리해줬지만요."

"아벨의 실력은 잘 알아. 저놈은 틀림없는 천재다. 하지만 그렇다고 해도 검사지. 그 실력을 아는 이상 놈 혼자 와이번을 쓰러뜨릴 수 없다는 것도 알아. 그렇다는 건 네 실력이 상당하고, 아벨을 도우면 와이번을 쓰러뜨릴 수 있을 정도로 수준을 끌어올려주는 그런 마법사라는 뜻이지. 확실하게 D급 등록을 할 수 있는 실력이야."

그렇게 말하며 휴는 호쾌하게 료의 어깨를 두드렸다.

뼈가 빠질 것 같아…….

"오? 료, 마법사 같은데 몸도 꽤 단련했구나?"

힘차게 어깨를 두드렸을 때 휴는 눈치챘다.

"혼자 사냥 같은 걸 했었거든요. 스태미나가 떨어져 싸울 수 없게 되는 상황이 오면 곤란하니까요."

그 말을 듣자 휴가 공감한다는 듯 몇 번이나 고개를 끄덕였다.

"그래, 정말 맞는 말이야. 아무리 대단한 기술이나 마법 같은 걸 갖고 있어도 체력이 바닥나면 끝이지. 그런데 요즘 젊은 녀석들은 그걸 모른단 말야."

그 후로 한동안 요즘 젊은이들을 향한 푸념과 그 부분을 길드에서도 더 널리 알려야 한다는 등의 말이 이어졌다. 그런 말을 하는 휴도 아직 30대 중반이었지만.

얼마간의 푸념이 이어진 뒤 문을 노크하는 소리가 들려왔다.

"들어와."

"실례합니다. 길드 마스터, 등록 도구를 가져왔습니다."

방금 나갔던 접수대 담당 니나가 쟁반에 큰 수정 같은 것을 들고 들어왔다.

"오오, 그럼 료. 수속을 부탁하마. 료는 니나의 설명대로만 따라주면 돼. 나는 또 서류랑 씨름하러 가야지."

휴는 그렇게 말하고는 자신의 책상으로 향했다.

"료 씨, 다시 한번 소개하겠습니다. 저는 룬 모험자 길드 직원 니나입니다. 잘 부탁드립니다."

"아, 감사합니다. 료입니다. 저야말로 잘 부탁드립니다."

두 사람은 인사를 나눴다. 제대로 된 인사는 중요하다.

"그럼 먼저 청취를 진행할게요. 제가 질문할 테니 대답해 주세요."

"알겠습니다."

'보통은 종이를 넘겨받고 이름 같은 걸 쓰는 패턴이 많을 거라 생각했는데…… 그리고 거기서 대필이 필요한가요? 같은 걸 물어보면 아뇨, 괜찮아요, 하는 식의 대화가 오고가고……. 대필하는 일이 많아서 아예 처음부터 데이터 기입은 길드 직원이 하는 건가?'

료가 알고 있는 이세계와는 다른 것 같다…….

"이름은 료 씨, 이죠. 직업은 마법사로 괜찮을까요?"

"네, 마법사로."

"마법의 속성은?"

"수속성입니다."

"사는 곳은…… 아직 정해지지 않았지요."

"네, 도착한 지 얼마 안 돼서요."

"등록 후 300일까지는 길드 병설 숙소에서 지내실 수 있습니다. 생활이 궤도에 오르면 나가는 식이죠. 이제 막 등록한, 그러니까 젊은 모험자들끼리 서로 얼굴을 익히기에 좋아요."

니나는 숙소를 설명하는 종이를 료의 앞에 내밀었다.

"300일까지라면 언제든지 입주하실 수 있고 퇴거도 언제든지
가능하시니 생활 장소 후보 중 하나로 고려해 보세요."

"생각해 보겠습니다."

'이 종이…… 활판 인쇄 같은 게 있어 보이지는 않는데…… 같
은 내용의 설명서가 많이 준비된 느낌이네. 또 수수께끼가 하나
늘었다.'

『파이』에 온 이후로 수수께끼만 늘어나는 료.

"그리고 료 씨는 던전에 들어가신 적은 없죠?"

"네, 없어요."

"길드에선 매달 던전 초보자 강좌를 열고 있어요. 던전 미경험
자를 대상으로 던전 내에서 주의해야 할 점이나 채취할 수 있는
것, 혹은 그러한 것들의 환금액, 거기에 더해 던전 이외에도 모험
자로서 초보자인 사람들을 위한 내용도 포함되어 있습니다. 그런
것들을 무상으로 배울 수 있어요. 만약 던전으로 들어가실 계획
이 있다면 수강해 보시는 것을 추천드려요."

"꼭 받고 싶네요!"

료가 관심을 보였다.

"이번 달 강좌는 모레 개강입니다. 닷새 동안 매일 다른 내용의
강좌가 열리니 닷새 모두 나오시면 더 좋아요."

그렇게 말한 니나는 빙긋 웃었다. 그 매력적인 모습에 자신의
자리에 앉아 있던 휴가 만족스럽게 고개를 끄덕인 것은 비밀이다.

"그럼 료 씨의 강좌 신청은 이쪽에서 해둘게요. 모레 아침 9시까지 이 길드의 3층 강의실로 오세요."

"9시요?"

지구와 같은 9시?

"네. 광장에 시계탑이 있으니 거기서 시간을 확인하시면 돼요. 룬의 거리는 9시, 12시, 15시, 18시에 시계탑의 종이 울립니다."

아무래도 지구와 같은 9시인 것 같았다.

"청취는 이상입니다. 다음으로는 료 씨를 등록하겠습니다."

"저를 등록한다고요?"

"네. 이 수정에 손을 얹어 주시겠어요?"

료는 시키는 대로 니나가 운반해 온 수정에 오른손을 가져갔다.

"등록."

니나가 중얼거리자 수정이 빛나기 시작했다. 그리고 조금, 아주 조금 료에게서 마력이 빠져나가는 느낌이 들었다. 수정의 빛은 한곳으로 모이더니 머지않아 니나가 들고 있던 카드로 들어가며 순식간에 사라졌다.

"료 씨, 손을 떼셔도 괜찮아요. 감사합니다."

그 말을 듣고 료는 수정에서 손을 뗐다. 료 본인에게는 아무런 변화도 일어나지 않았다.

니나는 빛이 들어간 카드를 확인했다. 그리고 필요한 확인을 끝낸 것인지 료에게 카드를 내밀었다.

"자, 이게 료 씨의 길드 카드입니다. 신분증을 대신하게 되는 경우도 있으니 분실하시면 즉시 길드에 신고해 주세요. 재발행에는 1만 플로린, 즉 금화 한 장이 드니 조심하시고요."

료는 카드를 받아들고 적혀 있는 내용을 확인했다. 이름, 모험자 랭크 D라는 것과 나이트레이 왕국 룬 소속.

그뿐이었다.

"질문 있으세요?"

"네, 한 가지만요. 아벨이 말하길 길드에서 돈을 맡아주고 국내라면 어느 길드에서든 찾을 수 있다고 하던데요."

"네, 맞아요. 창구에 말씀해 주시면 별실에서 수속을 진행하실 수 있습니다. 아까 등록할 때 사용한 이 수정으로 본인 확인 과정을 거치시면 돼요."

"그럼 그 수정은 국내 전부와 연결되어 있다는 건가요……?"

귀를 의심했다.

그야말로 판타지, 그야말로 마법.

지구에서는 현대에 와서야 간신히 실현된 온라인 시스템이 이미 『파이』에서는 실현되고 있다!

"그렇죠. 그런 개념이라고 생각하시면 돼요."

니나는 고개를 끄덕였다.

바로 그때 누군가가 문을 노크했다. 니나가 길드 마스터이자 방주인인 휴 쪽을 바라보았다.

"들어와."

휴는 서류에서 고개를 들지 않은 채로 말했다. 들어온 것은 아벨을 포함한 『붉은 검』일원.

"길마스, 응접실을 쓰게 해줘서 고마워. 이제 끝났으니 돌아갈게."

아벨이 휴에게 보고했다.

"오, 신경 쓰지 마."

"길드 마스터, 니나. 오늘 18시부터 황금파도에서 아벨 귀환 축하 파티를 열거니까 꼭 와."

그렇게 말한 사람은 마법사 린이었다.

"물론 료는 주빈이니까 강제 참가다."

아벨은 그렇게 말하고는 히죽 웃었다.

"어……."

몸을 굳히는 료.

"황금파도는 우리들 단골 여관이야. 료가 머물 방도 준비해 둘 테니까 마음껏 취해도 괜찮아."

"그걸 괜찮다고 하진 않을 것 같은데……."

"뭐, 어쨌든 료는 참가야. 그래서 그 전에 잠깐 료랑 같이 가고 싶은 곳이 있는데."

아벨은 그렇게 말하고 니나를 쳐다보았다.

"모험자 등록은 끝났습니다. 료 씨의 질문이 없으시면 이것으로 종료입니다."

"그래, 궁금한 게 있으면 내가 알려줄게. 좋아, 그럼 료. 가자."

그렇게 말한 아벨이 료를 일으켰다.

"그럼 저희는 먼저 여관에 가서 준비하고 있을게요."

신관 리햐가 그렇게 말하고 리햐, 린, 워렌 세 사람은 방을 나 갔다.

"그럼 길마스, 료를 데려갈게."

"아, 길드 마스터, 니나 씨, 여러모로 감사했습니다."

료는 그렇게 말하며 고개를 숙였다.

"그래, 이제부터 료는 룬의 거리의 모험자니까 앞으로도 잘 부탁한다."

휴는 그렇게 말하며 한 손을 들었다. 니나도 료에게 고개를 숙여 보였다.

그리고 아벨은 료를 데리고 나왔다.

"그럼 길드 마스터, 저도 창구 업무로 돌아가겠습니다."

"오, 고마워."

니나도 창구로 돌아갔다.

홀로 집무실에 남은 길드 마스터 휴 맥글라스.

"아아, 다행이다아~~~."

밖에 들리지 않도록 목소리는 작았지만 만감이 섞인 마음이 고스란히 담겨 있었다.

"아벨이 행방불명이라는 보고를 들었을 때를 떠올리면…… 정말 다시는 경험하고 싶지 않아. 정말로 돌아와 줘서 다행이야……. 그렇다 해도 흘러간 곳이 마의 산 너머라니…… 어떻게 생각해도 절체절명이었잖아…… 아벨도 나도."

거기까지 말하고는 자신의 집무 책상에 엎드렸다.

"이제 정말 밀수 조사 의뢰 같은 건 안 받아도 되니까. 그래, 적어도 지상에 있어 달라고. 검으로 해결할 수 있는 범위라면 저놈이 뒤처지는 일은 거의 없을 테니……. 던전이라고 해도 아마 어떻게든 되겠지. 하지만 바다 같은 곳은 위험해. 응, 정말로. 그렇다면 데려와 준 료에게도 감사해야겠네. 진짜로 살았어…… . 만일 돌아오지 못했다면 꼼짝없이 내 목숨도 날아갔을 테니까……아, 그래. 돌아온 거 보고해둘까.”

그렇게 말한 휴는 찬장 안에 설치되어 있는 통신용 연금도구를 기동했다.

“아벨, 어디로 데려가는 거예요?”

길드를 나와 료를 데리고 나온 아벨은 큰길을 따라 북쪽으로 걸어갔다.

“아니, 실은 호위 의뢰에 대한 보수를 주려고…… .”

“음? 그건 마석의 몫으로 받기로 했잖아요?”

“아아, 그거랑은 별개로 말야. 처음에 료에게 룬까지 호위를 의뢰했을 때…… 거리에 도착하면 료에게 옷과 지팡이를 보수로 사주고 싶다고 생각했거든…… .”

조심스레 료의 반응을 살피며 아벨이 말을 꺼냈다.

“아, 아니, 물론 료는 그 무두질한 가죽옷과 샌들이 더 마음에 들 수도 있고 딱히 그걸 부정하는 건 아니지만 말야…… .”

“그렇게 눈치 안 봐도 돼요. 샌들은 몰라도 역시 로브 아래 차림이 이래서는 거리에서 받아주지 않을 거라는 것쯤은 알아요.”

료는 쓴웃음을 지으며 말했다. 확실히 『파이』에 와서는 계속 혼자 살았지만 지구에서는 평범한 19년을 살았으니까.

“이 가죽도 딱히 마음에 든다거나, 뭐 그런 게 아니라 론도 숲에서는 실을 구할 수 없어서 옷을 만들지 못한 것뿐이에요. 옷을 사준다면 기꺼이 따라갈게요."

"그렇구나! 그래, 그럼 평상복이랑 좀 좋은 옷이랑 해서 두세 벌 맞추자."

아벨이 안도하며 말했다.

료의 옷을 무시하는 걸로 받아들인다면 일이 복잡해질지도 모른 다고 생각했는데, 생각보다 순조롭게 흘러간 것에 안도한 것이다.

"근데 아벨, 옷은 알겠는데 지팡이는 뭐예요?"

"아니, 료는 마법사인데 지팡이가 없잖아?"

"네, 마법사지만 지팡이는 없어요. 지팡이 없이도 마법은 쓸 수 있는데요?"

고개를 갸웃하며 료가 아벨에게 답했다.

"아니, 지팡이가 있으면 마법의 위력이 올라간다…… 고 나는 알고 있는데……."

그렇게 말한 아벨은 료의 마법을 떠올렸다.

'그거보다 위력이 올라간다고? 지금도 충분할 정도의 위력이 있긴…… 하지.'

"그래요? 근데 저는 지팡이는 안 써요. 근접전이 필요할 땐 검 을 쓰면 되고요."

그 말을 듣고 아벨은 깜짝 놀랐다.

"검? 료는 검을 사용할 수 있어? 허리에 찬 칼 말고?"

"어? 말 안 했나요? 제가 '바람 속성 마법사였다면 세 개의 분 신에서 나오는 소닉 블레이드와 함께 동시 돌격을 할 수 있었을 텐데' 라고 했었잖아요. 검으로 근접전을 못한다면 돌격으로 달려들 수도 없겠죠."

"아, 으응. 그러고 보니 브레이크 다운 공격이니 뭐니 했었지. 완전히 그냥 농담하는 건 줄 알았어."

"너무해……."

그런 대화를 하는 와중에 목적한 옷가게에 도착했다. 결코 화려한 외관은 아니었으나 질 좋은 옷들을 잘 갖추고 있는 가게였다.

"여긴 그렇게 비싼 옷가게는 아니지만 깔끔하고 질도 좋아서 인기가 많은 곳이야. 내 옷도 여기서 맞추고 있어."

"아벨의 옷은 내구력이 좋죠. 실제도 론도 숲에서 룬까지 버티기도 했고요."

"내, 내구력…… 뭐, 평소 활동용으로 입는 옷이니까 확실히 잘 찢어지진 않지."

결국 두 시간 정도 걸려서 오늘 바로 입고 갈 옷과 맞춤 옷 세 벌을 부탁할 수 있었다.

옷가게를 나온 두 사람은 황금파도로 향하기 시작했다.

"저기, 료. 정말 지팡이는 필요 없어?"

"네, 필요 없어요. 익숙하지도 않고 아까도 말했듯이 쓴다고 해도 검이니까요."

"그래, 뭐, 그걸로 됐다면……."

거기까지 말하고 아벨은 문득 멈춰 섰다.

"아벨, 왜 그러고 있어요. 두고 가요?"

"아니, 황금파도 위치도 모르잖아. 그게 아니라 료, 검은 안 갖고 있…… 지?"

아벨은 료의 허리춤과 등을 보며 말했다.

"아, 이거예요."

료는 그렇게 말하며 듀라한에게 받은 검날이 생성되지 않은 무라사메를 아벨에게 보여주었다.

"어? 아니, 그건…… 그러니까 검…… 인 건가……? 늘 허리에 차고 다니는 나이프…… 어라?"

어느 모로 보나 나이프였다.

특이하게 자루 부분이 상당히 긴, 거의 본 적이 없는 밸런스를 갖고 있긴 했지만 나이프였다.

적어도 이것을 검이라고 말하는 것은 료 이외에는 없지 않을까 싶을 정도로 확실한 나이프였다.

"그런 것보다 저는 아벨한테 질문이 있어요. 아벨, 니나 씨에게 본인이 대신 질문에 답하겠다고 했었죠?"

"아아…… 그러고 보니 그랬지. 뭐 물어보고 싶은 게 있어?"

"사실 근본적인 걸 여러 가지로 모른다는 걸 깨달았어요."

"근본적인 거?"

"네. 하루가 어느 정도의 길이인지, 그 외의 단위라든가 여러 가지요."

아벨의 표정이 굳어졌다.

"아벨은 절 아주 상식적인 사람이라고 생각했겠죠. 그 기대를 저버려서 미안하게 됐지만요."

"아니, 상식 없는 녀석이라고 생각했으니까 괜찮아. 하지만 상상 이상으로 상식이 없었구나……."

"어떻게 그런 말을! 세상에는 무지를 아는 것이 앎이라고, 자신이 모르는 것 자체를 제대로 아는 건 중요하다, 라는 말이 있어요. 말하자면 저의 경우는 그런 무지를 아는 앎이에요!"

"아, 으응…… 뭐…… 무지의 앎이라기보단 단순히 무지한 것 같지만……."

이러쿵저러쿵하면서도 아벨은 설명을 시작했다. 역시 아벨은 좋은 녀석이었다.

기본적으로 많은 것들이 거의 지구와 같았다.

하루는 24시간, 일주일은 7일간, 월 단위도 30일 전후…… 2월이 28일로 윤년까지 있다는 것은 예상 밖이었지만.

길이 단위도 미터, 킬로미터, 그램 등 서양적이진 않았지만 지구와 같았다.

반대로 무게의 단위가 갤런 같은 느낌이었다면 료도 놀랐을 것이다.

카레라이스 건도 그렇고, 여기까지 들은 이상 과거에 전생자 혹은 전이자가 개편을 한 게 아닐까 하는 생각이 들 수밖에 없었다.

예감이 확신으로 바뀐 순간이었다.

"뭐, 한꺼번에 이해하라고 해도 어렵겠지만, 다양한 단위 같은 건 조금씩 외워 가면 되지 않을까?"

아벨은 그렇게 말했다.

"아니요, 전부 완벽하게 외웠어요."

"천재냐고……."

완벽하게 외운 것은 당연했다. 지구의 단위와 똑같았으니까.

"그리고 길드에 등록한 뒤 300일까지는 길드의 숙소를 이용할 수 있다고 들었어요."

"아, 그거 꽤 편리하지. 우리도 처음에 이용했었어."

아벨은 그리운 추억을 회상하듯 하늘을 올려다보았다.

"그렇군요. 그럼 저도 내일부터 이용해 볼까요. 모레부터 있을 던전 초보자 강좌 같은 것도 신청했어요."

"3년 정도 전에 생긴 강좌 말이지? 그래도 덕분에 초심자 사망률이 상당히 줄어들었다고 하니까 쓸 만한 내용이 많긴 한가 봐. 료는 마법 실력은 그렇다 쳐도 지식이나 상식 같은 게 없으니까 딱 좋지 않을까?"

"아벨…… 본인이 상식이 부족하다고 해서 저까지 똑같은 취급을 하지 말아줬으면 좋겠어요."

그렇게 말한 료가 어깨를 으쓱하며 한숨을 내쉰다.

"잠깐, 료는 실제로도 전혀 상식이 없었잖아. 난 료보다는 상식이 있는데?"

"취한 사람일수록 자신은 취하지 않았다고 하는, 뭐 그런 것과 같은 원리죠. 이거 참 곤란하네요."

"뭔가 료한테 그런 말을 들으니까 엄청나게 열받는데……."

도저히 납득이 가지 않는다는 표정으로 작게 고개를 흔드는 아벨.

"옛날에 어떤 사람이 말했어요. 정의한다는 것은 곧 제한하는 것이라고."

"으, 응?"

"상식에 얽매여 있으면 상상력도 제한된다는 뜻이에요."

"으응⋯⋯."

"상식이 없다는 게 꼭 나쁜 것만은 아니라는 거죠. 다행이네요, 아벨."

"왜 난데! 누가 봐도 상식이 없는 건 료 쪽이잖아."

아벨은 그렇게 말하고는 다시 말을 이었다.

"뭐⋯⋯ 상식 없는 녀석이랑 함께 있으면 엄청나게 피곤하긴 하지."

아벨은 그렇게 말하고 료를 게슴츠레한 눈으로 바라보았다.

"왜 날 보고 말해요. 저는 상식 있거든요!"

"취한 사람일수록 나는 취하지 않았어, 라고 하는 법이지."

"큭⋯⋯. 아벨도 꽤 실력이 늘었군요⋯⋯."

료는 결코 칭찬하는 표정이 아닌, 오히려 억울하다는 표정으로 그런 대사를 내뱉고는 돌연 화제를 바꿨다.

"맞다, 그 밖에도 물어보고 싶은 게 있었어요. 이 거리엔 도서관이 있나요?"

갑작스런 화제전환에 당황하면서도 아벨은 잠시 생각하더니 답해주었다. 역시 아벨은 착한 녀석이었다.

"큰 도서관이 두 개 있어. 남쪽은 일반인용에 가까워서 폭넓은 분야의 알기 쉬운 책들이 많아. 그러니 기초적인 지식을 얻고 싶

다면 남쪽 도서관이 좋지. 길드에서 한 블록 남쪽에 있어. 북쪽은
전문서만 있는 도서관이라 일반인용은 아니지만…… 어느 정도
전문적인 지식이 있는 영역에 관해서라면 그쪽이 좋을지도 모르
겠네."

"그 남쪽 도서관은 이용하는데 돈이나 자격증이 필요한가요?"

"남쪽은 누구나 이용할 수 있어. 돈은 들어갈 때 2천 플로린,
즉 대은화 두 장을 보증금으로 맡겨야 해. 그리고 돌아갈 때 문제
가 없으면 그 절반인 천 플로린을 돌려받지. 책을 파손하면 보증
금은 몰수, 심지어 추가로 돈을 청구하는 경우도 있고."

그런 이야기를 나누던 사이 두 사람은 황금파도에 도착했다.

다음 날 아침, 료가 일어난 것은 9시 종소리가 울린 뒤였다. 아
벨의 『붉은 검』이 빌려놓은 황금파도의 객실이다.

몇 번이나 발을 헛디뎌서 아벨의 어깨에 기댄 채로 이 방에 들
어왔던 기억이 희미하게 났다.

"숙취…… 머리 아파……."

숙취…… 지구에 있을 때는 경험해 본 적이 없었다. 애당초 미
성년자였기 때문에 술을 마셔본 적이 있을 리가 만무했다. 그래
도 지식 정도는 있다.

『파이』에 와서 처음 맛본 술.

처음에 마신 것이 에일이라고 부르는, 맥주 같은 술이었다는
것은 기억하고 있다. 하지만 그 후에는 여러 술을 마신 것인
지…… 뭘 마셨는지 기억이 확실치 않다.

아벨 귀환 축하 파티의 주인공인 아벨의 무사 귀환을 축하하기 위해 많은 사람들이 오갔고 많은 인원이 참가했다.

그리고 그 주인공인 아벨의 생명의 은인이라는 이유로 료 역시 주빈으로서 많은 이들의 환대를 받았다. 얼마나 많은 인원이 모여들었는지, 도중에 아벨의 일에 관해 감사를 전하러 왔던 아벨 이외의 『붉은 검』 멤버들인 리햐, 린, 워렌도 생각만큼 료와 대화를 못 하고 가야 했을 정도였다.

료는 마법으로 생성한 물을 마시고 몸가짐을 정돈한 뒤 짐을 모두 챙겨 방을 나섰다. 어제 아벨에게 들은 대로 길드 숙소로 옮기기 위해서였다.

1층에 내려가니 시체가 겹겹이…… 라는 광경은 역시나 없었다. 황금파도에서 아침을 먹는 투숙객이나 식사만 하는 방문객들이 아침 일찍부터 이용해야 했기에 어젯밤 나뒹굴던 모험자들은 강제로 옮겨진 뒤였다. 그렇다고 밖으로 내던진 것은 아니고, 식당 한구석에 얼기설기 엉켜 있었다. 실제로는 책상에 엎드려 자고 있을 뿐이었지만.

"어제 있었던 일이 거짓말인 것처럼 깔끔하네……."

그렇게 중얼거린 료는 접수대에 있는 여주인에게 향했다.

"료 씨, 안녕하세요. 아침 식사 곧 준비할게요. 편한 자리에 앉으세요."

"아, 부탁합니다. 그리고 잠시 후에 길드 숙소로 옮길 테니 계산도……."

"아벨 씨가 지불하셨으니 괜찮습니다."

여주인은 그렇게 말하고 빙그레 미소 지으며 주방 쪽으로 들어 갔다.

'아벨…… 좋은 사람이야.'

사주는 사람은 좋은 사람이다.

적어도 안 사주는 사람보다는 좋은 사람이다.

하얀 빵에 스튜, 그리고 치즈. 간소하지만 자유롭게 리필할 수 있었고 맛도 아주 좋았다. 만족스러운 아침을 먹은 료는 곧바로 길드로 향했다.

도착한 길드 안은 폭풍이 지나간 것 같은 황량함인지, 그럼에 도 고비를 넘겼다는 안도감인지 모를 것들이 뒤섞여 실로 복잡한 공기가 감돌고 있었다. 아침 의뢰 쟁탈전이 종료되고 오늘 의뢰 를 받는 자들이 빠져나간 뒤의 광경이었다. 물론 룬의 거리에는 던전도 있었기 때문에 길드에서 의뢰를 받지 않고 직접 던전으로 향하는 모험자도 많다.

하지만 지금껏 아수라장이 된 아침 길드의 상황을 본 적 없는 료 로서는 그저 알 수 없는 **복잡한 공기**라고밖에 표현할 수 없었다.

당연히 접수대 직원들도 지쳐 보였다. 하지만 역시나 프로. 료 가 다가오자 미소를 지으며 맞아준다. 료가 다가간 접수대는 니 나 쪽이었다.

"료 씨, 안녕하세요. 오늘은 무슨 일이세요?"

료에게는 어느 접수대든 상관이 없었지만 전혀 모르는 곳보다 는 어제 수속을 해 준 니나가 좋을 것 같아서 고른 것이었다.

"안녕하세요. 어제 니나 씨가 설명해 주신 길드 숙소에 들어가고 싶어서 찾아왔어요."

"알겠습니다. 지금 숙소를 쓰고 계신 분은 30분 정도 됩니다. 던전에 들어가신 분들도 있지만…… 보통은 매일 들어가는 건 아니라서 몇몇 분들은 숙소에 남아있을 거예요. 침실은 6인실, 담화실은 자유롭게 사용하시면 됩니다. 창구도 한가하니 안내해 드릴게요."

그렇게 말한 니나가 접수대를 빠져나왔다.

니나는 길드 입구에서 밖으로 나가더니 뒤쪽으로 돌아갔다. 료도 그 뒤를 따랐다.

"그러고 보니 료 씨, 어제 아벨 씨 축하 파티 때 고생 많았죠. 계속 라 씨한테 붙잡혀서 몇 잔이나 드셨으니까요."

그렇게 말하며 니나가 키득키득 웃었다.

"라 씨는 아벨 씨를 친형처럼 잘 따라서…… 료 씨에게 무척 감사했어요."

'라'라고 하는 사람은 C급 파티 『스위치백』을 이끄는 검사다.

그랬다. 아벨을 잘 따르는 라는 아벨의 생명의 은인이라는 이유로 료에게 실로 과하다 싶을 정도로 감사의 마음을 전했다…… 모임 내내. 물론 주빈인 료 주위로는 생명의 은인이라는 이유로 많은 이들이 술을 따라주고 또 음식을 가져다주기도 했는데, 라는 그러는 동안에도 료에게 연신 감사를 전했던 것이다.

"감사받는 건 기쁘지만…… 솔직히 너무 마셨어요."

료는 쓴웃음을 지으며 대답했다.

"길드 구매부엔 해독용 포션도 있으니 숙취가 심하다면 나중에 구입해보셔도 좋을 거예요."

"숙취라는 게 해독용 포션으로 낫는 건가요……."

나날이 료의 지식은 늘어갔다.

"네. 저는 시험해본 적 없지만 모험자들 사이에서는 유명한가 봐요."

길드용 숙소는 길드 본관 뒤편에 있었다. 이곳 역시 길드 본관만큼이나 훌륭한 건물로 석조로 된 2층 건물이었다.

"숙소 규칙 같은 건 있나요? 폐관 시간이 있다거나."

"아니요, 24시간 상관없이 출입은 자유입니다. 그런 만큼 사물 관리는 모두 각자의 책임이에요. 시설은 6인실 침실과 공용 화장실, 공용 샤워실, 취사장이 딸린 담화실로 되어 있습니다. 관리인 같은 사람도 없으니 모든 것이 자기 책임이죠."

"뭐랄까, 굉장히…… 자유롭네요."

"예전에는 관리인이 있었는데 여러 사정으로 현재는 두고 있지 않아요. 청소만은 외부에 발주하고 있습니다. 모험자 출신이 경영하는 상회인데 거기에 길드를 포함한 꽤 넓은 거리의 청소를 맡기고 있어요."

'과연. 모험자를 은퇴한 뒤엔 그런 식으로 돈을 버는 방법도 있구나. 현역을 뛰는 동안 거리의 다양한 곳에 얼굴을 비춰두면 일을 수월하게 받을 수 있을 테니까.'

"료 씨의 방은 10호실입니다. 현재는 2명, 닐스 씨와 에토 씨군요. 두 분은 파티를 짜고 던전에 들어가 계세요. 이쪽 방입니다."

그렇게 말하며 니나는 문을 가리켰다. 문 옆에는 '닐스'와 '에토' 라는 두 개의 명패가 걸려 있었다.

"입주자들은 여기에 이름표를 붙여둬요. 료 씨의 명패도 여기에 준비해 뒀으니 걸어둘게요."

니나는 그렇게 말하고 '료'라고 적힌 나무패를 걸어주었다. 일 처리가 빠르다. 니나는 꽤 일을 잘하는 여성으로 보였다.

그리고는 문을 두드렸다.

"네, 들어오세요."

방안에서 목소리가 들렸다.

"어머, 오늘은 계시네요."

그렇게 말한 니나는 문을 열고 안으로 들어갔다.

"실례합니다. 길드 직원 니나입니다. 닐스 씨도 에토 씨도 계시는군요."

방 안에는 팔굽혀펴기를 하고 있는 늠름한 체구에 갈색 머리, 스무 살 정도 되어 보이는 남자와 서류를 읽고 있는, 신관복 위로도 알 수 있는 호리호리한 체격을 가진 남자가 있었다.

"니, 니나 씨. 아, 아, 안녕하세요."

체격 좋은 남자가 말을 더듬으며 대답했다.

"마침 잘됐네요. 여기 계신 료 씨가 오늘부터 이 10호실에 입주하게 됐어요. 두 분 다 잘 부탁드려요."

"료입니다, 잘 부탁드립니다."

그렇게 말한 료는 고개를 숙였다.

"그래, 난 닐스. 이쪽이 에토. 잘 부탁한다, 료."

닐스는 일어서서 료에게 악수를 청했다. 에토 쪽은 자리에 앉은 채로 료를 향해 한 손을 들어 보이며 고개를 까딱했다.

자기소개를 마치자 니나는 고개를 한번 끄덕이며 말했다.

"그럼 저는 접수대로 돌아가겠습니다. 료 씨, 내일 강좌는 신청해 뒀으니까 늦지 않게…… 아, 여기에서 오면 늦을 일은 없겠네요."

빙그레 웃으며 그렇게 말한 니나는 길드 본관 쪽으로 돌아갔다.

"으흠~, 니나 씨는 역시 예쁘다니까."

니나가 떠나자 닐스가 중얼거렸다.

"또 시작이다, 닐스. 니나 씨도 그렇지만 접수대 직원들은 경쟁률이 높으니까 닐스 너한테는 무리라니까."

킥킥 웃으며 에토가 말했다.

"아, 알고 있어! 그래도 언젠가는 능력 있는 남자가 돼서 좋은 여자와 맺어지고 싶은 건 남자의 꿈이잖아!"

성 평등이 진행된 현대 지구였다면 여러 부분에서 몰매를 맞을 것 같은 발언이었지만, 『파이』에서는 문제가 되지 않는 듯했다.

"귀족이랑 맺어지는 접수대 직원도 있다고. 평범한 모험자는 상대가 안 된다니까."

남녀평등을 떠나 모험자보다 접수대 직원 쪽이 압도적으로 사회적 지위가 높은 것 같다…….

"그런 것보다 료라고 했나. 같은 방 모험자 사이니까 이름으로 불러도 될까? 우리도 이름으로 불러도 상관없어."

"네, 이름으로 불러도 괜찮아요."

"응, 다행이다. 어떤 사람이 같은 방이 될까 좀 불안했거든. 6인실인데 두 사람뿐이잖아? 당연히 새로운 사람이 들어올 텐데……. 료처럼 제대로 된 사람이 와줘서 다행이야."

"맞아, 만약 1호실의 댄 같은 녀석이었다면 힘들었을 거야."

에토와 닐스는 맞아, 맞아, 하며 몇 번이나 고개를 끄덕였다.

"아아…… 역시 그런 게 있군요……."

어느 시대에나, 어느 세계에나 있는…… 그런 것이었다. 지구뿐만 아니라 이세계에도 있나 보다.

"그렇지, 참. 나는 검사고 에토는 신관이야. 료는 역시 마법사인가?"

"네, 마법사예요."

"보이는 그대로네."

그렇게 말한 닐스는 호쾌하게 웃었다.

"아까 니나 씨가 내일부터 강좌라고 하던데, 던전 강좌를 듣는 거야?"

"네, 5일간 있을 초보자 강좌를 들어요."

"아, 그거 진짜 좋지. 우리도 그거 덕분에 지금까지 살아 있는 거야."

닐스는 또 그렇게 말하고는 호쾌하게 웃었다.

그리고 료는 두 사람에게서 거리에 관한 이런저런 이야기를 들었다.

대화를 시작한 지 30분이 지났을 무렵 다시 문을 노크하는 소리가 들렸다.

"들어오세요."

닐스의 말에 다시금 니나가 들어왔다.

"죄송합니다, 여러분. 새로 모험자 길드에 등록하신 분이 한 분 더 숙소 입주를 원하셔서요."

그렇게 말한 니나의 뒤로 십대 중반으로 보이는 남자아이가 들어왔다.

"아몬입니다. 잘 부탁드립니다."

"나는 닐스다. 저쪽이 에토고 이쪽이 료."

"아몬 씨도 내일부터 던전 초보자 강좌에 참가합니다. 료 씨와 함께 참석해 주시면 돼요."

말을 마치고 니나는 길드 본관으로 돌아갔다.

"으음~, 니나 씨는 역시 예쁘다니까……."

봤지? 내 말대로지? 라는 시선을 료에게 보내는 에토. 그렇군요, 하며 고개를 끄덕이는 료. 둘의 눈빛 교환을 보고 불만스러운 표정을 짓는 닐스.

"뭐, 어때. 그나저나 아몬은 젊네. 아직 성인 전이지?"

중앙 연방의 성인은 18세.

"네, 이제 막 열여섯 살이 됐어요. 가족을 잃어서 먹고살기 위해 모험자가 되려고 룬의 거리에 왔어요."

"뭐, 다들 비슷하지."

에토가 그렇게 말했다.

'신관도 생계 문제인 건가? 조금 궁금하네…….'

료는 의문이 들었지만, 그런 이야기를 묻는 것은 아직 이르다는 생각에 입을 다물었다.

"료도 아까 막 입주했어. 내일부터 강좌를 듣는다나 봐."

"네, 5일 동안 받을 거예요. 아몬, 잘 부탁해요."

"저야말로 잘 부탁합니다."

"그럼 우린 던전에 들어갔다 올게. 료랑 아몬도 강좌 열심히 들어."

그렇게 말하고 닐스와 에토는 던전으로 향했다.

아침 식사는 다 함께 길드 병설 식당에서 먹었다. 맛은 황금파도에 비해서도 손색이 없을 정도로 꽤 맛있었다. 무엇보다 저렴하다는 점이 좋았다.

게다가 리필도 자유.

황금파도의 조식도 그렇고, 길드의 조식도 그렇고, 아침 식사 때 리필이 자유롭다는 것은 료에게 있어서도 무척 감사한 일이었다. 지구의 비즈니스 호텔의 조식 뷔페와 무언가 통하는 것이 있었다.

아침 식사는 매우 중요하다.

료와 아몬은 든든히 먹고 길드 본관 3층에 있는 강의실로 향했다. 강의실은 대학 강의실처럼 뒤로 갈수록 높아지는 계단식 방이었다. 앞으로 5분 정도 있으면 9시 종이 울리는 시각인데 안에 있는 사람은 10명 정도. 두 사람은 앞에서 두 번째 줄에 앉았다.

'생각보다 적네.'

하지만 시작 직전 5분 만에 20명 가까이가 몰려들었고, 결국 30명 안팎의 수강자가 자리에 앉게 되었다.

이리하여 닷새에 걸친 던전 초보 강좌가 시작되었다.

"그런 게 가능할 리가 없잖아!"

료가 같은 방의 아몬과 초보자 강좌를 듣고 있을 무렵, 길드에 병설된 식당에는 『붉은 검』의 멤버들이 모여 있었다.

본래는 내일 이후에 있을 스케줄에 대한 논의를 하고 있었는데, 아벨의 귀환 이야기가 나오면서 자연스럽게 료의 수속성 마법 이야기까지 옮겨간 것이다.

"아니, 가능할 리가 없다고 해도…… 실제로 가능했는데."

아벨이 료의 마법에 대해 설명했더니 바람 속성 마법사 린에게 일언지하에 부정당하고 만 것이다.

"아이스 월이라는 마법이 수속성 마법 중에 있긴 해. 하지만 그건 에어 슬래시로도 부술 수 있을 정도로 얇아. 뭐, 그건 그렇다 치고 아이스 월을 공중에 생성해서 거기서 떨어뜨렸다니…… 불가능한 게 당연하잖아."

린이 포크를 한 손에 든 채 주장했다.

"알겠어? 마법이란 말이지, 술자 주변에만 생성할 수 있어. 그건 수속성 마법이든 바람 속성 마법이든 화속성 마법이든 변하지 않는 법이야. 그러니까 술자에게서 떨어진 곳에서는 마법을 생성하거나 마법 현상을 발생시킬 수 없다고."

"아, 네……."

린의 박력에 아무런 대꾸도 하지 못하는 아벨.

"자자. 린도 좀 진정해요. 적어도 아벨한테는 그렇게 보였을 테니까요."

리햐가 쓴웃음을 지으며 흥분한 린을 달랜다.

"리햐도 알잖아. 마법은 술자 근처에서만 생성할 수 있다는 거. 상식 중의 상식이라고. 그런데 아벨 저 녀석은……."

"맞아요. 빛 속성 마법도 술자 근처에서만 생성이 가능하고, 회복을 할 때도 바로 옆에 있는 대상에만 사용할 수 있어요. 떨어진 곳에 있는 사람을 회복할 수 있다면 굉장히 편리하긴 하겠지만…… 무리겠죠."

리햐도 고개를 갸웃거리며 고민했다.

"그렇구나……. 뭐, 그런 일도 있었다고. 이 노란 마석은 그때 그 골렘한테 얻었다는 거지."

그렇게 말한 아벨은 록 골렘에게서 채취한 손바닥만한 노란 마석에 대해 설명했다.

"그건 그렇고 정말 큰 마석이네. 그건 어쩔 거야?"

"료는 내가 쓰러뜨린 거니까 내 마음대로 하라고 했는데……."

아벨이 발로 차 넘어뜨려서 움직이지 못하게 된 록 골렘에서 채취한 마석이었으니 아벨이 쓰러뜨린 것은 맞았다.

"아벨은 료에게 미안한가 보군요. 하지만 그렇게 큰 크기라면 당연히 왕가에서 원하겠죠? 팔아서 이익을 반반으로 나눌 수도 없잖아요."

"그렇지."

리햐의 지적에 아벨은 고개를 떨궜다.

"응? 왕가에 바치면 돈을 받을 수 있는 거 아냐? 그 반을 료에게 주면 되잖아?"

뭐가 문제인지 모르겠다는 투로 린이 참견했다.

"돈은 받겠지만 누구에게 돈을 전달했는지 보고해야 해. 그렇게 되면 료의 이름을 대야 하는 상황이 올 거고⋯⋯. 료가 룬의 거리 모험자 길드에 등록을 하긴 했지만 나이트레이 왕국에 충성을 맹세한 건 아니니까. 저만한 인재, 국왕 폐하라면 몰라도 주위 녀석들이라면 자기들 왕국에 포섭하려 하겠지."

"아벨이 말한 내용이 허황되긴 하지만 뭐, 포섭하려고 할 수는 있겠지. 근데 그럼 안 되는 거야?"

린이 고개를 끄덕이고는 의문을 표시했다.

"허황됐다니⋯⋯ 나에 대한 신뢰 같은 건 없는 건가⋯⋯. 아니, 뭐 포섭하려고 해도 만약 료에게 그럴 마음이 없다면⋯⋯ 저 정도의 인재가 룬의 거리에서 나가 그대로 외국으로 흘러들어갈 가능성도 있지⋯⋯."

"아, 그렇구나. 룬의 거리에서도 큰 손실이니 나아가 룬의 거리를 영위하는 나이트레이 왕국의 손실이기도 하다, 그런 거지? 흘러들어간 곳이 제국이라면 최악일 테니까."

"아니, 제국은 안 갈 거야."

그것만은 자신 있게 단언할 수 있다. 아벨은 그렇게 생각했다.

"왜 제국은 안 가는 건가요?"

"그래, 왕국과 대치한다면 제국이 최고잖아."

리햐와 린 모두 의문을 제기했다.

"제국의 정식 명칭은 데브히 제국이잖아?"

아벨의 설명에 고개를 끄덕이는 리햐와 린.

"료는 데브히라는 나라 이름이 못생겼다고, 그래서 제국은 싫다고 했어. 그러니까 제국으로는 가지 않을 거야."

"……네?"

그랬다. 리햐도 린도 이해하지 못했다.

나라 이름이 못생겼으니까 안 간다.

'이해는 안 되지만, 그래도 료 기준에서는 절대 양보할 수 없는 부분이겠지.'

왠지 모르게 아벨은 그런 생각이 들었다.

"아벨이 없는 동안에는 던전에 안 들어가고 지상의 의뢰만 몇 개 받았어. 뭐, 도저히 거절할 수 없는 의뢰만 받은 것뿐이지만 말야."

"그래, 다들 정말 미안했다."

아벨이 앉은 채로 고개를 숙였다.

"무사히 돌아와 준 것만으로도 다행이야. 의뢰에서 받은 포상금은 4등분해서 각자 계좌에 넣어놨으니까 나중에 확인해둬."

"아니, 난 있지도 않았고 폐까지 끼쳤는데. 셋이서 나누지 그랬어."

"무슨 소리예요. 그럴 수는 없죠."

"맞아."

린도 고개를 끄덕였다. 계속 입을 열지 않고 듣고 있던 워렌 역시 말없이 고개를 끄덕였다.

"그렇구나. 아, 그리고 보니 나도 수입이 있어. 돌아오는 길에 쓰러뜨린 마물은 마석이나 소재 같은 걸 회수하지 못했지만 와이번 마석만은 가져왔거든. 길마스에게 매입 의뢰를 해놨으니까 계좌에 돈이 들어오면 모두에게 나눠줄게."

"……뭐?"

"……와이번?"

"…….."

세 사람 모두 잘 이해가 되지 않는 듯했다.

당연했다.

C급 모험자 20명 이상은 갖춰야 토벌이 가능한 마물인 것이다. 그런 마물을 쓰러뜨렸다니…….

"아벨, 중간에 와이번 토벌에 가담하기라도 했어요?"

리하가 당연한 의문을 던졌다.

"아니. 아까 말한 대로 마의 산을 넘어 돌아왔는데, 그 마의 산은 남쪽이 와이번의 소굴이었어. 그래서 쓰러뜨리지 않고는 돌아올 수가 없었거든. 그런데 역시 와이번을 쓰러뜨리고 그 마석을 회수하지 않는 건 너무 아깝다는 생각이 들어서 와이번에 한해서는 마석을 가져왔지."

"다시 말해…… 아벨과 료 둘이서 와이번을 쓰러뜨렸다는 뜻?"

그 광경을 상상한 것인지 리하의 얼굴도 린의 얼굴도 새파랗게 질렸다.

"응. 료가 얼음 창으로 날개를 꿰뚫어서 바닥에 고정시키고 내가 완전 관통으로 눈을 찔렀어."

"날개를 뚫었다니…… 와이번은 **바람 방어막**이 온몸을 뒤덮고 있어서 마법은 다 튕겨내잖아……?"

린이 믿을 수 없다는 표정을 지으며 낮은 목소리로 말했다. 마치 스스로에게 묻고 있는 것 같았다.

"응? 그러고 보니 그랬지. 으음, 근데 뚫었어."

아벨도 고개를 갸우뚱했다.

"그런 위력의 마법이라니…… 일라리온 스승님이라도 무리야."

린이 고개를 저으며 부정했다.

"그러게요. 그런 일이 가능한 사람은 소문으로만 듣던 폭염의 마법사 정도가 아닐까요?"

"그래, 제국에 있다는…… 폭염의 마법사."

리햐도 린도 소문으로밖에 들어본 적이 없었다.

가로되, 일격에 왕국군 1천 명을 태워 죽였다.

가로되, 일격에 와이번을 폭발시켰다.

가로되, 일격에 반란군이 농성하던 거리를 소멸시켰다.

솔직히 그런 마법사가 존재할 수 있을까, 라는 것이 리햐와 린의 감상이었지만…… 적어도 왕국군 1천 명을 태워 죽인 것은 엄연한 사실인 이상 두려운 마법사라는 것만은 확실했다.

"폭염의 마법사라…… 전쟁터에서는 절대 만나고 싶지 않은 녀석이지."

아벨은 료와 함께 행동하며 절실히 생각했다. 마법사는 적으로 돌려서는 안 된다고.

솔직히 지금까지는 그 정도로 생각한 적이 없었다. 파티 멤버 린은 왕국에서도 수준급 마법사라고 해도 좋을 정도였지만 린을 적으로 돌린다 하더라도 아벨은 큰 어려움 없이 쓰러뜨릴 자신이 있었다.

왕국 최고의 마법사 중 한 명인 할아범, 일라리온을 상대한다 해도 고전을 면치 못하겠지만 마지막에는 자신이 승리할 것이라고 생각했다.

하지만 료의 경우는 어려웠다.

우선 주문을 쓰지 않고 마법을 생성할 수 있다.

무슨 이유인지 굳이 주문을 말하고 마법을 쓴 적이 있긴 했지만, 나오는 대로 적당히 쓴다는 것은 아벨도 눈치채고 있었다.

'아마 주문이 멋있다든가, 뭐 그런 엄청나게 시시한 이유 때문이겠지.'

정답이다.

하지만 료는 주문을 외지 않고도 마법을 생성할 수 있었다. 게다가 그 생성 속도 역시 남달랐다. 만약 그 아이스 월을 생성한다면 아벨의 투기: 완전 관통으로도 파괴할 수 있을지 솔직히 알 수 없다. 게다가 정작 당사자는 아이스 월 건너편에 있으면서 얼음 창으로 공격할 수 있다.

그런 건 반칙이 따로 없지 않는가!

일단 이 단계에서 어떻게 쓰러뜨려야 할지 방법이 전혀 떠오르지 않았다.

게다가 료는 이 거리에 도착하고 나서 말했었다. 근접전도 할 수 있습니다, 라고.

'아니, 정말 농담이 아니라. 마법사인 상태로도 이길 수 있는 그림이 안 그려지는데 근접전도 해낼 수 있다니⋯⋯ 응, 역시 평범하지 않아. 료라는 존재 자체가 규격 외라는 결론밖에 안 나.'

그리고 제국에 있다는 또 다른 규격 외의 마법사.

폭염의 마법사.

그래⋯⋯ 역시 마법사는 적으로 돌려서는 안 되는 것이다.

던전으로

던전 초보자 강좌 다섯 번째 날이자 마지막 날. 오전에는 강의실에서 질의응답을 하고 오후에는 수강생 전원이 실제로 던전 1층으로 들어갈 예정이었다.

넷째 날까지 던전으로 들어가기 위해 필요한 기본적인 정보는 모두 전해주었다. 던전의 구조, 주의해야 할 함정, 주의해야 할 적, 탐색에 필요한 도구 등.

참고로 이 5일차 오후에 있는 현장 연수에서는 탐색에 필요한 최소한의 도구, 예를 들어 포션이나 해독제 같은 것들이 길드에서 지급되었다. 이는 던전 초보자에게는 매우 감사한 일이었다.

던전 초보자는 대체로 모험자로서도 초보자인 경우가 많았다.

타국이나 다른 거리에서 온 모험자는 몰라도 룬의 거리에서 모험자로 등록한 사람은 먼저 던전 상층에서 솜씨를 연마한다. 던전에서 나온 마석이나 소재를 길드에 판매해 돈과 실적을 쌓아가면서 동시에 모험자 수준을 높이기 위해 지상의 의뢰도 받는다.

그렇게 던전과 지상 의뢰를 모두 소화하면서 모험자의 레벨을 높여가는 게 룬의 거리 모험자 활동의 주된 흐름이었다. 예를 들어 료와 같은 방인 닐스와 에토는 월수금은 던전, 화목은 지상 의뢰, 주말은 휴무라는 스케줄로 활동하고 있다.

좋든 싫든 던전 내에서는 실전 경험을 쌓게 된다. 그것을 빠른 시기 안에 반복할 수 있기 때문에 룬의 거리의 모험자는 다른 거리의 모험자보다 전투 솜씨가 좋다고 알려져 있었다.

그리고 일정 수준의 모험자가 되어 지상에서 보수 좋은 의뢰가 많이 들어오는 위치가 되면 던전에는 잘 들어가지 않게 된다. 던전 깊숙이 들어가지 않더라도 지상에서 보수 좋은 의뢰가 잘 나오니 굳이 위험을 무릅쓰고 갈 필요가 없는 것이다.

그 결과, 던전의 깊은 곳은 아직 탐색되지 않았다.

기록이 남아 있는 도달 최심부는 38층. 30층이 넘으면 B급 파티에서도 고전하기 시작한다는 것을 감안하면 그 이상으로 탐색이 진행되지 않는 것도 어쩔 수 없는 일이었다.

"드디어 오후부터 던전이네요. 긴장돼요."

아몬이 작은 목소리로 료에게 말을 걸었다.

"아직 아침이에요. 아몬, 벌써부터 긴장하고 있으면 오후에는 지쳐버릴 걸요?"

쓴웃음을 지으며 대답하는 료.

"알고는 있지만……."

작은 목소리로 대화하는 와중에도 질의응답이 이어졌다.

그동안 강의에서 다루지는 않았지만 궁금하던 것, 그런 수강생들의 질문에 모험자 출신 강사인 길드 직원이 답하는 형식이었다.

하지만 료가 알고 싶은 정보를 질문하는 사람은 없었다.

'음~, 직접 물어볼까? 부끄럽지만…… 묻는 것은 잠시의 수치, 묻지 않는 것은 일생의 수치.'

"또 다른 질문이 있나?"

그 말에 손을 드는 료.

"그래, 료, 뭐지?"

"네, 룬의 거리 던전과는 관계가 없을지도 모르지만, 한 번 클리어한 계층까지 이동시켜주는 기능 같은 건 없나요?"

그 질문을 하자 강사 이외의 전원이 멍한 얼굴이 되었다. 료의 옆에 있던 아몬도 멍한 표정이다.

응, 예상했던 반응이다.

"오, 료, 잘 알고 있구나. 그런 던전도 분명히 있지. 료의 질문을 보충하자면 예를 들어 10계층까지 클리어하면 다음에 들어갔을 때 10계층부터 탐색을 진행할 수 있는 그런 던전이 존재하긴 한다."

그 말을 들은 수강생들은 너나 할 것 없이 놀랐다. 당연했다. 그런 기능이 있다면 매일 귀가하여 재충전한 다음 또 계속 탐색을 이어갈 수 있을 테니까. 던전 모험자에게 있어 그보다 더 편리한 기능은 없으리라.

하지만…….

"하지만 유감스럽게도 이곳 룬의 던전에는 그런 기능이 없지. 서방국가 던전에는 있다고 하던데…… 나도 들은 얘기니까 구조라든지 자세한 부분 같은 건 모른다."

"아뇨, 감사합니다."

'역시 룬의 던전에는 그런 게 없구나. 뭐, 던전은 좀 들어가 보고 싶은 정도지 공략을 목표로 하는 건 아니니까 상관없지만.'

그런 생각을 하고 있는데 아몬이 료에게 속삭였다.

"료 씨, 굉장한 걸 아시네요! 역시 D급 모험자예요."

그랬다. 같은 방의 세 사람인 닐스, 에토, 아몬에게는 료가 D급 모험자로 등록되었다는 것을 숙소에 입주한 날 이미 전해두었다. 그렇다고는 해도 모험자로서 선배는 어디까지나 닐스와 에토였기 때문에 두 사람의 심기를 거스를 만한 짓은 하지 않았다.

"아니, 그냥 물어본 것뿐이니까……."

아몬의 반짝반짝 빛나는 눈이 료에게는 반대로 부담이 되었다.

오후, 수강생들이 줄지어 던전으로 이동했다.

룬의 거리 던전은 거리 중앙에 있었다. 정확히는 던전을 중심으로 거리가 형성되어 있었다. 거리는 성벽에 둘러싸여 있었는데, 던전 입구 주위도 거대한 이중 방벽이 둘러싸고 있었다.

"몇 년에 한 번 던전 내에서 마물이 대량으로 발생할 수 있다는 건 강의 중에도 설명했지만, 그럴 경우 지상에까지 나오는 경우가 많다. 그때 거리까지 내보내지 않고 이곳에서 요격하기 위해 이 이중 방벽이 만들어졌지."

거리의 성벽은 외부의 공격을 막기 위한 것이었지만, 던전 입구의 방벽은 던전에서 쏟아져 나온 마물을 가두기 위한 것이라고 했다.

던전 입구 옆에는 모험자 길드 출장소가 있었다. 던전에 들어갈 때 이름과 일시가 기록되는데, 너무 오랜 시간 나오지 않으면 길드 내에서 생사불명으로 처리된다고 했다.

또한 던전에서 돌아오면 이 출장소에서 마석과 소재 매입도 할 수 있었다.

"오늘 수강생들은 이미 기록이 끝났으니 이대로 던전으로 들어간다."

강사의 목소리가 들려오고 수강생들 사이에 긴장이 감돌았다. 그것은 료와 아몬도 예외는 아니었다. 아몬은 특히 더 긴장했다.

"아몬…… 좀 더 긴장을 푸는 게 좋을 것 같아요. 자, 심호흡."

스읍, 하. 스읍, 하.

"조, 좀 나아졌어요."

별로 달라진 것 같지 않다……. 료는 그렇게 생각했지만 굳이 입 밖으로 내지는 않았다.

"아, 응. 뭐, 다들 있으니까 괜찮을 거예요."

"네."

그렇게 말한 두 사람은 수강생 집단의 맨 끝을 따라 던전의 이중문을 지나 안으로 들어갔다.

"꽤 넓네요."

문을 통과해 백 계단쯤 내려간 곳이 던전 제1층. 꽤 큰 공간이었다. 반대쪽 벽이 보이지 않을 정도로.

"강의에서도 말했듯이 이 일층에는 별다른 마물은 안 나와. 각자 편하게 움직여도 좋지만 이 이 공간 안에서만 움직여라. 두 시간 후엔 밖으로 나간다. 만약 그때까지 돌아오지 않는다면 그대로 두고 돌아가서 길드에 구조 요청을 낼 거다. 그렇게 되면 당분간 던전에 못 들어온다고 생각해!"

료와 아몬은 짝을 지어 내부를 걸어갔다.

아몬은 검사였지만, 그야말로 어제 막 마을에서 나온 직후였기에 실력이 있지는 않았다. 마을에서 은퇴한 모험자에게 연습을 받았다지만 그것도 겨우 반년 정도. 그렇기에 이동은 검사쪽 전위가 아닌 2인 1조로 움직였다.

"응? 뭔가 있네요."

료가 아몬에게 속삭였다.

"네? 어디요?"

그렇게 말한 아몬은 두리번거리며 주위를 둘러보았다.

"아니, 앞쪽이지만 아직 거리는 있어. 1분 정도 후에 마주칠 거예요. 제가 수속성 마법으로 녀석의 발을 막을 테니 그 뒤에 아몬이 검으로 공격하세요."

"네, 네, 알겠습니다!"

아몬은 한눈에 봐도 알 수 있을 정도로 바짝 긴장하고 있었다.

'뭐, 상대의 움직임을 완전히 멈춘다면 문제없겠지.'

그리고 1분 뒤 마침내 마물을 눈으로 볼 수 있었다.

"솔저 앤트. 병사 개미. 다른 앤트계와 달리 개미산을 토하지는 않아요. 목덜미를 베는 게 제일 편할 거예요."

미카엘(가명)이 준 《마물 대전 초급편》에도 실려 있는 초급 수준의 마물이었다. 전체 길이는 1미터 정도. 던전에도 등장하나보다.

"네, 알겠습니다."

아몬은 아직 긴장한 것인지 어색하게 고개를 끄덕였다.

"그럼 움직임을 멈출게요. 얼음이여, 그 냉철한 힘으로 적을 관통하라. 〈아이시클 랜스 8〉."

료의 왼손에서 발사된 여덟 개의 얼음 창이 상공에서 탄도를 그리며 솔저 앤트에게 꽂혔다.

"키이이이이익!"

솔저 앤트의 비명이 울려 퍼진다.

얼음 창 여덟 개는 솔저 앤트의 다리, 배, 몸통을 뚫고 땅에 박혔다.

"아몬, 옆으로 다가가서 솔저 앤트의 목을 베어내세요."

"네!"

검을 뽑은 아몬은 시계 반대 방향으로 호를 그리며 솔저 앤트 옆쪽으로 돌아가더니 기합과 함께 상단에서 검을 내리쳤다.

"하압!"

챙강.

솔저 앤트의 머리는 보기 좋게 몸통에서 떨어져 그대로 절명했다.

"훌륭해요!"

료는 박수를 치며 아몬에게 다가갔다.

"후우, 후우, 후우우우."

아몬은 아직 약간 흥분한 상태였다.

하지만 심호흡을 반복하는 사이에 진정을 되찾았다.

"해냈어요, 료 씨."

"응, 훌륭했어요. 소재는 어렵겠지만 마석은 가지고 돌아가요. 아몬의 던전 첫 사냥 기념으로요."

료가 미소를 지으며 말했다.

"네? 그래도 돼요?"

"우리는 모험자입니다. 던전에선 돈을 버는 게 곧 사명이죠."

그렇게 말한 료는 미카엘제 나이프를 떨어진 솔저 앤트 머리에 꽂았다. 동물계 마물은 심장 부근에 마석이 있지만 곤충계 마물은 머리에 마석이 있는 경우가 많다. 솔저 앤트는 머리에 마석이 있다고 마물 대전에 적혀 있었다.

얼마 지나지 않아 새끼손가락 크기의 작은 마석이 나왔다.

"〈물이여 나와라〉."

물에 씻겨 깨끗해진 마석은 연노랑. 토속성으로 보였다.

료는 그 마석을 아몬에게 건네주었다.

"기념품이네요."

"네."

그것을 받아든 아몬은 조금 눈물이 날 것 같았다. 특별히 인연이 있는 적도 아니고 고전한 것도 아닌데 왜지 모르게 눈물샘이 느슨해진 것이다. 하지만 우는 것은 어떻게든 참았다.

"그럼 천천히 집합 장소로 돌아갈까요. 던전 안에서는 이 시체들은 슬라임이 치워주는 거죠? 참 편리하네요."

료는 그렇게 말하고는 기쁜 얼굴로 마석을 바라보며 걷는 아몬의 옆에 섰다.

'자신감을 가지려면 성공 경험을 거듭하는 게 제일이지.'

던전에 들어왔을 때는 잔뜩 긴장하던 아몬…… 하지만 이제 그런 기색은 조금도 없었다.

"그럼, 료와 아몬의 강좌 종료를 축하하며 건배!"

길드 병설 식당에서는 숙소 10호실의 4명끼리 축하 행사가 열리고 있었다.

그렇다고는 해도 식당에서는 알코올을 제공하지 않고 반입도 불가하다. 애초에 아몬은 아직 미성년자라 술을 마실 수 없었다. 그래서 네 사람 다 주스였다. 닐스와 료는 사과를 닮은 사가를 짠 주스, 에토와 아몬은 오렌지 주스. 모두 몸에 좋기 때문에 너나할 것 없이 모험자들에게 인기가 많았다.

"그나저나 강좌 견학으로 들어간 첫 던전에서 솔저 앤트를 사냥해 오다니…… 꽤 하네, 두 사람 다."

에토가 웃는 얼굴로 말했다.

"아니요, 저는 마지막에 베기만 했어요. 료 씨가 움직임을 막아준 덕분이에요."

아몬은 산적구이 같은 닭고기를 한 손에 들고 있었다.

"아몬이 검날을 제대로 세워서 벤 덕분에 쓰러뜨린 거니 스스로를 낮출 필요는 전혀 없어요."

료는 소고기처럼 보이는 스테이크를 먹으며 아몬을 칭찬했다.

"아니, 어느 쪽이든 마석을 얻었다는 건 축하할 일이지."

양손에 뼈가 붙은 닭다리살을 들고 캬하하 호쾌하게 웃는 닐스.

길드 식당의 요리는 맛있다. 그리고 양도 많다. 모험자뿐만 아니라 룬의 거리 주민들도 평범하게 이용할 수 있는 시설이지만 이용자의 대다수가 모험자였기 때문에 기본적인 양 자체가 많았다.

"우리 파티는 내일이랑 모레는 쉬는 날인데 두 사람은 어쩔 거야?"

각자 요리를 다 먹고 리필한 주스를 마시며 에토가 료와 아몬에게 물었다. 오늘은 금요일 밤. 토요일은 닐스 일행의 파티는 쉰다.

"저는 던전에 좀 들어가 보고 싶은데⋯⋯ 혼자라면 좀⋯⋯ 즉석 파티 같은 걸 찾는 게 좋을까요?"

아몬은 오늘의 감각을 잊고 싶지 않은 것인지 의욕적인 모습이었다.

"아몬, 의욕이 넘치네! 역시 전위는 그래야지!"

검사인 닐스는 견습 검사나 다름없는 아몬을 같은 전위로 여기는 듯했다.

"마음은 알겠지만 즉석 파티는 꽝인 경우가 많으니까⋯⋯."

에토는 즉석 파티를 권하지 않았다.

"그럼 저랑 들어갈래요? 3층 정도까지 좀 가볼 생각이었거든요."

"정말인가요? 꼭 부탁해요!"

료의 제안에 아몬이 적극 응했다.

"1층에 개미가 있었다는 게 좀 마음에 걸리네."

"그래, 원래라면 1층은 박쥐니까 말야. 그러고 보니 우리도 1층에서 솔저 앤트를 만난 적이 있었지?"

"맞아. 길드에 물어보니 최근 반년 새에 종종 1, 2층에서 솔저 앤트와 조우했다는 보고가 있는 것 같아."

에토가 길드에 직접 확인한 것 같았다.

"왜 없어야 할 개미가 있는 걸까요?"

"그건 개미들이 수혈을 파서 1층까지 오고 있기 때문이야."

"!"

갑작스러운 난입자에 놀란 닐스, 에토, 아몬이 소리가 난 쪽을 바라보았다.

"아벨, 베테랑이 신참에게 시비를 거는 건 별로 좋아 보이지 않아요."

료는 아벨이 다가온 기척을 깨닫고 있었기 때문에 놀라지 않았다.

"시비라니…… 신참의 의문에 정확히 대답해준 것뿐이잖아."

못마땅한 표정을 지으며 한숨을 내쉬는 아벨. 그리고 말을 이었다.

"너희들이 료의 룸메이트지? 나는 아벨. 료는 실력은 쓸만하지만 성격에 문제가 있으니까 신경 좀 잘 써줘."

"아벨, 싸움이라면 받아줄게요."

도발하는 아벨. 받아치는 료. 물론 그냥 장난을 치고 있을 뿐이다.

"아, 아벨이라니……『붉은 검』의 아벨 씨군요! 저는 검사를 하고 있습니다, 닐스예요. 이제 막 룬에 등록한 F급 모험자이지만 동경하고 있습니다! 만약 괜찮다면 악수해 주실 수……."

잔뜩 긴장한 닐스가 일어서서 직립 부동 자세로 아벨에게 자기소개를 했다.

"오, 물론이지."

그러자 아벨은 닐스의 손을 잡고 말했다.

"힘내. 하지만 절대 무리하지는 마. 모험자는 던전에서는 특히 살아남는 게 가장 중요하니까."

'자연스럽게 저런 말을 건넬 줄 알고, 자연스럽게 악수를 해줄 수 있다는 점이 인기가 많은 이유인 거겠지.'

료는 그렇게 생각했다.

"그런데 왜 이런 시간에 아벨이 길드에 있는 거예요?"

이미 시각은 오후 8시가 가까워지고 있었다.

길드에 하는 보고는 6시 정도면 다 끝났고 그 후에는 집에 가든지 술을 마시든지 하는 모험자가 많았다. 그런 의미에서 식사도 아닌데 8시 가까운 시간까지 길드에 있을 만한 이유가 별로 떠오르지 않았다.

"아아, 의뢰받은 안건이 좀 길어져서. 이제야 겨우 돌아온 거야."

아벨이 거기까지 말했을 때 그의 뒤에서 목소리가 울려 퍼졌다.

"아~! 아벨 이런 곳에 있었네!"

아벨의 파티 멤버인 마법사 린이었다.

"아벨, 길드 마스터 보고가 있다고 했잖아요. 도망가면 안 되죠."

신관 리햐가 뒤에서 말을 덧붙였다.

"아니, 그게 아니라, 베테랑으로서 신참들에게 이것저것 지도를……."

"료랑 모두들, 미안해. 아벨은 받아갈게. 워렌, 아벨을 안아."

린의 말에 방패사인 워렌이 아벨을 가볍게 들어 어깨에 짊어졌다. 아벨도 신장 190센티미터 정도로 꽤 큰 키였는데, 2미터가 넘는, 그야말로 거한이라고 할 수 있는 워렌에게 잡히니 **가볍게** 들어 올려졌다.

"아니, 잠깐만! 야, 워렌, 직접 걸을 수 있어. 잠깐, 내려놓으라니까!"

그 광경을 보고 주위에서도 웃음소리가 터져 나왔다.

"료, 미안해요. 길드 마스터에게 보고해야 하니 아벨은 받아갈게요."

여전히 구슬이 굴러가는 듯한 목소리의 리햐.

"네, 물론이죠. 『붉은 검』의 리더이니 삶든지 굽든지 마음대로 하세요."

"료, 이 배신자! 워렌, 내려놓으라고!"

붉은 검은 폭풍처럼 지나갔다.

"뭔가 굉장한 광경이었네요……."

아몬이 침착하게 한마디를 던졌다.

"아아, 리햐 씨, 그야말로 천사……."

에토가 뭐라고 중얼거리고 있다.

"아벨 씨, 정말 멋있어요."

닐스가 허공을 향해 말했다.

지금의 어디에 멋진 요소가 있었는지…….

료와 아몬은 룬의 던전 제2층에 있었다. 이곳은 레서 울프 등 늑대계 마물이 있는 계층이었다.

"얼음이여 관통하라. 〈아이시클 랜스 4〉."

두 마리의 레서 울프 뒷다리를 각각 얼음 창으로 찔러 움직일 수 없게 만들었다. 아몬이 그 중 한 마리에게 공격을 가했다. 레서 울프도 무사한 앞다리와 입으로 응전한다. 아몬은 공격과 백스텝을 반복해 스스로를 보호하며 레서 울프의 피해를 축적시켜 나갔다.

'다리가 멈춘 상대에게는 효과가 좋지. 다만 다리가 멈춰 있지 않은 상대와는 어떻게 싸울지…….'

아몬은 수차례 공격을 가해 레서 울프의 양 앞다리를 쓰지 못하게 만들었다.

"핫!"

마지막으로 목을 찔러서 숨통을 끊었다.

뒷다리가 얼음 창에 찔려 있는 또 다른 한 마리 역시 아몬은 똑같은 방법으로 쓰러뜨렸다.

"멋져요."

"네, 감사합니다."

아몬은 얼굴을 붉히며 대답했다. 어제만큼은 아니지만 쓰러뜨린 직후에는 고양되는 것 같았다.

료는 아몬이 앞서 쓰러뜨린 쪽의 마석을 회수했다.

제2층에 들어온 후 여섯 번째 만나는 레서 울프였다. 앞의 네 마리는 어제 개미처럼 료가 얼음 창으로 다리 전부를 땅에 고정한 상태에서 아몬이 결정타를 날렸다. 지금의 두 마리는 뒷다리만을 얼음 창으로 땅에 고정시킨 상태로 아몬을 싸우게 했다.

"아몬, 어때요? 다음은 딱 한 마리…… 상처 없이 하긴 벅찬 상대일 테니 앞다리 한쪽에 상처를 입은 늑대와 싸워보실래요?"

던전 탐색이라기보단 완전히 아몬의 전투 훈련으로 바뀌어 있었다.

"부탁합니다!"

"좋은 대답이네요."

의욕이 넘치는 젊은이, 솔직한 젊은이는 누구나가 좋아하는 법이다. 료도 예외는 아니었다. 물론 료 역시 외형으로는 십대 후반이었으므로 충분히 젊은 쪽이었지만…….

"하지만 료 씨, 괜찮으세요?"

"네?"

"저는 던전 탐색과 전투 훈련 둘 다 해주셔서 너무 감사하지만, 료 씨는 부족한 게 아닐까 하고……."

아몬이 레서 울프에서 꺼낸 마석을 물로 씻으며 물었다. 본래 던전에서 물은 귀한 것이었지만, 수속성 마법사가 있으니 무제한으로 언제든지 쓸 수 있었다.

"그런 건 신경 안 써도 돼요. 룸메이트가 강해지는데 도움을 주는 건 당연한 일이니까요. 그러고 보니 아몬의 검술, 그러니까 움직임은 아벨의 검술과 비슷한 것 같아요. 마을의 전직 모험자에게 배웠다고 했죠?"

"아벨 씨와……! 아, 네. 키이로 할아버지라는 분이 가르쳐 주셨는데…… 할아버지라고는 해도 체격이 튼튼하셔서 밭일도 거뜬하게 해내셨어요. 검술은 왕도에 있는 큰 도장에서 배웠다고 하셨는데 무슨 유명한 유파…… 휴므파였나? 아무튼 그런 검술이었어요."

기억이 잘 안 나서 죄송해요, 하고 아몬은 미안해했다.

"그렇군요. 기초가 제대로 갖춰진다면 분명 굉장히 강해질 거라고 생각해요. 아벨이 그런 느낌이었거든요. 그럼 계속 갈까요?"

그렇게 말한 두 사람은 나란히 걷기 시작했다. 어제와 같이 2인 1조였다.

"료 씨는 마법사라고 생각했는데 검에 대해서도 잘 알고 있나요?"

"옛날에 스승님과 대련을 했었는데…… 원래부터가 아류라서 검을 잘 안다고는 할 수 없어요."

그렇게 말한 료는 먼 곳을 바라보았다. 머릿속에는 오랜만에 요정왕 듀라한의 모습이 떠올라 있었다.

"대단하네요! 마법사인데 검술까지…… 어? 하지만 평소에는 검 같은 건 안 갖고 있죠?"

'얼마 전에 비슷한 대화를 했던 기억이…….'

료는 그런 생각을 하면서 대답했다.

"제 검은 이거예요."

그러면서 무라사메를 벨트에서 꺼내 얼음 검날을 생성했다.

"뭐, 뭔가요, 이건……?"

아몬의 한껏 뜨인 눈이 우스웠다. 하지만 얼음 검날을 만들어 낸 검, 휘어져 있으니 도(刀)에 더 가까웠지만. 아무튼 그런 것을 처음 보면 누구나 아몬처럼 되는 것은 당연했다.

"스승님이 주신 수속성 마법사 전용 검이에요."

"얼음 검날…… 아, 확실히 수속성 마법을 사용할 수 없으면 검날을 만들 수도 없겠네요. 근데 이런 건 처음 봐요."

그때 료가 반응했다.

"레서 울프 두 마리, 전방에서 옵니다."

"아, 네!"

무라사메를 보고 잠시 들떠 있던 아몬은 검집에서 검을 뽑으며 정신을 다잡았다.

"그럼 아까 말한 대로 한 마리의 앞다리에 손상을 입힐 테니 싸워보세요."

"네!"

"〈아이시클 랜스 2〉〈워터 제트〉."

두 개의 얼음 창이 한 마리의 레서 울프 양쪽 뒷다리를 꿰뚫고 땅에 박혔다. 그리고 또 한 마리의 레서 울프 왼쪽 앞다리를 〈워터 제트〉가 관통했다.

"끼이잉."

앞다리가 잘려나간 레서 울프가 비명을 내지르며 세 발로 서서 마주 오는 아몬을 마주했다.

레서 울프의 마석은 작은 녹색 마석이었기 때문에 마물 중에서는 바람 속성에 해당하겠지만, 에어 슬래시 같은 원거리 공격 마법은 쓰지 못했다. 돌격 역시 같은 바람 속성 마물인 어쌔신 호크처럼 마법을 이용한 음속 공격은 없었다.

레서인 데다 제2층에 나오는 마물이니 그리 강하지는 않았다. 그래도 F급 모험자로 이제 막 등록한 아몬에게 일대일로는 강적이었다.

우선 료와 아몬의 몸에는 아주 얇은 〈아이스 아머〉 마법이 걸려 있었다. 전투의 움직임에는 전혀 영향을 주지 않기 때문에 아몬은 이미 의식하지 않는 상태였다.

훈련을 위해서는 그 편이 낫다. 료는 그렇게 생각했다.

아몬의 싸움 방식은 조금 전의 뒷다리가 땅에 고정되어 발이 묶인 레서 울프와 대치했을 때와 기본적으로는 동일했다. 공격 거리는 넉넉하게, 히트 앤드 어웨이. 다만 레서 울프가 앞다리만을 다친 상황이라 돌진해 오는 것은 가능했기에 비스듬히 뒤로 회피하는 동작이 많았다.

"그렇군. 큰 대미지는 입기 어려운 싸움 방식이야. 걱정되는 건 스태미나 부족일까? 뭐, 스태미나는 성실하게 달리면 누구나 기를 수 있는 거니까 어떻게든 될 거고⋯⋯. 그러고 보니 요즘 안 달렸네⋯⋯."

론도 숲에 있었을 무렵엔 매일 오전 중에는 달리기를 했었다. 그리고 달리면서 마법 제어 훈련도 하고 있었는데, 숲을 나와 아벨과 여행을 시작한 뒤로는 그러한 것들을 안 했다는 사실을 문득 떠올린 것이다. 하지만 4인실이라면 다른 사람들을 깨우지는 않을까? 이런저런 생각을 하고 있는 사이에 아몬이 레서 울프를 쓰러뜨렸다.

"멋져요."

하지만 꽤 피로가 쌓인 것인지 검을 지탱하고 서 있었다.

"아몬, 앉아서 쉬어요."

료는 뒷다리가 고정된 레서 울프의 목을 무라사메로 한 번에 베어 쓰러뜨렸다. 그리고 미카엘제 나이프로 마석을 꺼냈다. 아몬이 쓰러뜨린 레서 울프 쪽도 마석을 꺼내 아몬의 곁으로 돌아왔다.

"〈아이스 월 전방위〉."

4방향+천장에 〈아이스 월〉까지 붙여 5미터 사방으로 안전구역 입방체가 완성되었다.

"이 얼음벽은 쉽게 뚫지 못하니까 푹 쉬어요."

"감사합니다."

아몬은 그렇게 말하고는 바닥에 대자로 뒹굴었다. 아직도 숨이 거칠다.

'만전을 기한다면 이 바닥에도 〈아이스 월〉을 깔아야…… 아니, 땅바닥은 울퉁불퉁하니까 〈아이스 월〉로는 안 되려나……. 〈아이스반〉이라면 어느 정도 내구성도 있으니까 가능하지 않을까……. 다만 **아이스**니까 차갑겠지……. 땅에서 5밀리 정도 아래에 달아두면 안 차가우려나…… 그 전에 땅속에 〈아이스반〉을 생성할 수 있나……? 이건 지상으로 돌아가면 실험해 보자.'

료가 그런 식으로 〈아이스반〉의 생성에 대해 고민하고 있는데, 어느 정도 숨이 차분해진 아몬이 몸을 일으켰다.

"죄송해요, 이제 어느 정도 움직일 수 있어요."

상당히 무리하면서 말하고 있다는 것이 한눈에 보였다.

"아뇨, 무리할 필요 없으니까 푹 쉬어요. 우선은 물이라도 마셔두고요."

아몬은 시키는 대로 물통에서 물을 마셨다.

무슨 일이 일어나 서로 떨어질 수도 있었기에 던전 탐색용 도구는 각자 하나씩 가지고 있었다. 이를테면 물병, 포션, 해독제 같은 것들.

"후우."

아몬이 깊게 숨을 내쉬었다.

"그건 그렇고 이 얼음벽 굉장해요. 완전히 투명하죠? 투명한 얼음은 본 적도 없어요. 늘 하얗게 얼려져 있잖아요."

"그건 물속에 들어 있는 불순물과 공기 때문이에요. 그런 것들을 완전히 제거하면 굳이 마법이 아니더라도 투명한 얼음을 만들 수 있어요. 이건 마법이니까 완전 투명한 거지만요."

료는 그렇게 말하고 웃었다.

현대 지구에서도 거의 완전히 투명한 얼음은 만들 수 있었다. 가정 냉장고나 일반적인 업무용 제빙기로는 만들 수 없겠지만, 48시간 이상의 시간과 정성을 들여 전문가의 손길을 거친다면 만들 수 있었다.

예를 들어 얼음조각에 쓰이는 얼음은 그런 곳에서 제조된 것이다.

지구에서는 그 정도의 수고와 시간을 들여 만들어야 하는 것을 『파이』에서는 한순간에 만들 수 있는 것이다…… 마법이란 위대해!

"수속성 마법은 굉장하네요!"

아몬이 료와 얼음벽을 존경이 담긴 눈빛으로 바라보았다.

'좋아, 조금씩이지만 수속성 마법사의 지위 향상에 기여하고 있어.'

료는 속으로 고개를 끄덕였다.

"그건 그렇고 움직이는 상대와의 전투에서는 이렇게나 체력이 소모될 줄 몰랐어요……."

아몬이 다소 침울한 어조로 말했다.

"마을에 있을 때는 마물과의 전투를 해본 적이 없나요?"

"몇 명이서 한 마리를 상대하는 형태로밖에 못 해봤어요."

일대일로 싸우는 것과 여럿이서 공격하는 것은 신경 소모의 방식이 전혀 달랐다.

"아몬의 싸움 방식은 피로해지기 쉬워요."

히트 앤드 어웨이라고 하면 울림은 좋지만 결국 움직임이 많다는 뜻이다. 이는 곧 끊임없이 다리를 움직인다는 것이었기에 결과적으로 쉽게 피로해진다.

"그런가요……."

역시 다소 침울해하는 아몬.

"하지만 잘 단련한다면 크게 다치지 않는 싸움 방식이라고 생각해요. 요점은 지구력만 키우면 됩니다. 그리고 지구력은 누구나 기를 수 있죠."

"정말요?"

아몬이 눈을 반짝이며 료를 바라보았다.

"오로지 달린다. 단지 이것만으로도 누구나 지구력을 몸에 익힐 수 있어요. 쉽게 피로해지지 않는 몸을 만드는 것. 이건 어떤 상황에서도 도움이 되는 만능의 힘이죠."

"그렇군요!"

"그리고 팔이나 어깨 같은 상체 근육의 지구력을 키우는 데는 휘두르기가 도움이 됩니다. 마을에서도 배웠죠?"

휘두르기나 자세 연습을 하지 않아도 되는 검술은 전 세계 어디를 뒤져도 존재하지 않는다.

"네, 매일 하는 자세 같은 걸 배웠어요."

"그걸 꾸준히 하는 게 숙달을 위한 길이라고 생각해요. 저는 아벨과 잠시 여행을 했는데 그 아벨조차 이른 아침에 자세 연습을 하고 있었어요."

"아벨 씨도!"

"아벨은 검의 천재이지만 천재라도 노력을 하는 법이죠."

"저는…… 검에 재능이 없는 것 같아요."

아몬이 묘하게 낮아진 톤으로 말했다. 아직은 좀 부정적인 마음이 남아 있는 것 같았다.

"아몬, 제가 아는 최강의 **기사**는 재능이 뭐냐고 묻자 이렇게 답했어요. '재능이란 계속할 수 있는 것'이라고. 지속하는 것이 곧 힘인 거죠."

아몬이 씩씩하게 고개를 들고 료를 바라보았다.

"아몬, 당신은 계속 노력할 수 없나요?"

"아뇨…… 하겠습니다! 해보일게요!"

해보일 거예요! 라고 옆에서 외치고 있는 아몬을 보면서 료는 고개를 끄덕였다.

'동기를 부여해준다는 건 정말 어려운 일이구나……. 상대를 부채질하는…… 꼭 갖고 싶은 능력이야.'

아벨을 부채질하는 것에는 특기인 료…… 세계는 여러모로 복잡한 것 같다.

다음 날은 일요일.

역시 이틀 연속으로 던전에 들어가는 것은 좋지 않았기에 아몬은 아침 단련을 하고 있었다.

이른 아침, 식사 전에 검을 휘두르고 아침 식사 후엔 모험자 길드의 야외 훈련장을 오전 내내 달린다. 물론 아직 그렇게 체력이 좋은 건 아니어서 천천히 달렸다. 하지만 결코 멈추지 않고, 걷기도 하지만 일단 계속 움직였다. 옛날 료가 론도 숲에서 하던 일이기도 했다.

막내의 의욕적인 모습은 선배들에게도 좋은 영향을 미쳤다. 아몬이 달리는 모습을 보고 닐스와 에토도 달리기 시작했다. 원래부터 체력이 없는 신관 에토는 금방 나가떨어졌지만…….

참고로 그 안에 료의 모습은 없었다.

료의 체력을 보면 반대로 의욕이 꺾일지도 모른다! 같은 동료애적인 생각을 한 것이 아니었다. 단지 따로 하고 싶은 일이 있었을 뿐이다.

그것은 바로 연금술에 대해 조사하는 것이었다.

레오놀

룬의 거리에는 남북으로 하나씩 큰 도서관이 있다.

모험자 길드와 가까운 남쪽 도서관은 일반용이나 입문자용 서적이 많다. 료는 그렇게 들었기 때문에 우선 남쪽 도서관에 가보기로 했다.

도서관 앞은 큰 광장으로 되어 있고, 인접한 곳에 제법 큰 책방이 있었다.

'대출이 금지된 도서관이기에 가능한 장사. 도서관에서 책을 찾고 옆 서점에서 산다…… 지구에서는 생각할 수 없는 장사 방식이야.'

료는 크게 고개를 끄덕이며 감탄했다.

남쪽 도서관은 외관상 매우 컸다. 훌륭한 석조 건물. 5층 정도의 높이일까? 입구의 문도 사람 키의 세 배 정도 되는 묵직한 나무문이었다. 도서관 입장료는 2천 플로린. 아무런 문제를 일으키지 않으면 나갈 때 그 절반인 천 플로린이 돌아온다.

내부는…… 놀랄 정도로 넓었다. 예전에 지구에 있을 때 가봤던 돔 구장 수준의 넓이 정도. 입구에서 한 계단 내려간 광활한 공간에 다 셀 수도 없을 정도로 많은 수의 개가식 책장이 즐비했다.

"이건…… 혼자 찾는 건 어려울 것 같은데."

일단 카운터로 돌아가 연금술 입문서 관련 장소를 물었다.

"이쪽으로 오세요."

그러자 카운터 부근에서 일하던 사서 같은 여성이 안내를 해주었다. 카운터에서 꽤 먼 곳에 있는 듯했다.

약 5분 정도 걷고 나서야 겨우 도착했다.

"완전 초보라면 이 책과 이 책을 가장 먼저 읽으시는 게 좋습니다. 그리고 초급 레시피로는…… 이게 좋을 것 같네요."

그렇게 말한 여자 사서는 료에게 세 권의 책을 찾아 주었다.

《연금술의 첫걸음 중 첫걸음》

《첫 연금술》

《연금술 최초 레시피집》

저자는 모두 닐 앤더슨이라고 되어 있다.

료는 감사를 전한 뒤 세 권을 들고 빈자리로 이동했다. 비어 있는 자리라고 해도 이용자는 꽤 적었다. 천 플로린이라는 돈은 서민에게는 결코 저렴한 금액이 아니다.

──연금술이란 마법진 또는 마법식을 이용해 마법 현상을 발현하는 연금 도구를 제작하는 것을 목적으로 한다.

──모든 연금술에 공통되는 것, 그것은 반드시 마법진이나 마법식을 사용한다는 점이다.

──마법진 및 마법식을 그리는 재질에는 제한이 없다.

──다 그린 마법진에 마력을 불어넣으면 먼저 마법진이 기동한다. 이때 마법진에 불어넣는 마력 속성과는 관계없이 마법진에 기록된 마법 현상이 발현된다.

──마석과 마법진, 마법식과의 상성은 매우 좋으며 이를 연결

하면 인간에게 마력을 공급받지 않고도 마법 현상이 발현되는 경우가 있다.

——이론상 연금술의 가장 높은 경지에 달하면 연금 도구를 통해 모든 마법 현상 발현이 가능하다.

등등.

지구에서 말하는 연금술은 비금속으로부터 귀금속을 생성하거나, 선인이 되고자 하거나, 거의 만능이라고 할 수 있는 『현자의 돌』을 만들어 내려고 하거나…… 그런 것들이 목적이었지만 『파이』에서의 연금술은 조금 다른 것 같다. 현자의 돌을 연금 도구로 본다면 통하는 부분이 있을지도 모르지만…….

『파이』에서의 연금술은 연금 도구를 만드는 것이 목적이다. 예를 들어 포션 같은 것도 이 연금 도구라고 생각하면 이해하기 쉬울 것이다. 그리고 입문으로는 마법진 사용법부터 배우는 것이 좋다고 한다.

"어느 쪽이든 이 세상에 없는 물건을 만들어 낼 수 있다는 건 동경하게 되지."

료의 마음은 마법을 사용할 수 있다는 사실을 알았을 때와 같은, 그런 고양감으로 가득 차 있었다.

《연금술의 첫걸음 중 첫걸음》과 《첫 연금술》은 초보자를 위한 것으로 연금술이 어떻게 가능한 것인지, 어떤 것이 잘되고 어떤 것이 어려운지, 그런 것들을 논리적으로 설명하고 있었다.

《연금술 최초 레시피집》은 레시피집이라는 이름대로 연금술에 쓸 수 있는 간단한 마법진이 실려 있었다. 레시피집 뒤쪽에는 몇 가지 포션용 레시피와 마법진도 실려 있다.

다만 주의 사항이 적혀 있었다.

『마력 소진을 일으킬 가능성이 높으므로 숙련 마법사가 아니라면 행하지 말 것.』

'아, 그래서 포션을 직접 만드는 사람이 적은 건가⋯⋯.'

숙련 마법사라는 것이 어느 정도의 마력을 가지고 있어야 하는 것인지 료는 알지 못했으나, 포션 하나를 만드는 데 상당한 마력이 필요하다면 모험자로서는 '사는 것이 빠르다'가 되는 것은 당연한 수순일지도 몰랐다.

'뭐, 연금술 연습으로 필요 없는 걸 만드는 것보단 모험 같은 데서 쓸 수 있는 걸 만드는 게 좋겠지.'

그 밖에도 해독제 레시피가 실려 있다는 점도 좋았다.

일반적인 포션도 제조 방법이 몇 종류 있었는데, 개중에는 던전에서 간편하게 구할 수 있는 재료로 만들 수 있는 레시피도 실려 있었다.

'지상에서는 구하기 어렵지만 던전이라면 5계층까지는 얻을 수 있는 재료가 있어. 이건 운이 좋은데?'

이미 도서관을 나가 옆 서점에서 《연금술 최초 레시피집》을 산다는 것은 료 안에서 기정사실이 되어 있었다. 하지만 모처럼 2천 플로린을 지불하고 도서관에 들어왔으니 좀 더 조사해 두고 싶었다.

결국 료가 도서관을 나온 것은 그로부터 두 시간이나 지난 뒤였다. 그대로 옆 서점에 가서 《연금술 최초 레시피집》을 팔고 있는 것을 발견했다.

하지만…… 가격이 10만 플로린…… 금화 10장…….

'비싸……. 아니, 책이니까 이 정도는 하는 건가…… 하지만 가진 돈으로는 부족해.'

곤란하네. 어떻게 할까 고민하고 있는데 문득 생각나는 것이 있었다.

'길드 마스터가 와이번의 마석 한 개는 영주가 매입할 테니 그만큼의 돈은 바로 입금해준다고 했었지…… 이미 들어있지 않을까?'

그런 생각을 한 료는 모험자 길드를 향해 걸었다. 그래 봐야 한 블록 북쪽으로 가는 것뿐이었다.

결론부터 말하자면, 료의 계좌에는 와이번의 마석 판매금으로 조금 놀랄 정도의 돈이 들어있었다. 꽤 오랜 시간 돈을 위해 일하지 않아도 될 정도로. 돈 때문에 악착같이 일할 필요가 없다…… 이 얼마나 멋진 말인가!

좋아하는 일을 하고 살아도 된다…… 와이번 만세!

우선 금화 15장 정도를 들고 료는 책방으로 향했다.

하지만 길드를 나왔을 때 문득 깨달았다.

'어? 뭔가 어두운 것 같은데?'

태양은 떠 있었다. 떠 있었지만…… 조금씩 어두워지는 것 같았다.

'일식이라는 건가……?'

길가에 있는 룬의 거리 사람들도 조금 불안한 얼굴로 하늘을 올려다 보기 시작했다.

료가 도서관 앞 광장에 도착하자 태양은 완전히 달에 가려졌다.

그리고 세계의 풍경이 바뀌었다.

세계가 뒤집어졌다.

적어도 료에게는 그렇게밖에 보이지 않았다.

주변에 있던 인기척이 모두 사라졌다. 하지만 경치는 그대로다. 이를테면 발밑은 룬의 거리의 돌길이 그대로 있다.

'아공간에 들어갔다던가, 뭐 그런 건가? 역시 판타지스러워⋯⋯.'

하지만 묘하게 섬뜩한 느낌만큼은 강하게 전해지고 있었다. 이 공간에 료 이외의 무언가가 있다. 뭔가가 있는 건 느껴지지만⋯⋯ 도대체 무엇이 있는지는 알 수 없었다.

'뭐가 있는지 찾으려고 이쪽이 먼저 움직이면 싫어도 상대가 눈치채겠지만⋯⋯ 어쩔 수 없나⋯⋯.'

료는 한 번 심호흡을 한 후 이미지화했다.

'〈능동 소나〉.'

그 순간, 료를 중심으로 주위의 공기 속에 떠도는 수증기를 타고 자극이 퍼져 나갔다.

'찾았다. 전방 약 200미터, 크기는 인간과 거의 같아. 하지만 반사돼 온 반응이 이상해⋯⋯.'

거기까지 분석했을 때 전방에서 이상을 느꼈다.

'〈아이스 월 10층〉.'

마치 소닉 블레이드처럼 전방에서 분열한 화속성 마법이 얼음 벽에 부딪히며 터졌다.

'엄청난 위력……'

지금까지 많은 마물의 공격을 〈아이스 월〉로 받아왔지만, 그중에서도 압도적으로 높은 파괴력이다.

"흠? 인간을 끌어들인 건가?"

목소리는 멀지 않은 곳에서 들려왔다. 〈능동 소나〉에서의 반응은 200미터 정도 떨어져 있었는데 목소리는 그보다 훨씬 가까이서 들린 것이다.

그리고 목소리는 점점 더 가까워졌고…… 료는 그 모습을 보았다.

키는 175센티미터, 료와 거의 같다. 이족보행. 팔은 두 개.

겉모습은 얼핏 보면 옷을 입고 있는 인간이었지만, 자세히 보면 가느다란 꼬리가 있다. 그리고 뭔가 뿔 같은 것도 있었다.

몸은 인간의 기준으로 말하면 여성. 가슴이 남자보다는 크니까.

얼굴은…… 미인. 미인이지만…… 료는 전혀 두근거리지 않았다. 그 존재를 인식하고 처음 품은 감상, 그것은…….

'……악마?'

《마물 대전 초급편》에는 미카엘(가명)이 추가로 덧붙인 것처럼 보이는 악마에 관한 항목이 있었다.

비고: 만나지 않기를 바람

'응, 만난 걸지도 몰라…… 게다가 평범하지 않은 공간에서…….'

그 악마(임시)의 존재감은 위험한 수준이었다. 베히나 그리핀의 수준이라고 해야 할까. 이 만남이 평범한 공간이었다면 료는 뒤도 돌아보지 않고 달아났을 것이다. 그야말로 꽁지 빠지게 도망가는 토끼처럼 말이다.

하지만 이곳은 도망칠 수 없을 것 같은 공간이었다.

현재 료의 등에서는 식은땀이 멈추지 않았다.

"뭐, 됐어. 지워버리면 문제없겠지."

악마(임시)는 딱 한 마디, 그렇게 중얼거렸다. 그 손안에서 방대한 마력이 방출되었다.

'위험해, 위험해, 위험해! 〈적층 아이스 월 10층〉.'

료의 앞에 〈아이스 월 10층〉이 겹치듯이 차례차례 생성되어 갔다. 이중 삼중으로, 악마(임시)를 향해.

악마(임시)에게서 방출된 업화가 쌓이듯 생성되어가던 〈아이스 월 10층〉에 격돌하였고, 거의 줄어들지 않는 기세로 얼음벽을 계속 깎아내리며 료를 향해 다가왔다.

'멈출 수 있는 거야? 이거.'

료는 더욱 식은땀을 흘리면서 쌓아 올린 〈아이스 월 10층〉에 마력을 넣어 강화했다.

반까지 깎였다. 스피드가 조금은 줄어들었다.

거기서 반이 더 깎였다. 속도는 많이 줄였다.

마지막 〈아이스 월 10층〉…… 그제서야 간신히 악마(임시)의 업화가 꺼졌다.

'멈췄다…….'

료는 거기서 안심했다.

료는, 거기서 안심하고 말았다.

그 순간…….

순식간에 마지막 〈아이스 월 10층〉이 부서졌다. 직감에 따라 필사적으로 몸을 비틀어 심장을 향해 쏘아진 바람의 창을 피했다.

하지만 늦었다.

심장으로의 직격은 면했지만 왼쪽 어깨에 박혔…… 박히지 않고, 바람의 창은 그대로 흩어졌다. 하지만 창의 위력에 눌린 료의 몸은 회전하면서 뒤로 날아가 버렸다.

"바람 창이 안 박혔다니……."

악마(임시)가 놀라서 중얼거린다.

"업화를 막아낸 것도 놀라웠는데 바람 창까지…… 아니, 네놈의 그 로브…… 요정왕의 로브로군!"

악마(임시)는 눈을 가늘게 뜨고 자신의 바람 창을 막아낸 료의 로브를 바라보았다.

"설마 요정왕의 로브였다니…… 어쩐지. 그렇다면 직접 베는 수밖에 없겠네."

료는 날아가긴 했지만 몸을 비틀어 낙법을 취한 덕분에 피해는 거의 없었다.

'〈아이스 아머〉.'

얼마나 효과가 있을지 모르겠지만 없는 것보다는 나을 것이다.

"뭐, 아무튼 넌 죽어라."

악마(임시)는 어디선가 나타난 검을 손에 들더니, 료와 벌어져 있던 거리를 단번에 제로로 만들며 돌진해 왔다.

료도 무라사메를 손에 들고 그에 맞섰다.

사선베기, 가로베기, 나아가 위로베기…… 악마(임시)는 조금의 지체도 없이 다채로운 연속공격을 펼쳤다.

그런 악마(임시)의 검을 받아내는 료. 놓치지 않고 하나하나 받고, 피하고, 흘려보냈다. 그리고 가로베기와 찌르기를 중심으로 반격한다. 그렇다고 해도 료의 반격은 어디까지나 견제.

파워야 어떻든 속도 차이가 컸다.

검속에 큰 차이는 없었지만 악마(임시)의 이동이 예상보다 빨랐다.

'평범한 발놀림이 아냐. 바람 마법까지 사용해서 이동하는 건가?'

료는 공격을 방어하며 분석했다. 하지만 그것에 대해 깊게는 생각하지 않는다. 생각이 너무 깊어져서 사로잡히면 그것이 발목을 잡는다.

분석은 최소한으로.

사고의 대부분은 방어하는 것에 할애했다.

철저하게 방어한다.

철저하게 방어하는 료는 쉽게 무너지지 않았다.

과거 진화한 애꾸눈 어쌔신 호크와의 접근전도 받아치기로 일관하여 이겼다고 할 수 있을 정도였다. 요정왕 듀라한과의 연습에서도 방어에 충실하면 쉽게 지지 않는다.

그만큼 검에 관한 료의 방어는 철벽이었다.

그리고 지구력은 무궁무진하다.

수십 합이나 계속되는 악마(임시)의 공격, 료의 방어.

몇 번을 공격해도 그 방어를 뚫지 못하는 것에 역시나 악마도 초조함을 감추지 못하고 있었다. 초조한 듯 중얼거린다.

"그 검도 요정왕의 검…… 네놈, 도대체 누구냐……."

악마(임시)는 오른손 하나로 검을 쥐고 공격하면서 왼손에 약간의 마력을 모았다.

하지만…….

'〈아이시클 랜스〉.'

악마(임시)의 마법이 완성되기도 전에 공중에서 발생시킨 〈아이시클 랜스〉를 던져 상쇄한다.

"뭐야, 그 생성 속도는…… 이 괴물 같은 녀석."

"네가 할 소린 아니지!"

괴물이라는 말을 듣고 료는 자신도 모르게 반박했다.

"뭐…… 말이 통한다고? 역시 넌 성가시겠어. 죽인다."

"아까부터 죽이려고 했으면서……."

더욱 격렬해지는 검격.

하지만 료는 처음에 비해 다소 여유로워졌다. 그것은 악마(임시)의 검선에 익숙해졌기 때문이었다.

그것은 악마 역시 눈치를 채고 있었다.

그래서 일단 거리를 두고 다시 공격을 취하고자 했다.

'지금이다!. 〈아이시클 랜스 32〉.'

악마(임시)가 떨어진 것에 맞춰 정면으로 32개의 얼음 창을 날렸다.

그리고 다시 외쳤다.

'〈아이시클 랜스 64〉〈아이시클 랜스 256〉.'

처음 32개의 얼음 창을 악마(임시)는 손을 내젓는 것만으로도 모두 없애버렸다.

추가로 부채처럼 펼쳐지다가 도중에 빠르게 악마(임시)를 향해 집중되어 가는 64개의 얼음 창.

그것조차 손짓만으로 모두 소멸시킨다.

"겨우 그 정도냐?"

악마(임시)가 거기까지 말했을 때, 목적했던 256개의 얼음 창이 악마 바로 위에서 내려왔다.

의식이 앞으로 쏠렸을 때를 노린 사각지대에서의 무음 공격. 역시나 이 공격엔 악마(임시)조차도 반응이 늦어졌다.

"큭."

하지만 그 정도의 얼음 창으로 쓰러뜨릴 수 있다고는 생각하지 않았다.

'〈아이시클 랜스 32〉.'

의식이 위쪽으로 향했을 때, 다시 전방에서 얼음 창으로 직접 공격.

악마(임시)는 흙벽을 생성해 이를 막았다.

'〈어브레시브 제트 256〉.'

그리고 악마(임시)가 생성한 흙벽 **너머로** 얼음 연마재가 들어간 256개의 물줄기들이 생겨나며 불규칙한 궤도로 움직였다.

난무하는 물줄기가 악마와 벽을 한데 묶어 베어나갔다.

악마(임시)가 생성한 흙벽은 〈어브레시브 제트〉로 인해 잘려나가며 무너져 내렸다.

거기에 무라사메를 든 료가 들이닥쳤다.

그러나……

불과 1초, 아니, 0.1초 늦었다.

분명 한번은 〈아브레시브 제트〉로 악마에게 어느 정도의 대미지를 입힌 것 같았으나, 료가 파고들었을 때에는 이미 재생이 끝나가고 있었다.

"재생이 빨라!?"

"우습게 보지 마라, 인간!"

료가 정면에서 빠르게 안면을 향해 내리쳤다.

악마(임시)는 검을 들고 그것을 막았다.

깊이 파고들지 않고, 료는 뒤로 물러선 다음 다시 검을 고쳐 잡았다.

악마(임시)의 몸 표면에서 치이익, 하는 소리가 났다.

'재생한 부분인가? 정면 공격으로는 쓰러뜨릴 수 없었어…… 치이익? 그렇다면.'

"〈아이시클 랜스 32〉〈스콜〉."

서른두 개의 얼음 창을 굳이 정면에서 날렸다. 그것을 감추듯 악마(임시) 주위로 국지적인 호우가 발생한다.

악마(임시)는 폭우 따위는 상관없다는 듯 팔을 흔들어 얼음 창을 모두 없앴다. 그 사이에 악마(임시)의 몸은 물에 푹 젖었다.

물론 서른두 개의 얼음 창은 위장이었다. 진짜는 스콜!

"〈열탕 비등〉."

과거 카이트 스네이크를 뜨거운 물로 통째로 끓여버린 〈스콜〉+〈열탕 비등〉 조합 기술. 단숨에 악마(임시) 표면에 묻은 물이 끓는 물이 되었다.

"끄아아아악!"

악마(임시)의 입에서 터져 나오는 비명. 타오르는 피부.

하지만…….

"이익…… 땅이여!"

그 순간, 악마(임시)의 몸 전체를 흙이 덮었다. 덮인 흙이 몸 표면에 묻어 있던 물을 빨아들이며 〈열탕 비등〉은 사라졌다.

곧바로 악마(임시)의 몸이 재생되어 갔다.

"뭉개져라, 인간!"

거기서 끝나지 않고, 물을 빨아들인 흙이 한꺼번에 굳어지며 벽처럼 변하더니 료를 향해 날아왔다.

동시에 료의 배후에도 흙벽이 생성되었다.

그리고…….

쿠웅.

앞뒤의 벽이 부딪치며 묵직한 소리가 주변에 울려 퍼졌다. 날아오르는 흙 연기.

그 상황을 이용해, 혹은 그것을 눈속임 삼아…….

얼음 창을 쏟아부었다.

그러나 악마(임시)는 이미 그것을 예측하고 있었는지 단숨에

20미터 이상 후퇴하여 거리를 두고 회피했다.

불시착하듯 하늘에서 내려오는 료.

발아래 〈워터 제트〉로 단숨에 뛰어올라 흙벽을 회피하고 공중에서 생성한 〈아이시클 랜스〉를 쏟아 부은 것이다.

하지만 악마(임시)는 방심하지 않고 그 공격 모두를 피했다. 지금의 전투를 통해 료에 대한 평가를 상향 조정한 상태였다.

료와 악마(임시)의 거리는 20미터 이상.

료에게는 그 거리를 한순간에 좁힐 방법이 없었다.

악마(임시)에게는 그 거리를 한순간에 좁힐 방법이 있었다.

'이건 또 마법전인가? 마법의 위력은 저쪽이 위…… 불리해.'

거기까지 생각했을 때, 악마(임시)의 목소리가 들렸다.

"후우……. 아쉽게도 시간이 다됐다. 이 정도의 전투는 얼마 만이지? 꽤 즐거웠어, 인간."

"빨리 돌아가 줘……."

그 말을 들은 악마(임시)는 큭큭큭, 하며 악마답게 웃었다.

"즐겁다는 듯이 싸웠지 않나. 나도 좀 더 싸우고 싶지만 이번 봉랑(封廊)은 특수한 공간. 우리에게도 지켜야 하는 제약이라는 게 있어서 어쩔 수 없거든. 내 이름은 레오놀 우라카 알부르케르케다. 네 이름은?"

대답해도 되는지 아닌지 료는 망설였다.

이름은 곧 몸을 나타낸다……. 언령의 나라에서 자라온 탓에 악마(임시)에게 이름을 말하면 사로잡히는 것이 아닐까 생각한 것이다.

"뭐야, 인간은 자기 이름 하나 제대로 못 대는 건가?"

우습다는 듯이 웃는 악마(임시), 아니 레오놀.

"내 이름은 료다. 악마."

그 말을 듣고 레오놀은 눈을 부릅뜨며 놀란다.

"악마…… 우리의 정체를 알고 있다니…… 무리를 해서라도 죽여 놨어야 했나……."

하지만 고개를 젓는다.

"시간도 모자라고, 애초에 쉽게 쓰러뜨릴 수 있는 상대도 아니다. 어쩔 수 없지. 그럼 료, 다시 만나자."

"아니, 다시는 안 만나고 싶은데……."

그러자 레오놀은 다시 큭큭큭 웃었다.

"그런 소리 마라. 그만한 힘을 가지고 있으면 싫어도 다시 만나게 될 거야. 나나 혹은 우리 중 누군가와 말이지. 나 이외의 녀석에게 살해당하지 마라. 료를 죽이는 건 바로 이 나니까. 다음에 만날 때는 나도 지금보다 더 강해져 있겠지. 그럼 다음에 보자."

그렇게 말하고, 레오놀의 기척은 사라졌다.

그리고 세계는 색을 되찾았다.

"어떻게든 살아남았다……."

전투에서 죽을 뻔한 것은…… 애꾸눈의 어째신 호크와의 전투 이후로 처음이었다.

도서관 앞 광장에서 홀로 서 있으면 눈에 띄기 때문에 일단 광장 벤치에 앉았다.

'애꾸눈의 어쌔신 호크 이후…… 그러고 보니 그 녀석은 마법 무효화를 사용했었지. 베히는 마법을 무효화시키는 공간이었고. 그리고 지금의 악마 레오놀은 손만 휘둘러서 〈아이시클 랜스〉를 없애버렸어…… 32개든 64개든 순식간에…….'

"아얏."

왼쪽 어깨에 통증이 느껴졌다. 레오놀의 바람 창이 맞은 곳이다. 뼈는 부러지지 않았다. 아마 타박상일 것이다. 조금 전까지의 전투가 결코 꿈이 아니었다는 증거였다.

하지만 그보다는 로브에 흠집 하나 나지 않았다는 것이 더 놀라웠다.

'이 로브가 아니었으면 어깨에 커다란 구멍이 뚫렸겠지……. 스승님께 감사하자.'

료는 마음속으로 듀라한을 떠올리고 감사하며 고개를 숙였다.

'레오놀의 마법…… 그거 마법이었지? 엄청난 위력이었어……. 하지만 무엇보다도 저 이동 속도…… 순간적으로 파고드는 속도, 한순간에 후퇴하는 속도…… 아마 공간 전이 같은 게 아니라 바람 속성 마법을 이용한 뭔가였겠지…… 브레이크 다운 공격 같은…… 큭, 이놈의 바람 속성 마법!'

어쩐지 바람 속성 마법에 대한 근거 없는 폄하로 이어질 것만 같은 료의 반성회.

'그러고 보니 시간이 다됐다고 하던데…….'

일식은 이미 끝나 있었다. 아마 일식과 관계된 것이 아닐까 하고 료는 멋대로 결론지었다.

주변에 많은 사람들이 있었는데도 그 공간에 있었던 건 레오놀과 료뿐이었다.

'모르는 것투성이야. 모르는 건 지금은 생각하지 않는다! 먼저 해야 할 일은 연금술 책을 사서 돌아가는 것과 돌아간 뒤에 악마에 대한 정보 수집…… 아니, 하지만 아벨조차 몰랐잖아.'

룬으로 오는 여행 도중 료는 아벨에게 악마에 대해 아느냐고 물은 적이 있었다. 하지만 아벨의 대답은 데빌은 알지만 악마는 모른다, 였다.

'아마 아벨은 귀족의 삼남이거나 그 비슷한 위치일 텐데…… 흔히 말하는 지식 계층에 있는 사람도 모른다면 쉽게 모을 수 있는 정보는 아니라는 거겠지.'

크게 한숨을 내쉰 료가 몸을 일으키며 말했다.

"일단 책을 사서 돌아가자."

숙소 10호실에는 아무도 없었다.

10호실 창문으로 모험자 길드의 야외 훈련장이 보였다.

"어? 혹시 아직도 훈련하는 건가?"

훈련장에 있는 사람 중엔 10호실의 세 명도 있었다.

"피곤하지 않았다면 너 같은 건 납작하게 해줬을 텐데……."

닐스가 억울한 듯이 말했다.

거기에 있는 사람은 쓰러진 닐스, 에토, 아몬 세 사람과 그들을 내려다보는 다섯 명의 남자들이었다.

"핫! 변명도 그 정도면 차라리 시원하네."

다섯 명 모두 숙소 1호실의 모험자들이다. 모의전 같은 걸 하다가 진 걸까.

"뒤통수를 쳐놓고 잘도 지껄이는군……."

에토가 일그러진 얼굴로 말했다.

"이봐, 그럼 너희는 던전에서 마물들한테도 덮치기 전에 미리 알려달라고 할 거냐? 지금은 피곤하니까 그만하라고 할래? 웃기는 소리 하지 마."

1호실 남자 댄이 조롱하듯 말한다.

"맞는 말이에요. 방심한 쪽이 잘못이죠."

그 목소리가 훈련장에 울려 퍼짐과 동시에 조롱하던 댄을 제외한 1호실 네 명의 명치에 얼음 창이 꽂혔다. 물론 끝을 둥글게 만들었기에 다치지는 않았다. 네 사람 다 그대로 나자빠졌을 뿐이다.

"무슨……."

"무슨 일이 일어났냐고요? 네 사람이 배에 얼음 창을 맞았네요."

그렇게 말한 료가 훈련장에 모습을 드러냈다.

"료!"

땅에 뒹굴고 있는 10호실의 세 사람이 입을 모아 료의 이름을 불렀다.

"네놈……."

"방심하면 안 되죠. 아까 당신은 좋은 말을 했어요. 덮치기 전에 알려달라고 할 거냐…… 당연히 말할 리가 없죠. 하여간……

닐스, 당신들도 느슨해졌어요."

그렇게 말한 료는 우선 에토에게 포션을 먹였다. 신관인 에토를 회복해 놓으면 나머지 두 사람도 회복해 줄 것이라 생각했기 때문이다.

"면목 없군⋯⋯."

닐스가 작게 말했다.

"뭐, 아침부터 계속 뛰었고, 체력의 한계였으니 어쩔 수 없죠. 앞으로 토, 일요일에는 체력 강화를 더 할 수밖에 없겠네요."

"으⋯⋯."

셋 중 가장 체력이 없어 보이는 에토의 입에서 신음이 새어 나왔다.

사실상 체력은 마을에서 이제 갓 나온 아몬 쪽이 더 없겠지만⋯⋯ 아몬은 기합으로 어떻게든 할 것 같았다.

"그건 그렇고, 거기 서 있는 당신⋯⋯."

"저 녀석은 1호실의 댄이다."

닐스가 료에게 알려주었다.

"아, 당신이 댄이군요. 어쩔래요? 동료들이 기습당했는데 꼬리 말고 도망갈래요?"

"웃기지 마!"

댄이 검을 뽑았다. 그리고 힘차게 료를 향해 휘둘렀다.

'너무 늦어⋯⋯.'

크게 휘두른 세로베기.

료는 왼발을 왼쪽 앞으로 한 걸음 내딛고 중심을 그 왼발로 이동해 피했다. 왼손으로 검날을 만들지 않은 무라사메 자루를 거꾸로 잡아 벨트에서 뽑자마자 그대로 단의 오른쪽 옆구리에 내려쳤다.

복싱으로 말하자면 리버블로…… 간장에 일격.

게다가 제대로 하방에서 발과 허리를 비틀어 위력을 더했다. 댄의 가죽 갑옷으로는 충격을 흡수할 수 없었다.

"……끄헉."

무너져 내린 댄이 땅바닥에 나뒹굴며 기절했다.

'갑옷을 입고 있길래 맨손은 아플 것 같아서 무라사메 자루로 때린 건데…… 복싱하고는 역시 다르네…… 손목의 방향이 다른 것만으로도 이렇게 달라지는 건가?'

료는 기절한 댄 따위는 신경도 쓰지 않고 다양한 펀치를 검증해 나갔다.

"차마 못 보겠군……."

심지어 닐스마저 측은한 눈빛으로 땅바닥에 굴러다니는 댄을 보며 중얼거렸다.

"아까 제가 좀 죽을 뻔해서…… 아직도 그 흥분이 가시질 않았나봐요."

그 말을 듣고 놀라는 10호실 3명과 1호실 4명. 댄은 그런 말은 귀에 들어오지 않는 상태였다.

"맞다, 에토. 하는 김에 제 어깨도 치료해줄 수 있어요?"

료는 그렇게 말하고 에토에게 왼쪽 어깨를 보였다.

"심각하잖아! 뼈가 부러지진 않았지만…… 엄청난 충격을 받은 것 같은데…… 만약 심장에 맞았다면 정말 위험했을 상처야."

그렇게 말한 에토가 회복 마법을 걸었다.

"어머니의 여신이여, 그 치유의 손길을 내리소서 〈레서 힐〉."

순식간에 타박상이 사라지며 동시에 통증도 사라졌다.

"심장을 향해 온 공격을 아슬아슬하게 피해서 그나마 이 정도예요……. 살아서 다행이다."

"대체 뭐랑 싸운 거야!?"

닐스, 에토, 아몬이 같은 의문을 제기했다.

마법사이면서 체술로 검사를 압도하는 료가 죽을 뻔한 상대…….

"다음에 기회가 되면 얘기할게요."

료는 빙그레 미소를 지으며 이야기를 중단했다.

'레오놀에겐 당해놓고 F급 모험자에겐 일방적인 힘을 보여준다…… 꼴사납네요…….'

바닥에는 1호실의 4명과 괴로워하고 있는 댄이 뒹굴고 있었다.

닐스, 에토, 아몬, 그리고 료 4명은 여러 의미로 상당히 더러워진 상태였기 때문에 다 같이 공중목욕탕으로 향했다.

각 가정마다 목욕탕은 없지만 거리에 공중목욕탕이 수십 군데 있었다. 민간이 경영하는 일본의 목욕탕과 비슷했다.

이런 목욕탕도 거리 북쪽에 큰 강이 있고 그곳에서 끌어온 물을 사용한 상수도, 나아가 보도 아래를 지나는 하수도가 정비되어 있기에 가능한 일이었다.

완전히 중세라기보단 근세 도시를 넘어선 것 같아……. 지구의 역사 흐름을 떠올린 료는 그런 생각을 하고 있었다.

"료, 고마워. 네가 안 왔더라면 댄 일행에게 당하기만 하고 끝났을 텐데."

닐스가 쓴웃음을 지으며 료에 감사했다.

"그건 그렇고 료 씨의 움직임 굉장했어요! 마법사인데."

"아몬, 요즘 마법사는 다들 이 정도는 할 수 있어요."

"아니, 그럴 리가 없잖아."

아몬이 감탄하고, 료가 헛소리를 하고, 닐스가 그에 반박했다. 그 모습을 낄낄거리며 바라보는 에토.

료가 도서관 앞 광장에서 악마와 조우했다는 것은 혹시 꿈이었나 싶을 만큼 평화로운 일요일 오후였다.

에필로그

그곳은 새하얀 세상.

미카엘(가명)은 오늘도 여러 세계를 관리하고 있다.

손에는 평소 늘 쓰는 태블릿(돌판).

"미하라 료 씨는 드디어 슬로 라이프를 마쳤군요. 과연 그 일이 좋은 건지 나쁜 건지는 알 수 없지만……. 아아, 이게 소위 말하는 수라의 길이라는 걸까요……. 분명 그런 말을 쓰는 세계가 있었던 것 같아요. 이 예측대로라면…… 이 인간은 귀찮은 상대가 되겠군요. 오스카 루스카…… 폭염의 마법사. 물과 불이라면 상성도 안 좋고…… 미하라 료 씨, 죽지 않았으면 좋겠습니다만. 게다가 더 앞을 보면…… 음? 예측이 틀어졌어? 이건 대체……? 아아, 곤란하군요. 오스카 루스카 상대만으로도 벅차다고 생각했는데…… 이거 참."

미카엘(가명)은 돌판을 움직여 오스카 루스카의 과거를 살펴보았다.

"미하라 료 씨의 미래도 힘들어 보이지만 이 오스카 씨의 과거도 만만치 않게 안타깝네요……. 이런 사람을 적으로 돌리면 큰일이겠군요……. 음, 잘 알죠."

미카엘(가명)은 고개를 몇 번 끄덕이더니 돌판을 책상에 놓고 중얼거렸다.

"예측은 어디까지나 예측. 미래는 정해지지 않았지만…… 미하라 료 씨의 앞날에 행운이 있길 빌겠습니다."

수속성의 마법사

외전 화속성 마법사 I

포스트 마을

이는 후일 폭염의 마법사로 불리게 될 남자, 오스카의 이야기다.

오스카는 불타는 듯한 붉은 머리의 소년이었다.

그는 전부 여덟 가구로 구성된 마을, 아니, 취락에서 태어났다. 그들은 그곳을 포스트 마을이라 불렀다.

오스카는 그 포스트 마을에서 여섯 살이 될 때까지 아무 불편 없이…… 물론 가난한 마을이었고 기본적으로 자급자족이기 때문에 물리적으로는 많은 것들이 부족했지만 정신적으로는 충분히 충족된 삶을 살았다.

"오스카, 녹여둔 쇠를 내일 칠 건데 도와줄래?"

"응, 도와줄게."

"좋아, 그럼 아빠한테 그렇게 전해줘. 아침부터 할 테니까."

"알았어."

마을은 자급자족이기 때문에 나이프나 식칼, 농기구까지 마을 유일의 대장장이 라산이 만들고 있었다.

이 포스트 마을의 자랑은 바로 인근 산에서 나오는 암염과 철광석이었다. 그 두 가지와 수량이 풍부한 강이 있었기에 이곳에 마을을 만들었다고도 할 수 있었다.

그런 라산의 수제자이자 유일한 제자가 바로 여섯 살짜리 오스카였다.

물론 대장장이 일이 매일 있는 것은 아니었다. 합계 여덟 채인 마을에 그렇게까지 많은 수요는 없었다.

대개 석 달에 한 번씩 철광석에서 철을 빼내 거기에서 철제 도구를 만든다.

석 달 사이에 못 쓰게 된 물건이나 마을 사람들이 새로 원하는 도구를 라산이 만드는 것이다.

그 외의 시기에는 밭을 갈거나 숲으로 사냥을 가거나…… 마을 남자들은 협력하여 일을 해나갔다.

그렇지 않아도 적은 인원수다. 다툴 여유 같은 건 없다.

그래서 마을 사람들의 사이는 아주 좋았다.

그리고 아이들도 어렸을 때부터 어른들을 도와주는 게 당연했고 많은 경험을 쌓았다.

특히나 사냥에는 오스카도 활을 들고 참가했다. 작지만 맞기만 하면 살상 능력은 있기 때문이었다.

마을에서는 현재 오스카가 가장 어리다.

재작년 촌장 슐라스트 집에서 아기가 태어났는데 사산이었다. 오스카는 동생이 생긴다는 생각에 좋아했지만 그 바람은 이뤄지지 않았다.

촌장 슐라스트는 본인이 가장 슬플 텐데도 침울해하는 오스카의 머리를 끌어안고 위로해 주었다.

마을 사람들의 사이는 정말 좋았다.

"아빠, 엄마, 나 왔어."

"그래, 오스카, 어서 와."

오스카의 목소리에 밖에서 장작을 패고 있던 아버지인 스나가 반응했다.

"아빠, 내일 라산 스승님이 대장간 일을 하니까 도와주러 갈게."

"그렇구나, 그럼 사냥엔 오스카가 없겠네."

사냥에 있어서도 오스카는 제대로 전력으로 포함되고 있었다. 그것은 소년 오스카에게는 무척 기쁘고 자랑스러운 일이었다.

"오스카, 슬슬 엄마가 저녁 준비를 할 것 같으니까 도와주렴."

"알았어."

오스카는 그렇게 말하고 흙집으로 들어갔다.

그곳에서는 저녁 준비가 한창이었고, 남은 것은 아궁이에 불을 붙이는 것뿐이었다.

"다녀왔어, 엄마. 불 붙일게."

"어서 오렴, 오스카. 부탁할게."

어머니 스코티가 그렇게 말하자 오스카는 머릿속으로 불을 떠올리며 말했다.

"타올라라."

그러자 아궁이에 불이 붙기 시작했다.

오스카는 이 마을에 단 한 명밖에 없는 마법사였다.

다음 날.

오스카는 아침부터 대장장이 라산의 공방으로 갔다.

그곳에는 철광석에서 철을 꺼낼 때마다 매번 만들어지는 벽돌로 된 '굴뚝'이 있었고, 2미터 높이의 굴뚝 위에서는 불길이 치솟고 있었다.

　간단히 말해 목탄과 철광석을 부순 것을 굴뚝 위로 넣고 불을 붙인 뒤, 공기를 계속 보내 고온에서 태우는 것이다. 몇 시간을 태울지는 재료에 따라서 다르지만 현재 라산은 12시간 동안 계속 태우는 방법을 쓰고 있었다.

　본래 순수한 철은 부드러운 금속이다.

　하지만 철광석에 열을 가하면 철 원자 사이로 목탄의 탄소가 들어가 원자 구조적으로 단단해진다.

　이것이 바로 강철이라고 불리는 것이었다.

　벽돌 굴뚝에서 나오는 양은 많지는 않았다. 하지만 여덟 채 마을에서 사용하기에는 충분한 양이었고, 경우에 따라서는 거리에 나가 팔기도 했다.

　포스트 마을에서 가장 가까운 거리라고 해도 편도로 이틀은 걸리기 때문에 거리에 가는 것은 1년에 세 번 정도.

　기본적으로는 자급자족하는 마을이었기에 사오는 물건도 천이나 실 등 봉제 관련 물품뿐이어서 가는 빈도도 적었다.

　거리에서 포스트 마을산 철제품의 평판은 꽤 좋은 편이라 가져가면 언제나 모두 팔렸다.

　벽돌로 된 '굴뚝' 아래에서 강철의 원소가 나온다. 아직 많은 불순물을 포함하고 있기 때문에 이를 두드려야 한다.

　거기에 오스카도 가세한다.

　꽤 큰 망치로 부드럽게, 가볍게 두드린다.

두드릴 때마다 불꽃이 튄다. 이 불꽃에 불순물이 들어있는 것이다.

그래서 때릴 때마다 작아지고, 최종적인 크기는 정말 작아진다.

오스카가 두드리는 사이 대장장이 라산은 '굴뚝'을 허물었고 그 아래에서 채 꺼내지 못한 강철 원단도 꺼냈다.

이것도 두드려서 도구의 재료로 삼는다.

열두 시간 동안 공기를 계속 보내느라 녹초가 되었을 라산이지만, 오스카의 눈으로 봐도 피로 한 톨 보이지 않았다.

정말 즐겁다는 듯이, 늘 웃는 얼굴로 작업을 계속했다.

"좋은 물건을 만들기 위해서는 항상 노력을 게을리하면 안 돼."

대장장이 라산이 입버릇처럼 달고 사는 말이었다. 덕분에 라산이 만드는 도구에는 조금의 결함도 없었다.

마을 사람 누구나 그 사실을 알고 있었기에 그 도구에 대한 신뢰는 절대적이었다.

마을 사람들은 동물을 사냥했다.

때로는 마물과 싸우기도 했다.

아주 드물게 도적이 덮쳐오기도 한다.

이를 위한 무기도 물론 라산이 만들었다. 이번 제조는 그 무기가 대부분이었다.

때때로 오스카의 화속성 마법으로 약해진 화력을 올렸다.

화로에서 나오는 연기의 방향을 강제로 틀어서 오스카나 라산이 없는 방향으로 보내기도 했다.

공방에서 오스카는 아주 큰 전력이었다.

두드린 다음 늘리고, 먼저 늘린 것과 겹쳐서 두드리고, '굴뚝'과는 다른 공방 화로 안에서 달구고, 꺼내서 다시 두드리고……

일본도를 만들 때도 여러 번 두드리지만 기본은 똑같다. 다만 두드리는 세기가 다르다.

지구의 서양에서는 중세부터 근세에 걸쳐 같은 일이 이루어졌다.

사실 박물관에 남아 있는 서양 갑옷도 한 장의 강철판을 늘린 것이 아니라 두드려서 여러 층을 용접한 것이다.

철 같은 금속을 두드려 튼튼하게 하는 것을 단조(鍛造)라고 하는데 지구에서는 기원전 4천 년 전에 이미 존재했던 기법이다. 기원전 18세기 무렵 히타이트가 철제 무기로 세계를 석권한 것은 유명한 이야기이며, 고교 세계사 시험에서도 단골로 나온다.

그렇게 오래전부터 존재하던 기술이지만 현대인은 거의 인식하지 못한다. 그런 사실을 오스카는 알 길이 없지만.

그저 몇 번이고 두드린다……. 그것도 부드럽고 가볍게 두드린다. 그렇게 해서 튼튼한 강철제 도구를 만든다.

그런 기초적인 부분을 오스카는 배워나갔다.

몇 번이고 달구고, 몇 번이고 두드린다.

그럴 때마다 강철은 작아진다. 불순물이 나오기 때문이다.

그러나 동시에 그것은 더 단단해지기 위해 필요한 일이었다.

뭐든지 그렇다…… 시간을 들여 정성껏 밟아 나가야 비로소 좋은 물건이 만들어진다.

마지막으로 담금질을 하고 강철을 단단하게 만든다. 강철을 달궈 탄소가 적은 부분에 추가로 탄소가 들어가도록 한다. 그리고 급속히 식혀서 그 탄소를 고정하는 것이다.

하지만 여기서 끝나면, 단단하긴 해도 깨지기 쉬운 것이 되어 버린다.

그래서 다시 뜨겁게 달궈서 조금 부드럽게 한 다음 딱딱하고 부드러운 강철로 만든다.

며칠에 걸려 세 자루의 검과 식칼이 완성되었다.

"스나, 만약 자네만 괜찮다면 이 한 자루는 오스카에게 줘."

대장장이 라산은 오스카의 아버지 스나에게 그렇게 말하며 세 자루 중 한 자루를 건네주었다.

"괜찮겠어?"

"이제 오스카도 여섯 살이야. 곧 7살이 되겠지. 검 연습도 하고 있으니 슬슬 들게 해줘도 될 것 같아. 일단 어른용보다 조금 짧고 가늘게 만들었으니 가벼울 거다."

그날 오스카는 처음으로 자신의 검을 들었다.

그것은 포스트 마을이 있는 북부 변경에서는 남자로 인정받았다는 통과 의례의 일종이기도 했다.

남자일 뿐 **어른**은 아니지만 그래도 자랑스러운 마음이 드는 의식 같은 것이었다.

오스카의 마음속에서 비로소 마을의 일원이 되었다는 느낌이

들었다.

　다음 날, 마을 사람 절반이 참가한 대대적인 사냥이 있었다.

　잡는 것은 큰 멧돼지. 마물인 보어가 아니라 동물인 멧돼지다.

　가을철인 이 시기에 잡히는 멧돼지와 곰은 겨울 동안 귀중한 단백질로서 유용한 자원이었다.

　그래서 남자들뿐만 아니라 여자들도 삼분의 일 가까이 참여하여 활쏘기에 가담한다.

　사냥하는 자와 마을에서 잔치를 준비하는 자로 나뉜다.

　마을 사람들의 실력은 훌륭했고, 그들은 노린 사냥감은 놓치지 않았다.

　"잡아올게!"라고 말하면 반드시 거물을 잡아온다. 이럴 때 주로 원정 부대 리더를 맡는 오스카의 아버지 스나는 자신이 말한 것은 반드시 실행하는 사내였다.

　밤, 마을 광장에서는 잔치가 열렸다.

　오스카도 처음으로 사냥에서 화살을 쏘는 데 성공해 많은 마을 사람들에게서 칭찬을 받았다.

　하지만 가장자리 쪽에서는 촌장 슐라스트와 스나가 심각한 얼굴로 대화를 나누고 있었다.

　"슈, 그게 정말인가?"

　"아아, 밧사가 봤다나 봐. 도적 무리의 파수꾼인 것 같다고."

　이야기를 하는 슐라스트도 스나도 얼굴을 찌푸리고 있다.

변방에서는 마물만큼이나 성가신 것이 도적이었다. 그 중 상당수가 병사나 모험자에서 전락한 자들이었기에 일반적인 농민들보다 전투 능력은 높았다.

그런 만큼 습격당하는 입장에서는 성가신 일이 아닐 수 없었다.

"예전에 습격당한 건…… 벌써 5년도 전인가?"

"그래, 오스카가 태어난 지 얼마 지나지 않았을 때니까."

슐라스트와 스나는 일전 마을이 도적에게 습격당했을 때를 떠올렸다.

"그때의 도적들은 규모도 작았고 실력도 없어서 쉽게 반격할 수 있었는데……."

"이번에는 파수꾼을 보낼 정도의 규모야. 신중한 놈이 이끌고 있는 무리라면…… 단숨에 난이도가 올라가겠군."

기본적으로 도적의 대부분은 계획 없이 행동하는, 계획성의 '계' 자도 없는 자들이 많았다.

그렇기에 도적으로 전락하는 것이기도 했고…….

하지만 이번 도적은 다르다.

마을의 규모, 전력 등을 답사하고 정보를 수집하는 신중함과 현명함을 가지고 있다.

"그렇다고 도망갈 장소가 있는 것도 아니고, 도움이 시간에 맞춰 올 리도 없으니…… 결국 우리끼리 싸울 수밖에 없어."

"그렇지."

슐라스트의 말에 스나는 고개를 끄덕였다.

두 사람은 소꿉친구로, 어릴 때부터 함께 협력하여 다양한 문제에 맞서 왔다.

이번 도적 사건이 결코 작은 문제는 아니었으나, 그동안 겪었던 문제들도 순탄히 해결해 온 것은 아니었다.

이 마을의 건설도 그러했다.

어려움의 연속이었다.

이제 와서 물러설 수는 없다.

다음 날, 마을 사람 전원이 회의를 열어 도적에 관한 논의를 나누었다.

그리고 전원의 찬성으로 도적과 맞서 싸우기로 결정됐다.

그 날 이후 마을 사람이 총출동하여 화살 증산에 착수했다.

마을 방위에 가장 유용한 무기는 활과 화살이다. 특히 포스트 마을에서는 남자도 여자도 노인도 아이도 모두 활을 쏠 수 있었다. 물론 백발백중이라고는 할 수 없지만 그래도 충분한 전력이었다.

아이가 쏜 화살 한 개가 건장한 남자의 목숨을 앗아갈 수도 있었다.

특히 이번처럼 습격 전까지 상대방의 규모를 알 수 없는 상황에서는 이쪽의 피해가 커질 수 있는 근접전은 가급적 피하고 싶었다.

피하는 것은 무리더라도 근접전으로의 이행은 가능한 한 늦춰야 했다.

그러기 위해서도 '화살이 떨어졌다' 같은 상황은 절대로 없어야
한다.

포스트 마을의 가장 큰 특징은 산에서 풍부한 암염과 철광석을
채취할 수 있다는 점이었다.

암염은 마을의 자립을 지원해주고 철광석은 마을의 방위를 지
원해준다.

그 철광석을 활용해 화살 끝에는 작은 철제 화살촉을 매다는 것
이 포스트 마을 화살의 특징이었다. 변방 마을에서 쓰이는 화살
은 흔히 화살 끝을 깎아 뾰족하게 만든 것도 쓰이는데, 포스트 마
을의 화살에는 거기에 작은 철제 화살촉을 씌웠다.

대량 생산 주조품이긴 하지만 있는 것과 없는 것은 비거리, 명
중률 등에서 큰 차이가 났다. 깎아서 뾰족하게 하는 것에 비해서
도 씌워서 망치로 두드려 빠지지 않도록 하는 것뿐이라 오히려
수고도 덜 들어간다.

이는 포스트 마을 사람들에게는 큰 무기였다.

포스트 마을 주위로는 통나무를 조합해 만든 울타리, 다시 말
해 장애물이 빙 둘러쳐져 있었다.

이는 5년 전 도적 습격 이후 설치한 것이다.

그때의 습격은 문제없이 물리쳤지만, 그 이상의 규모로 습격당
하는 일이 생겨도 대항할 수 있도록 마을 사람들이 총출동하여
만든 것이었다.

여기에 떫은 감에서 따온 즙…… 현대 지구에서 말하는 타닌이

라는 것까지 발라놓아 부식을 방지시킨, 적잖은 공이 들어간 울타리였다. 이것 덕분에 들어오는 자들의 침입 경로를 한정시킬 수 있었다.

이렇게 되면 사수 배치도 계산하기 쉬워졌다.

습격은 틀림없이 밤일 것이다. 그렇다면 각자의 집에서 가깝고 이동하기 쉬운 곳을 감안해 배치해야 했다. 습격 날짜를 알고 있거나 2, 3일 안에 온다면 불침번을 할 수 있을지 몰라도 그런 상황은 아니었다.

언제 덮쳐올지 모르는 이상 어쩔 수 없다.

그렇게 생각했는데……

"밧사가 도적을 발견했대. 아마 피습은 오늘 밤일 거라던데."

"역시 모험자 척후답군."

촌장 슐라스트와 스나는 고개를 끄덕이며 마을 사람들을 배치했다. 기본은 이전에 정해둔 각자의 집 근처였다. 하지만 습격 날짜를 특정할 수 있게 됐으니 더 효과적인 장소에 배치하기로 했다.

밧사는 피습일 상정과 함께 반갑지 않은 정보도 포착해 왔다.

그것은 바로 도적의 규모. 50명이 넘는 대규모 도적단이라고 했다.

50명은 포스터 마을 전원의 수보다도 많았다.

물론 이 정보는 마을 사람들이 모두 공유한 상태였다.

적이 많다고 도망갈 사람은 없다…… 도망갈 곳도 없었으니까.

도적의 수가 많다는 사실은 더 강한 각오를 다지는 동기가 되어주었을 뿐이다.

어떻게든 격퇴하겠다는.

포스트 마을의 가장 긴 밤이 시작되었다.

◆

도적단 『암야의 늑대』의 리더 포쉬는 위화감을 느끼고 있었다.

처음 느낀 것은 닷새 전.

단의 파수꾼이 누군가에게 발견됐을 가능성이 있다는 보고를 해왔을 때다. 변경 마을이라 하더라도 전직 모험자 같은 사람들이 은퇴해 살고 있었기에 포쉬는 신중한 답사를 빼놓지 않았다.

그렇기에 파수꾼의 모습을 마을 사람들이 보게 되는 것은 어쩌면 당연했다.

이번에도 그런 것인 줄 알았는데, "보였을 가능성은 있지만 어떤 놈인지는 모른다"라고 했다.

도적단의 파수꾼 역시 상당한 경험을 쌓은 자들뿐이다. 그런 자들이 상대를 확인하지 못하는 일은 드물었다.

'마을의 척후가 그 정도로 실력가라고?'

포쉬는 조금도 표정을 바꾸지 않은 채 보고를 들으면서도 속으로는 그런 생각을 하고 있었다.

덮쳐서는 안 될 마을일지도 모른다…… 그런 생각이 순간 뇌리를 스쳤다.

하지만 이제 겨울을 맞이한다.

도적단이라고 일 년 내내 습격할 수는 없다. 눈이 쌓이는 겨울에는 행동에 제한이 가해지는 것이다. 음식과 술을 중심으로 최대한 비축해 두고 싶었다.

망설이던 포쉬는 닷새 뒤 밤 습격을 지시했다.

그리고 습격일 낮.

다시 한번 파수꾼에게 '누군가에게 본대를 보였을 가능성이 있다'는 보고를 받았다.

그건 어쩔 수 없다. 오늘 밤 습격을 하기 위해 이런저런 준비를 하고 있었으니 그런 보고를 받아도 습격 방침에는 변함이 없었다.

하지만 최종적으로 위화감을 느낀 것은 습격을 가하는 지금, 오늘 밤이었다.

낮에 자신들을 봤을 가능성이 있었을 텐데도 마을은 조용하다……. 모두 자고 있는 것처럼 말이다.

낮에 도적단이 준비하는 걸 봤다면 그 어느 때보다 망보는 인원을 많이 세워두고 횃불도 켜놔야 하지 않나?

혹시 낮에 보였을지도 모른다는 보고는 그냥 착각이었나?

위화감과 의심스러움이 복잡하게 뒤섞인 어정쩡한 감정으로 포쉬는 중단 결정을 내리지 못했고, 단은 예정대로 양방향에서 마을에 습격을 가했다.

◆

'왔다!'

오스카는 자세를 취했다.

몸이 딱딱하게 굳어서 평소의 자신이 아닌 것 같았다.

하지만 그런 것은 상관하지 않았다.

"지면 죽는다."

낮에 아버지인 스나는 오스카의 눈을 똑바로 보고 그렇게 단언
했다. 여섯 살 아이에게 말하기엔 너무 가혹한 말인 것 같기도 했
지만 변방 마을에서는 결코 늦지 않았다.

그 어떤 미사여구를 늘어놓든 약하면 죽는다.

굳어버린 오스카의 어깨에 아버지 스나와 어머니 스코티가 각
각 손을 얹었다.

아무 말도 하지 않았다.

하지만 그것만으로 잔뜩 힘이 들어가 있던 오스카의 어깨에 힘
이 빠졌다.

그때, 말 달리는 소리와 사람이 뛰는 소리가 들려왔다.

스나가 활시위에 화살을 걸었다.

그것을 본 스코티와 오스카도 화살을 걸었다. 목표물은 이미
정해졌다.

말없이 스나가 화살을 쏘았다.

그 기세는 그야말로 바로 강궁.

말 위의 도적이 걸친 쇄자갑을 꿰뚫고 심장을 관통했다.

이를 신호로 마을 곳곳에서 화살이 날아들기 시작했다.

스코티와 오스카도 노린 상대에게 화살을 쏘았다.

스코티의 화살은 말을 타지 않고 쇄자갑도 입지 않은, 말단 도적으로 보이는 자의 아랫목에 박혀 일격에 숨통을 끊었다.

오스카의 화살은 그 옆 말단 도적을 노렸으나 살짝 빗나갔다.

하지만 침울할 새도 없이 두 번째 활을 걸었다.

도적들이 크게 당황했지만 그마저도 오스카 의식 속에는 들어오지 않았다.

걸고, 겨누고, 쏜다.

걸고, 겨누고, 쏜다.

아무 생각 없이, 지금까지 배우고 반복하며 익힌 동작들을 그대로 행했다.

상대가 완전히 방심한 상태였던 첫 번째 발에 비하면, 두 번째 발 이후는 한 번에 쓰러뜨릴 확률은 떨어진다.

아무도 불을 켜지 않는, 완전히 달빛에만 의지한 전투.

어둠 속에서 소리 없이 달려드는 화살은 도적들에게는 공포 그 자체였다. 하지만 여러 발을 맞게 되면 그들도 자신을 노리는 화살이 어느 방향에서 날아오는지는 짐작하기 시작한다.

방향을 알면 몸을 숨길 수 있다.

그렇다고는 하지만…… 여덟 채밖에 없는 마을…….

몇몇 창고와 공동 건물이 있다고는 해도 숨을 곳은 그리 많지 않다.

도적들 사이에서 근접전으로 싸우라는 구령이 들려왔다.

그 소리가 들리자 스나가 작게 혀를 찼다.

'역시 리더는 냉정한 놈이다…… 활로 얼마나 줄였는지는 모르지만 어쩔 수 없지.'

스나는 옆에 있던 스코티와 오스카에게 신호를 보냈다. 두 사람이 고개를 끄덕인 것을 확인하고 스나를 선두로 세 사람은 이동하기 시작했다.

도적들은 어느 방향에서 쏘고 있는지 파악한 것인지 그쪽을 향해 접근한다.

움직이지 않으면 경우에 따라서는 포위될 수도 있다.

재빨리 이동한 오스카 일행 3명은 중앙에 있던 촌장 슐라스트 부부와 합류했다.

그땐 이미 마을 곳곳에서 칼싸움을 벌이는 소리 혹은 단말마의 외침이 울려 퍼지고 있었다.

합류 지점 북쪽에서 대장장이 라산이 세 사람을 상대로 싸우는 것이 보였다.

스나는 그것을 확인하자마자 순식간에 화살을 걸고는 조금의 지체도 없이 쏘았다.

화살은 정확하게 도적단 한 사람의 심장을 관통했다. 이에 놀란 도적 한 사람의 목을 라산이 검으로 찔렀다.

마지막 남은 한 명은 허겁지겁 도망쳤다.

라산까지 합류해 6명이 된 오스카 일행.

촌장 부부, 스코티와 오스카에겐 촌장댁에 비축돼 있던 창이
들려져 있었다.

창은 상급 검사가 상대라면 틈을 노려지기 쉬워 오히려 힘든 전
투가 되는 경우가 많은데, 그렇지 않은 자가 상대라면 넓은 공격
범위가 마음을 안정시켜준다.

또 집단이 될수록 그 힘이 세진다. 도적을 상대로 한 근접전이
라면 상당히 유효할 것이었다.

오스카는 솔직한 심정으로는 얼마 전에 받은 검을 쓰고 싶었지
만 지금은 멋대로 굴 상황이 아니었다.

"칼싸움 소리가 서쪽에서만 나는데……?"

촌장 슐라스트가 그렇게 중얼거렸다.

"도적들도 저쪽에 모인 걸지도 몰라. 슈, 여긴 맡겨도 될까? 나
랑 라산 둘이 갔다 올게. 밧사가 있으니까 우리가 갈 때까지 버티
고는 있을 거야."

"알았네. 조심해서 가."

스나와 슐라스트는 서로 고개를 끄덕였다.

스나는 오스카를 보며 말했다.

"오스카, 엄마랑 사람들을 부탁한다."

"알았어."

오스카는 고개를 끄덕이며 대답했다.

"스코티, 다녀올게."

"네, 여보."

스나는 그 말만을 남겼고, 스코티도 결심을 굳힌 표정으로 고

개를 끄덕이며 말했다.

그런 여섯 사람을 뒤에서 바라보고 있는 시선은 아무도 눈치채지 못했다.

스나와 라산이 떨어진 지 1분가량 지났을 때였다.

한 발의 화살이 네 사람을 덮쳤다.

"크헉."

무섭도록 빠르고 강한 화살에 박힌 사람은 촌장 슐라스트.

입에서 피를 토해내며 쓰러진다.

"꺄아아아!"

비명을 지르는 그의 아내…….

갑작스러운 그 광경에 오스카뿐 아니라 스코티조차 움직이지 못했다.

그런 세 사람 앞에 모습을 드러낸 것은 활을 버리고 이미 거대한 검을 뽑아든 거한이었다.

키는 190센티미터 정도일까. 체중도 90킬로그램은 될 것 같았다.

전신 근육. 그런 표현이 딱 어울리는 사내.

잔인함이 묻어나는 표정은 보는 이로 하여금 오싹한 인상을 주었지만, 그 이상으로 인상적인 것은 오른쪽 뺨에 난 커다란 상처였다.

귀 아래부터 턱까지 또렷이 남아 있는 검에 베인 상처.

치유 마법과 포션이 있는 이 세상에서 거대한 흉터는 매우 드문 일이다. 내장 쪽 복구는 하급 포션으로는 어려울 수 있지만 적어도 피부 복구는 어떤 하급 포션으로도 가능하기 때문이다.

물론 상처가 막히고 시간이 지나면 마법으로든 포션으로든 복구가 불가능하다.

마법도 포션도 없는 상황에서 계속 싸우면 그렇게 될 수도 있다. 즉, 그 남자는 그런 상황에서 계속 싸운 경험이 있는 강자였다.

"남자 혼자 남아 있었으니까 말야. 그놈만 먼저 죽이면 되니 운이 좋았군."

흉터 난 사내는 그렇게 말하고 단숨에 세 사람을 향해 달려왔다.

움직이지 못하던 스코티도 남자의 말에 정신을 차렸다.

그리고 다가오는 흉터 난 사내를 향해 창을 내밀었다.

그 길이에서 오는 넓이 덕분에 도적을 상대로 한 근접전에서 창은 유효했다……. 하지만 그 남자는 달랐다.

스코티가 내민 창끝을 향해 검을 내밀어 창의 궤도를 바꾸고는 그대로 창 안쪽으로 침입했다.

단칼에 스코티 목의 경동맥을 그었다.

달빛 아래 솟구치는 피.

흉터 난 사내는 그 뿜어져 나오는 피를 받으며 비틀린 미소를 지어 보였다.

그것은…… 실로 소름 끼치는 광경이었다.

두 팔을 살짝 벌린 채 치솟는 피에 샤워라도 하듯 남자는 계속 멈춰 있었다.

그런 광경을 눈앞에 두고. 오스카의 모든 움직임과 사고가 정지했다.

1분이었을까, 아니면 몇 초였을까.

불현듯 정신을 차렸다.

엄마가 살해당했다. 그 사실을 이제야 뇌가 받아들인 것이다.

순간 오스카 안에서 뭔가가 터져나왔다.

"타올라라!"

오스카의 손에서 불길이 치솟았다.

지금까지는 해봐야 아궁이에 불을 붙이는 정도의 불꽃밖에 낸적이 없었는데, 머릿속의 제한 장치가 빠지기라도 한 것일까, 한눈에 봐도 강력한 불꽃이었다.

거리로는 5미터도 안 되는 장소에서 강력한 화속성 마법에 의한 공격.

하지만…….

치솟는 피를 뒤집어쓰고 황홀한 표정을 짓고 있던 남자는 그대로 덮쳐오는 불길을 검으로 털어냈다.

하지만 오스카는 멈추지 않았다.

손에 든 창을 남자에게 던졌다. 남자는 다시금 검을 휘둘러 날아온 창을 내쳤다.

그땐 이미 뽑아든 검을 든 오스카가 지척까지 다가온 상태였다.

가로로 일격.

절걱.

"어……?"

흉터 난 사내의 옆구리를 파고든 검은 남자가 옷 밑에 껴입고 있던 쇄자갑에 의해 튕겨나갔다.

"아쉬웠다, 꼬맹아. 그건 좋은 검이긴 하지만 네 실력에는 전혀 맞지 않는구나."

남자는 그렇게 비웃고는 둥글게 검을 휘둘렀다.

오스카는 뒤로 뛰어 그것을 피했다. 아슬아슬하게 남자의 검이 어깨를 스쳤다.

남자의 완만한 동작은 오스카가 피하게 만들기 위함이었다. 일부러 천천히 검을 휘두른 것이다.

그것은 방심이었다.

눈앞의 아이는 좋은 검을 가지고 있지만 실력은 아직 멀었다.

화살에 살해당한 남자를 부여잡고 울부짖는 여자는 아직도 울고 있다.

흉터 난 사내가 방심한 것은 당연했을지도 모른다.

하지만 이곳은 전쟁터.

눈앞에 있는 자만이 적이 아니었다.

흉터 난 사내는 눈으로 인식하기도 전에 직감만으로 몸을 피했다.

푸욱.

뒤에서 살기를 느끼고 빠르게 몸을 돌려 피했지만, 내리친 검이 쇄자갑째로 남자를 베었다.

"으윽."

그것은 믿기 힘든 상황이었다.

물론 쇄자갑을 검으로 찢는 것은 가능했다. 가능하기는 하지만 그것은 물리적으로 가능하다 뿐이지 어중간한 기사가 할 수 있는 일이 아니었다.

그런 일이 이런 변방 마을에서 일어났다는 것 자체가 남자의 상상 밖이었다.

그런 남자의 눈앞에는 도깨비 형상을 한 스나가 서 있었다.

양손으로 쥔 검은…… 틀림없는 일품이다.

오스카가 가지고 있던 검도 훌륭했지만 스나가 가진 검도 훌륭했다.

마검이나 성검 같은 종류가 아니다. 순수하게 솜씨 좋은 대장 장이가 만들어낸 걸작.

그런 좋은 검과 분노한 남자를 상대하는 것은 솔직히 귀찮았지만 흉터 난 사내는 아무런 주저 없이 스나를 덮쳤다.

더는 오스카에겐 눈길도 주지 않았다.

검 실력으로는 흉터 난 사내가 압도적으로 위였다.

하지만 각오가 달랐다.

목숨을 걸고 아내의 원수를 갚겠다……. 그런 분노에 찬 스나 와 사람을 죽이는 것에 기쁨을 느끼는, 단지 그 정도인 이 사내와 는 검에 담긴 각오가 달랐다.

그 각오와 기백에 점점 밀리는 흉터 난 사내.

하지만 곧 무엇인가를 깨달았다.

크게 받아치고는 뒤로 물러나 스나로부터 거리를 벌렸다.

순간 네 개의 화살이 스나를 덮쳤다.

한 발은 피하고 한 발을 검으로 베었지만 두 발이 스나에게 꽂혔다.

오른발과 오른팔.

흉터 난 사내가 그런 절호의 타이밍을 놓칠 리 없었다.

스나의 움직임이 멈춘 것은 정말 한순간이다. 하지만 그 순간 흉터 난 사내는 지척까지 파고들어 스나의 오른팔을 베어냈고, 그대로 조금의 망설임 없이 스나의 가슴을 검으로 꿰뚫었다.

"쿨럭."

입에서 피를 토해내는 스나.

그걸 그저 바라보는 오스카.

움직일 수가 없었다.

말이 나오지 않았다.

아무것도…… 할 수 없었다.

흉터 난 사내는 베어버린 스나의 오른팔을 줍더니 오른팔이 쥐고 있던 검을 집어 들었다.

그런 남자에게 날카로운 목소리가 날아들었다.

"보스코나, 철수다."

"어? 포쉬, 아직 이르잖아."

"서둘러라, 놈들이 온다."

"쳇."

흉터 난 사내, 보스코나는 거칠게 혀를 차더니 멍하니 서 있는, 타는 듯한 붉은 머리의 소년을 일별하고는 몸을 돌렸다.

도적단 『암야의 늑대』는 포스트 마을을 떠났다.

마을에, 그리고 오스카에게 너무나 큰 상처를 입히고.

하지만…… 포스트 마을의 가장 긴 밤은 아직 끝나지 않았다.

달려온 대장장이 라산은 그 광경에 경악했다.

촌장 슐라스트가 화살을 맞았고 그의 아내가 울부짖고 있다.

스나와 스코티는 피투성이가 되어 땅에 쓰러져 있고 그것을 오스카가 멍하니 보고 있다.

한참을 보다가 겨우 상황이 이해가 됐을 때, 라산의 다리에서 힘이 풀렸다.

양 무릎을 꿇고는 결국 그 상태로 땅에 주저앉고 말았다.

도적단은 떠났다.

비축해 둔 양식도 가져가지 않고 끝났다.

그러나 잃어버린 것의 크기는 너무나 컸다.

촌장 슐라스트는 마을의 중심이자 두뇌였다.

오스카의 아버지 스나는 슐라스트의 소꿉친구이자 마을의 정신적 지주였고, 사냥의 중심인물이었다.

이 두 사람은 대장장이 라산과 함께 최초로 이 마을을 세운 자들이었다.

거리에 있을 때 신혼이던 부인과 사별하고 완전히 넋이 나가 있던 라산에게 마을 창단을 제안해 주었다.

숄라스트는 철광석이 나오는 곳을 중심으로 마을을 짓도록 이끌었다.

스나는 외아들인 오스카를 라산에게 제자로 들여보내 삶의 희망을 주었다.

라산에게 이 마을과 숄라스트와 스나는 전부였던 것이다. 그 숄라스트와 스나가 지금 눈앞에서 시신이 되어 있었다.

그 사실을 이해했을 때 도무지 서 있을 수가 없었다. 그래서 주저앉아 버렸다. 어떤 착오이거나, 혹은 꿈이었으면 좋겠다고 생각했다.

아내가 세상을 떠났을 때 다시는 이런 상실감을 겪지 않겠다고 생각했다.

그것은 착각이었다.

그는 그때와 같은…… 어쩌면 그 이상의 거대한 상실감에 사로잡혔다.

한동안 두 사람의 시신에서 눈을 떼지 못한 라산이 문득 시선을 옆으로 돌렸다.

그곳에는 뽑아 든 검을 든 채 멍하니 서 있는 오스카가 있었다.

라산은 생각했다.

깨달았다.

모든 것을 잃어버린 것은 아니라는 것을. 오스카를 지켜야 했다.

마을은 그 두뇌와 정신적 지주를 잃었고, 이번 습격으로 마을 사람들 절반이 살해당하고 말았다.

하지만 살아남은 자들은 있다.

자신도, 그리고 오스카도.

살아남은 이상 계속 살아야 한다.

그것이 죽은 자들에 대한 최소한의 애도였다.

하지만…….

언덕을 내려오는 기척을 알아차리는 것이 늦었다.

라산이 알아차렸을 때는 이미 무엇인지 확실하게 알 수 있는 거리에 있었다.

"워울프 떼……."

그것은 늑대를 닮은 마물.

늑대가 아니었다. 분명한 마물이다.

한 마리, 한 마리는 마물치고는 강하지 않았다.

멧돼지 형 마물, 레서 보어 같은 것에 비해 전투력도 높지 않다.

하지만 집단이 된 워울프는 실로 성가셨다.

눈이나 귀 이외의 무언가로 연락을 주고받는 것인지 완전한 집단전을 벌여서 확실하게 사냥감을 잡는다. 그리고 그 사냥감 속에는 물론 인간도 포함되어 있었다.

성가신 워울프를 상대하기에 앞서 라산이 가장 먼저 해야 할 일이 있었다.

멍하니 서 있는 오스카의 정면으로 돌아서서 그의 어깨를 흔들었다.

"오스카! 정신 차려라!"

거칠게 흔들며 소리쳤다.

하지만 오스카는 반응하지 않았다.

라산은 오른손을 들어 거세게 오스카의 뺨을 때렸다.

"스승님……?"

드디어 오스카가 반응했다.

"오스카 잘 들어라. 피 냄새를 맡고 마물이 왔다. 도망쳐야 해."

"더는…….'

"안 돼, 아직 넌 죽으면 안 돼."

"아빠도 엄마도 이제 없어. 죽고 싶어……."

오스카의 눈에서 처음으로 눈물이 흘러내렸다.

그 감정은 라산에게 아플 정도로 전해졌다.

하지만 지금은 동조해서는 안 됐다.

"오스카는 살아야 한다."

"왜!"

"스나와 스코티는 오스카가 살기를 바랄 테니까!"

그것은 과거 아내를 잃고 빈껍데기로 살던 라산에게 스나가 한 말이었다.

"그런 건 모르잖아……."

"알아! 나는 알아. 그러니 오스카 넌 사는 거다."

그 무렵, 마을의 다른 곳에서 단말마의 외침이 터져 나오고 있었다.

마을에 있는 인간은 마을 사람뿐이다. 즉, 마을 사람들이 희생되고 있는 것이다.

그리고 오스카와 라산 앞에도……

라산은 오스카를 밀쳐내고는 검을 한 번 휘둘렀다.

워울프 한 마리가 검에 베였다.

단숨에 주위에 있던 워울프의 시선이 라산에게 집중됐다. 그것이 라산의 의도였다.

"오스카, 강으로 도망가라. 늑대는 물을 싫어한다."

"스승님……."

"가!"

그렇게 외친 라산은 눈앞의 워울프를 향해 검을 빼들었다.

그것을 본 오스카는 강을 향해 달리기 시작했다.

포스트 마을은 수량이 풍부한 강가 근처에 지어졌다.

강까지는 금방이었지만…… 워울프의 수가 많았다.

강변에 이르렀을 때 두 마리에게 습격을 받았다.

한 마리는 검을 휘둘러 물리는 것을 막았지만, 다른 한 마리의 앞다리가 오스카의 등을 할퀴었다.

"크흑."

저도 모르게 오스카의 입에서 비명이 새어나왔다.

흉터 난 사내와의 전투에서 어깨가 베였을 때는 정신이 없어 아픔을 느끼지 못했지만 이번에는 그렇지 않았다. 그 아픔에 눈앞이 아찔해졌다.

여섯 살 아이에겐 참기 힘든 통증.

하지만 오스카는 두 마리와 정면으로 대치하면서 조금씩 뒤를 보며 강으로 다가섰다.

조금만 있으면 강이다…….

그 타이밍에 워울프 두 마리가 동시에 물어뜯기 위해 달려들었다.

좌우에서 동시에.

오스카는 왼팔은 포기했다.

오른쪽에서 온 워울프를 검으로 물리쳤다.

왼쪽에서 온 워울프에게는 일부러 왼팔을 내주었다.

그 상태로 강에 뛰어들었다.

강에 뛰어든 순간, 확실히 워울프는 늑대였다. 물에 들어가자마자 일순 겁을 먹은 것을 물린 오스카는 놓치지 않았다.

그 순간 오른손에 든 검으로 드러난 워울프의 목을 꿰뚫었다.

그 후, 오스카는 의식을 잃었다.

◆

"왜 그러냐, 콘?"

"아버지, 저거 사람 아니야?"

짐수레를 밀면서 강변을 보던 콘이 말했다.

"아아…… 콘, 서둘러 저택으로 가서 벨록 씨나 영감님을 불러오너라. 나는 강변으로 내려가마."

"알았어."

심장은 뛰고 있었다. 의식은 없지만 호흡은 희미하다.

아직 6세나 7세 정도의 남자아이로, 타는 듯한 붉은 머리에 팔에는 소중한 듯이 검을 안고 있다.

콘의 아버지 라타토는 우선 들고 있던 빈 마대를 남자아이에게 씌웠다.

옷이 젖어 있었기에 따뜻하게 해주는 것이 좋을 거라 생각한 것이다.

그러던 중 콘이 저택의 집사인 벨록을 데리고 달려왔다.

"라타토, 상태는 어떤가?"

"심장은 뛰고 있어요. 호흡도 미약하지만 있습니다."

벨록의 질문에 라타토는 대답했다.

전문적인 지식이 없는 이상 대답할 수 있는 것은 그 정도였다.

하지만 벨록에게는 충분했다.

"좋아, 살아만 있다면 어떻게든 되겠지. 서둘러 저택으로 옮기자."

그리하여 오스카는 제2의 인생을 걷게 되었다.

영감님

오스카는 눈을 떴다.

본 적 없는 천장, 본 적 없는 방, 본 적 없는…… 이부자리?

오스카는 침대라는 것을 몰랐다.

포스트 마을에서 태어나 포스트 마을에서 자랐고, 아직 여섯 살밖에 되지 않아 거리로 장을 보러 간 적도 없었으니 어쩔 수 없는 일이었다.

하지만 매우 편안한 잠자리였다. 그래서 다시 잠에 들었다.

오스카가 두 번째로 눈을 떴을 때 바로 옆에서 인기척을 느꼈다.

침대에 누운 채 머리만 그쪽을 향했다.

"오, 일어났느냐?"

그 인물은 풍성한 흰머리와 흰 수염을 기른, 상냥해 보이는 눈빛의 노인이었다.

"아, 저기……."

오스카는 입을 열려고 했지만 무슨 말을 해야 할지 몰라 거기서 말을 멈췄다.

그것을 보고 노인이 입을 열었다.

"여긴 마슈라고 하는 거리 근처에 있는 슈크 마을이라네. 주인이 강변에 떠밀려 온 것을 마을 사람들이 발견했어. 여기는 안전해."

그 말을 듣고 오스카는 처음엔 아무런 반응을 보이지 않았다……. 하지만 5초 뒤 뚝뚝 눈물을 흘리기 시작했다.

그 사이 노인은 아무 말 없이 오스카의 눈물을 지켜보았다.

오스카는 울음을 그치고 고개를 숙였다.

"도와주셔서 감사합니다."

"음. 그건 신경 쓰지 않아도 된다."

노인은 미소를 지으며 그렇게 말했다.

그때 문을 노크하고 한 남자가 들어왔다.

나이 때는 50대 중반쯤 되었을까.

머리는 흰머리가 섞이기 시작했지만 수염을 깔끔하게 깎아 어느 모로 보나 청결감이 넘치는 인물이었다.

"영감님, 식사 준비가 됐습니다. 일단 식당으로 준비했는데 이쪽으로 가져다 드릴까요?"

"흠…… 소년, 아니, 아직 이름을 묻지 않았구나. 나는 루크 로슈코다. 지금은 일선에서 물러나 그저 영감이라 불리고 있지. 그리고 지금 들어온 것이 날 거들어주고 있는 벨록이고."

"아, 저는 포스트 마을의 오스카입니다."

오스카는 가능한 한 정중하게 인사를 했다.

언제 도움이 될지 모른다며 촌장 슐라스트가 교육한 것이다.

"호오, 제대로 인사를 할 수 있다니 놀랍군. 그나저나 포스트 마을이라…… 옆 헌트령의 새로운 개척촌 중에 그런 이름이 있었지……."

"네. 거리에서 떨어져 있기 때문에 기본적으로는 자급자족. 다만 질 좋은 대장간의 물건을 팔러 온다고 들은 적이 있습니다."

영감이 떠올리듯 말했고, 그것을 벨록이 보충했다.

"과연, 오스카가 소중하게 안고 있었다는 그 검이로구나."

그렇게 말한 영감은 침대 옆에 세워진 오스카의 검을 보았다.

"……!"

그때 오스카는 비로소 깨달았다.

검이 있다는 것을.

다시 눈물이 흘러내렸다.

"스승님이 두드려 만들어주신 검입니다."

흘러내린 눈물은 몇 방울뿐이었다.

스승님이었던 대장장이 라산은 살라고 했다.

울고 있어서는 살아 있을 수 없다. 그것은 그저 죽지 않은 것뿐
이다.

그런 생각에 오스카는 눈물을 훔쳤다.

"흠. 많은 일이 있었던 것 같은데, 뭐 그건 차차 이야기하기로
하고. 우선 식사를 하지 않겠나? 뭘 하든 속이 든든한 게 가장 중
요하니 말야."

"저도요?"

"물론이지. 셋이서 먹자꾸나."

"네."

그것은 오스카가 처음 먹어보는 요리뿐이었다.

물론 마을에서의 식사가 맛이 없었다거나 불만이 있었다는 것은 아니다. 태어날 때부터 쭉 먹어온 음식이다. 불만이랄 것도 없다. 그것 말고는 몰랐으니까.

오늘 처음으로 마을 이외의 음식을 먹어본 것이다.

그리고 그것은, 굉장히 맛있었다…….

오스카는 정신없이 먹어치웠다.

며칠을 안 먹었는지 알 수 없다. 하지만 상당히 배가 고팠던 것인지 꽤 많은 양을 먹었다. 대부분의 요리가 벨록의 배려로 소화가 잘되는 형태로 조리되었다는 것을 오스카는 미처 이해하지 못했다.

식후.

영감과 함께 거실에 있는 소파에 앉아 커피라는 것을 처음 마셨다.

첫맛은 씁쓸했다.

그것을 보고 영감이 흰 가루를 권했다.

한 입, 가루를 핥아보자 놀라울 정도로 달콤했다!

"설탕이라고 해서 사탕무에서 나는 거란다. 옛날 옛적 위대한 타국의 왕이 퍼뜨려준 달콤한 조미료지."

상당한 양의 설탕을 커피에 넣자 무척 마시기가 수월했다.

오스카는 꿀떡꿀떡 잘 마셨다.

"그래, 오스카."

"네."

영감의 물음에 오스카는 순순히 대답했다.

"어디 갈 곳은 있느냐?"

"네?"

"아니, 짐작이긴 하다만…… 만약 갈 곳이 없다면 우리 집에서 지내는 게 어떨까 하고 말이다."

영감은 강제적인 느낌이 들지 않도록, 만약 오스카가 가고 싶은 곳이 있다면 그쪽으로 가도 좋다는 여유를 갖고 물었다.

아마도 포스트 마을의 가족은 더 이상 살아 있지 않을 것이라고 추측한 것이리라.

10초가 넘는 시간 동안 침묵한 후, 오스카는 입을 열었다.

"영감님은 저희 부모님이 이미 죽었다는 걸 알고 계시는군요."

"!"

"아뇨, 실제로 맞아요."

황급히 부정하려는 영감을 보고 오스카는 고개를 저으며 그 추측이 맞다는 사실을 전했다.

"아빠도 엄마도 눈앞에서……."

"오스카가 실려 왔을 때는 상처투성이였지. 그 중 몇은 워울프의 손톱과 송곳니…… 하지만 어깨의 상처는 검……."

영감은 말을 해야 할지 말지 망설이다가 그렇게 입 밖에 내어 말했다.

눈앞의 아이는 상상을 초월하는 경험을 겪었다. 평범한 아이가 아니라 예사가 아닌 일을 뚫고 나온 사람으로서 대해야 한다고 생각한 것이다.

"어깨의 상처는 아버지와 어머니를 죽인 자에게……."

거기서 오스카의 말은 끊겼다.

고개를 숙이고 있었다.

하지만 더는 눈물은 흐르지 않았다.

살기로 결정했으니까. 울면 살 수 없으니까.

그래서 더는 울지 않았다.

"영감님. 저는 달리 가야 할 곳이 더 이상 없습니다. 이곳 저택에서 지내게 해주세요. 뭐든지 하겠습니다. 대장간 일은 스승님께 배웠습니다. 아직 만족스럽게 두드리진 못하지만 칼을 가는 것은 할 수 있습니다. 그리고 아궁이에 불을 붙일 수 있습니다."

"아궁이에 불을? 혹시 오스카는 화속성 마법사인가?"

"화속성? 마법사? 잘은 모르겠지만……."

"그래, 그럼 저기 있는 벽난로에 불을 붙여보겠느냐?"

영감은 그렇게 말하고는 옆에 있는 벽난로를 가리켰다.

마침 그 타이밍에 들어온 벨록이 눈치 좋게 벽난로에 장작을 넣었다.

그러자 오스카가 외쳤다.

"타올라라."

순간 오스카의 손에서 작은 불길이 일더니 벽난로 장작으로 옮겨가 타오르기 시작했다.

"오오."

"이건……."

벨록도 영감도 동시에 놀랐다.

"주문도 없이⋯⋯."

"역시나."

"역시?"

벨록이 무영창 마법에 놀라고, 영감은 무언가 납득한 듯 고개를 끄덕였다. 그 반응에 오스카는 고개를 갸우뚱했다.

"그래, 오스카의 머리를 봤을 때 『붉은 머리의 전승』이 떠올랐단다."

"붉은 머리의 전승?"

"불타는 듯한 붉은 머리. 불의 신이 사랑한다는 증거."

마치 주문이라도 외듯 영감은 말의 고저를 살려 그렇게 말했다.

"불타는 듯한 붉은 머리를 가진 자는 불의 신의 총애를 받고 태어난 사람이라고 하지. 꽤나 오래된 전승이라⋯⋯ 이미 신전에도 전해지지 않는데⋯⋯."

거기서 영감은 잠시 생각하는 표정을 지었다.

하지만 그것은 불과 몇 초.

"좋아, 결정했다. 벨록, 오스카는 앞으로 저택에서 지낼 거다. 오스카, 이 저택에 사는 이상 일반적인 교양은 필요하단다. 내일부터 매일 오전에는 읽기, 쓰기, 계산 공부를 하려무나."

"네⋯⋯?"

촌에서 나고 자란 오스카에게 있어서 첫 '공부'가 시작되려 하고 있었다.

기본적인, 읽기, 쓰기, 계산은 벨록이 가르치기로 했다.

그리고 중앙 연방에 관련된 역사나 제국의 동정, 지리 등을 영감에게 배웠다.

오전에는 흔히 말하는 이론 수업, 그리고 오후에는 벨록이 선생님이 되어 검을 사용한 훈련이 행해졌다. 오스카가 원했기 때문이다.

그는 강해지고 싶었다.

오스카에겐 함께 수업받는 사람이 있었다.

오스카가 강가에 나뒹군 것을 처음 발견했던 콘이다.

"학우가 있는 편이 좋겠지"라는 영감의 제안으로 데려온 것이었다.

콘의 아버지 라타토는 저택이 있는 슈크 마을에서 상점을 운영하는 상인이었다.

콘은 그곳의 넷째 아들이었고, 저택에 필요한 물건을 상점에서 전달해주는 역할을 맡고 있었다.

평소부터 크면 모험자가 되겠다고 말했던 콘이었기에, 그에 대해서는 아버지 라타토도 찬성했다.

넷째 아들이라면 상점을 물려받거나 분점을 나눠받지 않았기 때문이었다.

그런 콘을 영감은 재빠르게 알아보고 장래를 높이 사고 있었다.

그래서 영감이 직접 라타토와 교섭한 것이다.

"오스카의 학우, 라고 하는 일을 콘에게 부탁할 수 없겠느냐"

라고.

미래에 모험자가 된다면 읽기, 쓰기, 계산은 가능한 편이 좋았고 등급이 올라가면 귀족과 만날 수도 있는 것이 모험자였다. 교양을 배워둬서 손해될 것은 없었다.

더 나아가 검 훈련도 할 수 있다.

게다가 '일'이었기에 대금도 나온다…….

라타토에게도 콘에게도 거절할 이유가 없었다. 그렇기는커녕 너무나 좋은 제의에 라타토는 황송해할 정도였다.

그리하려 콘은 의욕에 차서 외쳤다.

"나의 시대가 왔노라!"

그 후 라타토에게 꿀밤을 먹은 것은 비밀이다.

이때 콘은 열두 살.

정말 열심히 공부했다.

태어나서 처음이라고 할 정도로 진지하게 임했다.

집에 가서도 그날의 복습을 열심히 했다.

아마도 또래 아이들과 비교해도 그는 훨씬 우수했다.

하지만…… 여섯 살의 오스카와 차이가 나지 않았다.

단순히 오스카가 다양한 일에 대해 천재적이었을 뿐이다.

읽기, 쓰기, 계산은 한 번 배우면 모두 익혔다. 중앙 연방의 역사, 각국의 동정, 지리…… 스펀지가 물을 흡수하듯 경이적인 속도로 익혀 나갔다.

가르치던 영감마저 눈이 휘둥그레질 정도였다.

칩거하기 전에는 그야말로 무수히 많은 천재와 수재들을 봐온 영감이었지만, 그런 자들과 비교해도 전혀 손색이 없을 정도의 두뇌를 가지고 있었다.

반면에 콘은 안타까웠다.

그렇지만 콘은 성실하게, 우직하게, 열심히 임했다.

함께 배우는 오스카가 천재라고 해서 콘이 걸음을 멈추는 이유가 되지는 않았다. 콘은 모험자가 되겠다고 마음먹은 것이다. 그러기 위해서는 여기서 배울 수 있는 것을 모두 배워 두는 것이 좋다. 그러니 성실하게 배운다.

단지 그것뿐이다.

목표가 있고 그것이 흔들리지 않는 자만큼 강한 자는 없다.

함께 배우는 오스카도 우직하게, 열심히, 그리고 조금도 흔들리지 않고 나아가는 콘에게서 무언가를 느꼈으리라. 처음에는 전혀 관계를 맺지 않으려 했지만, 반년이 지날 무렵에는 아주 가까운 사이가 되어 있었다.

오후에는 기본적으로 검술 훈련이었지만 일주일에 이틀 자유 시간이 있었다.

대개 오스카는 화속성 마법을 훈련하고 콘은 배운 것을 복습했다.

하지만 최근 들어 오스카가 그 시간만 되면 저택에서 사라진다는 것을 콘은 깨달았다.

그리고 오늘 드디어 발견한 것이다. 오스카를.

오스카는 저택 옆…… 옆이라고 해도 500미터 정도는 떨어져 있었지만, 아무튼 그곳에 있는 대장장이 공방터에서 검을 갈고 있었다.

"오스카, 뭐 하는 거야?"

"콘? 보다시피 저택의 검을 갈고 있어요."

"오, 오오……."

오스카는 손바닥 크기의 숫돌로 검을 갈고 있었다.

공방 안에는 회전식 대형 숫돌도 있었지만, 제대로 정비되지 않아 잘 회전하지 않는 것 같았다.

"애초에 이 공방은 바산 할아범 거잖아…… 작년에 돌아가신."

"그런 것 같아요. 인수자가 없어서인지 마을의 공동 공방이 됐대요. 영감님께서 사용해도 좋다고 하셔서 검을 가는 일은 여기서 하고 있어요. 숫돌이 결이 거친 것부터 섬세한 것까지 다 갖춰져 있어서 굉장히 사용하기 편하거든요."

그렇게 말한 오스카는 이제 막 손질을 마친 검을 콘에게 보여 주었다.

"오오, 예쁘다…… 오스카, 잘하네."

"옛날에 대장장이 스승님께 배웠거든요."

조금 밝은 표정을 지은 오스카가 두 번째 작업에 착수했다.

"오스카는 대장간 일을 할 수 있어?"

콘이 조심스레 묻는다.

"아뇨, 스승님이 하는 걸 보긴 했는데…… 왜요?"

"아아, 아까도 말했지만 여기 할아범이 돌아가신 뒤 마을에는 대장간 일을 할 수 있는 사람이 아무도 없거든. 그래서 **공동** 공방이 된 거기도 하고. 반나절 걸리는 거리에 큰 거리인 마슈가 있으니까 꼭 필요하면 거리에 사러 가기도 하지만…… 역시 마을에 대장장이 할아범이 있을 때랑은 전혀 다른 것 같아서 말이야…… 봐, 오스카가 하는 검 손질도 다들 서툴러. 계속 할아범한테만 맡겼으니까."

"그렇군요……."

오스카도 줄곧 신기하게 생각했다.

뭐든 잘하는 벨록이 검을 가는 것만큼은 결코 능숙하지 않다는 것이.

그것이 지금 콘의 이야기를 듣고 납득이 되었다.

줄곧 이 마을의 대장장이와 검 손질은 이 공방의 바산 할아범이라는 사람이 맡아주었던 것이다.

"그랬군요……. 영감님의 허락을 받는다면 대장간 일도 조금씩 연습해 보겠습니다."

"오! 기대하고 있을게!"

콘은 순순히 기뻐했다. 오스카도 내심 의지해줘서 기쁜 마음이 들었다.

사람은 누구라도 의지를 받으면 기쁜 법이다.

물론 기대기만 하면 피곤하겠지만…… 아직 오스카에게 그런 경험은 없었다.

오스카는 대장장이 공방에 가기도 했지만 기본적으로 검술 훈련이 없는 오후에는 마법 훈련을 했다.

벨록은 토속성 마법을 쓸 수 있지만 물론 영창이 필요했다.

영감은 마법을 전혀 사용하지 못했다.

그래서 가정교사가 와주고 있었다. 본래 오스카가 대장장이 공방에 가는 것도 그 가정교사가 오지 않는 날뿐이었다.

그 가정교사는 이웃마을 마슈에 사는 마법사 애서.

"애서 선생님, 잘 부탁드려요."

"그래요, 오스카 군. 오늘도 힘내서 해봅시다."

애서는 50세 정도의 유쾌한 남성이었다.

마법사란 음침한 녀석들뿐이라는 편견을 갖고 있던 콘은 쾌활한 애서를 보고 무척 놀랐다.

"그럼 지난번 복습부터. 장벽을 펼쳐 볼까요?"

"네."

오스카는 대답을 하자마자 마법 장벽과 물리장벽을 모두 겹쳐 전면에 펼쳤다.

그것을 애서가 주먹으로 쿵 치거나 작은 화속성 공격 마법을 걸어 강도를 확인했다.

"네, 됐습니다. 매일 착실하게 연습했나보군요. 저번보다 더 단단해졌어요. 훌륭합니다."

애서는 그의 진보를 칭찬했다.

오스카는 기뻤다.

마을에 있을 때, 자신의 마법은 기껏해야 아궁이에 불을 지피는 정도밖에 쓸모가 없었다.

특히나 화속성 마법 같은 것은 사냥에 도움이 되지 않았다. 선

불리 썼다간 대상을 다 태워버리기 때문이었다. 고기나 가죽을 얻고 싶은데 다 태워버려서는 의미가 없었다.

그래서 마을에 있을 때는 마법보다 활 솜씨를 더 열심히 갈고 닦았다.

하지만 여기서는 다르다.

아직『불』은 쓰기 불편하지만『무 속성』은 그렇지 않았다.

애초에 마을에서 누군가에게 제대로 마법을 배운 것도 아니었고 마법 지식을 가진 사람이 있는 것도 아니었다. 그래서 마법사라면 가장 먼저 배우는 무 속성 마법 장벽 같은 것도 알지 못했다.

그 사실을 알게 된 애서는 가장 먼저 두 가지 장벽을 가르쳤다. 물리공격을 막는 물리장벽과 마법 공격을 막는 마법 장벽이다.

"장벽은 다시 말해 방패입니다. 공격 마법인 검과 함께 오스카 군의 생명을 지키고 동료를 지켜주는 것이죠. 앞으로도 되도록 매일 연습하세요."

애서 역시 화속성 마법사였지만 중앙 연방의 일반 마법사들처럼 영창을 하여 마법을 생성했다.

그래서 처음에 이야기로는 전해 들었지만 실제로 오스카가 무 영창으로 마법을 생성하는 것을 보고 내심 놀랐다.

그리고 이 만남에 감사했다.

오스카의 마법 생성 과정, 나아가 그 강약 등의 이야기를 듣고, 실제로 나오는 것을 보고 확신했다.

'마음속으로 그린 마법을 생성하고 있다'는 것을.

애서 자신도 시도해 보았지만 잘되지 않았다. 그것은 실로 안타까웠지만, 오스카가 가진 마법의 힘을 키워주는 것은 그 누구보다 수월했다.

애서가 실제로 완성된 형태를 생성하여 보여준다.

그리고 그와 똑같은 것을 오스카에게 마음속에 그리게 한다.

영창 없이.

실제로 그 능력 덕분에 오스카는 두 가지 장벽 생성을 단시간에 습득했다.

화속성, 무 속성 등은 관계가 없었다.

게다가 습득한 마법을 여러 번 반복해서 생성하면 더 짧은 시간에 더 강력한 형태로 생성할 수 있다는 것을 알게 됐다.

이렇게 가르치는 보람이 있는 학생도 달리 없을 것이다.

애서는 행복했다.

그동안 애서는 많은 마법사를 키워왔다.

그는 은퇴하기 전에는 마슈령의 주석 마법사였다. 그 위치상 많은 부하, 제자를 키워왔지만 그중에서도 영창 없이 마법을 생성하는 자는 없었다.

그래도 각자 저마다의 특징과 잘하고 못하는 것이 있었기에, 그에 맞는 지도법을 찾아 지도하면 성장이 빠르고 맞지 않는 지도법으로 하면 잘 늘지 않는다는 것도 알았다.

그렇기에 지도의 중요성을 누구보다 잘 알고 있었다.

"화속성 마법은 아무래도 방어 쪽이 약합니다. 불을 단단하게 만들 수는 없으니까요. 그러니 이 두 가지 장벽을 잘 사용해야 합니다. 영창을 쓰면 아무래도 물리장벽이 약해지지만 오스카 군의 마법이라면 괜찮을 거예요."

"네, 선생님"

영감도 그렇지만, 애서 선생님도 칭찬을 아끼지 않는 스타일의 교육자였다.

"그건 그렇고, 어쩐지 심상치 않은 기운이 나는군."

서류를 보던 영감이 그렇게 중얼거렸다.

"옆쪽의 헌트령인가요?"

벨록이 커피를 내리면서 영감에게 말했다.

"음. 지금 당장 무슨 일은 없겠지만…… 연합의 확대 문제까지 얽히면 우리도 좋든 싫든 휘말릴지도 모르겠구나."

영감은 고개를 흔들더니 작게 한숨을 쉬며 말했다.

"전쟁 같은 걸 할 때가 아닌데 말야."

◆

오스카가 저택에 온 지 4년이 지났다.

열 살이 된 오스카는 일주일에 한 번 옆 동네인 마슈 거리를 들렀다.

마슈 거리는 로슈코 남작령의 수도로 기사단이 있다. 그 기사단에 검 훈련을 받으러 다니는 것이다.

화요일 아침에 저택을 떠나 점심 이후 마슈 거리에 도착한다. 그대로 기사단 연습장에서 훈련을 받고, 기사단 초소에서 하룻밤을 묵고 수요일 점심에 마슈 거리를 떠나 저녁에 저택에 도착한다.

그런 스케줄이다.

물론 훈련을 위해 도중의 이동은 걷기였다.

그리고 당연하게도 16세가 된 학우 콘도 함께였다.

"역시 그라운 씨는 강하구나……아직도 공격 한 번을 못 하다니."

"기사단장이니까. 그라운 씨도 그렇지만 정예인 『붉은 종』은 모두 강해."

콘과 오스카는 마슈에서 돌아올 때면 늘 이런 이야기를 나누며 돌아갔다.

그때 이러면 어땠을까, 저러면 어땠을까 하는 식으로 반성하듯 훈련을 돌아보며 저택으로 돌아가는 것이다.

이동하고 바로 훈련, 그리고 다시 이동.

싫든 좋든 지구력은 자연적으로 붙었다.

저택에 온 지 4년이나 지났고 벨록이 가르치는 읽기, 쓰기, 계산 수업은 이미 졸업한 상태였다.

영감에게 받던 교양 수업도 작년에 졸업했다.

나아가 저택에서 두 사람에게 검술을 가르치던 벨록의 실력을 두 사람 모두 확실하게 넘어섰기에 기사단에서 연습을 하게 된 것이다.

콘이 이변을 깨달은 것은 슈크 마을 지척에 닿았을 때였다.

"봐, 오스카. 저 연기, 뭔가 이상해."

그것은 슈크 마을 쪽에서 피어오르는 연기였다.

마른 풀을 태우기 때문에 농촌에서는 연기가 자주 피어오른다. 하지만 풀이나 나무를 태우는 연기라 희끗희끗한 연기가 대부분이었다.

지금 보이는 검붉은 연기는, 무언가 다른 것까지 태우는 경우…….

"콘, 뛰자."

오스카는 그렇게 말하고 달리기 시작했다.

콘도 황급히 그 뒤를 쫓았다.

마을 관공서 쪽에서도 연기가 나고 있었지만 그것은 둘에겐 상관없었다.

우선은 저택이다.

저택 입구 부근에서는 전투가 벌어지고 있었다.

"으아아!"

오스카가 일부러 소리를 지르며 다가갔다.

그 외침을 들은 도적들이 순간 멈칫했다. 주춤거린 도적 중 한 명을 벨록이 단칼에 벴다.

도적이 눈에 띄게 당황했다.

그 후부터는 순식간이었다. 단숨에 뛰어든 오스카가 벨록을 둘러싸고 있던 두 사람 중 한쪽의 목을 베고 다른 한쪽의 가슴을 검으로 찔렀다.

그것을 보고 안심한 것인지 벨록이 앞으로 고꾸라졌다.

"벨록 씨!"

황급히 달려가는 오스카.

그제서야 뒤늦게 따라온 콘도 도착했다.

벨록의 상처는 상당히 깊고, 수가 많았다.

오스카 일행이 도착할 때까지 상당한 격전을 벌인 것 같았다.

그러나 벨록은 아직 정신을 잃지는 않았다.

"오스카…… 안에 영감님이……."

"알겠습니다. 제가 가겠습니다. 콘, 벨록 씨를 부탁해."

그렇게 말한 오스카는 저택의 문을 열고 안으로 들어가 단숨에 계단을 올라 2층으로 갔다.

검이 맞부딪히는 소리가 2층 큰방에서 들리고 있었기 때문이다.

오스카가 안으로 들어간 순간이었다…….

오스카의 눈이 그것을 보고 말았다.

도적의 검이 영감의 몸을 꿰뚫은 순간을.

일순 우뚝 멈춰선 오스카.

하지만 다음 순간 머리가 새하얘졌다.

영감의 몸이 바닥에 무너져 내리는 광경을 보았다…… 확실히 보았다.

그러나 냉정한 사고는 조금도 남아 있지 않았다.

"이 자시이익!"

오스카는 검을 뽑아들고 외치며 도적을 향해 돌진했다.

도적은 한 명이었지만 오스카의 사고는 완전히 멈춰 있었고 상대가 한 명이라는 것조차 이해하지 못했다.

아무 생각 없이 나온 오스카의 일격은 빨랐다.

몸이 익혀 온 움직임을 조금의 망설임도 없이 그대로 구현하고 있었기 때문이다.

상대를 어린애라고 얕본 것인지 도적은 뒤로 몸을 젖혀 오스카의 검을 피하려다 왼쪽 뺨에 꽤 깊은 상처를 입었다.

그것은 남자를 분노시키기에 충분했다.

"이 애송이가!"

기본에 충실한, 하지만 그뿐인 오스카의 검을 손쉽게 흘려보내고는 오스카의 옆구리에 깊숙이 검을 찔러 넣었다.

"커흑."

내장에 상처를 입고 입에서 피를 토하는 오스카.

이어서 남자는 등 뒤에서 오스카의 등을 향해 사선으로 검을 휘둘렀다.

이미 옆구리의 상처로 자세를 유지할 수 없게 된 오스카는 등에서 날아온 일격에 피 웅덩이 속으로 무너져 내렸다.

"좋은 검이지만 실력이 따라가질 못하는군."

그렇게 말하고 오스카에게 마지막 일격을 가하려던 도적을 향해 문으로 들어온 다른 도적이 말을 걸었다.

"서둘러, 보스코나. 기사단이 온다. 철수다."

"뭐가 이렇게 급해, 포쉬."

'보스코나…… 포쉬…….'

희미해져 가는 의식을 필사적으로 붙잡으며 오스카는 자신을 쓰러뜨린 남자를 보았다.

그제서야 오스카는 남자의 얼굴을 알아차렸다.

귀에서 턱까지 오른쪽 뺨에 크게 난 상처…… 그리고 오른손에 든, 스승님이 내려쳐서 만든 아버지의 검…….

'설마…… 그럴 리가…….'

그 사실을 깨달은 오스카의 눈에서 눈물이 몇 방울 흘러내렸다.

친아버지와 어머니를 죽인 놈이 영감마저 죽인 것이다.

그리고 자신은 원수를 갚지 못했을 뿐만 아니라, 그 남자에게 한심하게 져 버렸다.

그 후회가 담긴 눈물.

그것을 마지막으로 오스카는 의식을 잃었다.

◆

벨록은 목숨을 건졌다.

콘이 마슈 거리에 갈 때는 꼭 가져가라는 영감의 말을 듣고 갖고 있던 포션이 도움이 된 것이다.

하지만 오스카 쪽의 상처는 깊었다.

슈크 마을이 습격당했다는 봉화를 받고 마슈 기사단이 급히 왔지만 동행한 신관은 엑스트라 힐을 사용할 수 없었던 것이다.

애초에 이 근방에 엑스트라 힐을 쓸 수 있는 고위 신관은 없었다.

급한 대로 힐을 연속으로 사용해 내장의 상처는 치료했지만 그 전까지 피를 많이 흘렸기 때문인지 오스카가 잠에서 깨어난 것은 사흘 뒤였다.

계절적인 이유도 있어 영감의 장례식은 이미 끝난 상태였다.

그의 정식 이름은 루크 로슈코 남작.

전 마슈 영주다.

현재의 마슈 영주의 부인이 영감의 장녀였다.

그러한 정황상 오스카가 눈을 뜨길 기다렸다가 장례를 할 수 없었다. 벨록이 미안한 얼굴로 그렇게 설명하는 것을 오스카는 멍하니 듣고만 있었다.

나아가 헌트령이 도적을 고용해 주변 나라를 휩쓸고 있다는 이야기를 예전에 영감과 함께 나눈 적이 있다는 것도 오스카에게 말했다.

아마 이번 습격은 그것일 거라고.

이 모든 것은 오스카의 귀에 닿고 있었지만, 조금의 반응도 없었다.

깨어난 이후, 몇 번이나 부모가 살해당하는 장면이 오스카의 뇌리에 떠올랐다.

지금껏 이 슈크 마을에 온 뒤 단 한 번도 떠오르지 않았던 그 장면이 말이다.

동시에 영감이 살해당하는 장면도 꿈에서 보게 됐다.

오스카는 점점 더 수척해지고 활기를 잃어갔다……. 무엇보다도 머리가 온통 백발이 되었다.

그때까지는 그야말로 '불타는 듯한 붉은 머리'였던 그의 머리카락은 완전한 백발이 되어 있었다.

당연히 주위 사람들은 그런 오스카를 걱정했다.

벨록도, 애서 선생님도, 그리고 콘도.

하지만 누구의 말도 오스카의 마음에는 닿지 않았다.

결코 오스카의 행동이 난폭했던 것은 아니다.

말투가 거칠어진 것도 아니다.

지금까지 습관적으로 하던 일을 하지 않게 되었다…… 라는 것도 아니다.

그저…… 전혀 웃지 않게 되었다.

아예 희로애락 모두가 사라져 버린 사람처럼…….

오스카가 눈을 뜬 지 한 달 뒤, 그의 모습이 저택에서 홀연히 사라졌다.

당연히 마을 사람들이 총출동해 찾아다녔다.

마슈 거리에서도 기사단이 총동원되어 그를 찾았다.

늘 연습을 하러 왔었고, 돌아가신 영감이 오스카를 귀여워했다는 것은 기사단 누구나 알고 있었기 때문이다.

하지만 그의 행방은 묘연했고, 아무도 알아내지 못했다.

도적을 사냥하는 화속성 마법사의 소문이 퍼진 것은 그로부터 2년 후의 일이었다.

후기

처음 뵙겠습니다. 쿠보 타다시입니다. 수속성 마법사를 읽어주셔서 감사합니다.

이 작품은 수속성 마법사로 전생한 료의 이야기이며, 첫 권은 그 서장 중에서도 더욱 서장에 해당하는 부분입니다. 료의 세상이 조금씩 넓어지고 변화해 나가는 모습을 즐겁게 읽어 주셨다면 좋겠습니다.

주연인 료, 준주연인 아벨, 그리고 동료들, 적들, 둘 중 어느 하나로 분류할 수 없는 자들…… 등등 많은 캐릭터가 나오는 이야기였습니다. 당초 이 1권은 16만자 정도를 예정하고 있었습니다. 외전을 포함해서요.

하지만 이런저런 일이 있어 최종적으로는 23만자가 되었습니다.

꽤 큰 볼륨입니다. 그런 만큼 읽어주시는 독자분들께 알찬 내용이 되지 않았을까 생각해 봅니다.

이 작품은 이세계 전생물이라고 불리는 이야기입니다.

왜 이세계 **전생물**을 쓰는 걸까요?

가끔 그런 물음을 접할 때가 있습니다. 그 물음의 진의는 아마도 '굳이 전생시킬 필요성이 있는가? 이세계 판타지로도 충분하지 않느냐?'라는 뜻이 아닐까 합니다.

확실히 전 세계에 많은 이세계 판타지 이야기가 있습니다. 많은 작가에 의해 만들어지고, 많은 독자에 의해 읽히며 인류의 역사 속에 찬란하게 빛나는 하나의 장르로서 확립되었다는 느낌마저 듭니다.

그렇다면 그런 이세계 판타지와 비교해 이세계 전생 판타지라는 것의 우위성, 혹은 존재 의의란 뭘까요?

저는 소설은 픽션과 논픽션이 혼합되어 더욱 재미있는 것이라고 생각합니다. 그런 논픽션 부분에 현대, 즉 지구의 지식 혹은 상식을 넣어서 픽션인 판타지와 융합시킬 수 있다. 바로 그것이 이세계 전생의 강점이 아닐까 생각합니다.

이 작품이 그 융합에 성공했는지 아닌지…… 그건 솔직히 모르겠습니다. 성공이냐 실패냐를 결정하는 것은 언제나 독자 여러분이기 때문입니다.

최종적으로 재밌었다거나 즐거웠다고 생각하면 융합 시도는 성공했다고 말할 수 있겠지요.

굉장히 재미있었다……. 그 말이야말로 어느 시대 어떤 세계든 작가라는 존재에게 최상의 보상임에는 변함이 없을 테니까요.

Character References

디자인 러프

[이름] 미하라 료
[나이] 19세
[키] 175cm
[프로필] 지구에서 『파이』로 전생한 청년.
전생 시 수속성 마법 재능과 불로라는 히든
스킬을 부여받았다. 불로의 영원한 19세.
대학 시절에는 사학과에서 서양사학을
전공했다. 개그를 좋아한다. 자신이 불로라는
사실을 20년 가까이 눈치채지 못하는 등
조금 맹한 부분도 있다.
[특성] 수속성 마법 적성, 불로
[장비] 《요정왕의 검 무라사메》 ……자루는
약 24센티미터. 평소에는 자루가 긴 나이프
같은 형태이지만 마법에 의해 날을
발현시킴으로써 '도' 스타일의 날렵한 검이
된다. / 《요정왕의 로브》 ……론도 숲을
벗어나면서 듀라한에게 받은 로브. 레오놀의
'바람 창'을 견딜 정도의 강도를 자랑한다. /
《향신료가 들어간 봉지》 ……료의 수제품.
소금과 블랙페퍼가 들어 있다.

 료의 검은 얼음으로 된 검이지?

네, 무라사메라고 해요. 아벨한테는 안 줄 거예요.

 아니, 달라고도 안 했는데…….

뭐, 아벨은 날도 못 만들겠지만요.

 미안하게 됐네! 어차피 난 마법 못 쓴다고!

Character References

디자인 러프

[이름] 아벨
[나이] 26세
[키] 190cm
[프로필] 룬 소속 B급 모험자.
검사. 파티 『붉은 검』의 리더. 말투가 퉁명스러운
부분도 있지만 동료를 아끼고 잘 챙겨준다. 사실은
독서를 좋아한다. 료에게 뭔가 숨기는 것이 있는 것
같은데……?
[특성] 《투기》……일부 근접 전투의 프로만이 쓸
수 있는 기술. 쓸 수 있는 사람도 적고 연구도 별로
진척되지 않았다. / 《검기》……투기의 한층 더
상위 개념으로 검사만이 사용할 수 있는 기술.
[장비] 《마검》……가끔 붉게 빛나는 수수께끼의 검.

[이름] 듀라한
[나이] 수십만 세
[키] 185cm
[프로필] 목 없는 기사의 외형을 하고 있지만 물의
요정왕. 르윈이 말하길 호기심은 왕성하다고 한다.
료에게 무라사메나 로브를 건네주는 등 제자를
아껴주는 면도 있다.

 아벨의 검은 마검이죠?

그래. 안 줄 거다?

 제 무라사메와 겨뤄봐요! 이기는 쪽이 다 갖는 거예요!

아니…… 마법도 못 쓰는 내가 료 검 받아봐야…….
나한테 아무런 메리트가 없잖아.

Mizu zokusei no mahotsukai Daiichibu Chuoshokoku hen 1
by Tadashi Kubou

Copyright © 2021 by Tadashi Kubou
Original Japanese edition published by TO Books, Inc.
Korean translation rights arranged with TO Books, Inc.
Korean translation rights © 2023 by Somy Media, Inc.

[수속성의 마법사 1 -중앙 연방편-]

2023년 1월 14일 1판 1쇄 발행

저　　　자 쿠보 타다시
일러스트 노키토
옮 긴 이 이소정
발 행 인 유재옥
본 부 장 조병권
담당편집 정영길
편 집 1 팀 김준균 김혜연 박소연
편 집 2 팀 정영길 조찬희 박치우 정지원
편 집 3 팀 오준영 이해빈
미　　　술 김보라 박민솔
라이츠담당 김정미 맹미영 이승희 이윤서
디 지 털 박상섭 김지연
발 행 처 ㈜소미미디어
인쇄제작처 코리아피앤피
등　　　록 제2015-000008호
주　　　소 서울 마포구 토정로 222, 403호(신수동, 한국출판콘텐츠센터)
판　　　매 ㈜소미미디어
마 케 팅 한민지 최정연 박종욱 최원석
물　　　류 허석용
전　　　화 편집부 (070)4164-3962, 3963 기획실 (02)567-3388
　　　　　　　판매 및 마케팅 (070)4165-6888, Fax (02)322-7665

ISBN 979-11-384-1602-3
ISBN 979-11-384-1601-6 (세트)